D1714886

EL SILENCIO DEL PANTANO

EL SILENCIO DEL PANTANO

Juanjo Braulio

GRUPO ZETA

Barcelona • Madrid • Bogotá • Buenos Aires • Caracas • México D.F. • Miami • Montevideo • Santiago de Chile

1.ª edición: septiembre 2015

© Juanjo Braulio, 2015
© Ediciones B, S. A., 2015
   Consell de Cent, 425-427 - 08009 Barcelona (España)
   www.edicionesb.com

Esta edición c/o Agencia Literaria Susana Alfonso

Printed in Spain
ISBN: 978-84-666-5767-9
DL B 15897-2015

Impreso por LIBERDÚPLEX, S.L.
Ctra. BV 2249 km 7,4
Polígono Torrentfondo
08791 Sant Llorenç d'Hortons

Todos los derechos reservados. Bajo las sanciones establecidas
en el ordenamiento jurídico, queda rigurosamente prohibida,
sin autorización escrita de los titulares del *copyright*, la reproducción
total o parcial de esta obra por cualquier medio o procedimiento,
comprendidos la reprografía y el tratamiento informático, así como
la distribución de ejemplares mediante alquiler o préstamo públicos.

Para Clara Sánchez García:
por perder una mañana de sábado conmigo
en la biblioteca que lo cambió todo.

Y para Yolanda:
por tener tantas ganas de leer este libro.

El crimen perfecto no existe. Creer lo contrario es un juego de salón y nada más. Claro que muchos asesinatos quedan sin esclarecer, pero eso es distinto.

Tom Ripley en *El amigo americano*,
PATRICIA HIGHSMITH

¡Yo solo me bajo el pantalón para dar... para dar... para dar...!

JOSÉ MANUEL CASAÑ
Seguridad Social

1

Se encendió el quinto Marlboro de la mañana y miró el reloj: las diez menos cuarto. Comprobó con desagrado que solo le quedaban dos cigarrillos en el interior de la cajetilla. Su mirada de adicto a la nicotina realizó una rápida inspección de la zona mientras repasaba mentalmente la hora y media larga que había pasado desde que llegó. No. No había visto fumar a nadie entre la docena de personas que andaban por allí, lo que significaba que tenía que racionar los pitillos que le quedaban, pues no podría pedir más. Y aunque el pueblo estaba a media hora escasa de camino, no tenía tiempo para acercarse a un bar a reponer el suministro de tabaco hasta que aquello estuviera terminado. Musitó una blasfemia y volvió a mirar el reloj: las nueve y cuarenta y seis. Y su señoría sin aparecer.

Los tres buzos ya tenían puestos los trajes de neopreno y esperaban sobre la pasarela de hormigón que cruzaba el río. Guardias jóvenes de espaldas anchas, cintura de abejorro, brazos como dos sacos de pelotas de tenis y culo respingón. Bajó la mirada y se concentró en dar una buena calada para borrar de su cara el cartel que creía tener en la frente y donde decía, en mayúsculas: «SOY DAVID GRAU;

BRIGADA DE LA UNIDAD CENTRAL OPERATIVA DE LA GUARDIA CIVIL Y, ADEMÁS, MARICA.» Envidiaba de esos chicos su cuerpo de gimnasio, pero no su tarea. El agua debía de estar helada. El sol de enero se asomaba flojo en aquel valle entre peñascos y no calentaba. Calculó que no debía de haber más de un metro de profundidad en aquel tramo del río, con lo que los buzos no se iban a dar más que un chapuzón de cintura para abajo. Aun así, se alegró por la parte que le tocaba de no pasar frío mientras esperaba a que llegara el juez de Llíria para ordenar el levantamiento del cadáver. Porque de eso no había duda alguna: dentro de aquel saco había un muerto. El bulto estaba empotrado en uno de los vanos de aquella pasarela. Una de las costuras había cedido y una mano pálida se recortaba contra el fondo pardo del lecho acuático, del todo visible a través de las aguas cristalinas del Túria. Y, a tenor de la envergadura del paquete, o dentro había mucho líquido o el muerto estaba muy gordo o muy hinchado. O ambas cosas. Ninguna de ellas iba a ser agradable de ver.

Le dio la última calada al cigarro y lo aplastó entre las piedras. Pensó en tirarlo, pero la belleza del entorno sacudió su conciencia cívica y ecológica. Guardó la colilla en la cajetilla con los dos que le quedaban y echó un vistazo a la escena del crimen. El paraje era bonito, sin duda. El río corría de este a oeste encajado entre dos montes donde crecían algarrobos y olivos en sus faldas, y afiladas rocas se levantaban sobre sus cimas. El puente era una plataforma de obra cuyos vanos eran tramos de tuberías de hormigón. No parecía hecho para durar, sino más bien un arreglo para facilitar el paseo de excursionistas y domingueros durante el buen tiempo. A su izquierda había una casa con tejado a dos aguas vallada y bien cuidada. En el jardín de la edificación se levantaban las estructuras de hierro y la maraña de cables de una subestación eléctrica de Iberdrola y, a pocos metros de ella, una enorme rampa de piedra desembocaba directamente en el río. El sargento de la Casa Cuartel de Gestalgar —el pueblo donde no podía ir a comprar tabaco hasta que terminara el procedimiento— le había dicho que aquella rampa era conocida como «el derramador» y que por allí se vertía el torrente que impulsaba aquella pequeña planta hidroeléctrica, aunque solo durante la primavera, cuando los barrancos desaguaban y se llenaba la balsa que estaba montaña arriba. A tres o cuatro metros sobre el cauce, a la izquierda, se veían los restos de muros de viviendas y, más allá, ruinas de arcos y columnas.

—¿Y aquello, sargento? —le preguntó al suboficial al mando del puesto mientras señalaba los esqueletos de ladrillos y mortero.

—La presa vieja, mi brigada —contestó el agente—. Se la llevó el agua durante la riada del 57, creo. Eso es lo que queda. En verano, los críos vienen aquí a lanzarse al agua desde ahí arriba y, de milagro, nunca ha pasado nada.

Tres metros largos separaban aquella plataforma de mampostería de la superficie del agua, en cuyo fondo se veían con nitidez rocas y restos de la antigua obra que el Túria había reventado hacía más de medio siglo. El muro de contención estaría, supuso, entre aquellas dos paredes de piedra que encerraban el río.

—¿Hay más profundidad allí?

—Sí. Dos metros o dos metros y medio —respondió el sargento—, pero luego hay mucho menos por todo el término excepto en algunos sitios. Ahí abajo —señaló hacia donde estaba el sol mientras se cubría el entrecejo con las manos para evitar deslumbrarse— están las compuertas del canal que se lleva la mayor parte del agua y, por el resto del cauce, raro es el sitio donde cubre más allá del pecho.

—¿Y dice usted que ningún chaval se ha abierto la cabeza saltando desde ahí arriba?

—Hubo un caso hace muchos años, una cría que no era de aquí y estaba muy borracha. Esa explanada de ahí —indicó con la mano un campo bordeado de algarrobos— es uno de los sitios donde la gente viene a pasar el día de las paellas durante las fiestas de agosto. Y ese día la Virgen de la Peña María debe hacer muchas horas extras —bromeó el suboficial mientras señalaba la base del enorme peñasco que dominaba el valle—, porque los chavales se ponen hasta arriba de todo y después... a saltar.

—¿Hay una ermita ahí?

—¡No, no, qué va! Es una fuente sobre la que hay una imagen de la Virgen hecha de barro, bastante feúcha la pobre, y unos bancos de piedra que sirven de merendero. Le llaman la Peña María.

La roca era imponente. Sus buenos cuarenta metros de granito gris oscuro jaspeado de manchas verdosas de aliagas y romeros que crecían pegados a sus paredes. Un espolón pétreo que sobresalía como un ariete de un barco descomunal hecho con pinos verdes. Aquella nave rompía un mar de cañas, zarzales y adelfas que, a sus pies, ocultaban las mesas de piedra que decía el sargento que estaban en su base. Desde la piedra donde estaba sentado podía ver el sendero que, a la derecha del otro lado del puente, llevaba al manantial.

Los *flashes* de las cámaras de los compañeros de la Científica y la del forense devolvieron su atención a la pasarela de hormigón. Al otro lado, bajaba por la pista forestal un Ford Focus gris plata. Miró el reloj de nuevo: las diez menos cinco. «Ya era hora», pensó. A él le habían dado el aviso a las siete de la mañana y estaba allí una hora después, pero hubo que esperar a las ocho a que alguien cogiera el teléfono en el juzgado de Llíria, e incluso así, su señoría había necesitado casi dos horas para salir de su casa y salvar los veinticinco kilómetros escasos que separaban la sede del partido judicial de Gestalgar.

Cuando al abrirse la puerta del Focus vio salir a la juez Mónica Campos con tacones de palmo, vaqueros ajustados, chaquetón grueso con borde de piel en la capucha y bolso de Prada auténtico, necesitó encender otro Marlboro para esconder entre el humo la antipatía que le provocaba aquella señora. Seguro que había dejado a los niños en el colegio y asistido a misa antes de ir a cumplir con su obligación.

Con andar inseguro sobre el sendero de piedras, la juez Campos se acercó al bulto. Con un lacónico «buenos días», más dirigido al cuello de su camisa que a los miembros del operativo, empezó a preguntar.

—¿Quién lo ha descubierto?

—El encargado de mantenimiento de Iberdrola de esa subestación de ahí arriba —dijo el sargento del puesto—, que viene una vez al mes por aquí a comprobar que todo está en orden. Dice que le ha llamado la atención el bulto y, al acercarse, ha visto la mano, señoría.

—¿La Científica ha hecho ya las fotos que necesita?

—Sí, su señoría —le dijo Grau mientras tiraba, esta vez río abajo, la colilla de su penúltimo cigarro—, cuando usted diga procedemos a sacarlo.

—Procedan pues, brigada.

Los chicos del neopreno saltaron al agua y empezaron a manipular el bulto entre muecas de frío y esfuerzo. Pesaba mucho. El sargento y los dos números del puesto de Gestalgar les ayudaron desde arriba. El agua chorreaba por todas partes y la juez Campos daba cortos pasos hacia atrás para evitar que se le mancharan los tacones.

El saco parecía de cuero o de un sucedáneo sintético con la misma textura. No era posible diferenciar la apertura, porque estaba cosido con idéntica fábrica por arriba y por abajo. Un guardia le mostró a la juez una navaja mientras señalaba la costura rota por donde aparecía la mano y la magistrada asintió con la cabeza mientras se tapaba la boca con la bufanda que se anudaba al cuello. El agente cortó con pericia los puntos y descubrió el contenido. Calculó, a ojo, más de cuatro metros cuadrados de tejido o de lo que fuera aquello. Casi un edredón de matrimonio. La juez no pudo reprimir un leve chillido y sobre el rumor del río se escucharon unos cuantos juramentos.

Sobre aquel mantel mojado de color oscuro estaba el cadáver completamente desnudo de un hombre, salvo por unos rudimentarios zuecos de madera bien anudados a sus pantorrillas. Tenía la espalda destrozada por finas laceraciones, hechas, sin duda, con una vara o un sarmiento. Todo el cuerpo y la cara estaban llenos de arañazos y contusiones. Los que le habían provocado en su miedo y desesperación el perro, el gallo, el mono y la serpiente que estaban dentro del saco con él.

El reloj del campanario de la iglesia que se recortaba al fondo del valle, hacia donde aquel sol tibio se levantaba, dio las diez. El brigada David Grau se encendió su último Marlboro. Era el séptimo de aquella mañana.

Archivo > Guardar como > 01.doc. La pantalla de su ordenador le brinda el destello cómplice de la tarea del día terminada. Está contento. 1.700 palabras y pico en dos horas de trabajo y aquello parece bueno. Una vez guardado lo vuelve a leer y corrige un par de palabras repetidas en párrafos demasiado próximos. Se queda un buen rato pensando en la descripción del saco desplegado como «casi un edredón de matrimonio». No le termina de convencer, pero como no se le ocurre nada mejor, lo marca en amarillo chillón con la herramienta correspondiente de su procesador de textos y lo deja para la lectura del día siguiente. Siempre relee todo lo que ha escrito antes de continuar y, por eso, cada vez que empieza un libro avanza muy deprisa al principio, pero el final se eterniza. Sus colegas del oficio de escribir siempre se quejan de lo mucho que les cuesta corregir. A él, sin embargo, nada en absoluto, porque todo el proceso de escritura es una continua corrección. Le ha costado un poco iniciar la que será la tercera entrega de las aventuras de David Grau, su brigada homosexual de la Guardia Civil: un cóctel imaginario donde ha mezclado la perspicacia de Sherlock Holmes con el aroma patrio de otro brigada literario de la Benemérita, el Rubén Bevilacqua de Lorenzo Silva, unos toques de la pluma (esta, no literaria) de Elton John, unas gotas del carácter perdedor de Pepe Carvalho y todo ello bajo el físico poco agraciado del padre Brown de Chesterton. El resultado gustó a una editorial primero y al público después. Y lo ha hecho de manera que le ha permitido dejar el periodismo. Sin embargo, la gestación del tercer libro se le había atragantado. Y el dinero se acababa.

Nunca ha tenido que enfrentarse a un folio en blanco, pues es de la generación de periodistas que jamás aporrearon las teclas de una máquina de escribir. Su página en blanco siempre ha estado retroiluminada. El bloqueo creativo —en su caso— toma la forma de un cursor que parpadea en la pantalla de un ordenador: página 1 de 1, párrafo 1 de 1, palabras 0 de 0. A pesar de que ha vivido —y vive— de escribir, para recordar sus enfrentamientos con un papel virgen ha de remontarse a los exámenes de sus años universitarios.

Cuando entró por primera vez en una redacción, hace más de dos décadas, aún quedaban un par de viejos redactores ya jubilados que, alguna tarde, se pasaban por el periódico para escribir alguna crónica intrascendente, un suelto que no interesaba a nadie o una columna de opinión que no opinaba sobre nada. En el periódico, entre los ordenadores, había un par de máquinas de escribir sobre mesas Involca solo para ellos. Aquellos periodistas de tabaco negro y madrugadas blancas machacaban los duros teclados con los dos dedos índices, porque jamás habían aprendido mecanografía y dejaban sus textos en papel pautado en una de las bandejas de plástico de la mesa de un redactor-jefe. De vez en cuando, el subdirector recordaba que aquellos ancianos habían sido sus maestros en el oficio y, por lástima, algunos de aquellos folios eran entregados a becarios para que los copiaran en el ordenador y fueran publicados al día siguiente. Cuando pasaba esto, el remedio era peor que la enfermedad: los veteranos reporteros volvían el mismo día que veían su trabajo impreso y escribían más hojas de papel pautado al pensar que aún eran capaces de encontrar exclusivas, lucirse con el lenguaje o componer un artículo de opinión que hiciera hervir los teléfonos al día siguiente. Ninguna de las tres cosas, como era lógico, sucedía y el papel pautado volvía a acumularse en las bandejas de plástico hasta el próximo ataque de lástima del subdirector.

Echa de menos, de vez en cuando, sus tiempos de periodista. Pero sabe que esa añoranza es más bien un placer intelectual que una necesidad real. Jamás, mientras pueda, volverá a vivir sin horario por un sueldo de miseria. A sus amigos siempre les dice que el periodismo es un buen camino que lleva a muchos sitios si se sabe dejar a tiempo y aunque en alguna ocasión le entra la angustia por aquello de no tener una nómina fija cada mes, se tranquiliza al ver como sus dos primeros libros aún funcionan bien; como sus viejos amigos de los medios le promocionan las novelas y así se venden mejor; como la editorial le dio un anticipo por la tercera sin casi negociar y como su agente le dice que hay muchas posibilidades de que las aventuras de David Grau se conviertan en una serie de televisión, rodada en la Ciudad de la Luz y con el apoyo de la Generalitat Valenciana. No obstante, cada nueva historia de su peculiar detective gay le deja exhausto, ya que cada vez le cuesta más romper el bloqueo del cursor que parpadea con impaciencia en la pantalla del ordenador. Y el remedio para que la creatividad brote de nuevo es peligroso. Muy peligroso.

Siempre ha sido así. Su primera novela, *Cuando la espuma del mar se tiñe de rojo*, fue la presentación de David Grau. En aquella primera aventura, el gordito brigada de la Guardia Civil resolvió dos asesinatos que se habían registrado en las playas de Xeraco —al norte de Gandía— en plena temporada turística. Dos padres de familia de cuarenta y pocos años, exitosos profesionales (uno abogado y otro directivo de una gran empresa alimenticia), socios del club náutico y del club de tenis, coches grandes, gimnasios caros y apartamento en primera línea pagado al contado, habían aparecido muertos entre los cañaverales que separan los términos municipales de Gandía y Xeraco. Ambos estaban desnudos, amarrados a un poste de madera bien clavado en el suelo y con señales de haber padecido una tortura atroz antes de haber sido estrangulados mediante el uso de un garrote vil rudimentario. La investigación de Grau le llevó a una complicada trama donde se mezclaban amores prohibidos homosexuales, intereses urbanísticos, corrupción política y trata de blancas en la atmósfera amable del Mediterráneo. De hecho, los críticos destacaron de la novela que había conseguido pintar un horror casi gótico en un escenario poco favorable a este tipo de historias como una de las playas más concurridas de España. En aquel primer libro ya dibujó los elementos esenciales de las aventuras de David Grau: desde la juez Mónica Campos —antipática funcionaria católica y muy de derechas que odia a Grau por lo que es y que le hace la vida imposible siempre que puede— hasta Víctor Manceñido, el superior del brigada en el equipo de la Unidad Central Operativa de la Guardia Civil en la Comunidad Valenciana. Y, sobre todo, a Mentor, un híbrido entre el profesor Moriarty y Hannibal Lecter, cuyo nombre real no ha desvelado aún, y que es el autor intelectual —que no material— de los homicidios que resuelve Grau. La verdadera identidad de Mentor y su enfrentamiento final con Grau son cartas que se guarda para cuando los editores le digan que la serie ya no da más de sí.

Su segunda novela tuvo incluso más éxito que la primera, porque se atrevió —y le salió bien— a ponerle un poco de falso terror sobrenatural, aunque sin pasarse. Con *El trueno que nadie escuchó* puso a David Grau en medio del mundo de las Fallas, la fiesta grande de Valencia, donde el afán por aparentar en una complicada red de relaciones de poder, favores poco confesables, satanismo, pedofilia y —de nuevo— corrupción política acababa con el asesinato de la mismísima fallera mayor infantil de Valencia mientras asistía a la última *mascletà* de las Fallas del año 2001. En aquel caso sabía lo que hacía. No escatimó críticas hacia los aspectos más horteras del mundo fallero y la polémica correspondiente con el colectivo organizador de la fiesta le sirvió para vender más libros. El truco era viejo, pero aún funcionaba.

La tercera novela está recién nacida: es un bebé de poco más de 1.700 palabras bastante prometedor que todavía no tiene nombre, aunque sabe que será, como los trabajos de Stieg Larsson y sus dos obras anteriores, largo y raro por aquello de mantener la marca de la casa y, además, están de moda esa clase de títulos. Se considera más lector que escritor, así que —tal y como le había dicho una vez la escritora gallega afincada en Valencia Susana Fortes— la principal diferencia entre él —como autor— y sus lectores es que él es el primero en descubrir la historia conforme la va escribiendo. Así, confecciona sus novelas plantando una semilla y regándola a teclazos de ordenador durante cuatro o cinco horas al día. Pero los cultivos, además de agua, necesitan fertilizante. Y aquí es donde entra la parte peligrosa del asunto.

Vuelve a leer el texto del que, cree, será el primer capítulo. Hace bailar el puntero del ratón unos segundos sobre la frase destacada en amarillo que dice: «casi un edredón de matrimonio». Sigue sin gustarle, si bien no quiere perder más tiempo con ella. Cierra el archivo y apaga el ordenador. Con los beneficios de la primera novela pagó la nave industrial en pleno barrio del Cabañal, a dos pasos del mar, donde vive. Cuando la compró era un almacén de chatarra que todavía conservaba el olor sódico de su primera función como fábrica de salazones. Ahora, su actual aspecto de *loft* neoyorquino salió de las ganancias de la segunda. Baja las escaleras metálicas del altillo donde escribe, junto a la ventana redonda que mira a la playa de La Malvarrosa y abre el armario metálico a prueba de robo que está junto a la puerta que da a la calle.

Todo está empaquetado en bolsas de plástico. Se pone unos guantes de látex antes de tocar nada. Ropa de algodón azul marino, comprada seis meses antes en el Decathlon de Perpiñán. El tejido más común del mundo, imposible de rastrear mediante el análisis de fibras que hace la Policía Científica. Tiene de todo: pantalones, calcetines, sudadera, guantes, gorro y braga para el cuello. Se viste sin quitarse los guantes de látex y se calza con unas zapatillas oscuras también compradas en Francia. Se abriga con un plumífero adquirido en el mismo establecimiento y una mochila nueva también enfundada en su correspondiente bolsa. Todo será quemado después. No se puede correr ningún riesgo. Más de quince años escribiendo sucesos para el periódico le han dado las claves para saber qué es lo que mira la Policía y qué es lo que no. Dentro de la mochila va la pistola X3 Taser de 50.000 voltios en vacío, pero regulada para soltar una descarga de 400 en cuanto los dos electrodos se hincan en el objetivo. El calambrazo es suficiente para tumbar a un hombre de noventa kilos de peso. También va un rollo de cinta americana plateada comprado, junto a los otros diez que había en la caja, en un LeRoy Merlin de Portugal, así como varias abrazaderas de plástico que se llevó del mismo sitio y que le servirán de esposas.

Sale al exterior. La furgoneta Mercedes Benz Vito está

aparcada a más de dos kilómetros de su casa, cerca de la Ciudad de las Artes y las Ciencias. La alquiló en el aeropuerto de Madrid hace tres días y la dejó allí. Camina sin demasiada prisa mientras repasa el plan en su cabeza. En media hora está a bordo del vehículo. Listo para empezar la caza.

Lo ha estado siguiendo durante meses oculto tras su casco y a bordo de su Yamaha Drag Star de 1.200 centímetros cúbicos. Su presa es de costumbres fijas. Los miércoles, tras acabar las clases, tiene hora reservada en una de las pistas de pádel del Campus de Tarongers de la Universidad de Valencia para desfogarse un poco con otros tres colegas, todos ellos también profesores de la Facultad de Económicas. Sobre las nueve se acaba el partido y entre la ducha, la cena ligera en un bar cercano y la charla, se harán, sin duda, las once u once y media. Aguarda en el interior de la furgoneta a que se despida en el párking de sus colegas y lo sigue con la mirada mientras se dirige a su coche. «La verdadera Transición fue averiguar cómo pasar de la chaqueta de pana y el Seiscientos al traje a medida y el Audi A8», piensa. Los cuatro coches enfilan la salida del aparcamiento. Si su presa no es la última en abandonar la zona de estacionamiento, abortará la operación. Ya lo hizo hace quince días. No hay que correr ningún riesgo y esta es la parte más difícil. Esta vez tiene suerte. El A8 está más alejado de la puerta de salida y los otros tres coches se han ido. Acerca la furgoneta hasta la puerta de modo que nadie puede salir. Baja con toda tranquilidad mientras le hace señas. La Taser está en el bolsillo derecho del anorak. Su presa recela un poco —lo percibe en su mirada—, pero él sonríe mientras levanta el índice de su mano derecha al tiempo que le avisa de que quiere hacerle una pregunta. Su víctima baja la ventanilla:

—Perdone, ¿para salir hacia Barcelona es por ahí? —le inquiere mientras señala justo en dirección contraria.

—No, no. Tienes que salir hacia la derecha, ir hasta la rotonda que está al final de toda esta avenida y volver en el otro sentido. Después, en la rotonda del mirador, otra vez hacia la derecha y ya estás encarado para la autopista.

—¡Muchas gracias!

El catedrático de Economía Aplicada ni siquiera se da cuenta de que la Taser ha salido del bolsillo derecho del anorak. Los electrodos salen disparados e impactan uno en el cuello y otro en el hombro. A treinta centímetros de distancia es imposible fallar. El pobre hombre queda inconsciente sobre el interior de cuero *Full Equip* de su Audi A8 después de tragarse 2,1 amperios de corriente eléctrica. Ahora hay que correr. Abre la puerta del coche y arrastra el cuerpo hacia la puerta trasera de la furgoneta. Estará sin conocimiento, como máximo, durante un cuarto de hora. Hay que darse prisa. Las dos horas diarias de gimnasio hacen su función y, en menos de dos minutos, la víctima está en el interior del vehículo. Luego se mete dentro del Audi y, sin acelerones ni frenazos, lo estaciona en un extremo del aparcamiento universitario. Cierra el coche del catedrático y se vuelve a su vehículo.

Ya sentado al volante lo escucha. Hacía tiempo que no le pasaba, pero ahora lo percibe con total nitidez y recibe la sensación auditiva como si fuera una vieja amiga. La adrenalina que recorre su cuerpo le brinda, además, la agudeza necesaria para oírlo. Ahí está: por encima del ruido del escaso tráfico nocturno se impone la voz muda del pantano. Es un silencio que solo percibe en momentos en los que —como ahora— está totalmente lúcido y la canción sin letra ni música de la ciénaga sobre la que está construida la ciudad resuena en sus tímpanos con sus compases blancos y su melodía invisible. El recital dura un par de segundos. No hace falta más.

Cuando el silencio desaparece de sus oídos vuelve a ser dueño de su mente. Hay que llegar a un sitio más tranquilo en seguida, pero sin que nadie note que tiene prisa. Lo tiene elegido desde hace tiempo. Al final de la playa de La Malvarrosa, junto a la compuerta de la acequia de Vera, hay un campo de naranjos abandonado desde hace años donde un miércoles por la noche hay tanta gente como en el desierto del Gobi. Meterá la furgoneta y terminará el trabajo. Allí, Ferran Carretero, catedrático de Economía Aplicada de la Universidad de Valencia, tres veces *conseller* de la Generalitat Valenciana en las carteras de Industria, Hacienda y Sanidad; exdiputado nacional y uno de los referentes de su partido político será mejor inmovilizado y sedado antes de ser trasladado a la casa de seguridad donde él podrá documentar, para la tercera novela de David Grau, los efectos que produce un sarmiento descargado exactamente cuarenta veces sobre la espalda de un hombre de mediana edad y cuánto tarda en ahogarse dentro de un saco de cuero. Lo del gallo, el perro, la serpiente y el mono se lo inventará. En definitiva, se trata de escribir una novela.

2

—Será un trabajo muy fácil. A fin de cuentas, dos hombretones como ustedes no deben tener demasiados problemas para despachar a un maricón, ¿verdad? —dijo José Luis Pérez Aldaba al tiempo que jugaba con el botellín de agua mineral que, por cierto, ni siquiera había abierto. No pensaba ingerir nada de aquel antro por muy embotellado que estuviera. Hasta se sentía incómodo sentado en aquella silla mugrienta.

—¿Ha despachado usted a alguien alguna vez, señor Pérez? —contestó el más pequeño de los dos armarios roperos que se sentaban al otro lado de la mesa. Su ronco acento albanés se notaba con intensidad en la manera sibilante con la que pronunciaba las eses. Cuando pronunció la palabra «despachado» levantó los brazos en torno a su cabeza y flexionó los dedos índice y corazón de cada mano para dibujar en el aire unas comillas. El gesto podía parecer bromista, pero la fría mirada del kosovar no tenía ninguna gracia.

—Por supuesto que no. —Pérez Aldaba mantenía la voz calmada y apretaba contra el suelo las plantas de sus zapatos para evitar que se le notara el temblor de la pierna izquierda. Con aquella gente había que mantener el control en todo momento—. Por eso recurro a ustedes, que son profesionales.

—¿Y qué le ha hecho a usted ese Francisco José Hernández —cada «c», cada «z» y cada «s» silbaban en su boca— para que tenga que ser... procesado de esa manera?

—Eso no le importa, señor Nushi. Los detalles no me interesan demasiado. Solo asegúrense de dejar un rastro cerca de la Casa Negra de El Saler. Lo que hagan con el resto no me incumbe.

—¿Por qué la Casa Negra?

—Pues porque es donde van todos los chaperos de Valencia a darse por el culo. Y ahí es donde quiero que lo encuentren.

Lorik Nushi clavó los ojos en los cubitos de hielo que se deshacían en el fondo del vaso de tubo, aguando el whisky. Su compañero, Leka, apuraba la quinta botella de cerveza sin haber abierto la boca ni una sola vez, con la mirada oculta tras unas gafas de sol que no necesitaba en la penumbra del bar. Lorik encendió un cigarrillo (la prohibición de fumar en sitios cerrados no se aplicaba allí) y miró a su socio, quien hizo un leve asentimiento de cabeza, tan ligero que apenas provocó alguna arruga en su cuello de toro. Lorik habló:

—Serán cincuenta mil euros, señor Pérez. Treinta mil ahora y el resto después del trabajo. En efectivo. En billetes de veinte y cincuenta. Nosotros nos iremos ahora y usted podrá dejar el dinero a Toni —señaló al camarero que miraba la televisión desde detrás de aquella barra inmunda— antes de que cierre. No le avisaremos cuando esté hecho. Ya se enterará usted como pueda y entonces vendrá aquí con el resto de la pasta. Lo haremos en no más de quince días. Si intenta algo para jugárnosla, Leka y yo iremos a por su mujer, sus hijos, sus padres o cualquiera de su familia que encontremos. Y sabemos cómo y dónde hacerlo. ¿Lo ha entendido, señor Pérez?

—Perfectamente.

—Hasta luego, pues.

Los albaneses se levantaron y Pérez pudo comprobar las hechuras de los dos matones que acababa de contratar. Leka era un mudo gigante de dos metros y más de ciento veinte kilos de peso, con brazos como ramas de olivo embutidos en un chaquetón de cuero. Llevaba el cráneo rapado, pero la perilla que enmarcaba su boca era rubia con algunas vetas blancas. Lorik, por su parte, era más bajo y nervudo. También era rubicundo, aunque llevaba el pelo más largo con corte marcial. En el lado izquierdo del cuello, bajo la oreja, se le distinguía el tatuaje de las seis estrellas de cinco puntas dispuestas en arco, símbolo del nacionalismo albano-kosovar. El abrigo tres cuartos de piel negra era casi idéntico al de su compañero. Se despidió de Pérez con un gesto de la mano. Leka se limitó a seguirlo.

Cuando los albaneses hubieron desaparecido, Pérez se levantó de la mesa. Cruzó su mirada con el camarero, el tal Toni. Se despidió de él:

—Bueno, hasta luego.

—Serán quince euros de lo que tenían, ¿eh? —le dijo, mostrándole una sonrisa desdentada.

Pérez musitó una maldición en su cabeza. Jodidos gorrones. Dejó un billete de veinte euros sobre la barra mugrienta.

—El resto, al bote —dijo.

—¡Gracias, hombre! —contestó el camarero—. ¡Cerraré a las once, después del fútbol!

Salió a la calle. Aquello era un estercolero. El barrio de

Velluters se extiende justo detrás del moderno Instituto Valenciano de Arte Moderno, el IVAM, el segundo museo de arte contemporáneo de España. Uno de los orgullos de la Comunidad Valenciana a pocos metros del viejo Barrio Chino. Mientras caminaba hacia el aparcamiento de la calle Guillem de Castro —donde le esperaba su Mercedes E63— no podía dejar de sentir las miradas —lascivas unas y suplicantes las otras— de prostitutas y yonquis. Su mente de economista dedujo de inmediato los cincuenta mil euros que iba a costarle aquella gestión y esbozó una sonrisa. Idiotas. En el coche llevaba, en una bolsa de deportes blanca con el anagrama rojo de Adidas en su centro, los cien mil euros que pensaba gastarse en aquello. La cosa empezaba bien. La primera inversión costaba la mitad de lo previsto.

𐤀 𐤀 𐤀

Como todos los lunes por la tarde, salió de la Escuela Oficial de Idiomas de Valencia. Hacía doce años que los lunes y los miércoles dedicaba las dos últimas horas laborables del día a aprender otras lenguas. Ya había pasado por las aulas de Inglés, Alemán e Italiano y, ahora, asistía a clases de segundo curso de Francés. Habitualmente, su medio de transporte para acudir al centro educativo era la bicicleta, pero, en aquella tarde fría, lluviosa y desapacible de noviembre, optó por coger un taxi. Como el Jardín del Túria —su itinerario ciclista habitual— se convertía en un barrizal en cuanto caían cuatro gotas, los días de lluvia optaba por un taxi o por el autobús, según aconsejaran las circunstancias y, sobre todo, el tiempo disponible, pues lo que más odiaba en el mundo —después de los listillos maleducados— era la impuntualidad. Le gustaba estar ya sentado en su pupitre cinco minutos antes del inicio de la clase: las siete en punto de la tarde.

Una hora y cuarenta y cinco minutos después esperaba en el portal de la Escuela Oficial de Idiomas a que pasara un taxi. Era noche cerrada y, aunque no llovía, el aire estaba cargado de una humedad tan espesa que le manchaba las gafas. Tenía la cabeza llena todavía de gramática francesa. Mientras miraba el torrente de tráfico que se arrastraba por el margen izquierdo del Viejo Cauce repasaba en su cabeza la construcción del pretérito imperfecto: para conocer la raíz del verbo que se quiere conjugar hay que tomar la primera persona del plural del presente de indicativo, por ejemplo *avoir* (tener), o sea, *nous avons,* y hay que separar la terminación -*ons* y sustituirla por las diferentes terminaciones del pretérito imperfecto, es decir, *j'avais, tu avais, il avait, nous avions, vous aviez* e *ils avaient.* Claro que había muchas excepciones, pero, en líneas generales, había cogido la idea. Se le daban bien los idiomas.

La lluvia no caía, sino que más bien se quedaba suspendida en el aire. Su abrazo frío le mordía los huesos. Como en cualquier otra ciudad, coger un taxi en Valencia durante un día lluvioso era dificilísimo. Apartó de su pensamiento el pretérito imperfecto en francés para concentrarse en distinguir una luz verde en movimiento entre el caleidoscopio que conformaba la riada de coches. En un par de ocasiones creyó ver entre el aire húmedo el fulgor esmeralda y hasta alzó la mano para hacerle señas solo para descubrir —no sin cierta vergüenza por si alguien le estaba mirando— que había confundido dos veces el mismo semáforo lejano con su ansiado taxi. Intentó llamar por teléfono a uno, pero se cansó de escuchar el «Sittin'On the Dock of the Bay», de Otis Redding, con el que la centralita de Radiotaxi pretendía entretener a sus clientes mientras se liberaba alguna de sus líneas. Las luces de la Escuela Oficial de Idiomas ya estaban todas apagadas tras más de media hora esperando, cuando, por fin, un taxi dobló la esquina. La luz verde se le antojó una aparición divina y agitó la mano casi como una súplica. El vehículo paró a su lado. Estaba aterido, calado, hambriento y furioso. Solo quería llegar a casa, tomar una ducha caliente, prepararse un té y ver una película. Mientras se sentaba rogó que aquel no fuera el habitual taxista parlanchín que hablara de fútbol —lo cual detestaba—, de política o, aún peor, de lo mal que estaba el tráfico y el sector del taxi. De hecho, deseaba con toda su alma que el chófer no abriera la boca en absoluto nada más que para preguntarle el destino y decirle el importe de la carrera.

Tuvo suerte. Al menos en aquello. El marcado acento del conductor y su pelo pelirrojo le delataba como rumano o, quizás, ucraniano; de Europa del Este, en todo caso. Al decirle la dirección, el taxista emitió un sonido gutural que pretendía ser un «vale». Se arrebujó en el asiento, aliviado por el refugio que le brindaba el interior del vehículo tras tanto tiempo a la intemperie y visualizó en su cabeza el itinerario lógico para llegar a su casa.

Si hubiera sido él quien estaba al volante, hubiera girado por el Pont de les Arts. Había hecho ese trayecto demasiadas veces como para que le intentaran engañar. Se sabía bien el itinerario y que el coste de la carrera no iba a superar los diez euros. Sin embargo, aquel listillo hizo justo lo contrario. En vez de girar a la izquierda para tomar el primero de los puentes giró a la derecha para meterse por la avenida de la Constitución. Aquello significaba casi dos kilómetros más de trayecto y sus buenos quince euros. Vaya. Había tenido suerte al toparse con un taxista que no le iba a importunar con una conversación estúpida. Sin embargo, había dado con un listillo maleducado. «Reo es de muerte», musitó para sí. El conductor ni siquiera le oyó.

Su cerebro empezó a trabajar para trazar un plan. Primero había que pensar el sitio. Después, la excusa y, por último, hacerlo. En su mochila llevaba lo necesario. De hecho, nunca salía de casa sin ello. Pero lo más importante era la motivación: el estado mental. Se trataba de desencadenar una violencia extrema, brutal, rápida y despiadada. Sin ningún freno ni consideración ni respeto hacia el otro. En momentos así le gustaba mucho aquello que decía Clint Eastwood en la película *Sin perdón*, con la voz profunda de Constantino Romero: «Cuando matas a un hombre se lo quitas todo. Todo lo que tiene y todo lo que va a tener.» Y algo así no se puede tomar a la ligera. No obstante, había que despojar a la víctima de su condición de ser humano que pensaba, que sentía, que reía y que lloraba. Ni por un momento se podía permitir que otros aspectos de su vida contaminaran la visión que de él ya tenía. Seguro que era un marido estupendo; un padre genial; un magnífico compañero de trabajo que contaba chistes muy graciosos y que le salía bordada la paella de los domingos, o lo que cocinaran los rumanos o los ucranianos los domingos cuando fueran a comer en familia. Igual tenía talentos y habilidades que se iban a perder para siempre; sueños y anhelos que jamás se cumplirían. Con toda seguridad dejaría huecos imposibles de llenar en el corazón de sus parientes y amigos. Pero ya nada de eso le importaba. En absoluto.

El Reo llegaba a la condición de tal cuando hacía algo que merecía esa calificación. Entonces, dejaba de ser una persona para convertirse en un problema y la mejor solución para cualquier ecuación no era resolverla con tal o cual fórmula sino que la incógnita, la perturbación en el orden natural de las cosas, dejara de existir. La cuestión física pasa a un segundo plano, porque lo importante es el estado mental que proporciona la determinación precisa para acabar con su vida. El resto son detalles que, en cada ocasión, precisan de un tratamiento diferente.

Sin embargo, no es cuestión de hacer las cosas a tontas y a locas. Hay que estudiar con cuidado el escenario, las circunstancias, el candidato y la oportunidad, porque no solo se trata de matar sino, además, de que no te pillen y nunca puedan hacerlo. Y para eso hay unas cuantas normas. No son muchas, si bien son de obligado cumplimiento para no correr más riesgos que los lógicos que deben asumirse a la hora de asesinar a una persona que no conoces de nada, pero que se ha ganado una muerte lo más rápida y brutal posible. A veces, el Reo merecería, además, considerables dosis de dolor y humillación, aunque para un tratamiento de esa naturaleza rara vez se dispone del tiempo necesario ni del escenario adecuado. Además, la tortura siempre es una situación desagradable, sobre todo cuando empiezan los gritos. Un tormento requiere meses de preparación, la asunción de muchos, muchísimos riesgos y, principalmente, un sujeto que de verdad merezca la condición de Reo de Tormento. Pocas veces se dan todas las condiciones. La mayoría de los que merecen morir son solo eso, Reos de Muerte. Eso sí, de una muerte salvaje e inesperada.

Como la que le esperaba a aquel taxista en cuestión de minutos. Los que tardara en llegar al destino elegido. Él se lo había buscado, porque la mejor manera de ir por la vida es haciendo tu trabajo de manera honesta. Claro que en todas las circunstancias hay listillos como él a quienes las cosas les van bien porque abusan de la buena voluntad, de la educación y, en general, de la cobarde apatía del resto de la humanidad. Los problemas horrorizan a casi toda la gente, y problemas que impliquen, además, una pelea —ya sea verbal o física— son los que más repulsión causan. Es por eso por lo que los abusones, los listillos, los maleducados y los sinvergüenzas prosperan desde que el mundo es mundo subiéndose a las barbas de sus semejantes.

Hasta que ocurre lo que nadie espera que ocurra: que la muerte venga de la mano de un señor con gafas.

Cogió el móvil de su mochila y buscó en la carpeta de «Preferencias» una sintonía estridente. La hizo sonar y contestó como si fuera una llamada real.

—¡Dime, Jorge! ¡Ya estoy de camino! ¡Es que me ha costado horrores coger un taxi!

Hizo una pausa que fue entrecortando con unos cuantos síes a su imaginario interlocutor.

—No, no. No pasa nada. Ahora cambio el recorrido y ya está. Aún tiene remedio, porque estoy dentro del taxi —rio, intentando parecer lo más natural posible—. En un cuarto de hora o veinte minutos como máximo estoy allí.

Hizo como que colgaba el teléfono y se dirigió al taxista. Habló despacio para asegurarse de que le entendía.

—Vamos a cambiar de destino. —El conductor asintió—. ¿Sabes dónde está el restaurante La Matandeta, en la carretera de El Saler?

—¿El Saler? ¿La playa? —preguntó el taxista.

—Sí, por allí es, más o menos. Yo te diré por dónde. Tira hacia la Ciudad de las Ciencias.

El vehículo enfiló hacia allí. La Matandeta era uno de sus restaurantes favoritos. En medio de los arrozales que rodean la Albufera, la vieja alquería reconvertida en icono gastronómico cerraba los lunes y aquello estaría tan desierto como la cara oculta de la luna. El taxista listillo y maleducado parecía más amable en sus asentimientos a cada indicación del itinerario conforme el taxímetro iba subiendo el importe de la carrera. Veintitrés euros con noventa céntimos marcaba el indicador cuando el coche paró frente a la explanada que daba acceso al caserón. Una farola proyectaba su luz mortecina frente a la puerta cerrada. Ya llevaba los guantes puestos y la navaja de barbero —casi veinte centímetros de acero afilado— brillaba en su mano derecha.

—¿Es aquí, seguro? —preguntó el conductor mientras hacía ademán de encender la luz del interior del automóvil—. Parece que está cerrado...

No recibió respuesta. Con la mano izquierda le agarró del pelo y tiró de la cabeza hacia atrás. El filo plateado describió un arco de izquierda a derecha empezando justo debajo del lóbulo de la oreja. La hoja se abría paso a través de piel y músculos como si fuera mantequilla blanda, pero, aun así, mantenía la presión. El corte tenía que ser profundo. El filo seccionó en seguida la laringe y el grito que nacía en la boca del taxista se convirtió en un gorgoteo. La sangre de la carótida y la yugular salpicaron el parabrisas al principio, si bien la mayoría se derramó cuello abajo. Cuando el taxímetro marcó los venticuatro euros, el conductor ya no se movía.

Ahora venía la segunda parte. Aunque era seguro que el coche iba a estar allí toda la noche sin que nadie pasara por la zona, tenía que indicar a la Policía dónde mirar. Y lo mejor era que miraran en otra dirección. La causa más frecuente de los asesinatos de taxistas es el robo, así que se dispuso a coger toda la recaudación. Después vendría lo de siempre: manifestaciones de taxistas exigiendo más seguridad, condenas, concentraciones y la investigación rutinaria. Se sabía bien el procedimiento. Con extremo cuidado para ni siquiera rozar el cadáver con su ropa, registró el compartimento de la puerta del conductor. Allí solían llevar el dinero los taxistas. Y allí estaba. A ojo no había ni ochenta euros. Supuso que el taxi no sería de aquel desgraciado, sino que era un conductor a sueldo que hacía las noches para el propietario de la licencia. No llevaba ni emisora. La curiosidad hizo que abriera la guantera frente al asiento del copiloto. Y encontró lo que no se imaginaba: una pistola y, por lo menos, diez o doce papelinas, plegadas con mimo. Supuso que en el interior habría cocaína, pero no pensaba quitarse los guantes para averiguarlo. Sonrió. Eso era facilitar las cosas. ¿Quién iba a decirlo del listillo? Por lo visto, se creía aún más listo. Cogió los pequeños envoltorios, los metió en una bolsa de Mercadona que encontró en otro compartimento y guardó el paquete en su mochila. Dejó dos ocultos en el interior de los calcetines del conductor y abrió otro cuyo contenido esparció por el salpicadero; después, dejó el papelillo tirado en el suelo del taxi. Cuando la Policía encontrara el coche y el muerto, pensaría que había sido un ajuste de cuentas entre narcotraficantes y eso ya no cabreaba al sector de honrados taxistas valencianos que molestaban a la Delegación del Gobierno, que, a su vez, exigía investigaciones, resultados y detenciones. Si el muerto era un camello, se rellenaba el expediente y se archivaba. La Policía no es tonta, claro que no. Pero tiene mejores cosas que hacer que perseguir a quien se ha molestado en mandar al otro mundo a un bastardo por un asunto de drogas.

La pistola era otro cantar. Pensó en dejarla, aunque eso haría sospechar a las autoridades. Una cosa es que se tragaran que los homicidas no encontraran un par de papelinas, pero otra muy distinta era dejar un arma y pensar que la Policía no se iba a imaginar cosas raras. La cogió y la metió en el bolsillo de su abrigo. Se libraría de ella en menos de media hora, en cuanto cruzara el puente de la desembocadura del río Túria. La carretera de El Saler estaba desierta. Cruzó hacia el pinar de La Dehesa hasta encontrar el carril ciclista que corría en paralelo al asfalto. Entre los pinos era difícil verlo desde la calzada, pero, por si acaso, empezó a caminar lo más pegado posible a la vegetación. Era un buen andador y en seguida encontró el ritmo adecuado para la caminata que le esperaba. En una hora y cuarto, más o menos, estaría en casa. Vaya nochecita. Y eso que él solo quería una ducha, un té y una película. Malditos listillos maleducados.

⍦ ⍦ ⍦

La camiseta ceñida le marcaba los músculos del pecho y los brazos. Tanto que parecía que iba a estallar. En la penumbra del Never say no, el local donde hombres buscaban sexo con desconocidos, había atraído ya bastantes miradas, pero no la que él quería. Lorik no hablaba con nadie a pesar de que le habían entrado tres o cuatro, todos iguales: gordos, barbudos y calvos de cuello peludo. Lo había seguido un par de noches hasta aquel bar gay y engancharlo fue más fácil de lo que imaginaba. Un par de miradas, una sonrisa y dos cervezas y le contó que se llamaba Paco, que era bioquímico, que trabajaba en una empresa de lácteos y que su jefe era un sinvergüenza. Lorik ya sabía todo eso. E incluso conocía, además, algo que Paco ignoraba. Que el sinvergüenza de su jefe le había contratado para matarlo. Lorik le dijo que era rumano, ingeniero en su país, aunque en Valencia trabajaba de electricista. Paco se lo creyó. O hizo como que se lo creía, porque, en realidad, no le quitaba los ojos de aquellos bíceps hinchados y duros como las ruedas de un camión. Aquel lunes había poca gente en aquel establecimiento famoso por su laberinto a oscuras; una imagen que contrastaba con el animado ambiente de los fines de semana. La invitación a ir a un sitio más tranquilo del pretendido ingeniero rumano era, para el pobre, solitario y promiscuo Paco, irresistible.

Lorik le dijo que tenía el coche en la misma calle. Muy cerca. La Mercedes Vito brillaba blanca bajo la luz de las farolas de la calle Túria. Leka estaba dentro, advertido de que el cebo y la presa venían gracias a una llamada perdida de Lorik a su móvil. Cuando Paco se sentó en el asiento del copiloto, la manaza del gigante le tapó la nariz y la boca con un paño impregnado en cloroformo. Ni un ruido. Ni un gemido. Rápidos y eficaces. Como lo eran en los batallones en su Kosovo natal. Aunque entonces eran soldados. Ahora eran asesinos.

De camino hacia El Saler repasaron el plan. No querían hacer sufrir al pobre chico, que dormía atado en la parte de atrás de la furgoneta. Sin embargo, tenía que parecer una pelea con un chapero o un proxeneta con resultado de muerte. Y aquello dejaba fuera toda posibilidad de acabar con el muchacho de un tiro o una buena cuchillada. Por desgracia para él, tenían que matarlo a palos. Las dos barras de hierro entrechocaban entre sí con los vaivenes de la furgoneta con chasquidos siniestros. Habría que darle unos cuantos golpes que, seguro, que le iban a doler antes de que Leka le asestara el garrotazo final para reventarle la cabeza. El bioquímico iba a pasar un rato malo de veras, pero Lorik y Leka coincidían en que no serían más de cinco minutos. Qué se le iba a hacer.

La furgoneta abandonó la calzada asfaltada y se metió por el camino de tierra que serpenteaba entre los pinos. El aire cuajado de gotas de lluvia olía a resina y a sal. Entre las dunas debía de estar la Casa Negra —antiguo refugio de guardabosques de cuando La Dehesa y El Saler eran aún un coto privado de caza—, aunque la noche no les dejaba verla. Aparcaron el vehículo bajo uno de los enormes árboles y bajaron a empellones a su prisionero. Se había despertado e intentaba gritar tras la cinta americana que le amordazaba. Parecía que los ojos se le iban a salir de las órbitas y ambos matones cruzaron una mirada de asco al sentir el olor acre de la orina que manchaba la entrepierna del bioquímico. Arrojaron a su víctima al suelo y Lorik se agachó junto a ella mientras se llevaba el dedo índice a los labios. Le habló despacio. Casi como a un niño pequeño que tiene una rabieta.

—Silencio. No intentes ninguna tontería y todo irá bien.

Habían utilizado cinta de embalar para atarle las manos y los pies, no sin antes vendarle las muñecas para no dejar marcas de las ligaduras que pudiesen delatar la situación durante la autopsia. Aquel era un viejo truco que habían aprendido, por las malas, de la Policía serbia. Aun así, tenía que tener los brazos sueltos para intentar cubrirse de los golpes y recibir en los antebrazos las lesiones que un forense buscaría en cuanto leyera el primer informe policial. Lorik sacó una navaja del bolsillo de su abrigo de cuero y cortó las ligaduras. El terror paralizaba a Paco. Tanto que se quedó sentado en el suelo enfangado. Miraba a sus verdugos con una mirada tan incrédula como desesperada.

A su espalda, Leka, con sus gafas de sol aún puestas, asía una de las barras de hierro. La levantó por encima de su cabeza y en el momento en que iba a lanzar un golpe oblicuo dirigido al hombro izquierdo del bioquímico, un fogonazo salió de la espesura y, tras él, el estruendo que rompió el velo húmedo de la noche.

El cristal ahumado de su ojo derecho había desaparecido. En su lugar se abrió un agujero rojo. La sangre y el agua empezaron a mezclarse. La barra cayó al barro. El estampido del disparo activó el entrenamiento militar de Lorik y encendió los resortes de su cerebro para espolear nervios y músculos. Se tiró al suelo e intentó ponerse a cubierto. Cinco o seis metros le separaban de la furgoneta. Dentro, claro, había más armas de fuego, aunque no habían considerado necesario llevarlas encima para ocuparse de aquel desgraciado. No había avanzado ni un par de metros cuando le oyó detrás de él. No gritaba, pero proyectaba la voz como saben hacer los maestros de escuela.

—Mueve una sola pestaña y te dejo peor que al gordo de tu amigo. Extiende los brazos y abre las piernas. Despacio.

Lorik obedeció. No tenía más remedio que hacerlo. A esa distancia, fuera quien fuera, no podía fallar el tiro y era evidente que quien le amenazaba no era policía, porque, al menos los españoles, solían preguntar primero y disparar después. Los serbios lo hacían justo al revés. Al pobre Leka nadie le había preguntado. Con la cara en el fango, escuchaba el lloriqueo del bioquímico a su izquierda. No podía hacer nada más que esperar a ver qué quería aquel invitado de última hora y, tras eso, pensar nuevas posibilidades para salir de aquello con vida. Su captor volvió a hablar:

—¿Qué os había hecho este chico? ¿Por qué queríais matarlo?

Lorik barajó sus opciones antes de contestar. Como su

interrogador no era policía, no tenía sentido protegerse con el silencio. Quizá conociera al bioquímico. Quizá los había visto salir del bar gay de nombre en inglés o a lo mejor solo pasaba por allí. El caso es que le había salvado la vida al marica, con lo que lo mejor era decir la verdad. Ellos no tenían nada contra el chaval. Solo eran unos mandados. El responsable era otro.

—A nosotros, nada. Algo le debe de haber hecho a su jefe. Él nos contrató. Se llama José Luis Pérez Aldaba y es el que manda en una gran empresa de leche, queso o algo así. —Las palabras se atropellaban en su boca—. No te he visto la cara. Déjame marchar. En la furgoneta hay treinta mil euros que te puedes quedar y...

No le dio tiempo a completar su oferta. La barra de hierro de Leka que descansaba en el barrizal se desplomó sobre su sien. Una vez. El bioquímico lloraba mientras descargaba su furia. La pistola cambió de objetivo e impidió que Paco descargara el segundo golpe.

—¡Estate quieto! —esta vez sí que gritó.

En el suelo, Lorik se convulsionaba con la mirada perdida mientras la baba que se le escapaba de la boca se mezclaba con el barro. Sin dejar de apuntar al bioquímico se agachó para comprobar las consecuencias del garrotazo. Había pocas dudas. Quizá con atención médica el matón saldría de esta, pero no tenía la menor intención de llevarlo al hospital y sospechaba que el muchacho al que la barra de hierro le temblaba entre sus manos tampoco lo haría. Levantó el cañón de la pistola hacia el cielo y con la mano izquierda le hizo una seña tranquilizadora.

—Calma, hijo. Le has dado bien. No te preocupes que no va a pasar nada. Ya se ha acabado. Bueno, casi. ¿Cómo te llamas?

—¡Pa... Pa... Pa... Paco, me llamo Paco! —dijo entre hipidos.

—Bien, Paco. Ahora me tienes que ayudar, ¿vale? Deja la barra en el suelo y estate tranquilo. Muy tranquilo.

El bioquímico obedeció y se volvió a sentar en el suelo. Tenía la mirada perdida y se balanceaba de delante hacia atrás, siguiendo el compás de una música que solo existía en su cabeza. Las convulsiones de Lorik eran mecánicas y repetitivas como un ritmo machacón de discoteca hortera. Le costó un poco encajar el dedo índice del albanés en el gatillo y, después, lo apretó mientras orientaba el arma hacia el mar. Un nuevo estruendo recorrió el pinar y las dunas. Comprobó una vez más la brecha que el matón tenía en la sien. Era bien fea. Su ojo experto calibró el traumatismo. Porciones de masa encefálica se deslizaban por la frente. Si no moría en la próxima hora —cosa más que probable—, la lesión cerebral lo iba a convertir en un bebé de metro ochenta. Sin duda, aquellos dos eran Reos de Muerte. Con seguridad también eran Reos de Tormento, pero las circunstancias habían llegado de aquella manera.

Si había algo que odiaba más que a los listillos maleducados era a los matones. Había visto la escena oculto entre la maleza. Los faros de la furgoneta habían delatado la presencia del vehículo mientras caminaba por el carril-bici flanqueado de pinos y se había escondido a la espera de ver de qué iba aquello. Se asustó al pensar que podía ser la Guardia Civil o la Policía Local de patrulla, pero al ver a los dos sicarios sacar a empellones a aquel pobre chico que tanto le recordaba a él mismo cuando era más joven, decidió darle un uso más a la pistola del taxista antes de tirarla al cauce del Túria. Detestaba a los abusones. Y más aún a los profesionales del abuso. Un grupito de esos chulos martirizadores habían pasado ya por sus manos. La mayoría como Reos de Muerte, aunque hubo uno, incluso, que fue de Tormento; uno de los primeros, por cierto. La humedad que flotaba en el aire empezó a convertirse en lluvia, ligera primero y más recia después. No se podía perder más tiempo. Se fue a la furgoneta y, tras rebuscar un poco, halló la bolsa de deportes, cuya blancura destacaba en la penumbra del interior del vehículo. En el interior —tal y como le había dicho el sicario— había mucho dinero. No comprobó si estaban o no los treinta mil euros. Abrió su mochila y dejó en la guantera el paquete con las papelinas de droga. El arma del taxista aún seguía enganchada a la mano —ya cada vez menos temblorosa— de Lorik. Dejó la puerta de la furgoneta abierta. La lluvia empezó a caer con más fuerza.

—Bueno, hijo. ¿Puedes caminar? —El bioquímico asintió con la cabeza. Estaba de pie y se tapaba con las dos manos los genitales en un intento vano de ocultar que se había orinado encima—. Nos queda una buena caminata y, seguro, un buen resfriado para cuando la terminemos. Por el camino me contarás cosas de tu jefe. Empiezo a tener muchas ganas de conocerlo.

Se alejaron caminando hacia el carril-bici. El cielo se abrió y un aguacero torrencial se abatió sobre el claro entre los pinos donde los dos mercenarios albaneses habían encontrado su final. El cuerpo de Lorik dejó de temblar. El joven Paco renqueaba un poco al principio, con las piernas entumecidas por el tiempo que había estado atado y el miedo sufrido. Sin embargo, después de unos minutos, demostró que estaba en buena forma y cogió el ritmo de marcha de su salvador. Entonces empezaron a hablar:

—Ni siquiera le he dado las gracias por salvarme la vida, ¿señor?

—Llámame Mentor. Sí, Mentor.

☙ ☙ ☙

Llovió durante toda la semana. Los valencianos no están acostumbrados a tantos días seguidos de cielo encapotado, con lo que aquel domingo de noviembre, fresco pero soleado, La Alameda y los Jardines de Viveros estaban concurridísimos. A las dos de la tarde, dos matrimonios, amigos de toda la vida, salían por la puerta principal del Club de Tenis de Valencia rodeados de sus respectivas proles. Todos ellos vestidos con ropa cómoda de día libre de buenas marcas. En el restaurante del Club no había sitio, así que se iban con los niños a comer una hamburguesa. Ya sabes, a los niños les encanta.

José Luis Pérez Aldaba no había disfrutado ni del partido que había ganado su primogénito —«Este chaval tiene madera», le decía el entrenador todos los domingos— ni de las cervezas que se había tomado con sus amigos para analizar los lances del encuentro. El martes, cuando llegó al despacho, su secretaria le advirtió de que el bioquímico había llamado para decir que estaba enfermo y que alguien pasaría para entregar el parte de baja. Un señor con gafas, que dijo ser su tío, entregó el documento aquella tarde. Pretendió entregarlo en la recepción y no en Recursos Humanos, porque, según explicó, tenía mucha prisa, ya que llegaba tarde a su clase de Francés. El parte médico decía que el paciente presentaba un cuadro agudo de ansiedad y recomendaba reposo durante, al menos, diez días. El miércoles, los periódicos de Valencia traían la noticia del ajuste de cuentas entre narcotraficantes que había terminado en sangrienta tragedia en El Saler. Un taxista y dos ciudadanos albano-kosovares, con antecedentes penales los tres, se habían matado por un asunto de drogas. Del taxista no sabía nada, pero los identificados como Lorik N. y Leka T. habían conseguido quitarle el sueño.

Una de sus gemelas saltaba a su alrededor pidiéndole que le comprara una chuchería en el kiosco. Mientras buscaba la manita de su hija para cruzar la calle comprobó que el semáforo se abría para los peatones. Entonces lo vio. Al otro lado de la calle, apoyado en la puerta abierta de su Ford Focus estaba Paco, el bioquímico. Sonreía mientras le mostraba la bolsa de deportes blanca con el anagrama de Adidas en rojo que se balanceaba en la punta de sus dedos con un vaivén siniestro.

≀ ≀ ≀

Se sorprende porque se ha leído el capítulo de cabo a rabo, como si fuera la primera vez, como si hubiera olvidado que lo escribió él mismo. Le encanta esa sensación. Las páginas muy apretadas que aún mantienen su virginal rigidez. El olor a papel nuevo. Lo que tiene en sus manos es la primera edición de bolsillo del libro que abrió la serie de David Grau: *Cuando la espuma del mar se tiñe de rojo*. Su agente le dijo la semana pasada que la primera tirada iba a ser de diez mil ejemplares, con lo que recibiría en torno a diez mil euros, quizás un poco más. Pero lo más importante es que la agencia ha vendido los derechos para las traducciones al francés y al inglés, lo cual supone, como mínimo, otros veinte mil. ¡Vaya feliz casualidad! Justo la misma cantidad que imaginó que cobrarían dos sicarios albano-kosovares por matar a alguien de una paliza. Este capítulo es uno de los que más le gusta. Probablemente porque fue uno de los que más le costó escribir. Hizo el recorrido en taxi para comprobar la cantidad que costaría la carrera. Se aseguró de que el carril-bici por donde caminaba su asesino era invisible desde la carretera e incluso hizo a pie el trayecto —eso sí, de día y a pleno sol— para asegurarse de que al Mentor le costaría una hora llegar hasta su guarida. En el resto de la serie no hay, de momento, una descripción tan extensa ni desarrollada del archienemigo en la sombra de David Grau, si bien el oficial de la Benemérita le llama el Erudito y es el autor intelectual de los crímenes que investiga. Aquel libro necesitó dos años de trabajo nocturno y de fin de semana —entonces aún estaba en el periódico—, y un esfuerzo titánico. Se documentaba para cada adjetivo, para cada descripción, para cada procedimiento. Sin embargo, a sus textos les faltaba algo. Aún hoy no sabe qué era, si bien le gusta pensar que carecían de alma. Después de casi cincuenta folios escritos empezaba a pensar que no servía para la literatura. Era un buen periodista, sí. Un fiel «cronista de la actualidad» como decían sus compañeros más horteras. No había sido difícil parir a David Grau. Un respetado cuerpo policial como la Guardia Civil mezclado con un ingrediente insólito como la homosexualidad de uno de sus oficiales y, en él, una mixtura de sus detectives literarios favoritos. Como escenario, la Valencia de los albores de la primera década del siglo XXI, con sus fastos por la organización de la 32.ª Copa América y el Gran Premio de Fórmula 1, economía en expansión gracias al ladrillo y sensación generalizada de la alegría en el gasto propia de los nuevos ricos. De todo ello se podía documentar muy bien gracias a sus casi veinte años de escribidor de periódicos —le encanta usar la palabra «escribidor» como lo hace Mario Vargas Llosa—, pero no conseguía que los asesinos a los que se tenía que enfrentar Grau tuvieran, al menos a sus ojos, la verosimilitud necesaria. Antes de que el Mentor naciera sufrió muchos abortos creativos. Demasiados. Hasta que encontró la solución. Era demasiado periodista para ser escritor. Solo podía contar y recrear aquello que podía ver, comprobar o sentir.

Mira por la ventana de su estudio. Fuera llueve sobre el Cabañal. Le encanta la lluvia tranquila —siempre escasa en la ciudad donde vive, más proclive a aterradoras gotas frías de otoño, escandalosos aguaceros de primavera y espectaculares tormentas de verano que desbordan ríos y barrancos—, porque piensa que si llueve cuando debe hacerlo, el mundo se mantiene en orden. No obstante, espera que el pronóstico del tiempo tenga razón y la inestabilidad termine a lo largo de la tarde. Esta noche tiene un viaje de una hora larga hasta la caseta donde aguarda, atada y drogada, la víctima que debe azotar hasta la muerte con un sarmiento para documentar la siguiente fechoría del Mentor que iniciará una nueva aventura de David Grau.

3

Los acordes rotos de la guitarra de Angus Young invaden el interior de la furgoneta. La batería incorpora el ritmo mecánico tan solo un par de segundos antes de que la voz de Brian Johnson rasgue el aire: «*Livin' easy, lovin' free... Season ticket on a one-way ride... Askin' nothin', leave me be... Takin' everything in my stride... Don't need reason, don't need rhyme... Ain't nothin' I would rather do... Goin' down, party time...My friends are gonna be there too... Yeah.*» Sonríe. Los viejos AC/DC no fallan nunca. Los faros iluminan otra curva, cerrada y siniestra como las veinte anteriores, pero esta, encima, va cuesta arriba. Mete una marcha más corta; el motor diésel gruñe a la vez que los acordes previos del estribillo suben de intensidad, color y distorsión. Puro Rock n'Roll del bueno. Johnson revienta: «*I'm on the highway to hell... On the highway to hell... Highway to hell... I'm on the highway to hell...*»

La luna rebota sobre los cristales de escarcha recién nacida que visten con luz las hojas de pinos y algarrobos. Alcanza lo alto de la loma cantando a pleno pulmón. Ahí está la fuente, más blanca de noche que de día gracias al plenilunio. Ni siquiera mira por los espejos retrovisores antes de parar para desviarse por el camino de tierra que se abre a su derecha y serpentea entre campos, la mayoría abandonados. Como siempre dice, esta carretera es más segura de noche que de día, porque las luces de los otros coches delatan todas sus curvas y precipicios. Mete la primera marcha para recorrer, despacio, la senda. No quiere que ninguna piedra suelta de la pista forestal dañe la carrocería de la furgoneta de alquiler. Se sabe el camino de memoria. Apaga las luces del vehículo y deja que la luna le guíe hasta su destino.

Las hojas metálicas de la valla están, como siempre, abiertas. La mejor manera de ahuyentar a los ladrones de chalés es hacerles ver que allí no hay nada que merezca la pena ser robado. Accede al recinto y apaga el motor, pero deja encendida la radio que ha tenido sonando a todo volumen desde que se puso al volante hace una hora. Esta noche quiere estar concentrado al cien por cien y, por eso, ha utilizado el altavoz para que el silencio del pantano no le atrape. Ahora ya está lejos de la marisma y sus gritos mudos no pueden hipnotizarle de nuevo. Y, además, ahora quiere oír esa parte de la canción porque es su verso favorito: «*Hey Satan, payin' my dues... Playin' in a rockin' band... Hey Mamma, look at me... I'm on my way to the Promised Land... I'm on the highway to hell... On the highway to hell... Highway to hell... I'm on the highway to hell...*»

La casa es como cualquier otra de las centenares que hay por la comarca. Un vestigio del desarrollismo de los setenta y ochenta, cuando por dos duros se podía comprar una parcela donde levantar cuatro paredes y un techo de uralita para ir con la mujer y los hijos a pasar el domingo si el tiempo era bueno. Con los años y los ahorros, la caseta donde se guardaban sillas plegables, barbacoas y sombrillas crecía. Sin licencia, sin permiso, sin orden y sin gusto. No pasaba nada. Primero, otra habitación; después, un generador de gasoil; más tarde, un depósito de agua; luego llegaba otra ampliación y aparecía el huerto donde cultivar los propios tomates, que no saben igual que los del supermercado. Qué va. No tienen nada que ver. Por fin llegaba la balsa de riego que servía también de piscina, y cuando todo parecía terminado, los padres se habían hecho mayores allá arriba. Y si les pasa algo ¿qué? Está lejos del pueblo. Y apenas hay cobertura para el móvil. Yo no estoy tranquila, mamá. Mejor con nosotros en el apartamento de la playa que alquilamos entre todos. Al final, la ilusión de una casa en el campo cuelga en el escaparate de una inmobiliaria: «Casa con encanto. A dos pasos del pueblo de Gestalgar. De origen. Con muchas posibilidades. Tres habitaciones, salón con chimenea, paellero, trastero, párking para cuatro coches, piscina y jardín de 2.000 metros cuadrados.»

El párking para cuatro coches y el jardín de 2.000 metros cuadrados es, en realidad, el mismo campo que circunda la construcción central, con su tejadito a dos aguas, su porche sobre pilares de hormigón y su chimenea ennegrecida. La balsa de riego —la rimbombante piscina de la agencia inmobiliaria— es ahora una escombrera. Cuando compró la casa, hace cinco años, los únicos árboles que seguían vivos eran los olivos y los algarrobos. Son los que de verdad pertenecen al lugar; los que han estado allí desde siempre. Los intrusos —naranjos, limoneros y demás frutales— están como tienen que estar: muertos. Ahora de nada sirven los riegos, abonos y horas de trabajo para convertir aquel trozo de secano en un vergel. Solo las espinosas aliagas, los recios olivos y los duros algarrobos resisten sin que nadie se ocupe de ellos.

La noche es fría y en el interior de la casa —cerrada desde hace meses— el aire aún es más gélido. Las persianas están echadas y ni por asomo va a encender las luces. Un farol de gas portátil será suficiente. Su víctima duerme un sueño inquieto. Él percibe que el efecto de los somníferos que le ha obligado a ingerir está empezando a desaparecer. Hace pocas horas, Ferran Carretero salía de jugar su partida semanal de pádel con sus colegas de la Facultad de Económicas. Ahora está atado y amordazado en el salón de un chalé ilegal a cuatro kilómetros del casco urbano de Gestalgar, a una hora en coche desde la capital valenciana.

No es fácil mover al inconsciente y orondo catedrático. Suda en abundancia cuando su víctima, por fin, está sobre la mesa del comedor, tendido boca abajo, totalmente desnudo y con las piernas y los brazos bien amarrados a las patas del mueble. Estas, a su vez, están atornilladas al suelo. Preparó la casa hace semanas y, por ello, todo está cubierto con trozos de hule. Va a haber sangre y la sangre deja rastros que la Policía puede encontrar. La imagen de las carnes fofas del *exconseller* le recuerdan las palabras que Marguerite Yourcenar imaginó en *Memorias de Adriano*: «Es difícil seguir siendo emperador ante un médico, y también es difícil guardar la calidad de hombre.» Más que difícil, aquí es imposible ver en este maduro caballero —desnudo y atado— al orgulloso responsable político de hace unos años. De esta guisa no hay ni rastro del vistoso ejemplar de la casta de los gobernantes. Ahora no es culto, ni rico, ni orgulloso. El digno guardián del poder ya no tiene casi nada y él está a punto de arrebatarle lo poco que le queda.

Le recuerda bien de sus tiempos de periodista. Con ese

aura que emanan los que tienen la sartén por el mango. Los que siempre tienen la sartén por el mango. Trajes impecables, coches caros, rodeado de asesores, guardaespaldas, asistentes, subordinados, jefes de prensa y secretarias. Es uno de ellos. Uno de esos a los que les da lo mismo estar en el gobierno o en la oposición. A los de su condición nunca les falta de nada. Grandes defensores de la escuela pública que llevan a sus hijos a carísimos colegios privados; fanáticos adalides del transporte público con chófer. Además, son los mismos durante años, décadas. Da igual que la economía vaya bien o mal; que la gente vote derechas o izquierdas. Ellos siempre están ahí. Como los olivos y los algarrobos que custodian el jardín donde ahora solo prosperan los matorrales. A veces, cuando las circunstancias así lo aconsejan, toleran a los intrusos como los frutales que ahora son solo leña. Incluso los promocionan, los apoyan y les hacen creer que son uno de ellos. Pero, en cuanto tienen oportunidad o, simplemente, así les conviene, secan las balsas de riego, cercenan el suministro de abono y exilian al jardinero. Entonces, las cosas vuelven a como estaban. Los frutales mueren y los olivos y los algarrobos siguen allí: imponentes en sus troncos retorcidos y copas enormes, rodeados de sus séquitos de romeros y aliagas, y con los esqueletos leñosos de los advenedizos como recordatorio de quién manda y quién no. En ese trozo de la serranía valenciana se reproduce el orden secular: los que ordenan, los que obedecen y los que intentan convertirse en lo que no pueden ser y que acaban siendo combustible para estufas y barbacoas. De vez en cuando, muy de vez en cuando, una imprudencia criminal o un crimen imprudente provoca un incendio forestal y, entonces, las aliagas secas, los romeros marchitos y aquellos frutales que no terminaron en las leñeras se queman de todas formas, pero lo hacen con la furia que da la libertad, aunque esta sea un acto suicida. Olivos y algarrobos resisten algunos envites del fuego... hasta que las llamas los abrazan y, entonces, arden durante días. Ante la escena de Carretero desnudo y humillado; atado a una mugrienta mesa de patas metálicas, sabe que él es el fuego que va a acabar con este algarrobo. «Los de Siempre» están hechos de otra madera —áspera y retorcida en las tierras de secano, hueca y lisa en los cañaverales de las riberas de los marjales—, pero él es la llama que va a hacer que esas maderas, las dos, también ardan, como todas.

Son «Los de Siempre» y no puede mitigar el desprecio que le producen. Son siempre los mismos los que mandan. Y lo han hecho desde hace generaciones. En la política, en las empresas, en la universidad y hasta en las Fallas son ellos los que deciden. A ellos casi nunca les van mal las cosas. Son los habituales de los restaurantes caros, del Club de Tenis, de la Hípica, del Real Club Náutico. Son de abono anual al Palau de la Música y pase al palco VIP en el estadio del Valencia Club de Fútbol. Gente de verano en Denia o Jávea (nada de Cullera o Gandía que eso es de pobres), invierno en Baqueira y Semana Santa en crucero. Pero también son los que mandan en los sindicatos y en los partidos que se dicen obreros, comunistas o la sandez que elijan para cada ocasión. Los de Siempre: envueltos en una modestia tan falsa como los ideales que dicen defender que despliegan ante los ojos de la inmensa mayoría como chucherías para el cerebro. Comprometidos defensores de los humildes que son hijos de buenas familias de toda la vida. O dignísimos representantes del neoliberalismo que siguieron el consejo de aquel que dijo que fue de izquierdas hasta que ganó dos millones de pesetas en una semana y le dijeron que Hacienda quería la mitad. Los de Siempre son los que mandan. Los que han mandado desde que el mundo es mundo y todos, todos, quieren ser uno de ellos. También él. Y lo sabe. Y se odia por ello.

El catedrático Carretero empieza a despertarse. No lo ha amordazado por si la dosis de somníferos le causaba algún problema respiratorio. Es un hombre mayor y desconoce por completo si tiene algún achaque propio de la edad. A fin de cuentas, lo quiere vivo. Al menos durante un rato. Los sarmientos esperan en un rincón de la sala. Retorcidas varas de vid, del grosor de su dedo índice. Coge uno y golpea el aire, de arriba a abajo en diagonal con un silbido siniestro. Los romanos solo utilizaban los sarmientos en el caso de que los castigados con la flagelación fueran ciudadanos. Para los esclavos y los extranjeros usaban otro instrumento mucho más terrible: el *flagellum* o *flagrum* era un bastón de madera al que se le unían dos o tres correas de cuero de entre 35 y 40 centímetros de largo. Sobre las tiras de piel se cosían pequeños trozos de hierro o hueso y se fijaban pequeñas bolas de plomo a las puntas de las correas. Cada latigazo penetraba como un cuchillo que cortaba y desgarraba todo lo que encontraba a su paso, desde la piel a los vasos sanguíneos, pasando por grasa, músculos y nervios. El castigo era tan cruel que incluso para los delitos de alta traición los romanos no se atrevían a aplicarlo a sus propios conciudadanos. Para ellos reservaban los sarmientos que daban la posibilidad de que el reo llegara vivo a la ejecución propiamente dicha. No obstante, en toda la documentación que ha buscado sobre la *poena cullei* o «pena del saco» no figura si el ajusticiado estaba con vida en el momento en el que era metido en el saco con un perro, un gallo, una víbora y un mono. Todas las fuentes coinciden en que esa era la ejecución que los romanos reservaban para aquel que cometía, a sus ojos, el peor de los crímenes: el parricidio. Sin embargo, la flagelación —incluso con las ramas de viña— podía acabar con la vida de una persona. Sea como fuere, no tardará en comprobarlo. Su víctima habla desde hace unos minutos. Al principio solo emitía sonidos guturales y balbuceos sin sentido, propios del que despierta de un sueño inducido por las drogas. Se coloca el pasamontañas y coge el primero de los sarmientos. Según algunos historiadores, los romanos tintaban de rojo las varas con las que iban a aplicar el suplicio de los parricidas; otros dicen que, en realidad, se utilizaban ramas de cornejo, un árbol que tiene la corteza carmesí. Sin embargo, no ha considerado necesario llevar la documentación de la cosa a tal extremo. Sin tintar y sin ser de cornejo servirán igual de bien para su propósito. Al poco tiempo, Ferran Carretero es consciente de que no está viviendo un sueño, sino la peor de sus pesadillas. El terror y la confusión hacen desaparecer por completo los efectos de los narcóticos. El catedrático llora de terror primero; luego intenta razonar con su captor y termina por amenazarlo. Protegido tras la lana negra del pasamontañas, el torturador le deja gritar hasta que en la voz del preso aparecen grietas roncas por donde se filtran el miedo y la desesperación.

El verdugo se ha preparado para lo que viene y lo ha hecho de la misma manera que lo hace el diabólico Mentor de sus novelas. Aquello que está atado no es un ser humano, sino el medio para conseguir un fin: un elemento más para la documentación de la historia. Quizá no sea uno cualquiera, es posible que se trate de un apasionante experimento con doble finalidad: sabrá exactamente cuántos zurriagazos puede soportar alguien antes de desmayarse y

—llegado el caso— morirse. Pero también va a medir qué pasa cuando el horror hinca sus colmillos en el corazón de «Los de Siempre»; cuando empiezan a caer, una tras otra, las vigas que sujetan la ciénaga y el estrépito de la caída ahogue el eterno silencio del pantano que le atormenta con su inquietante belleza. Y, lo que es mejor, lo dejará escrito y publicado e incluso puede que después hagan una película con ello. Idiotas.

Como siempre, se lo ha leído todo antes. Los historiadores coinciden en que las flagelaciones romanas eran llevadas a cabo por especialistas que se turnaban por parejas y que, en todo caso, terminaban agotados. Él lo tendrá que hacer todo solo. Levanta la vara en el aire y la deja caer sobre la parte baja de la espalda. Un aterrador silbido de aire que se quiebra cuando el sarmiento baja por primera vez precede al chasquido de la madera contra la carne y, a su vez, al primero de los alaridos. Se acerca al oído de su víctima y le susurra la primera de las cuarenta palabras que le piensa decir esta noche. Ni más, ni menos.

—Uno.

ɣ ɣ ɣ

—¡Me cago en Dios! ¡El puto mercado de los cojones!

Golpea el volante con furia. Se le había olvidado que hoy era jueves y que intentar llegar en coche al bar es imposible. Centenares de puestos invaden la plaza y las calles adyacentes al mercado del Cabañal. Un mar de gente serpentea entre los tenderetes. El semáforo se pone en verde. El cartel luminoso del aparcamiento subterráneo —donde pensaba estacionar— luce en letras rojas el término «COMPLETO» como si fuera un insulto. Gira la cabeza de un lado a otro con furia. Busca una salida. A su izquierda, el edificio de la estación ferroviaria sobre la rotonda que marca el punto donde acaba la avenida de Blasco Ibáñez. Más allá puede que haya sitio donde dejar el coche, justo antes de llegar a la altura del cementerio. Mira el reloj del salpicadero. Las diez menos diez. Había quedado a las diez en punto. Un bocinazo del coche de detrás lo devuelve a su angustiosa realidad. Joder, joder, joder. Va a llegar tarde. Y a la Puri no le gusta que lleguen tarde.

Mete la primera marcha y aprieta el acelerador. El coche gira hacia la izquierda y el chirrido de las ruedas advierte a todo el mundo de que tiene prisa. Pisa a fondo. El semáforo está en rojo un segundo antes de que pase por debajo. En cuanto lo ha hecho se arrepiente. Los días de mercado, el barrio está lleno de policías locales y solo le faltaría que le pararan por una infracción de tráfico. Por no hablar de lo que le harían los maderos si se les ocurriera mirar en el maletero. Tiene suerte. Ningún policía a la vista. Mientras recorre el bulevar de Serrería comprueba que en ninguno de los dos lados hay huecos libres. Furgonetas de los vendedores ambulantes hasta en doble fila. Llega hasta la otra rotonda: el cruce de la avenida de Tarongers. Los edificios de cristal de colores de la Universidad Politécnica le indican que, incluso si consiguiera aparcar por allí, tendría una buena caminata hasta el bar de Flor. Joder, joder, joder. Por un momento piensa en dejar el coche encima de la acera, pero la mera idea de que un municipal se acerque al vehículo aunque sea para ponerle una multa le hace olvidar el asunto. Ni de coña. Al girar a la derecha sonríe como si se le hubiera aparecido la mismísima Virgen de los Desamparados en pelotas y con un consolador en la mano: las luces blancas de un coche que sale marcha atrás. Pero hay otro con el intermitente puesto esperando a que el primero acabe la maniobra. Se la suda. Pega un volantazo y se cuela en el sitio ante la mirada atónita de la chica que pensaba aparcar en su lugar. La muy zorra empieza a tocar el claxon y a escupir insultos que ni siquiera se molesta en oír. Sale del coche, se quita las gafas de sol y la mira. No más de tres o cuatro segundos. La cicatriz que le baja desde el lado izquierdo de la frente hasta la mitad de la mejilla y el ojo deformado hacen su trabajo. A pesar de la distancia huele el miedo. La muchacha se va a buscar aparcamiento a otra parte.

Se palpa el lado derecho del pecho. El sobre está allí. Donde lo ha puesto antes de salir de casa. Empieza a correr. Mira el reloj del móvil. Las diez menos tres minutos. Joder, joder, joder. Habrá poco más de un kilómetro desde allí hasta el bar de Flor. La acera está llena de gente, la mayoría señoras que arrastran carritos. Sale a la calzada y corre en sentido contrario hacia donde vienen los coches. En un par de ocasiones se tiene que meter entre las furgonetas aparcadas para evitar que le atropellen. Cuando, sudando a chorros, está en la puerta del bar, vuelve a mirar el reloj. Son las diez y dos. En menos de cinco minutos ha corrido más de mil cien metros de carrera de obstáculos. «No está nada mal para mis 47 tacos —piensa—. Falconetti aún está en forma.»

El bar, como siempre, está de bote en bote. Mete la mano en el interior de la chaqueta y vuelve a tocar el sobre. La camisa está empapada, pero la humedad no parece haber afectado al papel, protegido en el seno del bolsillo interior de la cazadora de cuero. Todas las sillas de la minúscula terraza que invade la acera están ocupadas. Se acerca a la barra y espera a que Toni se dé la vuelta. El camarero está cada vez más gordo, aunque, entre la cafetera y el grifo de cerveza, sus brazos se mueven con la rapidez de una cobra entre bocadillos, platos de olivas, cañas, cortados y carajillos. En cuanto se encuentran sus miradas, Toni le indica con un leve vaivén de la cabeza que pase al almacén.

Las cajas de botellas, sacos y barriles de cerveza forman un laberinto en cuyos pasillos apenas caben los casi dos metros y más de cien kilos de peso de Falconetti. Los tubos fluorescentes del techo están apagados. La única luz que entra en la estancia es la que viene de la cocina. De allí le llega al gigantesco tuerto el tufo del aceite friéndose mezclado con mil olores más. Al cabo de unos minutos, sale la Puri. Se seca las manos en el delantal blanco.

—¿Todo bien?

—De la pasta, sí —contesta Falconetti mientras le alarga el sobre—, pero el Profe no apareció anoche.

—¿Dónde habíais quedado?

—En el McDonald's del Bulevar Norte. Ese que está abierto toda la noche. Me dijo que pasaría sobre las once y cuarto u once y media. Yo estaba allí a menos cuarto y le esperé hasta más de las doce y media. Pero nada. Y, como ya era tarde, no quise molestarte.

—¿No le llamarías al móvil, verdad?

—Ni de coña, jefa. Ni de coña.

—Igual se puso malo. No sé. Hoy haré que le llamen a su despacho de la universidad. No te preocupes. —Señala el sobre que sostiene sobre la mano derecha—. ¿Y aquí está todo?

—Diez mil y pico pavos, jefa. Ahora en invierno la cosa está un poco más floja que en verano... ya sabes.

—Ya. ¿Has almorzado?

—¡Qué va! ¡He salido justito de casa y me ha costado un huevo aparcar! ¡No me acordaba que hoy había mercado!

—¡Parece mentira! Anda, siéntate y ahora te traen un bocata. Hoy he hecho tortilla de ajos tiernos y habas.

—¡Cojonudo!

La mujer guarda el sobre en un bolsillo interior de su falda negra y se mete de nuevo en la cocina. Falconetti sale del almacén y espera a que quede una mesa libre. Los días de mercado, en el bar de Flor, la gente no se queda mucho rato. No ha de esperar demasiado. En cuanto se sienta, Toni le grita desde la barra:

—¡Falco! ¿Cerveza o vino y gaseosa?

—¡Cerveza! ¡Un tanque!

No está muy seguro de si ha sido Paula o Sara la que le ha traído el bocadillo, los dos platitos con cacahuetes y aceitunas y la jarra con la bebida. Siempre confunde a las dos nietas de la Puri y eso que no son gemelas. «Aunque las dos están igual de buenas», piensa. Media barra de crujiente pan de cuarto le espera sobre el plato. La tortilla está buenísima: jugosa, con la verdura frita en su punto. La Puri es la que hace los mejores almuerzos de toda Valencia. Y también la que hace los mejores negocios con el tráfico de drogas.

Mientras Falconetti saborea el carajillo de Terry con el que ha terminado su almuerzo, una de las nietas de la Puri cruza el bar y se va a la calle. Se ha quitado el delantal y lleva el bolso colgado al hombro y las gafas de sol puestas. El tuerto se queda mirándole el culo torneado a la perfección en el interior de los pantalones vaqueros. La chica camina resuelta y se pierde entre la multitud que deambula entre los puestos del mercado. Su destino no está lejos. Sale a la avenida de Blasco Ibáñez y se para en el patio de una de las fincas más próximas a la estación de ferrocarril. Pulsa primero una sola vez, despacio, el timbre del portero automático. Nadie contesta. Mira el reloj y esboza una mueca de fastidio. Deja el dedo apretado contra el botón hasta que una voz entre pastosa y colérica contesta:

—¿Quién es? ¡Joder!

—¡Soy Sara! ¡Ya era hora, coño! ¡Las once de la mañana y aún en la piltra!

—¿Sara? —Cualquier resto de enfado se ha esfumado por completo—. Perdona, es que anoche me quedé estudiando hasta las tantas. Sube, sube.

Fran corre hacia el cuarto de baño para lavarse la cara e intentar poner un poco de orden en sus cabellos revueltos. En el espejo comprueba con horror las marcas de las arrugas de la almohada en su mejilla derecha. Y eso por no hablar del ridículo pijama rojo desgastado que lleva puesto. Cuando suena el timbre de la puerta corre hacia ella, no sin antes echar una mirada angustiada hacia el comedor. Aquello es una pocilga. Papeles, apuntes, periódicos, revistas, libros, cajas de pizza y ceniceros llenos se amontonan en la mesa, junto al ordenador portátil. El sol entra a raudales por la ventana sin cortinas y da de lleno en uno de los pósters que adornan las paredes; concretamente en el que reproduce el cartel original de *La guerra de las galaxias*.

—¡Hola! —El muchacho esboza una sonrisa que busca la complicidad de una chica de su misma edad—. Perdona, no te he oído... ya te digo... anoche me acosté a las tantas, porque tengo un examen esta tarde y...

—¡Los estudiantes vivís muy bien! Yo a las siete de la mañana ya estaba pelando patatas en el bar.

—Ya...

—Bueno, mi abuela dice que vayas a la universidad esta

mañana para ver si le ha pasado algo al Profe y que vengas luego al bar y me lo digas. Recuerda que hoy cerramos antes.

—¿A Carretero? Es que ya no tengo clase con él.

—Pues lo buscas. Creo que lo esperaban anoche, pero no apareció.

—Vale. Preguntaré en su departamento.

—Por cierto —la chica rebusca en su bolso—, te he traído el libro que me dejaste. Me ha gustado mucho. ¡Qué listo es el picoleto marica este! ¡Y qué gracioso! ¡Y qué malo es el malo! ¿No?

Los dos billetes de cincuenta euros sobresalen con descaro de entre las páginas del volumen. Fran sonríe cuando coge el libro y lo deja sobre la mesa como un elemento más del caos que corona el mueble.

—Ya te dije que estaba muy bien. Y, además, como todo pasa en Valencia... pues como que conoces los sitios y te hace más gracia.

—¿Tienes más de este tío? Como no tiene nombre...

—Cu —contesta Fran con una sonrisa mientras señala la «Q» mayúscula que encabeza la portada del libro, sobre el título *Cuando la espuma del mar se tiñe de rojo*—. Supongo que así se hace el interesante. Tiene otra novela que también está muy bien, que es la continuación de esta, pero se la llevó un colega el otro día. Aunque, espera...

El muchacho hurga entre los montones de cosas de la mesa. Vislumbra el lomo del volumen que está buscando debajo de unos ejemplares atrasados de *El Jueves*. Sin embargo, entre el trajín de revistas viejas aparece, delatora y culpable, una pornográfica que intenta ocultar —sin éxito— de los ojos de la chica. Por fin aparece el librito que buscaba y que ofrece a su visitante.

—Mira. *Valencia criminal* —lee con la voz casi quebrada por la vergüenza y ante los ojos divertidos de la muchacha—. Es una colección de cuentos de varios autores; el primero es de Q y va de uno de los primeros casos del guardia civil marica. Si quieres, llévatelo.

—Vale. Ya te lo devuelvo cuando lo termine.

—¡Huy! Tranquila. Además, se leen en seguida.

—Bueno, yo me bajo al bar. Acuérdate de que mi abuela está esperando.

—Sí, sí. No te preocupes. Me visto y me voy pitando.

—Ale pues. Hasta luego.

—Hasta luego.

En cuanto se cierra la puerta, Fran vuelve a su habitación a vestirse. Los recados que hace para la Puri son los que le permiten pagar el alquiler del piso, la matrícula de la Facultad de Económicas y sus gastos. De vez en cuando también vende género en fiestas y botellones, pero bajo riguroso encargo y solo a conocidos de confianza. Sus padres creen que trabaja dando clases particulares.

Veinte minutos más tarde ya está en la calle camino del cercano campus universitario para preguntar en el Departamento de Economía Aplicada por el catedrático Ferran Carretero. Mientras anda va pensando la excusa que le dará a la secretaria. Algo se le ocurrirá.

ᛉ ᛉ ᛉ

La única tarde que el bar está cerrado es la de los jueves. La locura de trabajo que provoca el mercado —que acaba a las tres— es tal, que su abuela decidió hace años que no merecía la pena tenerlo abierto. Después de recoger y limpiarlo todo, Sara y Paula han ido a la peluquería. Luego se irán de compras. Mientras atienden a su hermana, la joven saca del bolso el libro prestado. Una «Q» centrada en el medio de la página encabeza el primer capítulo. Empieza a leer:

LA CALAVERA NEGRA

Un caso precoz de David Grau

Playa de Gandía. Verano de 1998

El Garbí sembraba de vellones blancos la superficie del mar. El viento del sureste había llegado puntual a su cita diaria, bien pasado el mediodía, a la costa de Gandía. Como siempre, docenas de amantes de la vela habían aprovechado las rachas constantes típicas de la costa valenciana para que sus embarcaciones enfilaran la entrada del puerto deportivo con suaves empopadas que les permitían llegar casi de un tirón a sus amarres, sin hacer bordos ni encender los motores hasta el último momento. Una maniobra fácil en una dársena de aguas tranquilas, bien protegida por el enorme espigón de afiladas rocas. O no.

—¡En cuanto lo vi venir hacia aquí como una flecha empecé a gritarle para que no me enganchara el sedal! —El hombre señaló hacia la caña de pescar que estaba sobre una de las rocas—. ¡Pero no hacía caso y tuve que saltar aquí arriba para que no se me llevara por delante!

—Usted estaba sentado ahí abajo, ¿no? —David Grau señaló el mojón de piedra cuya presencia se intuía sobre uno de los salientes, a apenas cuatro palmos del agua. En uno de sus lados estaba bien visible el número 34 pintado de blanco. Era un puesto de pesca, numerado y pagado.

—Sí, ahí abajo, sí. —El hombre estaba tan moreno que su piel tenía la textura y el color del cuero—. Cuando se la ha endiñado contra las rocas he gritado a ver si había alguien, pero no contestaba nadie hasta que ha bajado el perro y se ha ido corriendo para allá... —Señaló hacia tierra—. ¡Después del susto del barco me he llevado otro aún más grande por culpa del chucho de los cojones!

Tanto el sargento Grau como su testigo tenían que hablar a gritos para elevar sus voces por encima del estrépito que organizaban las velas y los cabos del crucero al flamear con el viento del sureste como si protestaran por su triste destino. Sobre la falda del espigón trepaba el casco blanco de la embarcación, reventada por las aristas de los bloques de hormigón amontonados. Daba la sensación de que el piloto del pequeño yate había intentado subir y bajar por ambos lados de la escollera como si se tratara de una montaña rusa. Aunque Grau no tenía ni idea de navegación, a simple vista podía percibir la enorme velocidad que debía de llevar el barco con todas las velas desplegadas. Un tramo de al menos diez o doce metros de casco se encaramaba sobre las rocas, reflejando el sol de agosto con blancura intensa. La popa del yate estaba sumergida en el agua y Grau calculó, a ojo, que aquel bicho debía de medir entre dieciocho y veinte metros de largo. «O mejor dicho, de eslora», pensó mientras le venía a la memoria un gag de Les Luthiers que le hacía especial gracia y que le ayudó a recordar que los barcos no tienen longitud sino eslora. La quilla y el timón se habían desgarrado de la parte inferior y yacían en una posición imposible entre las aristas de piedra mojada, como una paloma con las alas rotas.

—¿Y recuerda usted cómo era el perro que dice que salió de ahí dentro? —inquirió Grau a su testigo.

—¡Grande! ¡Un caballo! —El hombre se llevó la mano a la altura de su prominente panza peluda—. ¡Por lo menos, así de alto! ¡Y negro! ¡Con las orejas así como caídas!

Grau imaginó algo parecido a un San Bernardo o un

mastín y se alegró por ello. Un perro de ese tamaño no podía pasar desapercibido ni siquiera en la masificada playa de Gandía del mes de agosto.

Los dos guardias del Grupo Especial de Actividades Subacuáticas, el GEAS, salieron a gatas por la portezuela que daba acceso a los camarotes del yate. Grau no pudo evitar meter hacia dentro la tripa en el momento en el que uno de los agentes se dirigió a él. El joven guardia estaba espléndido con su bañador reglamentario y su camisa de manga corta de neopreno con el emblema de la Benemérita sobre su apetitosa y musculosa tetilla izquierda. Esperaba que le dijera que había encontrado el cadáver, pero no fue así:

—¡Mi brigada! —gritó el guardia una vez pudo asegurar los pies sobre una de las rocas del espigón—. ¡La embarcación está vacía!

—¿Cómo hostias va a estar vacía? —rugió el hasta hace poco sargento primero Víctor Manceñido, que no había parado de acariciar los galones que lucía en sus hombros tras su nuevo ascenso—. ¡Si el perro ese ha conseguido traer el barco hasta aquí, ya tiene mérito el animalito de no haberse dado el hostión mucho antes! ¡Coño!

—Yo le digo lo que hay, mi brigada —contestó el agente, encogiéndose de hombros—, y con los destrozos por el choque que hay ahí dentro es imposible saber si ha habido antes algún tipo de violencia. Los camarotes han quedado como si hubiera pasado por ellos el caballo de Atila y cuatro de sus primos.

El crujido de la emisora que Grau y Manceñido llevaban fijada sobre el hombro izquierdo se unió a la algarabía organizada por las velas y los cabos del crucero que el viento de las cinco de la tarde alborotaba sobre sus cabezas.

—Aquí Patrullera Báltico EB4637 para dotación en tierra, cambio.

—Aquí sargen... digo, brigada Manceñido, cambio... —contestó el superior de Grau, aún poco acostumbrado a su nuevo rango. El oficial miró hacia la patrullera de la Guardia Civil, fondeada al otro lado del puerto, desde donde llegaba la comunicación.

—La Comandancia Marítima de Valencia —dijo la voz radiada que salía entre mil crujidos de estática del pequeño altavoz de la radio— ha confirmado bandera y matrícula de la embarcación siniestrada. Nombre *Antinoo*, repito, A, N, T, I, N, O y O, dos «os» al final. Modelo Beneteau Oceanis 58 de dieciocho metros de eslora, con bandera española y amarre permanente en el Club Náutico de Gandía. Pertenece a la empresa BAROSA, repito, BA, RO, SA, y en la hoja de ruta que comunicó al práctico con fecha de anteayer pone que iba rumbo a Ibiza con su patrón habitual, el señor Fernando Ballester Roig, administrador único de la mercantil.

En cuanto escuchó el nombre, Manceñido puso los ojos en blanco y cerró la comunicación con un «cambio y corto» lo bastante breve como para que en la patrullera no oyeran el rosario de blasfemias que el oficial de la Benemérita propinó acto seguido a los restos de aquel naufragio sin náufragos:

—¡Es que me cago en mi puta calavera negra! ¡Tenía que ser Ballester Roig! ¡Y yo que mañana empezaba mis vacaciones, que ya se han ido a tomar por el culo!

Grau comprendía el enfado de su brigada. Fernando Ballester Roig era el gran empresario de Gandía, presidente de la patronal turística de la provincia de Valencia y dueño de más de la mitad de los hoteles, restaurantes y locales de ocio de la playa gandiense. Su enorme chalé de una sola planta resaltaba en la primera línea del paseo marítimo —a menos de un kilómetro de allí— precisamente por su escasa altura en medio de los rascacielos. Aquella casa era, en sí, un mensaje clarísimo: no solo la vivienda era cara, sino que se podía permitir no hacer otra torre de apartamentos en aquel lugar.

Ballester Roig había pasado de ser el hijo de un tendero (con unas cuantas parcelas en las que solo se podían cultivar melones por su cercanía al mar) a ser el dueño de un emporio turístico. De él se decía que había puesto y quitado alcaldes de todos los colores políticos a su antojo y que, al final, cualquier decisión municipal siempre le terminaba favoreciendo. Que el barco del hombre más rico de Gandía se estrellara contra las rocas sin nadie a bordo, solamente un perro, que, además, se había escapado y que obviamente no podía testificar, ya era un buen lío. Además, Grau presentía que Ballester Roig llevaría desaparecido e ilocalizable, por lo menos, dos días. Y para colmo de males, el siniestro se había producido en el interior del puerto y la más que probable desaparición del empresario había tenido lugar en el mar, o sea, jurisdicción estricta de la Guardia Civil. Con todos esos mimbres, la cesta que se estaba conformando tenía grabado el cartel enorme de no hay permisos ni vacaciones para los puestos de la Benemérita de Gandía y Xeraco hasta nueva orden. Y pensar que desde la Unidad Central Operativa de la Guardia Civil de Madrid fueran a enviar investigadores a primeros de agosto entraba de lleno en el terreno de la alucinación. Aquel marrón era para ellos solitos. Manceñido tenía motivos para estar cabreado.

—¡Grau! —ladró el brigada—. Si ya ha tomado declaración a los testigos y si su señoría no tiene inconveniente

—miró al juez de guardia, que asintió—, que vacíen el interior del barco de todo aquello que nos pueda servir para averiguar qué cojones ha pasado aquí. ¡Es que me cago en mi puta calavera negra! ¡El verano pasado lo de los alemanes aquellos, y este, otro pollo! ¡Y el crucero por el Mediterráneo pagado ya! ¡Hostia!

—A la orden, mi brigada —contestó Grau con la mirada fija en el suelo para que Manceñido no se diera cuenta de la ligera sonrisa que se le dibujaba en los labios. Lo de cagarse en su puta calavera negra era la blasfemia favorita de su superior y, a pesar de que la había oído cientos de veces en el tiempo que llevaba destinado en Xeraco como suboficial, le seguía haciendo gracia. Quizá fuera el deje extremeño.

—¡Ah, Grau, otra cosa! —Manceñido se volvió hacia su joven sargento—. ¡Compruebe con los del GEAS en la Capitanía del Náutico si Ballester salió solo! ¡Y que los municipales busquen al cabrón del chucho! ¡Solo nos falta que muerda a alguien! ¡Claro que con la jodida suerte que tengo, seguro que termina mordiéndome a mí! ¡Es que me cago en mi puta calavera negra! Con perdón, su señoría, buenas tardes.

Manceñido se alejó hacia el todoterreno que esperaba al inicio del espigón y donde docenas de personas en bermudas se agolpaban para intentar ver el barco reventado contra las rocas. En un sitio como Gandía en pleno verano, donde toda actividad consiste en playa de mañana, siesta de tarde y paseo de noche, aquel suceso sería tema de conversación durante días.

Grau dio las órdenes a los dos guardias y se regaló a sí mismo unos segundos de lascivia mental para contemplar sus bien torneados culos apretados bajo el bañador de neopreno verde oliva. Bolsas de plástico etiquetadas empezaron a salir del interior del yate con todo tipo de cosas: desde botellas de whisky caro hasta ropa, cartas náuticas, dispositivos electrónicos de navegación, algunos libros, una televisión con la pantalla rota, una cámara de vídeo de las buenas y docenas de CD y cintas de VHS tanto comerciales como vírgenes para grabación doméstica. Y así infinidad de objetos. Cada cosa fue fotografiada en su lugar original y, con el yate ya vacío, se tomaron imágenes de su interior de forma minuciosa. Cuando la última caja con posibles pruebas fue cargada en la furgoneta, el reloj del campanario de la iglesia del Grao de Gandía marcaba las dos de la madrugada. Y en el paseo marítimo había más gente que a las doce del mediodía.

ɣ ɣ ɣ

Grau llevaba toda la mañana viendo películas. En realidad no las veía. Se limitaba a poner una cinta en el reproductor y la pasaba a la mayor velocidad posible. Era el procedimiento. Visionaba las docenas de VHS que Ballester Roig guardaba en el barco. Ya había visto las tres partes de *El Padrino*, una colección entera de wésterns, media docena de comedias románticas, algunos éxitos del cine español, *Ben-Hur*, *Quo Vadis* y *Lo que el viento se llevó*. Grau las tenía que ver todas. Una cinta de vídeo comercial con una película puede convertirse en una de grabación con solo ponerle un poco de cinta adhesiva para sustituir la pestaña inferior de la carcasa de plástico. Entonces se puede volver a grabar en ella y, tras la operación, se retira el adhesivo y se consigue un camuflaje perfecto. La Guardia Civil había encontrado material comprometido oculto bajo películas infantiles. El mismo Grau, en sus años mozos, tenía escondidos un par de films pornográficos en el interior de dos entregas de *Rambo* que sabía que su madre nunca iba a ver. De vez en cuando se acordaba de ellas con inquietud, porque ambas cintas aún estaban en su habitación de la casa de sus padres en Valencia. Cogiendo polvo, esperaba. Con todo, el procedimiento de investigación de la Guardia Civil era claro: si en la escena del crimen aparecían soportes de vídeo o audio, había que comprobarlos todos. Por si acaso.

El día anterior, mientras en el laboratorio se buscaban huellas dactilares, había visionado todas las cintas domésticas que se guardaban en el yate. Bautizos, comuniones, bodas, celebraciones y momentos especiales de la familia Ballester Roig habían pasado ante sus ojos con movimiento apresurado. Sobre su mesa tenía fotografías de la mujer, los hijos y los familiares del empresario, debidamente identificadas con etiquetas adhesivas. Toda la vida de aquel hombre había sido registrada en imágenes. A través de ellas, Grau pudo comprobar cómo Ballester Roig había prosperado. A cada película, la ropa de sus protagonistas era mejor; el restaurante donde se realizaba cada celebración, más elegante; los regalos que se intercambiaban, más caros. La boda del propio Ballester tenía el aire austero de los años sesenta, muda, llena de raspaduras por el uso, con cura de sotana, vestido de novia sencillo y pocos invitados. Otra cinta, veinticinco años después, mostraba las bodas de plata con mucho más poderío, con coche de caballos, montaje de imágenes profesional, música integrada y los mismos novios más gordos, más viejos y también más ricos.

Al empresario le gustaba guardar sus recuerdos en vídeo. Una cinta llevaba por título «Yo y el mar» —«El burro delante para que no se espante», pensó Grau— y en ella había un compendio de todas las embarcaciones que Ballester había tenido: desde la primera barquita, bautizada como *Conchita* en la que se metían como podían el empresario, su mujer y sus tres hijos para pasar un día marinero con nevera de plástico y bocadillos de tortilla de patata, hasta el día de la botadura del inmenso *Antinoo*, cuyos restos habían sido retirados a trozos del espigón al día siguiente del accidente.

Al final de esa cinta, Grau se encontró con el único testigo ocular vivo del accidente: *Betún*. Así se llamaba el perro que saltó del barco después del siniestro. Un labrador, negro como su nombre, que los funcionarios de la Perrera Municipal de Gandía habían capturado en la misma puerta del enorme chalé de los Ballester en el Paseo Marítimo. El animal estuvo ladrando ante una puerta que nadie abrió, porque la mujer de Ballester estaba en Londres de compras con su hermana; sus dos hijos gemelos volaban a Estados Unidos para empezar sus estudios en la Universidad de Columbia, y la hija mayor vivía con su marido en Alemania. Todos fueron localizados después de muchas gestiones y en aquellos momentos todos estaban ya de vuelta en casa o de camino, a la espera de noticias. Mientras, el can seguía aguardando en una de las jaulas de la perrera a que alguien fuera a por él.

Betún era el protagonista de la última escena grabada en la que toda la familia Ballester Roig estaba junta. La cámara vacilante del tomavistas mostraba cómo los hijos del magnate se colocaban junto a la borda del *Antinoo*, con la cara hacia el agua y el culo en pompa. Entonces, el inquieto *Betún* saltaba sobre su trasero y los tiraba al mar, límpido y azul, en medio del jolgorio general. El perro tenía la habilidad de frenar su carrera justo a tiempo para no caer y quedarse moviendo el rabo justo en el borde mientras se felicitaba a sí mismo por su travesura con ladridos.

A Grau solo le quedaba una película por visionar: *¿Dónde vas Alfonso XII?* «Joder —pensó—, cine de autor de rabiosa vanguardia.» La colocó en el reproductor, le dio al *play* primero y a la tecla de doble flecha de paso rápido después. Los vestidos de época, la cara angelical de Paquita Rico y la belleza clásica de galán de Vicente Parra desfilaron ante sus ojos ya cansados de tanto trajín. Diez minutos después las imágenes se desgarraron para convertirse en la nieve parpadeante que indicaba que alguien había grabado encima de la película original. Paró la marcha rápida y se levantó de la silla para acercar su cara a la pantalla. El sonido era un conjunto caótico de silbidos y chasquidos, que, fruto del viento, se colaba en el micrófono de la grabadora. En el margen inferior izquierdo de la pantalla aparecía impresa la fecha de la grabación. Hacía poco más de un año que se habían tomado aquellas imágenes. *Betún* aparecía en primer plano. Era mucho más pequeño. Un cachorro encantador que corría detrás de una pelota de goma. Tras unos minutos siguiendo las evoluciones del perro, la cámara se levantaba y ofrecía una magnífica visión de la proa del *Antinoo*. Sobre la cubierta blanca estaba Ballester Roig desnudo. Al percatarse de que la cámara estaba en marcha, el empresario sonreía al tiempo que levantaba los brazos en señal de rendición, como un ladrón sorprendido por la Policía. A pesar del viento que enmarañaba el audio, se distinguían las risas del filmado y el filmador. El objetivo se acercaba, con grandes vaivenes, hacia la entrepierna del empresario, quien movía las caderas para que su miembro, que empezaba a hincharse, se bamboleara como el badajo de una campana. Cuando ya estaba cerca, muy cerca, Grau gritó al ver cómo una mano, de piel negra, asía la verga con ademán experto. Para otras cosas quizá no, pero, en estos asuntos, Grau tenía mirada de lince. Aquella mano de hechuras africanas era de un hombre.

—¡Mi brigada! ¡Mi brigada! ¡Venga a ver esto!

Víctor Manceñido estaba en la habitación contigua hablando por teléfono con el juez. Dos días después del accidente, Fernando Ballester Roig seguía desaparecido, el mar no lo había devuelto. Manceñido le estaba contando al juez que según el informe del Centro Zonal de Meteorología de Valencia, el Garbí había soplado la jornada del siniestro con rachas de entre veinte y veinticinco kilómetros por hora. El barco del empresario podía desarrollar una velocidad de crucero con el velamen desplegado de unos diez u once nudos. Todo aquello quería decir que si Ballester se había caído al agua y no había conseguido volver a subir a la embarcación, su cuerpo podía estar en cualquier sitio al sureste del puerto de Gandía, en un radio máximo de entre quince y veinticinco kilómetros. Manceñido, al oír los gritos de Grau, se despidió precipitadamente del juez.

—¿Qué pasa, Grau? ¿Qué has encontrado?

El sargento volvió la cinta hacia atrás y le mostró a su superior el hallazgo. El brigada se limitó a susurrar casi como una oración:

—¡Es que me cago en mi puta calavera negra!

❦ ❦ ❦

La mezcla de crema, salpicaduras de agua, salitre y sudor sembraba de destellos el escote de Sandra, ya dorado por el sol tras quince días de vacaciones. De vez en cuando, algún movimiento brusco hacía que se moviera la tela del bikini y, por unos instantes, una delgada línea de piel blanca anunciaba las delicias de lo que estaba oculto. La chica pedaleaba poco, casi nada. Desde que habían salido de la playa, era Borja el que hacía todo el trabajo, y no era fácil mantener las piernas en movimiento mientras miraba de reojo el escote de Sandra e intentaba que no se le notara la erección que crecía bajo el bañador, y eso que se había puesto unos calzoncillos debajo para mantener la cosa a raya. Se habían enrollado la noche anterior —muchos besos con lengua y una mano en el culo, pero Sandra no le había dejado hacer nada más— y Borja no veía el momento de repetir la experiencia. Por eso se le había ocurrido la idea del patín de pedales, para ver si Sandra, mar adentro, le dejaba subir un par de escalones. Con diecisiete años, los planes para estos asuntos no suelen ser mucho más elaborados.

Las olas eran suaves y el azul del agua se había hecho más intenso debido a la mayor profundidad. Un golpe seco sonó en la parte inferior de la embarcación, como si el patín hubiera dado con un obstáculo. El golpe volvió a sonar con menos fuerza: una vez, dos veces, tres veces. El sonido se movía de popa a proa.

—¿Qué ha sido eso? —preguntó Sandra.

—No lo sé. —Borja pretendía mantener la voz tranquila ante el nerviosismo de la chica, aunque notaba que el picor del miedo le subía por la espalda. A fin de cuentas, al igual que Sandra, él también era de Madrid y el mar le causaba más que respeto—. Será un madero o algo. Hace días que el agua está superguarra.

Un nuevo golpe sonó en el esquí derecho del patín y una cabeza del color de la cal emergió de las aguas como una terrorífica boya. Si aquello había sido alguna vez un hombre, ya no lo parecía debido a la hinchazón de sus tejidos y a que los peces se habían dado un festín con sus ojos.

Sandra empezó a gritar. Y cuando Borja la dejó sola al lanzarse al agua para nadar hacia la orilla con desesperación, gritó aún más.

γ γ γ

—¿Qué dice la autopsia? —preguntó el juez.

—Que el señor Ballester Roig murió ahogado, señoría. Sin ningún tipo de dudas —contestó Grau—. A pesar de que estuvo en el agua más de cuarenta y ocho horas, por suerte la fauna marina es escasa en la zona y por eso el cadáver no había sido demasiado atacado por los peces y conservaba el duodeno.

—¿Y eso qué tiene que ver?

—Pues que los forenses examinan el duodeno, señoría —apuntó el brigada Manceñido—, para ver si tiene agua en su interior. Si es así, quiere decir que la persona ha luchado por su vida y, al intentar respirar, le ha entrado agua dentro. Si hubiera caído al mar sin conocimiento o ya muerto, no tendría agua en su interior y...

—Entonces —interrumpió el juez—, ¿podemos concluir que el señor Ballester Roig murió ahogado tras caer de su barco por algún tipo de accidente?

—Bueno —intervino Manceñido—, está lo de la película que descubrió aquí el sargento Grau.

—¡No me lo recuerde! —El juez levantó los brazos en señal de desesperación—. Me ha llamado ya hasta el arzobispo de Valencia para recordarme lo importante —dibujó en el aire con los dedos el signo de unas comillas— que es la discreción en un caso como este y lo mal que lo está pasando una familia tan querida y respetada como los Ballester Roig.

—Ya, su señoría —apuntó Grau—, pero no debemos cerrar el caso sin estar seguros de que el hombre cuya mano aparece en el vídeo no tuvo nada que ver con el accidente.

—¿Han identificado a ese individuo?

—No, señoría, no tenemos más que esa grabación y con lo que se ve de él es imposible realizar una identificación.

—¿Y tenemos constancia de que el señor Ballester lo subiera a bordo el día de la salida del barco?

—El señor Ballester salió muy temprano y el marinero que asiste a los grandes barcos del Club Náutico para desatracar dice que no vio a nadie durante la maniobra, si bien imagino que una relación de... —Grau titubeó con la sensación de que tenía la frase «yo también soy gay» escrita en la frente— de esa clase no es algo que se quiera pregonar a los cuatro vientos, ¿no?

—No, supongo que no. Otra cosa, ¿algún indicio más en la embarcación? ¿Alguna pista?

—Aún falta el informe definitivo, señoría —dijo Manceñido—, pero los del Náutico nos hicieron notar que al barco le faltaba el ancla de repuesto.

—No sabía yo que los barcos tenían anclas de repuesto, como las ruedas de los coches. —El juez se divertía con su propia ocurrencia.

—Es obligatorio, señoría. Un ancla se puede perder a veces, y por ello, entre el equipo de emergencia, se tiene que llevar otra, así como chalecos salvavidas, balizas de radiofrecuencia y esas cosas.

—Igual ya había perdido la buena y no la había repuesto.

—No, señoría. Son diferentes —terció Grau—. El ancla del crucero era la titular, por decirlo de alguna manera.

—Bueno. De todas formas, vamos a esperar un par de

semanas más a ver qué sale y, si no hay más novedades, cerraré el caso. —El juez se levantó del sillón para indicar que la reunión había acabado—. Buen trabajo, señores.

—Gracias, su señoría —respondieron casi al unísono ambos guardias civiles.

y y y

Manceñido estaba contento. Después de mucho pelear con la muchacha de la agencia de viajes, a quien recordó varias veces que era brigada de la Guardia Civil e incluso llegó a ir a su oficina vestido de uniforme y con la pistola al cinto, había conseguido que le cambiaran el pasaje de su crucero por el Mediterráneo para una semana más tarde. Ballester Roig ya estaba enterrado tras un grandioso funeral que fue oficiado por el obispo auxiliar de Valencia y al que asistieron las corporaciones municipales al completo de Gandía, Oliva, Daimuz y Xeraco, y hasta dos *consellers* del Gobierno valenciano. No hay nada como tener dinero e influencia para que los trámites de autopsias se aceleren. Hacía tres días que Ballester había salido a navegar y al cuarto ya estaba enterrado. Grau sabía que su brigada estaba viendo la luz al final de su particular túnel de infortunios, porque había empezado a preguntarle por los monumentos que no podía perderse en Roma ni en Florencia:

—¡Es que tú sabes más de estas cosas, Grau! —decía ante el folleto abierto sobre la mesa—. ¡Como tienes estudios de arquitectura!

—No, mi brigada, yo hice Historia del Arte —contestó Grau.

—Más que yo, que solo hice el gilipollas hasta que mi padre me baldó a hostias y aprobé el ingreso en el Cuerpo.

—Rio—. ¡Y es que me cago en mi puta calavera negra! ¡Menudo pieza era yo de chaval! ¡Madre mía! ¡Y eso que el viejo era sargento de la Benemérita de los que habían hecho la guerra, Grau! ¡No se andaba con chiquitas, no!

Esta vez, Grau le rio el exabrupto a la cara de su superior. Manceñido era capaz de que su blasfemia favorita significara cosas muy diferentes según las circunstancias.

—No se puede perder esto, mi brigada —Grau señaló una foto en el folleto—, es el Panteón de Agripa.

—¿El Panteón ese no está en Grecia o por ahí?

—No, mi brigada, ese es el Partenón.

—¡Joder! ¡Es que se parecen los nombres! ¿Y eso qué es? ¿Una iglesia?

—Más o menos. Verá...

El agente encargado de la guardia de puertas de la casa-cuartel se asomó al patio interior donde Grau y Manceñido se sentaban en torno a una mesa de plástico bajo una sombrilla con sendos cafés granizados tocaditos de ron Negrita.

—¡Mi brigada!

—¿Qué pasa?

—Llaman del puerto pesquero de Gandía. Que una de las barcas trae un muerto en la red.

Grau esperaba que Manceñido volviera a bramar, que recurriera, como siempre, a su calavera negra. Sin embargo, el brigada se limitó a levantarse y dirigirse al pabellón donde vivía con su familia. En la puerta se volvió y dijo:

—¡Te tengo que poner una instancia para que te equipes, Grau! ¡O piensas ir a la escena del crimen en bermudas y chanclas! ¡Es que me cago en mi puta calavera negra!

ɣ ɣ ɣ

—¿Los resultados son concluyentes?

—Del todo, señoría —dijo Manceñido—. Se trata de un varón africano de veintiún años, Sonny Ndiaye, de Senegal. Tenía una orden de expulsión que no llegó a ejecutarse nunca al estar en paradero desconocido dentro del territorio nacional, ya que lo soltaron del Centro de Extranjería de Valencia por un error burocrático.

—¿Y la causa de la muerte?

—Murió de asfixia, señoría —terció Grau—, probablemente producida durante un juego sexual con el señor Ballester Roig.

—Lo de la bolsa de plástico en la cabeza, supongo.

—Más o menos. En este caso fue cinta americana fijada a la nariz y la boca de la víctima. El problema es que antes el muchacho había ingerido una cantidad más que considerable de alcohol, que le produjo... espere... —Manceñido buscó el párrafo en el informe del forense y leyó—: aquí está: «Un reflujo gástrico en posición decúbito supino en un estado de semiinconsciencia por falta de oxígeno que tiene como consecuencia la aspiración de fluidos regurgitados.»

—O sea, que se ahogó en sus propios vómitos —aclaró el juez— mientras tenía la boca tapada.

—Así es, señoría. Además, la autopsia ha revelado que la víctima tenía semen tanto en el recto como en la boca. Y había ingerido cocaína —Manceñido se acarició la nariz— a base de bien, si me permite.

—Pero ha estado en el agua más días incluso que el otro, ¿no?

—Sí, lo que pasa es que el señor Ballester Roig tuvo especial cuidado, en cuanto se dio cuenta de que su amante estaba muerto, de envolverlo en bolsas de plástico y sellar el paquete con cinta americana, así que apenas ha entrado agua en el envoltorio —explicó Grau—. Además, en el interior colocó el ancla de repuesto para que sirviera de lastre.

—¿Y saben cómo subió el negro al barco?

—No, señoría. Imaginamos que entraría en el Náutico oculto en el coche de Ballester y, antes de las siete de la mañana, no sería demasiado difícil escabullirse y colarse en el yate. Lo debían de haber hecho antes muchas veces.

—¿Y cómo terminó en el agua el señor Ballester? —preguntó el juez mientras ojeaba el informe de ambos guardias civiles donde estaba la respuesta—. ¿Fue al lanzar el cuerpo por la borda?

—Ballester se tomó su tiempo, señoría —aclaró Grau—. Era un hombre frío y astuto. Primero preparó el paquete a conciencia y después buscó aguas profundas para deshacerse del cadáver. Acto seguido, desplegó todas las velas para alejarse de allí a la mayor velocidad posible y, con todo el trapo arriba, arrojó el cuerpo por la popa. Allí se quedó unos segundos mientras se hundía, y entonces *Betún* hizo la gracia que más les gustaba a sus amos.

—¿*Betún*? ¿Quién es *Betún*?

—El perro, señoría —dijo Manceñido—, es el perro.

Grau sacó una de las cintas de vídeo que estaba en una de las cajas con las pruebas y la colocó en el reproductor. En la pantalla aparecieron los hijos de Ballester jugando a que el labrador negro les empujara al agua. El juez intervino:

—¿Quiere decir usted que fue el perro?

—El informe de los peritos navales dice que se encontraron arañazos realizados con un objeto cortante pesado en la madera de la cubierta y en el interior de las muescas había restos de plástico negro idéntico al de las bolsas de basura que estaban en el interior del barco. Eso nos hace suponer —explicó Grau— que Ballester arrastró el cadáver con el ancla por la cubierta hasta la popa y tuvo que colocarse en una posición parecida a esta —señaló el culo de la hija mayor del empresario justo antes de que el perro la empujara al agua en la pantalla del televisor— para empujar el cadáver. Entonces, el animal saltó sobre él. Como el barco llevaba todo el velamen desplegado, y Ballester no llevaba chaleco salvavidas, la nave se alejó tan rápido que no pudo alcanzarla y, al final, se ahogó.

—Todo está en el informe, supongo.

—Todo, señoría.

—¿Lo del negro, la cocaína y el semen también?

—También, señoría, también.

—Pues se va a organizar una buena.

≀ ≀ ≀

Grau y Manceñido estaban sentados de nuevo en las sillas de plástico del patio de la casa-cuartel. El folleto del crucero por el Mediterráneo estaba sobre la mesa, junto al tabaco y los granizados de café tocaditos de ron Negrita. Hacía un calor de mil demonios, pero, bajo la sombra del emparrado, la tarde se hacía soportable.

—Entonces, de Roma no hay que perderse ni el Coliseo, ni el Vaticano ni el Partenón ese, ¿no?

—El Panteón, sí —corrigió Grau con suavidad—. En un solo día no sé si le dará tiempo a todo, mi brigada. Si tuviera que dejarse algo, déjese el Vaticano. No se pierda las otras dos cosas.

—Con lo beata que es mi mujer, si no la llevo al Vaticano me la corta. ¡Y no te extrañe que quiera ver al puto Papa!

—Pues yo prefiero el Panteón a la Basílica de San Pedro, mi brigada. ¡Anda! —Grau se golpeó la frente—, ¿sabe usted que el barco de Ballester se llamaba, precisamente, como el amante del emperador romano que construyó esto? —Señaló el folleto—. ¡Claro, Antinoo! ¡El novio del emperador Adriano!

—¡Querrás decir novia!

—No, no. Novio, mi brigada. El emperador Adriano era homosexual y su favorito era un chico llamado Antinoo, como el barco de Ballester, fíjese.

—¿Me quieres decir que un emperador de Roma era maricón?

—¡Uy! ¡Hubo más de uno, mi brigada!

—¡Dices cada cosa, Grau! Eso sería como si hubiera guardias civiles maricas. ¡Vamos, que no puede ser!

—En la Guardia Civil no lo sé, mi brigada. Pero está demostrado que Adriano y Antinoo fueron amantes. Y muchos años, además.

—¡Un emperador mariquita! ¡Es que me cago en mi puta calavera negra!

Grau sonrió.

4

—Entonces, ¿estaba vivo cuando *o lançavem ao río*? —aunque Erik hablaba cada vez mejor el castellano, de vez en cuando se le escapaban formas verbales y artículos en portugués. Grau ya ni siquiera se daba cuenta de ello aunque, de vez en cuando, hacía bromas sobre el *portuñol* en el que se expresaba su amante.

—Apenas, pero sí, lo estaba.

—¿*Mais*, cómo lo sabéis?

—Porque nos lo dice el forense.

—¿Qué es el forense?

—El médico que hace las autopsias —contestó Grau enarcando las cejas—. El que abre a los muertos. ¿No se dice igual en portugués?

—¡Ah! *Nâo.* Nosotros le decimos *médico-legista*.

—Bueno... pensaba que era una palabra que era parecida en todos los idiomas.

—¿Y cómo lo sabe el fo-ren-se? —Pronunció la palabra sílaba por sílaba mientras Grau veía en aquellos ojos negros el brillo de la acción de memorizar; de aprender.

—Pues por muchas cosas. Por ejemplo, porque en las heridas de la espalda encontraron trocitos minúsculos

—Grau juntó su dedo índice y pulgar a pocos centímetros de la nariz achatada de Erik— de algo que luego lo analizaron y resultó ser corteza de cornejo.

—¿De conejo?¿Como Bugs Bunny? —La ancha sonrisa de Erik iluminó el rostro mulato.

—¡No, no! Cornejo, cor-ne-jo, no conejo. Es un arbusto que tiene las ramas de color rojo. Según el forense eran de poco más de un dedo de gruesas, pero le dieron a base de bien. Cuando lo sacaron del río, el pobre hombre tenía la espalda como si fuera una hamburguesa.

—¿Y con eso podéis saber ya quién ha matado a ese señor?

—¡Hombre! ¡Solo con eso no! Pero sí sabemos que el que lo hizo se tomó muchas molestias para que todo saliera de una manera concreta. Y así podemos seguir con la investigación.

—Entonces, se lo comieron los animales que estaban dentro del saco.

—No, qué va. La mayor parte de los mordiscos y arañazos que le hicieron los bichos fueron después de muerto.

—¿Eso también se puede saber?

—Claro. Si te hacen una herida mientras estás vivo, la sangre intenta coagularse y hace pequeñas costras que los forenses pueden encontrar. Si la piel se corta después de muerto, no intenta volver a cerrarse y la herida es distinta.

—Ya. Oye, ¿tienes tabaco? A mí se me ha acabado.

—Sí. Espera.

Grau se levantó de la cama y se acercó a la silla donde había dejado la cazadora. Del bolsillo interior sacó el paquete de Marlboro y el encendedor. Erik estaba a cuatro patas sobre la cama. Intentaba alcanzar el cenicero que estaba en una mesa cercana. En cuanto lo cogió, lo colocó en el medio del lecho. El sol del mediodía entraba tamizado por las feísimas cortinas marrones que les protegían de los ojos cotillas del patio interior. La luz asordinada hacía que la piel de Erik fuera aún más canela. Su cuerpo fibrado, lampiño y delgado, se estiró sobre las sábanas. En el lado izquierdo de su vientre plano tenía un tatuaje que se extendía por la pelvis y la parte superior del muslo. Era una composición de flores tropicales y tallos que se enroscaban en torno a un papagayo. Decía que le recordaba a su ciudad, Salvador de Bahía, y a su país: Brasil.

El mulato sonrió cuando Grau le ofreció un cigarrillo ya encendido. El guardia civil se quedó unos segundos admirándolo en su desnudez, mientras Erik se estiraba sobre la cama deshecha. Su miembro, aunque ya flácido, seguía siendo enorme y caía sobre su muslo izquierdo: «Veintiún centímetros reales, versátil, besucón y apasionado», ponía en el anuncio de Internet a través del cual el joven se prostituía. A Grau no le cobraba. Erik era lo más parecido a una relación estable que había tenido en años y, como casi todo en su vida, no era normal. Ni de lejos.

Se conocieron en una redada durante una operación contra el tráfico de personas y la prostitución. De aquello hacía ya dos años. El objetivo era un club a las afueras de Favara, entre Cullera y Gandía. Antes había sido un hotel convencional, pero el establecimiento cambió de manos y los nuevos dueños lo convirtieron en el mayor prostíbulo de la provincia de Valencia, no solo por la cantidad y calidad de sus servicios, sino también por la variedad. La Guardia Civil sospechaba desde hacía tiempo que la inmensa mayoría de las mujeres y los escasos muchachos que se prostituían allí dentro eran inmigrantes ilegales. Aquella noche, Grau no tenía por qué haber trabajado, pero el grupo operativo necesitaba refuerzos para identificar a los posibles indocumentados y la Comandancia movilizó a todo aquel que no tuviera una buena excusa. El burdel estaba demasiado a la vista como para que sus gestores se arriesgaran a tener allí a nadie en contra de su voluntad. En teoría, ellos eran meros arrendadores de habitaciones por horas, lo cual no era —ni es— ilegal. Que sus clientes fueran meretrices y efebos tampoco era asunto suyo. El hecho de que la mayor parte de ellos estuvieran en España sin papeles ya era otra cosa. «Poca cosa —pensaba Grau—, aunque bueno para mejorar las estadísticas de la Delegación del Gobierno para cuando se celebrara la rueda de prensa anual sobre índices de delincuencia.»

Grau se pasó toda la noche en uno de los vestíbulos del edificio. Pidió la documentación a más de veinte personas. Con cada una comprobaba los datos del DNI o pasaporte, si estaba reclamada o si tenía en orden el permiso de residencia. En más de una ocasión, operativos como aquel habían dado como resultado la detención de algún prófugo. Erik aguardaba su turno con el temor pintado en su rostro aniñado y las lágrimas a punto de brotar de sus ojos. En cuanto Grau recibió de sus manos sus papeles, ni siquiera le hizo falta comprobarlo en el ordenador para cerciorarse de que eran falsos. Sin embargo, algo en aquella mirada acuosa le conmovió. No fue la lujuria, sino más bien un inexplicable sentimiento de ternura hacia aquel pobre chico. En aquel momento, ni se le pasó por la cabeza, para nada, la idea de tener sexo con él o de aprovecharse de su condición de agente de la ley para llevárselo a la cama. Era algo más... Quizá lástima, quizá ternura, quizás amor a primera vista. Estaba seguro de que aquel muchacho había pasado las de Caín desde que aprendió a andar y que toda su vida había ido dando tumbos de un sitio malo a otro peor, sin más palancas que la que tenía entre las piernas, eso sí, de casi un palmo de larga. Grau aún hizo como que comprobaba los datos en el ordenador portátil, aunque, en realidad, lo que tecleó fue su propio número de teléfono móvil. Con una mirada comprensiva le devolvió los papeles a Erik con un lacónico: «Todo correcto, señor, buenas noches.» Los ojos del joven mulato siguieron igual de abiertos, pese a que del temor había pasado al estupor. Sin creerse del todo que aquella noche la buena suerte le sonriera sin saber el porqué, Erik se escabulló por la puerta de entrada y se perdió en la oscuridad.

Pasaron las semanas y Grau se olvidó del asunto. O casi. A veces se acordaba del verdadero nombre de Erik: Henrique Joâo Arantes Figueira, y así, con todas las letras, le saludó una noche, meses después, en la penumbra de La guerra, un local de cuartos oscuros donde dar y recibir sexo entre desconocidos. Allí acudía Grau cuando la lujuria, la soledad o ambas cosas se le hacían insoportables. Como en la mayoría de estos sitios, aquello estaba plagado de chaperos que tentaban a los más tímidos, sobre todo al final de la noche cuando solo quedaban, como decía un amigo suyo, los desechos de tienta. Erik reconoció al guardia civil gordito de rostro amable y buen corazón y, agradecido, le devolvió el favor de la mejor manera que sabía: con la boca. Aunque, eso sí, sin decir ni una palabra. Desde entonces, Grau le llamaba, al menos, una vez al mes. Solía invitarle a un café o una cerveza en un bar cercano al piso alquilado del joven, en la calle Pepe Alba, que era donde recibía a sus clientes. Y los refrigerios acababan siempre con un final feliz. Grau le había echado una mano para arreglar sus papeles con un colega amigo suyo de la Brigada de Extranjería de la Policía Nacional. Erik había conseguido un trabajo tapadera en un locutorio próximo a cuyo dueño le abonaba, todos los meses, el importe de su cuota de la Seguridad Social más la comisión correspondiente. A cuarenta euros el servicio completo, ganaba lo suficiente para costear su peculiar forma de entender el régimen de autónomos, enviar dinero a su madre —quien creía que trabajaba como camarero— y pagar con puntualidad a su casera. Era un buen arreglo. Todos salían beneficiados. A veces, Grau sentía la tentación de proponer a Erik ir al cine o a cenar; hacer otra cosa que no fuera lo habitual. Después del sexo, acostumbraba a disfrutar de la compañía del chico, de su acento meloso y de su sonrisa ancha. Quería conocerle; estaba ya seguro que quería quererle. Pero aún no se había atrevido. Nunca reunía el suficiente valor para hacerlo. Nunca parecía el momento oportuno.

—¿*Mais*, qué hora es? —preguntó Erik, de pronto, a la vez que buscaba el teléfono móvil en la mesilla de noche—. ¡Tengo un cliente a las doce! ¡Son las once y media! Voy a ducharme y a comer algo. —Rio—. ¡Necesito *forças* para empalmar *outra* vez!

El mulato saltó de la cama y se fue hacia el cuarto de baño. Grau comprobó también la hora cuando se puso el reloj. Él también tenía algo de prisa. A las doce y cuarto tenía una cita con la decana de la Facultad de Geografía e Historia de la Universidad de Valencia. Mientras se vestía pensó que Erik solía tener mucho más trabajo por las mañanas en días laborables que durante las noches de los fines de semana. Justo al revés que sus colegas femeninas. Tenía su lógica. Erik contaba con más de una docena de clientes fijos que, por supuesto, estaban casados y que aprovechaban alguna que otra hora muerta en sus respectivos trabajos para darse un respiro en su quehacer de respetables padres de familia. Quizá por ello, Erik detestaba los puentes festivos, las vacaciones de Navidad, los días de Fallas y la Semana Santa. Para él, las fiestas de guardar significaban que no había clientes.

Una vez vestido, Grau se asomó al cuarto de baño. Erik estaba terminando de secarse. El joven dejó caer la toalla y se le acercó para estamparle un beso en cada mejilla.

—¿Te vas? Llámame pronto y quedamos otro día con más tiempo. Los sábados y domingos no trabajo —una carcajada resonó entre el vapor que inundaba la minúscula sala de aseo—, como los ricos.

—Sí. He quedado a las doce y cuarto. Ya te llamo y nos vemos un sábado para... —Grau pensó que era en aquel momento o nunca— para tomar algo, ¿vale?

—Vale. —Las eles de Erik eran profundas y líquidas, casi engoladas—. Cuando quieras, ya lo sabes.

Grau salió a la calle entre aliviado por no haberse encontrado a nadie en el ascensor y furioso consigo mismo. El «tomar algo» era la frase habitual que significaba lo que significaba. Tendría que haberle sugerido otra cosa que el mulato no hubiera interpretado como un asunto de cama, condón y lubricante. El corazón le pedía, cada vez con más insistencia, que diera el paso, pero en su cabeza se encendían todas las luces rojas. La homosexualidad en la Guardia Civil seguía siendo —a pesar de que un par de casos ya habían salido a la luz— un asunto muy delicado. Y, además, el chico del que creía que se estaba enamorando era un inmigrante con un trabajo falso para mantener la residencia legal en España, que, para colmo, se prostituía. En aquel guiso, todos los ingredientes parecían elegidos a propósito para que todo saliera mal. O muy mal.

contó a Basilio el macabro hallazgo del cadáver dentro del saco. El exguardia civil metido ahora a historiador conocía bien aquel paraje de Gestalgar, puesto que el pueblo entraba dentro de la jurisdicción del puesto de Villamarchante, donde ambos habían estado destinados. Cuando terminó de contarle los detalles, Basilio exclamó:

—¡Coño! Por lo que me dices, parece que lo han tratado como a uno de los *prodigia* en la Roma republicana.

—¿Cómo dices?

—Sí, sí. El otro día lo escuché en una conferencia, pero me coincidía con otra clase y no pude estar más de diez minutos o así. Justo antes de salir, la que daba la charla estaba hablando de los ritos que los romanos tenían para controlar lo que ellos consideraban que era sobrenatural o demoníaco, y eso del saco, la serpiente, el perro y todo lo demás lo mencionó como una forma de ejecución romana destinada a casos especiales y...

—¿Qué casos especiales?

—¡No te digo que no me quedé! Hice acto de presencia al principio para que la decana y mi jefe de Departamento me vieran y después me piré, porque tenía otra clase. Pero el título de la conferencia era algo así como «La magia y la ley en la antigua Roma» y hablaba de los rituales que hacían los romanos en determinados momentos y como el famoso Derecho Romano, en realidad, venía directamente de un puñado de supersticiones de cuando eran un grupo de pastores cazurros.

—¿Podrías conseguir la conferencia?

—Mejor aún —Basilio sonrió—, te puedo conseguir a la conferenciante. Es la decana de la facultad y me adora desde que un día le arreglé la moto.

—¿Le arreglaste la moto? ¿Qué le pasaba?

—¡Oh, nada de nada! Es que la había ahogado de tanto darle al puño del gas —Basilio le guiñó un ojo—, pero ya sabes... las mujeres se vuelven locas con las manitas de los manitas.

—¿Te la has...?

—¡No, hombre, no! ¡Si podría ser mi abuela! Solo es que me quiere mucho. Yo hablaré con ella, no te preocupes.

Recordaba la conversación con Basilio casi palabra por palabra. Su excompañero había sido muy eficaz a la hora de arreglarle el encuentro con la decana de la Facultad de Historia. Era una mujer menuda y enjuta. Su despacho era una habitación minúscula llena de cosas. La pantalla de un ordenador antediluviano sobresalía como la torre de un faro sobre el mar caótico de papeles, libros y archivadores que se rizaba sobre su mesa.

≀ ≀ ≀

El timbre de la puerta le interrumpe a mitad de la frase, pero, antes de levantarse, llega al punto y aparte. Casi lo agradece. Conforme iba llenando la pantalla de palabras «una detrás de la otra, no hay otra manera», como dice Stephen King, iba notando que se le acababa la energía. Tiempo para un descanso. Forzado por la visita, sin duda, pero bien recibido. Escribir, al menos para él, se parece mucho a hacer pan. Hay que amasar las ideas, con fuerza, con determinación y con constancia para convertirlas en palabras que formarán frases que se ordenarán en párrafos para configurar páginas que constituirán capítulos que desarrollarán una novela. Sin embargo, los procesos no son inmediatos. De tanto en tanto hay que hacer descansos. Que repose la masa para que suba la levadura. Momento, pues, para

— 94 —

una pausa, casi forzada por la visita, aunque de todos modos, bienvenida. Bueno. No es una visita social. En realidad es un amigo suyo, el mañoso de la pandilla, que viene a cambiarle el grifo de la cocina para que deje de gotear de una vez.

—¡Ya estoy aquí! ¡Ya no me acordaba de lo mal que está para aparcar en este barrio! ¡Llevo un cuarto de hora dando vueltas! ¡Y encima se me ha olvidado que hoy era jueves, día de mercado, y he tenido que dar un rodeo de María Santísima! ¡Bueno, bueno! ¡Qué manera de padecer, oye!

Le pasa con todos sus amigos de la infancia. No puede evitar fijarse en lo que los años han hecho con ellos. Nacho, cuando eran adolescentes, era el cachas del grupo. Alto y musculoso. Ahora, ya traspasada la línea de los cuarenta, como él, ha echado una descomunal tripa y la grasa se le acumula en el cuello de tal manera que conforma un continuo con su cara. Sigue teniendo los hombros anchos y las manos —encallecidas y rugosas de su trabajo como albañil, fontanero, electricista y lo que salga— enormes. El pelo rubio, que tantos éxitos le brindó con las chicas, se ha oscurecido bastante, aunque las sienes ya empiezan a platearse. No obstante, son los mismos ojos azules y la misma sonrisa de toda la vida.

—¡Bueno! ¿Dónde está el grifo?

—Ahí. Es el de la cocina.

—Pues nada. Esto está listo en un periquete. ¿Qué? ¿Cómo va la cosa? ¿Estás escribiendo algo nuevo o qué?

—Yo siempre estoy escribiendo. Lo que pasa es que no todo lo que se escribe sirve para algo. Te estás más tiempo luego descartando y quitando que el que has empleado para hacerlo.

—Si tú lo dices. Yo no podría ni escribir lo que cené

anoche. —Lanza una risotada, la misma que de costumbre—. Lo mío es esto... si consigo aflojar la tuerca esta de los...

Nacho está tumbado en el suelo, con medio tronco en el interior del mueble de la pila. Su enorme corpachón se mueve con dificultad en el reducido espacio mientras forcejea con las sujeciones del grifo.

—¡Bueno! Esto ya está suelto. Ahora se coloca esta gomita aquí abajo, se pone en el agujero y, otra vez al suelo. ¡Ay! ¡Empiezo a estar mayor para estar todo el tiempo por tierra!

—Pues yo no sabría ni por dónde empezar —bromea—. Para mí, los grifos, los enchufes o las lámparas son cosas que brotan de los sitios como las plantas.

—¡Pues no! ¡Hay que montarlas! ¡Y desmontarlas cuando se rompen! Ale. Esto ya está. Ya podemos volver a dar la llave de paso y... muy bien. Sale el agua por donde tiene que salir y no por otra parte. Arreglado.

—Pues muchas gracias. Dime qué te debo.

—¡A que te doy dos leches! —ruge el gigante con una sonrisa de oreja a oreja—. ¡Vamos, anda! Por un grifo de nada. Me invitas a una cerveza y estamos en paz.

Lo mejor de la vieja nave industrial que transformó en su hogar es, sin duda, el patio interior de la parte de atrás. En tiempos, allí se dejaban las planchas de acero, protegidas apenas por el techo de uralita, pero en la reforma quitó la cubierta para que entrara el sol y lo convirtió en un vergel. Nacho le ayudó a colocar los enormes maceteros y el riego por goteo.

—¡Joder! ¡Aquí se está de lujo! Mira que bien va el limonero. Y el membrillero también. Ya te dije que estos árboles no necesitan mucha tierra. Con medio metro de sustrato y bien abonados tiran de puta madre. —Su amigo señala el rincón donde nace el jazmín—. Y menos mal que me hiciste caso y no pusiste una parra, porque se te llenaría esto de avispas y la uva da mucha faena. Así está mejor.

—Ya. Oye. ¿A qué se te han olvidado los papeles de la moto, otra vez?

—¡La hostia! —exclama el gigante—. ¡Pues sí! Es que los tiene archivados la parienta donde guarda la escritura del piso, las facturas, las notas de los críos y todo el papeleo. El caso es que me lo dijo el otro día. ¡Ya verás, cuando luego le diga que he venido a verte y que no te los he traído, me va a cortar los huevos!

—Pues ven mañana. Yo estaré en casa hasta el mediodía.

—No. Mañana, no, porque tengo que ir a Segorbe que me ha salido una faena allí. Hacemos una cosa, la semana que viene te llamo para el jueves o el viernes, me invitas a almorzar y hacemos los papeles. Así que no te pueden poner ninguna multa hasta entonces, ¿vale?

Fue Nacho el primer propietario de la Yamaha Drag Star aparcada junto a la puerta trasera de la pequeña nave que reconvirtió en su hogar. Se la compró casi por lástima hace casi un año, pero sigue estando a nombre del albañil. Fue el primero de los caprichos a los que su amigo tuvo que renunciar cuando, de un día para otro, pasó de ganar tres mil euros al mes poniendo ladrillos a nada.

—Pero que no sea más tarde de la semana que viene, ¿eh? Que al final, la policía me parará y no me gusta tener que dar explicaciones.

—Pues si te para la pasma le dices que te la he prestado para hacer un recado y ya está. ¡A ver si uno no puede dejar la moto a un amigo en este puto país, coño! Además, sé que pagas el seguro y el impuesto de circulación, porque siempre has sido un buen chico incapaz hasta de aparcar en doble fila. Y, además —ríe—, ¡cómo me llegue una multa por ir sin casco, del sopapo que te doy te sale inspiración para tres novelas!

—Ya te digo —contesta—. Oye, esa faena en Segorbe, ¿es algo para bastante tiempo? ¿Lo pagan bien?

—¡Qué va, si está todo fatal! Es una cosita que le ha salido a mi primo el electricista. Vamos a cambiar las acometidas eléctricas de un caserón de esos de pueblo que quieren convertir en hotel rural. Todo es en negro, porque el dueño es familia de la mujer de mi primo y, en vez de pagarlo a otro, pues nos lo da a nosotros, que, además, salimos más baratos. Así voy, tete: una chapuza aquí y otra allá. La construcción está muerta y hasta que vendan todos los pisos que hay nos vamos a tener que comer los mocos. Pero bueno, ya sabes, vamos tirando. Quitas un poco de aquí —señala a la moto con el cuello de la botella de Heineken— y otro poco de allá hasta que los números cuadren... —estalla en otra risotada—. ¡Aunque sea a hostias, pero que cuadren!

Aunque ya no se ven tanto, pues a veces pasan meses entre un encuentro y otro, bastan cinco minutos juntos para recuperar la complicidad de siempre, los códigos comunes y las bromas compartidas. Por ello, al percibir la preocupación y la angustia en la voz de Nacho, siente una punzada de dolor. Está con uno de sus amigos de la infancia, del mismo barrio en el que él aún vive. El albañil se fue a Orriols, al norte, cuando se casó, «porque la que decide es la parienta, ya sabes», decía. Con el auge de la construcción, Nacho ganaba dinero a espuertas. Fue la época de comprarse un piso de mil quinientos euros de hipoteca, una moto descomunal, un coche bueno y tener tres críos, uno detrás del otro. Luego llegó la crisis, el despido y el sobrevivir. Gracias a su maña y a su fuerza de toro iba tirando. Multiplicando las horas en trabajos mal pagados y peor considerados, con la amenaza constante de dejar una letra sin pagar. Sin poder permitirse siquiera una cena con los viejos amigos, una salida al cine o una entrada para ver el fútbol.

—Si pudiéramos vender el piso nos iríamos al chalé de mis padres, que ellos ya no van casi y está más o menos cerca, pero, como están ahora las cosas, me iban a dar menos que lo que me queda por pagar, así que hay que aguantar como sea.

—¿Y a Marta no le sale nada?

—De vez en cuando le llaman del supermercado para cubrir una baja o algo así, nada más. Ahora todo está jodido y bien jodido.

—Ya se arreglará. No podemos estar así siempre.

—¡Más nos vale! Bueno, me voy que me esperan para cambiar un aparato de aire acondicionado.

El gigantón recoge su caja de herramientas. No se percata del sobre con cien euros en el interior que le ha dejado en uno de los cajetines. Entonces se da cuenta del bulto que está en un rincón del patio. Es un saco de cemento. De los de veinticinco kilos.

—¡Pero, bueno! ¡Qué es eso! ¡Que me quieres hacer la competencia o qué!

—¡Qué va! Es de mi hermana. Se quitó la bañera de su casa, porque ya está mayor y le era incómoda y mi cuñado llamó a un amigo suyo que tiene una casa de reformas. El caso es que sobró este saco de cemento y aquí se presentó mi cuñado con el muerto. «Como tú tienes sitio, lo dejamos aquí por si alguna vez te hace falta», me dijo. Y ahí está. Si te lo quieres llevar, para ti. Si no, acabará en la basura.

—Pues no te digo que no. ¿Sabes cuánto vale? ¡Ocho euros! Espérate que acerco la furgoneta a la puerta. Ya le daré yo uso, ya.

Apenas ha tenido que ayudar a su amigo a trasladar el saco. Nacho lo ha manejado como si fuera uno de sus propios hijos cuando estaba recién nacido. Tras un abrazo, el recordatorio de que la semana que viene ha de traer los papeles de la moto y el consabido «luego quedaremos para hacernos una paella» que los dos saben que no cumplirán, Nacho se marcha. No se puede imaginar que le ha solucionado dos problemas: el del grifo que goteaba y el del cemento sobrante que utilizó para librarse del cuerpo de Ferran Carretero.

Mira la hora y se vuelve a sentar delante del ordenador. Aún queda tarde por delante a pesar de que las sombras se han adueñado ya de las calles del Cabañal. Quiere acabar la escena. Ahora sabe lo que quiere escribir y se encuentra relajado y motivado. Tanto que busca algo de música para el proceso. Normalmente no lo hace, porque le distrae demasiado, en especial si le gusta la canción o la pieza. Sin embargo, para esa tarde elige una clásica: *Las Variaciones Goldberg* de Johan Sebastian Bach con Andrei Gravilov al piano. Las notas de la primera aria brotan de los altavoces del ordenador. La melodía le envuelve y no puede evitar divertirse con el pensamiento que le cruza la cabeza: son estas mismas notas las que suenan en el radiocasete del doctor Hannibal Lecter cuando mata a los dos policías en *El silencio de los corderos*. «Bueno, doctor Lecter —se dirige a sí mismo como el aterrador caníbal de Thomas Harris mientras aún le divierte que Nacho le crea un buen chico, si él supiera—, vamos a ver qué tiene que decirle la decana de la Facultad de Geografía e Historia de Valencia al bueno de David Grau.» Lee, de nuevo, el último párrafo y empieza a escribir:

≀ ≀ ≀

La pequeñez de la venerable historiadora hacía que los ciento setenta y siete centímetros de altura de Grau le convirtieran en un gigante. Pensó en darle dos besos cuando entró, pero la mujer le tendió una mano seca y huesuda en un gesto muy profesional. Diez mil arrugas surcaban su rostro triangular, enmarcado en una media melena que le tapaba las orejas como si fuera un casco. Tenía el cabello teñido de un horroroso color entre rojo y berenjena en el que resaltaba una franja blanca a ambos lados de la raya al medio. Unos gruesos lentes montados al aire le enmarcaban los ojos, de un azul gélido. Iba sin maquillar, con una camisa a cuadros y unos pantalones negros. Grau no pudo evitar pensar que, casi seguro, era lesbiana, le gustaría serlo o le habría gustado serlo. Para el guardia civil, la homosexualidad en las personas mayores se le antojaba confusa, casi extraña. En realidad, la mera idea de una imagen de dos ancianos teniendo sexo —gay o heterosexual— le desasosegaba; no era repugnancia —faltaría más—, sino la misma incomodidad que cualquier adolescente experimenta al pensar que papá y mamá follan de vez en cuando. Sabía que aquel pensamiento era una tontería, porque él también sería viejo en el futuro y tendría —o le gustaría tener— relaciones sexuales con alguien, sin embargo, así lo sentía.

—Deje ese montón de papeles en el suelo y siéntese —le dijo nada más franquear la puerta, y Grau percibió que aquella señora estaba acostumbrada a dar órdenes—. Entiendo que esto no es una consulta oficial ni necesita un informe firmado, porque esa clase de cosas se han de hacer con conocimiento del Rectorado de la Universidad, ¿no?

—Así es, señora Ferrando. Es solo una consulta sobre el caso Ros que nos ayude a seguir con la investigación. No estoy aquí para que me haga un informe pericial.

—Bien, bien. No hay problema. ¡Ah! Llámeme Assumpta. ¿Y usted era... Daniel?

—David. Brigada David Grau. —El guardia civil se sentía como si estuviera haciendo un examen oral—. Pero puede llamarme David, si quiere.

—Muy bien, David. Sí. De lo de Ros sé lo que he leído en los periódicos. Que fue secuestrado y asesinado y que se encontró su cuerpo en un tramo del Túria a su paso por... ¿Sot de Chera, puede ser?

—No, Gestalgar. Está un poco más abajo.

—¡Eso es! Gestalgar —Sonrió al recordar el nombre del pueblo y brindó a Grau la visión de un muestrario de dientes amarillos por la nicotina—. Sabía que era un pueblo por allá arriba en la Serranía. Creo, incluso, que he estado por allí alguna vez con mi grupo de senderismo.

—Verá. Lo que le voy a contar no ha trascendido, porque la Comandancia no es muy amiga de divulgar este tipo de detalles, así que le debo rogar la máxima discreción, ¿comprende?

—Claro, claro. Me hago cargo.

—De acuerdo. Encontramos el cuerpo del señor Ros en el interior de un saco que resultó estar hecho de cuero —Grau buscó entre las páginas del informe que tenía sobre su regazo y señaló uno de los renglones del texto—, concretamente de cuero hecho con piel de vaca. El saco estaba cosido por fuera con hilo de bramante y en su interior, además del cadáver, estaban los cuerpos sin vida de un gallo, un mono...

—Un perro y una serpiente, e incluso me atrevería a decir que el reptil era una víbora —completó la catedrática con lo que Grau interpretó como una sonrisa, aunque era difícil saberlo—. ¿A que sí?

—Así es. —Grau sonrió y enarcó las cejas en un signo de admiración—. Un gallo, un mono, un perro y una serpiente. Para ser más exactos, una *Vipera latastei*, dice aquí —señaló de nuevo el informe— o víbora hocicuda. La más común en España, por cierto. —Grau pensó que quizás era momento para una pequeña broma—. ¿Cómo lo sabía? ¿No tendré que leerle sus derechos, no?

Si le había hecho gracia el comentario, la catedrática no lo demostró. Su mirada, fría y azul, saltó por encima de los cristales de sus gafas y contestó:

—Lo sabía de la misma manera que me imagino, por lo que me cuenta, que también llevaba unos zuecos de madera atados con correas a las pantorrillas, y que, casi estoy segura, fue flagelado hasta casi matarlo, ¿verdad?

—Correcto.

—¿Encontraron dentro del saco algo parecido a una capucha o máscara hecha con piel de lobo?

—¡Pues, sí! —Grau intentó bromear otra vez. Había algo en aquella anciana que le gustaba, a pesar de que parecía la versión lesbiana de la señorita Rottenmeier de *Heidi*—. ¿Sabe usted que da un poco de miedo?

—David. Quienquiera que le hiciera eso a Ros sabía con exactitud qué pretendía hacer, aunque el resto del mundo no lo entienda. A este pobre señor lo condenaron a la *poena cullei*.

—¿Perdón?

—*Poena cullei* —Assumpta Ferrando pronunció el latinajo despacio— o pena del saco. Era el castigo que los romanos reservaban para aquel que, a sus ojos, había cometido uno de los peores crímenes que ellos podían concebir: el parricidio.

—¿El parricidio? ¿Matar al padre? —Grau se sintió estúpido una vez pronunció la segunda parte de la pregunta, como si aquella mujer sabia necesitara de él algún tipo de aclaración semántica—. ¿Está usted segura?

—Si me pregunta, David, si sé si Ros mató o no a su padre, le debo decir que no tengo ni puñetera idea. Pero es evidente que las circunstancias de su muerte son un calco exacto de la *poena cullei* de los romanos.

—Por favor —suplicó Grau—, explíqueme.

—Roma era una sociedad patriarcal donde la figura del padre, el *pater familiae*, lo era todo. En su casa, era el dueño y señor incluso de las vidas de su mujer y sus hijos; y por supuesto de sus esclavos. Toda la estructura social y legal se basaba en eso. Por ello, matar al propio padre no era solo un asesinato, sino también un atentado contra todo el sistema de convivencia.

—¿Pero por qué tanto —Grau rebuscó en su cerebro la palabra que creyó más adecuada— ceremonial?

—Pues porque los romanos consideraban que matar al padre era una monstruosidad que no solo quebraba el orden terrenal, sino también el espiritual y, por tanto, la reparación del daño tenía que ser religiosa o incluso mágica. Por ejemplo, los cuatro animales que eran encerrados con el reo tenían un doble trabajo que hacer: primero, mientras estaba vivo, lo atormentaban con una inhumanidad y ferocidad iguales a las que él había mostrado al cometer la más infame de las felonías. Y cuando los cinco estuvieran muertos, sus restos, si alguien los encontraba, serían un osario promiscuo, una mezcla aberrante que sería identificada por cualquiera como los despojos de un parricida.

—¡Caray!

—Los romanos se tomaban muy en serio estas cosas. Mire, David —la catedrática sacó unos folios de una carpeta en cuya portada Grau pudo leer la palabra «conferencia» y una fecha que no consiguió distinguir—, hasta Cicerón dejó algo escrito sobre el asunto. Al parricida —la mujer leyó— «se le cose vivo, pero sin poder respirar el aire del cielo, arrojado al mar, pero en condiciones que no permitan que sus huesos toquen la tierra, introducido entre las olas, pero no lavado por ellas y, por último, arrojado sobre una playa, pero sin que se le permita encontrar descanso sobre los escollos». ¿Qué le parece?

—Aterrador. No obstante —Grau volvió a consultar el informe de su regazo—, los forenses dicen aquí que primero fue azotado con varas y encontraron restos de corteza de cornejo. ¿Tiene algo que ver?

—¡Uf, ya lo creo! Los textos antiguos hablan de *vergas sanguinae*, o sea, del color de la sangre. Y en latín, el cornejo se dice *sanguinei frutices*. En italiano es *corniolo sanguineo*, y en francés, *bois sanguin*. Además, tanto los tallos como la savia de este arbusto son de color rojo. Los romanos tenían una explicación religiosa para casi todo y creían que el cornejo era uno de los árboles que crecían en el infierno y, por tanto, era una madera de mal augurio, muy apropiada para castigar a un monstruo.

—Ya veo.

—Mire, no quiero hacer su trabajo —la catedrática habló con suavidad y dejó de lado el tono de dar clase que había mantenido hasta el momento—, pero el que hizo esto… o los que lo hicieron, se tomaron muchísimas molestias para reproducir con bastante precisión, diría yo, una forma de ejecución romana que muy pocos saben siquiera que existió.

—Dice usted que los romanos solo usaban esta manera de ejecutar cuando se trataba de un parricidio, ¿no? ¿En ningún otro caso de crimen grave?

—En ningún otro. Y en eso eran muy puntillosos, porque no era un asunto únicamente de índole penal, sino también religioso. La crucifixión era para los esclavos y disidentes que no eran ciudadanos romanos; para ellos mismos, en la mayoría de los casos, se aplicaba la decapitación, mientras que a los prisioneros de guerra ilustres los dejaban morir de hambre o eran estrangulados. Los traidores a la patria eran arrojados desde la roca Tarpeya y las vestales que rompían su voto de castidad eran enterradas vivas. Casi todas estas aplicaciones de la pena capital eran precedidas, eso sí, de flagelaciones que…

—Sí, sí —Grau la interrumpió lo más suavemente que pudo—, pero lo del saco y todo lo demás, ¿era solo para los que mataban a su padre?

—Así es. —El guardia civil percibió cierta irritación en la voz de la catedrática, forzada a repetir otra vez lo que ya había dicho—. Solo en esos casos.

Las dudas hervían en la cabeza de Grau cuando salió del edificio de la Facultad de Historia. Nada parecía cuadrar. Xavier Ros, la víctima, era un profesor de instituto, eso sí, muy activo fuera de las aulas. En su juventud, durante la Transición, había tenido cierto protagonismo público e incluso fue concejal del Ayuntamiento de Valencia por el Partido Comunista, aunque luego se pasó a las filas del socialista. Llevaba retirado de la primera línea política casi veinticinco años, si bien colaboraba con colectivos ciudadanos y culturales de carácter progresista y escribía algún que otro artículo en la prensa local de izquierdas. Grau no tenía ni idea de cómo había muerto el padre de Ros, si de muerte natural o violenta. Ni siquiera sabía si estaría vivo, aunque considerando que el profesor tenía sesenta y tres años, lo veía poco probable. Sería la primera de las cosas que comprobaría en cuanto llegara a la Comandancia. No obstante, sobre los engranajes cerebrales de Grau se extendía la sombra de una terrible corazonada. No tenía, por supuesto, ningún indicio sólido, ni siquiera una pista circunstancial que apuntalara mejor el pensamiento que crecía en su cabeza. Un asesinato de este calibre requería una cabeza privilegiada que lo ideara, meses de preparación y el extremo cuidado de un genio. Mientras caminaba por la avenida Blasco Ibáñez en busca de una terraza donde tomar un café, Grau deseaba con todas sus fuerzas estar equivocado y que aquello no fuera obra del Erudito.

5

Los hombres esperan en la sala. Sentados en dos sillas, uno enfrente del otro. También hay un sofá, aunque a ninguno se le ha pasado por la cabeza acomodarse en él. Mucho menos de uniforme. Sobre la mesa de cristal están los periódicos del día, pero ni siquiera los han tocado. Ya hace diez minutos que debería haber llegado y las miradas a los relojes se hacen cada vez más frecuentes; sin embargo, la puerta sigue cerrada y el silencio se espesa. Ninguno de los dos está acostumbrado a esperar, sino a que les esperen. No obstante, las circunstancias han provocado que, al menos hoy, mantengan sujeto su orgullo. Hace casi media hora que están allí y ya han intercambiado las frases de cortesía propias de un encuentro como este, incluso se han preguntado por sus respectivas mujeres, hijos y nietos. Ninguno de los dos es demasiado hablador y, además, lo que tienen que decir se lo dirán a ella, si es que se digna llegar. Lo peor de todo es que no tienen demasiado que contar.

La puerta, al fin, se abre y una de las secretarias que les ha conducido hasta allí les dice que la delegada les recibirá ahora. Los dos se levantan a la vez y hacen el gesto de plancharse los faldones de sus casacas casi al mismo tiempo. Incluso se parecen entre sí. Los dos están más cerca de los sesenta que de los cincuenta; ambos son corpulentos, de casi metro ochenta, anchos de espalda y torsos gruesos; los dos usan gafas montadas al aire y lucen poblados bigotes grises. Los dos están calvos. Si no fuera porque uno va de negro y el otro de verde oliva, algún gracioso podría pensar que son una versión uniformada de los gemelos Hernández y Fernández de los tebeos de *Tintín*. Aunque estos dos no tienen nada de gracioso. Y hoy tampoco están para bromas.

El despacho de la delegada del Gobierno en la Comunidad Valenciana es enorme y contrasta con la minúscula sala donde ambos la han estado esperando. Las ventanas tintadas pintan de ocre pálido la luz que entra desde la calle Colón. Allí dentro, de hecho, todo es ocre. El parqué del suelo tiene ese tono; las paredes también; los sofás que bordean la mesa baja están tapizados con terciopelo pardo y hasta la propia delegada parece compuesta con esa gama cromática. Es delgada, con el pelo entre rubio y castaño claro, y viste un traje de chaqueta beis oscuro —que debe de ser muy caro, pero que no le sienta bien— con una camisa marrón. Apenas va maquillada con algo de sombra de color tierra en los ojos y los labios levemente coloreados en un tono caldera. Cuando ambos hombres entran, musita un imperceptible «buenos días» mientras les señala la mesa de reuniones: el mueble y las sillas que lo circundan también son ocres. El general de brigada de la VI Zona de la Guardia Civil, Francisco Azumendi, y el jefe superior de la Policía Nacional de Valencia, Ricardo Granados, se sientan a ambos lados de la cabecera de la mesa y abren los maletines que traen consigo.

Ambos detestan a la delegada y ella no los soporta, porque ya estaban allí antes de su llegada a la Delegación. Los tres saben de su mutua antipatía, así que no hay preguntas personales. Se sientan en la mesa y abren las carpetas.

Ellos no pueden dejar de verla como una niñata que hace solo quince años era la asesora de un *conseller* del Gobierno valenciano cuyo nombre ya han olvidado. La delegada tiene cuarenta y pocos años, pero lleva casi dos décadas habitando en despachos de planta noble de instituciones públicas y yendo de uno a otro siempre en coche oficial. Ha sido directora general, secretaria autonómica, diputada regional, miembro del Gobierno valenciano y, desde hace unos meses, delegada del Gobierno en la Comunidad Valenciana a causa de que el presidente de la Generalitat quería librarse de ella; lo hizo por el método de la patada, si no hacia arriba, al menos a un lado. De todos los puestos públicos, el del delegado del Ejecutivo central es el menos apetecible para la clase política, ya que a nadie le gusta ser el jefe de la Policía Nacional y de la Guardia Civil, excepto a los policías y a los guardias civiles; aunque a ellos nadie les pregunta, claro. Es la delegada la que habla primero:

—Les he hecho venir porque quiero que me expliquen personalmente si ha habido algún progreso en el caso de la desaparición de Ferran Carretero. No creo que sea necesario que les recuerde que estamos ante un asunto muy delicado. La dirección de su partido político, de momento, está cooperando y acabo de hablar por teléfono con el rector de la Universidad y me ha dicho que pueden hacer como si el señor Carretero estuviera enfermo, pero la excusa no durará mucho tiempo. Necesitamos avanzar algo, porque antes o después la historia llegará a la prensa y nos estallará a todos en la cara.

«Les estallará a unos más que a otros, sobre todo a ti», piensa el general de la Benemérita, si bien su rostro se mantiene imperturbable. Desde su despacho en el acuartelamiento de Benimaclet ha conocido ya a tres delegados gubernamentales y conforme la nueva responsable va cometiendo errores, está cada vez más convencido de que aún conocerá a un cuarto antes de jubilarse dentro de un par de años. Azumendi se ajusta las gafas sobre la nariz y lee el informe que tiene desplegado sobre la mesa:

—Lo que sabemos hasta ahora es que el profesor Ferran Carretero fue visto por última vez la noche del miércoles, 3 de febrero, en torno a las 22:30 horas. Ese día acudió a dar clase a la Facultad de Económicas de Valencia y, después, jugó al pádel en las instalaciones universitarias durante, al menos, hora y media con dos profesores de su departamento y un administrativo del centro. Los cuatro se despidieron tras tomar algo en el bar del polideportivo del Campus de Tarongers y, según los testigos, Carretero se fue a buscar su coche a uno de los aparcamientos universitarios. Se fue solo y...

—Pero —interrumpe la delegada— la denuncia de su desaparición se puso una semana después, ¿no?

—Sí. En concreto, el martes, 9 de febrero, y lo hizo su secretaria. Ella explicó que el profesor Carretero no tenía clases los jueves ni los viernes y que dedicaba esos días a trabajo en el despacho y alguna que otra tutoría. Por eso, al no verlo esos dos días, no le dio importancia. Al no aparecer el lunes supuso que estaba enfermo. Sin embargo, como el martes tampoco fue y dado que no contestaba al móvil ni en su casa, llamó al 112 de Emergencias, porque temía que le hubiera pasado algo. Al hallar su casa vacía se inició el procedimiento.

—Pero nadie empezó a buscarlo... ¿hasta cuándo?

—Bueno —el general de la Guardia Civil ni siquiera levanta la vista del papel, si bien en su tono de voz se percibe una sutil irritación—, el procedimiento en estos casos establece que primero hay que interrogar a los miembros del círculo más próximo de la persona desaparecida y, en este caso, no había mucho círculo que interrogar.

—¿Cómo es eso? —Sus cuatro hijos y seis hermanos con prole de similar tamaño a la suya provocan que para la delegada del Gobierno sea del todo inconcebible que alguien esté solo en este mundo—. ¿Acaso no tenía familia?

—El profesor Carretero —el jefe superior de la Policía Nacional interviene por primera vez— se quedó viudo hace tres años. No tenía hijos, pero sí algunos sobrinos por parte de su mujer con los que no tenía demasiado trato, por lo visto. Sí que tenía una relación sentimental aunque no demasiado sólida.

—¿Con quién?

—Con, un momento... —Granados busca entre sus papeles—. Aquí está: Isabel Gómez, de 36 años, directora de una oficina de banca personal de Bankia, lo que antes era Fidenzis. Fue su alumna en un máster de Finanzas que Carretero impartió hace cuatro o cinco años. Está casada y tiene dos hijos pequeños.

La delegada frunce el ceño. Carretero tenía una novia casada casi treinta años más joven que él y eso era algo que no encajaba bien con su concepción cristiana del mundo.

—¿Y cómo saben que tenía una —más que pronunciarlas, la delegada escupe las palabras— relación sentimental con él?

—Por su teléfono móvil —contesta el policía—. Aunque no hemos encontrado el aparato, sí sabíamos el número e hicimos un rastreo para descubrir que la última llamada que recibió Carretero fue, precisamente, de la señora Gómez. La hizo a las 20:34 horas del miércoles 3 de febrero tal y como ella misma nos confirmó.

—¿Y de qué hablaron?

—Al parecer de verse para comer el miércoles, 10 de febrero, según el testimonio de la señora Gómez.

—¿Y cómo saben que estaban... estaban juntos?

—Nos lo dijo ella. Según el inspector que la interrogó estaba bastante afectada. Le dijo que su matrimonio no funcionaba y que estaba pensando en divorciarse para tener una relación más seria con el profesor Carretero. En esa comida quería hablar con él de todo eso, pero...

—Pero no hubo comida —la delegada le interrumpe sin contemplaciones—, me hago cargo. Otra cosa, ¿se ha encontrado el coche?

—No. Ni rastro de él. Se ha dado aviso del modelo y matrícula del vehículo, aunque, hasta ahora, no ha aparecido.

—Entonces, ¿es posible que Carretero y el coche estén en el mismo sitio o de camino hacia él?

—Así es —dice el policía—. Pasó tanto tiempo desde que fue visto por última vez hasta que se denunció su desaparición que podía haber llegado en coche hasta Estocolmo. Se ha cursado un aviso a Europol por si acaso apareciera el coche, si bien las posibilidades de que eso ocurra son muy escasas. Desde luego, en el aparcamiento de la universidad no estaba cuando se procedió a su búsqueda.

—¿No tenía ese párking un sistema de reconocimiento de matrículas como todos? —inquiere la delegada.

—No. En realidad es más bien un descampado vallado que no tiene siquiera barra de acceso. Las cámaras más cercanas son las de tráfico que hay en las rotondas próximas, pero su radio de acción solo alcanza una de las dos salidas del párking y, aunque se están revisando las cintas, de momento no se ha encontrado nada.

—Entonces —dice la delegada—, ¿qué pasos se van a seguir a partir de aquí?

—Bueno, todo depende de los recursos que destinemos a este caso y que se decida cuál de los dos cuerpos —el guardia civil señala con la mano abierta a su colega del otro lado de la mesa— se hace cargo de la investigación. Dado que el señor Carretero fue visto por última vez en el campus universitario, la jurisdicción es del Cuerpo Nacional de Policía, ¿no es así, Ricardo?

—Efectivamente —contesta el aludido—, aunque necesitaremos toda la ayuda de la Benemérita. Lo que pasa es que en estos casos la colaboración ciudadana es esencial y si no vamos a hacer pública la desaparición, pues...

—Eso lo tenemos que consultar con... quien debe tomar la decisión. —La delegada piensa que sus interlocutores no han notado el leve titubeo, pero ambos son zorros viejos que han tratado con muchos políticos mediocres como ella e intercambian miradas cómplices—. Piensen que no estamos ante un caso cualquiera, sino que ha desaparecido un político importante de esta comunidad que incluso podía haber sido el nuevo jefe de la oposición. Y no podemos tolerar que desaparezcan políticos.

—No podemos tolerar que desaparezca nadie —dice el general de la Guardia Civil—, señora delegada.

—¡Por supuesto que no! —La política es consciente ahora de que le han pillado en un renuncio—. Ya le digo que voy a estudiar el asunto con el ministro esta misma mañana y así podrán ustedes proceder.

La reunión ha terminado. Los dos hombres se despiden de la delegada. No hablan más del asunto, porque ambos intuyen que recibirán la llamada en pocas horas. Saben que el ministro del Interior no se pondrá al teléfono, pues nadie le va a llamar. La delegada preguntará a quien quiera Dios que sea su jefe en el partido para que le diga qué es lo que debe hacer y después de que los políticos muevan sus piezas les dejarán trabajar a ellos. O algo parecido. Aunque el sol invernal luce sobre el centro de Valencia, ambos altos mandos saben que la tormenta está a punto de estallar.

ɣ ɣ ɣ

Piensa que no es posible que nadie se haya dado cuenta aún, pero ha revisado los periódicos otra vez y no hay publicada ni una línea sobre el asunto. Hace diez días que asesinó a Ferran Carretero y nada. En esto no había pensado. Cuando desaparece una persona y no hay un secuestro de por medio, lo habitual es que la Policía Nacional y la Guardia Civil lo pregonen a los cuatro vientos; que los medios de comunicación se hagan eco del asunto; que los allegados del desaparecido constituyan una plataforma, nombren a un portavoz y organicen concentraciones y vigilias; que los familiares vayan a todos los programas de televisión para explicar el caso y que, en resumen, se organice un follón de tres pares de narices. Es cierto que no atrae la misma atención mediática la desaparición de dos niños cuando están al cuidado de su padre que resulta que luego los mató y quemó sus huesos con leña de naranjo, que la de un catedrático de universidad, metido en política, de sesenta y tantos años. Como en casi todo, hay clases entre unas cosas y otras, pero, aun así, un referente del primer partido de la oposición —aunque algo retirado de la primera fila— no puede desaparecer así como así sin que ninguno de los centenares de periodistas que trabajan en la ciudad se entere. No es posible.

Sobre la alargada mesa del comedor se alinean, en perfecto orden, nueve montones de periódicos correspondientes a los nueve días (con el de hoy serán diez) que han pasado desde que asesinó a Ferran Carretero. Acaba de terminar de leer la última publicación del que se convertirá, en breves instantes, el décimo montón. Nada. Ni en los diarios, ni en la radio, ni en las páginas web de la Policía y la Guardia Civil. Hace diez días que Carretero desapareció y la tormenta que él esperaba no se ha producido. Cada vez está más inquieto, porque había pensado que se organizaría un verdadero circo, pero las jornadas se suceden una tras otra sin que se haya alterado el ritmo de la normalidad. Piensa que podría llamar a alguna de sus viejas fuentes en los cuerpos de seguridad, aunque no se le ocurre una excusa creíble para preguntar sobre algo que parece que no ha ocurrido y sabe que la principal, quizá la única, virtud de los investigadores es la paciencia. Si hace esas llamadas, sus interlocutores la anotarán en sus cabezas y, cuando todo se desate, alguien sumará dos más dos y le picará la curiosidad por saber el porqué alguien preguntó sobre algo que todavía no era conocido. Demasiado arriesgado. Demasiado peligroso. Del todo contrario a las Leyes del Oficio de Matar.

El «oficio de matar» es un concepto que utilizó en la primera novela de David Grau, en uno de los pasajes en los que Mentor (o Erudito, que es como se refiere a él su brigada de la Guardia Civil) le explicaba a Paco, el joven bioquímico rescatado de las garras de los dos sicarios de la antigua Yugoslavia, las normas básicas para asesinar a alguien y que fuera casi imposible la incriminación por parte de la Policía. «Todos los escritores son, en realidad, unos saqueadores.» La frase era del profesor que le impartió el primer taller de escritura creativa al que asistió y con el que todavía colabora de tanto en tanto. Santiago, el maestro, solía decir que los escritores utilizaban su propia experiencia, lecturas y elementos de su vida diaria, a veces nimios, para incluirlos en sus narraciones, con lo que se convertían en saqueadores de realidades que utilizaban para crear otras nuevas, aunque, en verdad, eran siempre las mismas modificadas una y otra vez para contar nuevas historias que son repetidas en un bucle iniciado alrededor de una hoguera en el interior de cavernas e inconcluso en su último giro con forma de videojuego. Las Leyes del Oficio de Matar, así con mayúsculas, nacieron como un compendio de toda su experiencia tras casi dos décadas como redactor de Tribunales y Sucesos del periódico. Los procedimientos forenses y policiales fueron destripados para anular su eficacia y, pasados por el filtro del pensamiento imaginado de Mentor, convertirse en una construcción literaria que le permitió ser el padre de una versión modernizada (o saqueada, que diría Santiago) del profesor Moriarty. En cualquier caso, lo que le servía a Mentor también le sirve a él y, en este asunto, ha forzado las Leyes del Oficio de Matar hasta el límite. Por ello no piensa hacer nada. Solo esperar. Y desesperarse.

La primera ley es la más importante: nunca mates a alguien a quien conozcas en persona para que jamás te puedan relacionar con la víctima. En este sentido, el caso de Carretero tiene luces y sombras. El catedrático de Economía Aplicada era un personaje público gracias a su carrera política, que había cruzado la puerta giratoria de la fama, es decir, que era más conocido por más gente que la que él podía llegar a conocer en toda su vida. Eso, piensa, le da la ventaja fundamental, porque cuando uno ha tenido una responsabilidad pública, inevitablemente se gana enemigos, con lo que la lista de sospechosos se hace interminable. Además, en su carrera como periodista jamás se cruzó con Carretero. Ha conocido, y conoce, a otros políticos, si bien siempre relacionados con asuntos de seguridad, con lo que las posibilidades de que se le relacione con el *exconseller* son casi nulas. «No obstante —piensa—, no deja de ser un político, es decir, uno de ellos.» Sabe, pues, que la investigación será más exhaustiva; que no dejarán una piedra sin remover ni un cabo sin atar; que destinarán los recursos que hagan falta sin pararse a pensar si merece la pena; les importará un pimiento si otros casos se quedan sin seguimiento; si se descuidan otros servicios básicos para la mayoría de los ciudadanos, que son los que pagan sus sueldos con sus impuestos. Les conoce bien y sabe que les dará igual. Serán constantes, meticulosos e incansables hasta que den con una explicación satisfactoria, porque se trata de uno de ellos.

Esto es lo que pretende. Comprobar con sus propios ojos qué es lo que pasa cuando matan a uno de los suyos y no han sido ellos los verdugos, como es habitual. A lo largo de los siglos, los poderosos se han matado entre ellos y no solo en sentido figurado. También han hecho que otros se maten entre sí por su causa. Lo que quiere provocar es diferente: no habéis sido vosotros ni ha sido gracias a vosotros, sino que esto es otra cosa. Sin embargo, el plan no nació perfecto y él lo sabe porque pasará mucho tiempo antes de que se den cuenta de que Carretero no está desaparecido, sino muerto. Y eso es porque —como en todos los casos anteriores— ha aplicado la segunda ley del Oficio de Matar: que el cuerpo no aparezca nunca.

Parece una perogrullada; una de esas frases hechas que las películas americanas repiten sin cesar y que terminan por no tener sentido. Pero es una de las piedras angulares del proceso: si no hay cadáver, no hay delito. Pasó mucho tiempo pensando cuál sería la manera más eficaz y segura de deshacerse de un cuerpo, pues, a fin de cuentas, se trata de que no lo encuentren jamás, pero que nadie te vea hacerlo desaparecer. Casi de inmediato descartó la opción de tirarlo al mar, un pantano o algo parecido, dado que ni poseía una embarcación ni estaba dispuesto a tenerla en el futuro. La solución del enterramiento en un lugar apartado conllevaba también riesgos de que tarde o temprano apareciera algún resto, por no hablar del inmenso trabajo físico que supone cavar una fosa con la suficiente profundidad como para evitar los olores de la descomposición. A ello había que sumar que tampoco es tan fácil acceder a esos supuestos yermos sin ser visto por alguien cuando vas cargado con un saco enorme que tiene la sospechosa forma de un cuerpo humano. Otras soluciones inspiradas en la televisión y el cine no son tan fáciles como en las pantallas. La disolución de cadáveres en ácido precisa de conocimientos de química y material especial que no estaba a su alcance, y quemar el cuerpo de un adulto hasta que no quedaran más que cenizas solo se puede hacer con garantías en hornos crematorios especiales. No. La solución para una de las ecuaciones del crimen perfecto estaba en la idea de que no hay mejor forma de ocultar un árbol que en el interior del bosque y que la manera más eficaz de hacer desaparecer un cadáver es procesarlo en el mismo lugar donde se le ha dado muerte.

Así, Ferran Carretero tuvo la misma suerte que sus dos antecesores, con la salvedad de que el catedrático era el primero en ser una persona pública, ya que los otros dos fueron elegidos al azar, entre gente corriente. Tal y como lo había hecho en el par de ocasiones anteriores, su víctima fue desangrada en el interior de la vieja bañera de la casa en el monte y, después, descuartizada como si fuera una res. Cada uno de los trozos fue depositado en un recipiente adecuado para su tamaño y cubierto con sal gruesa, la cual, desecó por completo la carne y los tejidos tras veinticuatro horas de maceración. Más o menos un kilo de sal por cada kilo de víctima. Con eso no se consigue un buen fiambre —los jamones se salan durante meses—, pero se retarda la descomposición durante semanas y, además, se enmascara el olor. Después, cada pedazo fue envuelto en plástico e introducido en una mezcla de cemento, piedras y escombros. Cuando aquellas piezas se secaron en el interior del viejo chalé, bastó un viaje con otra furgoneta de alquiler y tres sacos de arpillera para sacar todo el material de allí y abandonarlo, de noche, en el inmenso vertedero ilegal que se extiende en uno de los márgenes de la V-30, junto al nuevo cauce del Túria. Sabe que, cada seis meses más o menos, las excavadoras del Ayuntamiento limpian la escombrera y los restos terminan en máquinas trituradoras o, la mayoría de las veces, directamente en los vertederos de inertes. Hasta la fecha, nunca se ha encontrado allí resto humano alguno. Al menos que él sepa. Y tiene métodos para enterarse de esas cosas.

Procesar el cadáver de Carretero le costó, en total, menos de cuarenta y ocho horas. Quemó la ropa del catedrático y la que él mismo usó en la chimenea de la casa del monte. El teléfono móvil de su víctima fue apagado la misma noche del secuestro —a pocos metros del aparcamiento—, extraída la batería y carbonizado en el mismo fuego que el resto de los efectos personales del *exconseller*. Repasa los acontecimientos una y otra vez. Incluso la vulneración —parcial aunque reincidente— de la tercera ley la tiene bajo control.

Y es que la tercera ley dice que jamás hay que conservar objeto alguno de las víctimas, ya que esto es la forma más rápida de relacionar al asesino con el asesinado. Sobre todo, si la cosa —sea lo que sea— es singular, característica o llamativa de alguna manera. Ni relojes, ni joyas, ni carteras, ni documentos de ningún tipo se deben mantener. Sin embargo, tanto en los casos anteriores como en este no ha podido resistir la tentación. Matar no es —pese a que tenga un propósito literario— una cuestión baladí. Hay que ser consciente de lo que se ha hecho y por qué se ha hecho. Y, sobre todo, hay que recordarlo. Cada día y cada hora para no caer en descuidos. Por ello, de cada uno de sus asesinatos conserva un pequeño recordatorio. Son cosas insignificantes, objetos de uso cotidiano, vulgares hasta el sonrojo. Nada de fotografías de las víctimas, ni partes de su cuerpo ni ninguna guarrería parecida propia de películas americanas de asesinos en serie. Del primero conserva un peine de plástico que el hombre —que era de esos que intentaba disimular su alopecia extendiendo el cabello largo sobre el cráneo— llevaba encima. Del segundo cogió un bolígrafo de cuatro colores que le recordó su infancia y que pensaba que ya no se fabricaban. El peine está en el armario del cuarto de baño y lo usa de vez en cuando; el bolígrafo sobresale como una torre blanca con sus cuatro troneras en azul, negro, verde y rojo en el bote metálico donde solo pone lápices con la punta bien afilada. De Carretero lo quemó todo excepto un *pendrive*, uno de esos lápices de memoria de ocho gigas de capacidad. Es un dispositivo minúsculo, de la longitud de un dedal de coser, incluso menor, y un poco más grueso que un trozo de cartón. Le hizo gracia, porque el catedrático no lo guardaba en un bolsillo o en un maletín, sino sujeto mediante un cordoncillo a la correa del Hublot que llevaba encima. No estaba muy puesto en aquellas cosas, si bien recordaba esa marca de relojes desde que, hacía unos años, habían corrido ríos de tinta cuando un fotógrafo avispado consiguió un buen primer plano de un reloj así en la muñeca del entonces presidente de la Generalitat y hoy asesor de una multinacional que, como tantas otras cosas, tampoco explicó cómo lo hacía para permitirse tener un reloj cuyo modelo más barato costaba más de medio millón de las antiguas pesetas. Tampoco creía que el sueldo de catedrático diera para aquellos dispendios, pero en fin. Pensó que Carretero se había anudado el *pendrive* a la correa para que no se extraviara algo tan pequeño mientras jugaba al pádel con sus compañeros de departamento. El dispositivo de almacenaje informático espera encima de su mesa de trabajo a que tenga un rato para borrar todo su contenido. Antes ha sido limpiado a conciencia con pañuelos de papel empapados en alcohol. El reloj, a pesar de valer una fortuna, sigue adornando el brazo amputado de su víctima. Se pregunta si, envuelto en cemento y escombros, seguirá marcando las horas, minutos y segundos. Quizás un imperceptible tic-tac continúa sonando gracias a su cámara de oro y acero estanca y sus mecanismos de precisión suiza. Cuando dejó el despojo en el vertedero ilegal pensó que si el reloj continuaba funcionando en su prisión de carne en descomposición y cemento es que valía todos y cada uno de los seis mil euros que costaba.

Es evidente que, diez días después, algo tenía que haber trascendido. Está seguro de que no ha cometido errores. Sabe que Carretero no tenía familia cercana (de hecho, cree saberlo todo sobre él), con lo que su desaparición ha podido pasar un poco más desapercibida, pero, aun así, diez días es demasiado tiempo. Su instinto de periodista le dice que alguien está tapando el caso, aunque no se le ocurre el motivo para hacer tal cosa. Ya no puede más. Las paredes de su casa le oprimen. Se acerca a su mesa de trabajo. El ordenador está apagado. Piensa en encenderlo y trabajar un poco, pero se da cuenta de que no va a alcanzar el grado de concentración necesario para escribir ni una sola frase. Es mejor salir. Dar una vuelta. Hoy es sábado. Podría acercarse al mercado del Cabañal y comprar algo de pescado y marisco fresco para darse un homenaje, pero lo piensa mejor y considera que el centro de la ciudad es un destino más apropiado. Curioseará en las librerías, comerá algo por ahí y, quizá, se meta en el cine. También podría llamar a algún amigo para preguntarle qué hace esa noche y unirse al plan, sin embargo, está demasiado inquieto como para hacer vida social. Hoy es mejor estar solo. Aunque no en casa.

Se enfunda la chaqueta de cuero, los guantes y el casco. La Yamaha Drag Star arranca a la primera y ruge con docilidad a pesar de llevar más de una semana parada. Serpentea por las calles del Cabañal hasta llegar a la avenida Blasco Ibáñez, pero, en la rotonda de la estación, un pensamiento oscuro cruza su mente. La noche del secuestro, una vez tuvo a Carretero en el interior de la furgoneta de alquiler, se metió en su coche y lo estacionó en la esquina más alejada del aparcamiento. Recuerda el sitio sin ninguna duda. Si el vehículo está ahora en el mismo lugar, eso quiere decir que nadie se ha enterado todavía de la desaparición de Carretero. Si el coche no está allí, lo más probable es que haya sido retirado por la Policía para buscar en su interior algún tipo de pista. Está tranquilo al respecto. La ropa que llevaba puesta no es más que cenizas en la casa de Gestalgar y, además, tuvo especial cuidado en que todo lo que llevaba fuera de algodón azul, el tejido más común del mundo, con lo que el análisis de fibras —si es que encuentran alguna—

no resuelve gran cosa. De todos modos, decide desviarse de su ruta para pasar por el aparcamiento del campus. Mejor eso que seguir sin saber nada.

Gira hacia la derecha por el bulevar de Serrería hasta la rotonda que está enfrente del tanatorio del Cabañal. Los modernos edificios multicolores del campus de la Universidad Politécnica se recortan alegres contra el cielo azul y frío de febrero. Hay poco tráfico por la avenida de Tarongers y la recorre entera en un par de minutos. En la rotonda cercana a la puerta principal del campus —junto al toro de Osborne que un rector decidió colocar allí pensando que sería una herramienta imprescindible para la formación de mejores arquitectos e ingenieros—, cambia de sentido y vuelve a girar a la derecha para entrar en el aparcamiento. Es la primera vez que hace algo así. Jamás ha vuelto al lugar donde cazó a sus otras víctimas. No está en las Leyes del Oficio de Matar aquello de no volver al lugar del crimen, a pesar del tópico, si bien figura con letras mayúsculas y pintadas de rojo chillón en el puro sentido común. Hay pocos coches en el descampado. Cree recordar que estacionó el vehículo de Carretero en el extremo sur de la campa, pegado a la valla metálica. No se levanta la visera negra del casco mientras se acerca, sin siquiera bajarse de la moto. Era aquí. Está del todo seguro. Y el Audi A8 no está. Ahora ya se ha convencido completamente de que, aparte de él, hay alguien más en este mundo que sabe que Ferran Carretero ha desaparecido. Como es natural, solo él conoce su verdadero estado. Duda si sentirse aliviado o más preocupado todavía. El catedrático no era como las otras tres víctimas: era un personaje conocido, no un ciudadano anónimo elegido al azar porque las circunstancias hacían que fuera fácil secuestrarlos y asesinarlos. Para lo de Carretero necesitó meses de planificación, pues estaba convencido de que su desaparición ocasionaría una tempestad, a pesar de que, al contrario de los crímenes de Mentor, él no se puede permitir que encuentren el cuerpo. Nunca. Quienquiera que se haya llevado el coche ya sabe que el *exconseller* ha desaparecido. La respuesta más lógica es que los responsables del traslado del vehículo hayan sido las autoridades, pero, en ese caso, ¿por qué no ha trascendido que lo están buscando? Quizá piensen que está en el extranjero, o escondido con alguna de sus antiguas alumnas en un hotel con encanto de cualquier montaña perdida. Lo que no debe hacer, bajo ningún concepto, es perder la calma. Esperará. No puede hacer otra cosa que esperar.

Ha pasado unos minutos, con el pie en tierra, contemplando las cuatro rayas blancas que delimitan la plaza de aparcamiento. Como si pudiera leer entre las arrugas del hormigón apisonado el destino del coche que él mismo aparcó hace diez días. Al otro lado de la valla metálica, encerrado entre los edificios académicos, todavía sobrevive un trozo de la huerta de Vera, aquel vergel de tiras rectas de hortalizas salpicadas de barracas que ambas universidades valencianas han arrasado a conciencia en los últimos cuarenta años para levantar sus bloques de ladrillo rojo u hormigón gris donde hay más despachos para profesores que aulas para alumnos. No sabe el porqué le irrita tanto ver una parcela cultivada bordeada de aceras, calzadas y edificios. Le da la sensación de estar mirando un juguete roto o un animal herido; un triste anacronismo. Se imagina al dueño de aquel trozo de tierra intentando regar sus matas de alcachofas mientras quita del agua de la acequia latas vacías de refrescos o cuidando de sus tomateras a las que ha de librar de las malas hierbas y de todo tipo de inmundicias que acaban en su huerto. Y eso por no hablar de las veces que le roban la cosecha o le destrozan el fruto de su trabajo por pura diversión. Luego siempre hay idiotas que hablan de huertos urbanos, agricultura ecológica y otras majaderías por el estilo.

Decide marcharse. Mete la primera marcha y sale hacia la puerta del aparcamiento. Está más tranquilo y opta por cambiar su plan del día sobre la marcha. Curioseará por las librerías del centro tal y como había pensado, pero, nada más llegar, llamará a algún amigo para invitarle a comer o quizás a cenar. De repente, le apetece estar con gente.

♪ ♪ ♪

No le ha visto. En realidad, nadie le ve. Es uno de tantos desgraciados que vive en la calle. Su casa es el banco de piedra sobre el que ha levantado una frágil estructura de cartones, mantas roñosas y bolsas de plástico con sus escasas posesiones. El sitio es bueno, porque le da el sol durante todo el día, aunque por la noche el viento se acelera por la ancha avenida. Por suerte, tiene a *Si bemol menor* y a *La mayor*, sus dos perros, con los que se acurruca para darse calor. Y ni la Policía Local, ni los Servicios Sociales, de momento, no han venido a incordiarle. Tiene comida, paquetes de vino, dos botellas de cerveza y un cartón de tabaco negro, el que más le gusta. Se lo han dado todo. Además, tiene un trabajo que hacer por el que le pagan veinte euros todos los días. Desde donde está ve a la perfección la esquina que le dijo el tuerto. Desde que se llevaron el Audi negro y le dijeron que vigilara, ha apuntado todas las matrículas de los coches que han aparcado allí. También ha visto al motorista que se ha quedado parado como si pudiera hacer que el coche brotara desde el asfalto. No le ha visto la cara y, como no ha bajado de la moto, no puede decir si era un hombre o una mujer. No obstante, le daba mala espina, como el primer movimiento de la *Sinfonía número 5* de Mahler. Desde luego, no llevaba uniforme de policía. Por si acaso, saca la tiza y apunta la matrícula de la moto sobre el hormigón pulido, junto a las otras. A esta última le añade la palabra «moto» para acordarse bien. Tapa los números con un cartón y sienta encima a *La mayor*. El tuerto sabrá qué hacer con todos esos números, le dará veinte euros y, a lo mejor, más cigarros, más vino, más cerveza o —sonríe— algo más fuerte para meterse. Está en buena racha. El viento fresco de la mañana parece que silba en sus oídos en Re mayor, como el *Magníficat* de Bach. Siempre es así en esta época del año, pese a que los otros se quejan de lo mal que lo pasan en invierno. Le gusta febrero. Es el mes de su cumpleaños. Falta menos de una semana para que cumpla treinta y cuatro. ¿O eran treinta y cinco? Ya no se acuerda bien. Rebusca entre las bolsas de plástico hasta que encuentra la botella de cerveza. Es hora de desayunar.

א א א

El Audi A8 ha quedado como de fábrica. Es más, está incluso como era antes de que fuera terminado en la factoría. El enorme y lujoso vehículo es ahora un montón de piezas que brillan al sol. No hay ni una tuerca enroscada en su respectivo tornillo. Falconetti observa el trabajo hecho por los chavales de Sastre. No han dejado ni una placa por quitar, ni una junta por despegar. Ahora tiene la certeza más absoluta: en el coche no había nada. En este momento, el coche es nada.

—¡Miguel! —Un hombre gordo, vestido con un mono azul lleno de manchas negras de grasa y aceite de motor, sale cojeando de la caseta que alberga las oficinas del desguace—. ¡Si aquí lo tenemos todo claro ya, me voy!

—¡Vale pues! —El dueño del cementerio de coches se da prisa en llegar hasta donde está el hombre que esconde su mirada deforme tras unas gafas de sol. Y eso causa asombro en sus dos jóvenes mecánicos, puesto que es la primera vez que ven a su padre y jefe con una actitud tan servicial con nadie—. ¡Ahora que me acuerdo! ¡Te tengo que decir una cosa antes de que te vayas!

Una cosa que no piensa decir a gritos, así que aprieta el paso para alcanzarle. Ya a su altura, el contraste entre ambos hombres no puede ser más acusado. Miguel Sastre, el propietario de la campa, no le llega al pecho al gigantesco tuerto, aunque ambos deben pesar más o menos lo mismo. En voz baja, tras mirar de reojo a izquierda y derecha, el chatarrero, susurra:

—Dime que no me estáis haciendo la cama, Chema.

—Muy pocos se atreven a dirigirse al Falco por el diminutivo de su nombre de pila, José María—. ¿De verdad que no queréis nada por el coche? ¿Qué coño habéis hecho con él? Mira que yo no quiero problemas, ¿eh?

—¡Joder, Miguel! ¡Que te digo yo que es un encargo de la Puri y que lo que saques por él para ti! Lo único es que tienes que venderlo como está, a trozos. ¡Eso sí, el bastidor y la carcasa del motor —señala la compactadora de chatarra con un vaivén de su cabeza—, ahí dentro!

—Mira, Chema —insiste—, no quiero que vengan maderos por aquí para preguntarme por un Audi A8 nuevecito.

—Lo que yo no quiero, ni la jefa tampoco —se baja las gafas de sol hasta la punta de la nariz para que Sastre le vea bien la cicatriz que le deforma el lado izquierdo de su cara—, es que ni esos dos mascachapas, ni tú, os vayáis de la lengua. Aquí solo habéis visto Audis como ese en fotos, ¿queda clarito?

—¿Tú qué crees? —La voz de Sastre intenta transmitir indignación, pero en sus ojos se pinta la sombra del miedo—. ¡Parece mentira, Falco, que digas eso! Mis hijos y yo hemos estado aquí todo el día para desmontar el coche... y en fin de semana, como tú dijiste, para que no nos viera nadie que no fuera de confianza.

—¡Está claro! —Falconetti intenta cortar la conversación—. ¡Así que no te preocupes tanto, coño! Las piezas las vendes y se acabó lo que se daba. Nadie va a venir a preguntarte nada y vosotros no sabéis nada de nada. Como siempre.

—¡Bueno pues! —El mecánico parece conformarse, quizá porque no le queda más remedio—. ¡Dale recuerdos a la Puri!

—De tu parte. Ya nos veremos.

Se sube a su coche bajo la mirada de los hijos de Miguel Sastre. El mayor no tendrá veinticinco años. Ambos están al sol, luciendo sus brazos hinchados a base de muchas horas de gimnasio y otras tantas inyecciones de anabolizantes. Apenas ha hablado con ellos, pero le gustan, ya que le muestran consideración, a pesar de que van ciclados hasta el culo. A más de uno como ellos los ha mandado al hospital, porque le han faltado al respeto. Niñatos que creen que por haberse convertido en un saco de músculos pueden vacilarle a Falconetti. El último, sin ir más lejos, fue este verano, en la playa de Gandía. Un gilipollas madrileño que pensaba que tener bíceps como melones tiene algo que ver con saber dar una paliza. El muy imbécil le estuvo buscando las vueltas toda la noche en la discoteca Cocoloco; que si ahora un empujón, que si ahora un choque que parecía casual con el hombro. A la salida, el capullo y dos de sus amigos —tan cebados con esteroides como el primero— le estaban esperando para darle un susto. Y el susto se lo dio él a ellos. Dos golpes con el *kubotán* al cuello y al pecho y el par de guardaespaldas se fue al suelo llorando como niñas. Con el cabecilla se esmeró más. Los enfermeros de la ambulancia no conseguían entenderle cuando el pobre cretino, con la boca ensangrentada, les señalaba la arena de la playa próxima entre llantos y balbuceos. Al día siguiente comprendieron que les indicaba la zona donde estaba esparcida la media docena de dientes que Falconetti le había hecho saltar a puñetazos.

Pero, estos no son malos chicos y, según Sastre, son muy buenos mecánicos. Qué va a decir, si es su padre. En todo caso, deben serlo, porque han desmontado entero el Audi A8 de Ferran Carretero en día y medio como si fuera un puzle para niños pequeños. Uno de ellos se levanta de la piedra donde está sentado y corre hacia la verja metálica de la campa para abrirle la puerta. Falco le da las gracias con un gesto de su mano cuando pasa a su altura. Ver a esos chavales, tan jóvenes, con toda la vida por delante, le incomoda. Le provoca una desazón difícil de definir. Entre el enfado y la tristeza. Quizás es esa sensación lo que indica que te haces viejo sin remedio. Cuando la mera visión de un joven te recuerda a ti mismo, ya sea porque te parecías a él cuando tenías su edad o, más probablemente, porque no eras así en absoluto. Y te hubiera gustado serlo, si bien sabes que ya no habrá ni tiempo ni posibilidad para ello. Un chico o chica en la veintena es un recordatorio de que ya has vivido más de lo que vas a vivir y que al camino le quedan menos encrucijadas para cambiar de destino. ¿Era él así cuando tenía veinte años? No. Para empezar, no era tan guapo como los hijos de Sastre. Y no es que fueran otros tiempos ni porque los chicos de ahora se ponen más cremas y potingues que las mujeres, sino porque es difícil ser atractivo cuando tu padre te ha reventado una botella en la cara.

Aquello ocurrió cuando tenía dieciséis años y ya había estado dos veces en el correccional para menores de Godella. Claro que su padre, para entonces, había estado en la cárcel en cuatro ocasiones. Las cuatro por robo a mano armada. El viejo fue un delincuente durante toda su vida, pero nunca consiguió lo suficiente para sacar a su madre, a su hermana y a él de aquel cuchitril del barrio de Velluters donde vivían, con la luz enganchada, sin agua caliente y rodeados de putas. Aunque jamás la vio hacer la calle, Falconetti estaba seguro de que su madre se prostituía en ocasiones para sacar a su familia adelante cada vez que su marido estaba entre rejas. Quizá su padre se enteró o puede ser que ya lo supiera, lo cierto es que aquella noche ya no lo soportó. Desde el zaguán se oían los gritos y Chema —todavía no era Falconetti— subió los cinco pisos del edificio salvando los escalones de tres en tres. Cuando llegó, la puerta estaba abierta y en el salón, su madre se acurrucaba en un rincón, con el pelo revuelto, la cara ensangrentada y un pómulo amoratado. Su padre bramaba como una bestia rabiosa, con una botella de coñac en la mano. En el suelo, restos de loza rota se mezclaban con las sobras de la cena entre las sillas caídas. Oía el llanto de su hermana, que tenía cuatro años entonces, encerrada en una habitación. Jamás le preguntó a su madre cómo empezó todo aquello. Tampoco importaba. Él fue quien lo acabó.

Con dieciséis años, Falconetti ya medía un metro ochenta. Su padre no era rival para él respecto a tamaño y fuerza, aunque sí lo era en lo referente a saber pegar. El joven se abalanzó como un león sin ser consciente de que su adversario había estado en mil peleas antes, incluso, de traerle al mundo. Sus puños de martillo solo golpeaban aire mientras el viejo se reía y le llamaba torito bravo. Pero no solo esquivaba. También devolvía los golpes como con desgana —aunque sin soltar la botella—, como si fuera un gato que juega con un pajarillo herido entre sus garras, sabiendo que puede acabar con el sufrimiento de su víctima cuando quiera pero, aun así, prolonga la tortura por pura diversión. Y aquello enfurecía cada vez más al muchacho hasta que la rabia, la suerte o el exceso de confianza de su contrincante hizo que consiguiera colocar un golpe. Fue seco, de abajo arriba, directo a la boca. Se estremeció al notar como los dientes se clavaban en sus nudillos; oyó con nitidez el crujido de huesos de la mandíbula al partirse. Se sintió grande, se sintió fuerte. Otro como este y el viejo cabrón estaría en el suelo. Por eso no vio cómo el brazo derecho de su padre describía un arco hacia atrás para coger impulso y la botella de coñac se estrellaba contra su sien derecha, donde el recipiente se rompió. El líquido le bañó el cuello y los hombros. El alcohol le escocía en las heridas recién abiertas por el cristal quebrado. Si la ida le hizo daño, la vuelta fue peor. La botella, tras el primer impacto, se había convertido en una zarpa brillante de feroces garfios. Aún consiguió ver, a su izquierda, que algo se le echaba encima. Fue lo último que percibió con aquel ojo. Las afiladas aristas le desgarraron la cara desde la ceja hasta la barbilla y se llevaron por delante el globo ocular y medio párpado. La sangre se mezcló con el coñac barato. En aquel momento no le dolió. No sintió nada, salvo furia. Una cólera que hizo nacer un aullido de su garganta que se unió a los gritos de su madre, que seguía acurrucada en aquel rincón. Su padre, al ver la sangre, dudó. Durante muy poco tiempo, apenas unas décimas de segundo, consiguió despejar de su cabeza los vapores del licor que le habían llevado a la crueldad y a la violencia y empezó —por primera vez en su vida— a arrepentirse de algo que había hecho. A culparse a sí mismo. Aunque dejó caer los brazos y soltó la botella rota de donde aún goteaba sangre, el chaval no se dio cuenta de ello. Embistió con todas sus fuerzas y aprisionó a su padre entre sus brazos, gruesos y duros como ramas de olivo. Su madre gritaba, su hermana lloraba, pero él no oía nada. Su padre era un pelele atrapado en su abrazo asesino. Sí que oyó cómo estallaban más cristales. Los últimos de aquella noche en la que tantas otras cosas también se quebraron. Los que rompió su padre cuando lo lanzó a través de la ventana. Los dos agentes de la Policía Nacional —que en aquel entonces se vestían de marrón— llegaron justo para ser testigos de cómo se hacía papilla contra el suelo.

Las Fallas de 1976 fueron las primeras que se perdió. Ingresó en la cárcel Modelo de Valencia el 15 de marzo. Había estado dos meses en el Hospital General sin consentir que su madre y su hermana fueran a verle. Ni una sola vez. Aún llevaba media cara vendada cuando entró por primera vez en la celda después de los trámites de ingreso en prisión. Le esperaba una condena de siete años por homicidio involuntario. En el habitáculo había dos literas con sendos hombres tumbados en los lechos superiores. Al principio no le hicieron ni caso mientras él hacía la cama bajo la atenta mirada del funcionario del centro penitenciario. Una vez se marchó el guardia, como si fuera una señal tan habitual y conocida como la de apagar las luces o la sirena que indicaba la hora de la comida, ambos reclusos se levantaron y, sin mediar palabra, comenzaron a pelear. Los puños volaban entre ellos, pero no salían insultos de sus bocas, ni gritos de sus gargantas ni odio de sus miradas. Se atizaban como si jugaran al ajedrez mientras el joven Chema observaba perplejo la escena. Tras escasos minutos de lucha, uno de ellos levantó las manos en señal de rendición y la trifulca acabó tan extraña y súbitamente como había empezado. Ambos contendientes se palmearon la espalda como si en vez de haber participado en una gresca carcelaria hubieran jugado una partida de tenis. Entonces, Chema se atrevió a preguntarles:

—¿Por qué os peleabais?

—Para ver quién te folla el primero.

Los siete años de condena se convirtieron en trece antes de que le dieran la libertad condicional. Los responsables de que la pena se prolongara fueron sus primeros compañeros de celda. A uno le llamaban el Chato y, al otro, el Jerezano. Ambos estaban entre rejas por atraco a mano armada, aunque ellos decían que eran presos políticos; que eran comunistas. «Como comunistas —decían—, nuestra obligación es repartir la riqueza y por eso atracamos bancos, para repartir el dinero entre los pobres. Lo que pasa es que nosotros dos somos los más pobres.» Y se partían el culo de risa.

Solo fue su juguete para desahogarse durante unas cuantas semanas, porque, en cuanto tuvo la oportunidad, lo cambiaron de celda: a la de aislamiento. Acabó allí después de que una tarde, en su turno de cocina, vertiera sobre la fea cara del Chato el contenido de una sartén donde se freían patatas. Cuando terminó su castigo, cuatro meses después, le tocó el turno al Jerezano: le abrió la cabeza contra uno de los muros del patio y si aquel desgraciado sobrevivió fue porque los guardias se lo quitaron de las manos tras el segundo empellón. Si le hubiera dado tiempo a arrearle un tercero, el cráneo del Jerezano se hubiera partido en dos como una sandía madura. Fue entonces cuando José María Fernández Heredia aprendió la única ley que iba a respetar en los tiempos venideros: la Ley de la Trena. Era la única válida en el trullo y en la vida: el predominio del más fuerte.

Cuando salió del segundo período de aislamiento, su condena se había prolongado ya en seis años por las dos agresiones y se había ganado, además, el traslado forzoso al penal del Puerto de Santa María, en Cádiz. Cuando llegó allí, su reputación le había precedido y nadie tuvo la tentación de pelearse con un compañero de celda para ganarse el privilegio de violarle el primero.

En la prisión gaditana, los reclusos podían ver la televisión los viernes y los sábados por la noche en la sala común. Las cárceles son microcosmos donde se reproducen, a su manera, las modas y gustos que imperan más allá de los muros y las rejas. En aquel momento, toda España se paralizaba los viernes por la noche para ver en la televisión los *Grandes Relatos* que incluía la serie *Hombre rico, hombre pobre*. Las aventuras y desventuras de los hermanos Jordache en Nueva York hacían las delicias de los presos y la serie provocó que José María Fernández Heredia dejara de ser Chema *el Valenciano* para convertirse en Falconetti, como el diabólico estibador del parche negro en el ojo —el archienemigo de los hermanos Jordache— que encarnaba el actor William Smith.

Aquellos de su edad o más mayores que le conocen —y que vieron la serie en su día— no necesitan que les explique el porqué le llaman Falconetti o Falco, a secas. Los más jóvenes no se atreven a preguntarlo. El tuerto no ha trabajado en su vida. No ha cotizado ni un solo día a la Seguridad Social ni ha cobrado el subsidio de paro. Ni falta que le ha hecho. En el momento que tiró a su padre por la ventana de un quinto piso se quedó a vivir fuera del sistema. Ha entrado y salido de la cárcel varias veces. Y, pese a todo, le va bien. Vive en un piso alquilado en Mislata, bajo nombre falso, en una finca con pocos vecinos y conduce un Ford Escort de más de diez años; lo bastante viejo como para que no destaque, pero bien cuidado para que no asuste. Lo importante —como dice siempre la Puri— es no llamar la atención y nada llama más la atención que una casa demasiado lujosa, un coche demasiado grande o demasiado destartalado o un fajo de billetes demasiado grueso. El dinero está a buen recaudo en una cuenta cifrada de una sucursal del Attijariwafa Bank de Marruecos, donde piensa retirarse en unos cuantos años para disfrutar de su villa en Dar BahRa, sobre una de las colinas que circundan Tánger. La eligió porque era el único lugar del mundo donde se puede ver salir el sol sobre un mar y ponerse sobre otro y esa es toda la poesía —la frase es del folleto de la inmobiliaria— que se sabe. Cuatro, cinco años más en esto, como mucho, y se baja al moro a vivir como un sultán. Quizá todavía le dé tiempo a ligarse —o comprarse— una morita guapa y hacerle un par de críos. Quién sabe. La verdad es que le gustan las moras «porque les enseñan desde pequeñas que solo tienen que tocar los cojones a sus maridos de la única manera que nos gusta a los hombres», dice a menudo.

Siempre piensa en su villa marroquí de muros blancos, encaramada sobre olivos y palmeras cuando algo le agobia. Tiene que ir a ver a la jefa para decirle que en el coche no han encontrado nada, tal y como se temía. Pero, antes, pasará por el aparcamiento. Es posible que el Carcoma haya visto algo. Para eso lo puso allí.

Encuentra al indigente en el mismo sitio donde lo dejó hace días. Acurrucado entre cartones y mantas viejas, abrazado a sus dos perros. Aunque está al sol y la mañana es cálida para ser febrero, le parece que tirita entre sus harapos aunque sonríe con la mirada perdida y mueve su mano derecha como si dirigiera una orquesta. Pobre desgraciado. Esto es lo que te hace el caballo cuando lo montas demasiado a menudo. Y el caso es que dicen que el yonqui —al que conoce desde hace mucho tiempo— era un figura de la música. Pianista o director de orquesta o algo así. Y también dicen que ya estaba como una puta cabra antes de que la droga le licuara las meninges.

—¡Carcoma! ¿Cómo lo llevas, tío? —No necesita ser amable en absoluto con aquel infeliz, pero piensa que él tenía tantos boletos como el toxicómano para haber acabado así—. ¡Que no hace tanto frío, joder, como para que estés ahí dentro!

—¡Falco! —El yonqui sonríe y le muestra su boca desdentada, de encías ennegrecidas, enmarcada en el rostro completamente picado del que sale su apodo—. ¡Ahora no hace frío, aunque la noche ha sido helada y el viento casi me vuelve loco!

—¿Más de lo que ya estás, Quique? —El Carcoma tiene tan asumido su apodo de la calle como Falconetti el suyo, pese a que le gusta que alguien, de vez en cuando, se dirija a él por el diminutivo de su nombre de pila—. Dime, ¿qué tienes para mí?

—Todo esto. —El indigente retira un cartón y le muestra al tuerto una lista de matrículas—. Estas son del jueves y, aquí, las del viernes. Ayer sábado no aparcó nadie, pero vino un notas con una moto que se quedó ahí plantado, mirando el sitio.

—¿Tenía pinta de madero? ¿Cuánto rato estuvo?

—No. No iba de uniforme. Llevaba una Yamaha de esas antiguas negra y no estaría ahí ni cinco minutos. Ni siquiera se bajó ni se quitó el casco, así que no pude verle la cara. Parecía un tío, aunque con esas chaquetas que llevan es difícil distinguir las tetas, pero estoy seguro de que era un hombre. Después, se piró. Y daba mal rollo, Falco —se golpea con su dedo índice la sien derecha—, lo pude escuchar aquí dentro.

—¿Y esta era la matrícula de la moto? —El tuerto no hace caso de la advertencia porque la toma como otro signo del cerebro podrido del yonqui—. ¿La viste bien? ¿Seguro?

—Sí, sí. De verdad. Desde aquí la veía de puta madre, Falco. Es esta —señala los números apuntados con tiza sobre el pavimento—: 4330BDF.

El tuerto apunta la referencia en un lado del paquete de tabaco. Puede que no signifique nada, aunque algo es algo. Hace más de una semana que buscan al Profe por todas partes y parece que se lo haya tragado la tierra. Fran, el estudiante, preguntó por él en la Facultad de Económicas, sin obtener una respuesta, ya que en su departamento nadie sabía nada. Fue el mismo chico el que localizó el coche del catedrático en el aparcamiento del Campus de Tarongers. Los emisarios enviados a la casa de Carretero volvieron con las manos vacías. Allí no contestaba nadie. El único resto palpable del Profe era aquel coche negro, estacionado en una esquina del aparcamiento universitario. Lo vigilaron durante días hasta que, al final, la Puri ordenó que se lo llevaran antes de que lo descubriera la Policía. Carretero tenía que entregarle a Falconetti un *pendrive* de memoria con algo dentro que solo la jefa sabía qué era. Quizás estuviera dentro del coche y, por eso, no había que correr el riesgo de que las autoridades lo encontraran primero. Sin embargo, el Audi había sido desmontado por completo y allí no había aparecido el dichoso pincho.

—¡Muy bien, Carcoma! ¡Muy bien! —Falco echa mano al bolsillo de atrás de su pantalón y extrae de su cartera un billete de veinte euros—. ¡Anda, coge esto y tómate un café con leche para que se te quite el frío!

Se agacha para entregarle el dinero a su espía callejero. Con un movimiento experto, cien veces repetido, también saca del calcetín un paquete pequeño, envuelto en plástico, que deja caer junto a la bota. Si viniera un policía en este mismo instante, lo que acaba de caer no tiene dueño.

—¿Tienes rulo y plata limpia, Carcoma? Ahí tienes mezcla de la buena, bien cortada. Heroína y base de coca. Si te la administras bien, tienes para días.

—¡Sí, sí, sí! ¡Gracias, Falco! ¡Tú sí que eres un colega de verdad! Oye, ¿tengo que quedarme aquí mucho más tiempo? Lo digo porque ya empiezan a mirarme demasiado los guardias jurados de la universidad y algunas señoras que pasan por aquí todos los días. Sabes que, si estás mucho en el mismo sitio, alguien llama a los de los Servicios Sociales para joder la marrana.

—¡Es verdad! —responde—. Vamos a hacer una cosa. Quédate hasta el miércoles y yo vengo el jueves; si no ha habido nada, pues te abres de aquí, ¿vale?

—Vale.

—Me pasaré el jueves —a los yonquis hay que repetirles las cosas muchas veces y, aun así, no hay garantías de que no te dejen tirado— y te traeré otro sobrecito para el café con leche —la voz del tuerto es risueña porque le divierte su propia ocurrencia— y me explicarás por qué coño el perrazo grande se llama *El Menor* y el pequeño, *La mayor*. ¡Es que eres la polla, Carcoma!

—¡Es *Si bemol menor* y *La mayor* —separa bien las sílabas «la» y «mayor» para en un intento inútil de que el tuerto le entienda, pero su voz destila felicidad por hablar de música— y son tonalidades que...

—¡Sí, sí, sí! —corta Falconetti antes de que el Carcoma le haga perder más tiempo—. ¡Que me tengo que ir! Pero antes de eso —señala con el dedo el lugar donde, segundos antes, estaba el paquete con el polvo marrón claro envuelto en plástico—, tómate un café con leche con un chorrito de Terry, que te sentará de puta madre. ¡Hazme caso!

—¡Lo haré! —Carcoma muestra una sonrisa de encías ennegrecidas—. ¡Hasta luego, Falco!

El tuerto mira el reloj antes de meterse en el coche. Son las doce y cuarto. Aunque tiene tiempo, considera que es mejor si se va para allá y se toma un par de carajillos en el bar La Paca. Es un buen sitio para esperar a que la jefa termine. Los domingos siempre va a misa de doce con sus hijas y sus nietas a la iglesia del Rosario.

6

El rollo de película microfilmada producía un zumbido agudo cada vez que Grau accionaba el mando circular. Un golpe a la derecha: avanzaba despacio; dos golpes: avanzaba deprisa. Hacia la izquierda se retrocedía con el mismo procedimiento. No era tan fácil como sale en la televisión. La manija era muy sensible y el brigada no estaba acostumbrado a manejarla, por lo que, cada dos por tres, tenía que volver atrás un poco; demasiado; otra vez hacia delante. Ahí. Ahí estaba. Las páginas del periódico volaban una tras otra formando un continuo borroso de líneas blancas, grises y negras sobre la pantalla.

Estaba solo en la minúscula cabina donde había las máquinas de proyección de microfilms. A su espalda, la sala de consulta de la Hemeroteca Municipal se hallaba, como de costumbre, casi vacía. En los tiempos de Internet, cuando la erudición es una monstruosa pérdida de tiempo y casi cualquier cosa se puede consultar en la red, los archivos y las bibliotecas pierden clientela sin remedio. No obstante, a Grau le gustaban estos recintos. Para él, eran como un inmenso espacio abierto a cualquier cosa, pero, sobre todo, en ellos experimentaba un verdadero sentimiento de pertenencia. Cuando estaba en la facultad, pensaba que se iba a pasar la vida de biblioteca en biblioteca, de archivo en archivo hurgando en viejos legajos para confirmar, o desmentir, que tal o cual obra pertenecía o no al autor. Todo ello hasta conseguir el suficiente prestigio como para ser nombrado director de un museo o comisario de costosas y exitosas exposiciones, internacionales mayormente. En aquel momento nada le hacía pensar que terminaría vestido de verde oliva con el haz de lictores y la espada rendida bordados sobre el pecho izquierdo. Como su padre. Como su tío. Como su abuelo. Regresar a un archivo y curiosear entre papeles le proporcionaba la falsa sensación de que quizá podía volver a empezar en algún instante.

Había acudido a la Hemeroteca Municipal para averiguar todo lo que pudiera sobre el padre de Xavier Ros. Tras su charla con la decana de la Facultad de Geografía e Historia pensaba que la clave para descubrir al asesino del profesor de instituto estaba en su padre, ya que la historiadora había sido categórica al respecto: a Ros le habían ejecutado cumpliendo los ritos de la *poena cullei* que aplicaban los antiguos romanos a los que hallaban culpables del delito de parricidio. Sin embargo, el padre de Ros, tal y como pensaba, llevaba muerto más de una década y eso que había dejado este mundo a la respetable edad de noventa y cuatro años. Encontrar la nota de defunción no fue nada difícil: la muerte de Javier Ros Such fue proclamada con esquelas de las grandes en los periódicos locales como correspondía a uno de los próceres de la ciudad.

Era médico ginecólogo, catedrático de esta especialidad en la Facultad de Medicina, e incluso llegó a ser rector de la Universidad de Valencia entre 1964 y 1972. Su nombre aparecía con frecuencia en los llamados Ecos de Sociedad con motivo de las fiestas y saraos que las familias de la alta burguesía valenciana organizaban por aquellos años: el rector Ros y su encantadora esposa asistían a la cena benéfica organizada por el Ateneo Mercantil; el rector Ros y su encantadora esposa saludaban al alcalde Rincón de Arellano —todos ellos en blanco y negro— en el palco de autoridades de la Batalla de Flores de la Feria de Julio; el rector Ros y su encantadora esposa saludaban a la princesa Sofía de Grecia durante la recepción oficial celebrada con motivo de la inauguración del pabellón materno-infantil del nuevo hospital La Fe; el rector Ros y su encantadora esposa, sentados en la primera fila durante la exaltación de su hija Isabelita Ros como fallera mayor infantil de Valencia.

Grau se fijó mejor en la fotografía que ilustraba esa última noticia. La mayor parte de la imagen era una mancha gris oscura con algunos matices aún más negros al fondo. No obstante, las caras de los protagonistas destacaban sobre la negrura. Veía bien a los integrantes de la primera fila: tres hombres y tres mujeres distribuidos de forma alterna por la hilera de butacas. Ellos, con trajes oscuros, cabello bien engominado y bigote recortado a la perfección en el mismo estilo que el que lucía su superior, el subteniente Víctor Manceñido. Las señoras, con vestidos elegantes, nada de escote, hombros cubiertos y moños cardados de un palmo de altura. Grau reconoció al alcalde, Adolfo Rincón de Arellano, y al propio rector Ros. También a las mujeres de ambos. La tercera pareja no estaba identificada en el pie de foto, pero Grau dedujo que debían de ser los padres de la otra fallera mayor. Era otro matrimonio compuesto de señor con brillantina en el cráneo y señora con laca en la cabellera. Justo detrás, en la segunda fila, aparecían otros rostros. El guardia civil identificó en seguida entre ellos a

Xavier Ros, aunque entonces —tal y como decía la noticia— todavía se llamaba Javier, con J, como su padre. Tenía, sin duda, la misma expresión que en otras imágenes suyas, posteriores y más recientes, que Grau había visto, solo que más delgado, sin barba y con el flequillo largo, peinado hacia un lado. «Joder, parece el hermano pequeño de Nino Bravo», pensó el brigada. Su cara blanqueada por el disparo del *flash* de la cámara contrastaba sobre el fondo, aunque, para Grau, destacaba más por lo que parecía que estaba haciendo en el momento de tomar la instantánea.

Era en esta clase de cosas cuando Grau se enorgullecía de tener su título de licenciado en Historia del Arte enmarcado en su antigua habitación de la casa de sus padres, que no le había servido de nada. Estudió la composición de la fotografía como si se tratara de un cuadro de Caravaggio, con sus claroscuros y todo. Los seis personajes de la primera fila tenían sus miradas fijas en un punto situado por encima de ellos. El alcalde y su mujer mostraban sonrisas un tanto forzadas como corresponde a alguien que ha visto lo que ellos estuvieran viendo sobre el escenario demasiadas veces. Sin embargo, las caras del rector Ros «y su encantadora esposa» —pensó Grau— mostraban una alegría dulzona y empalagosa. Era evidente que lo que ocurría sobre las tablas estaba haciendo que se les cayera la baba. La otra pareja también sonreía pero, como ocurría con el alcalde, la intensidad del regocijo no era tan alta. Los seis tenían las manos en alto, congeladas en diferentes momentos del acto de aplaudir. En la segunda fila, la situación se repetía: las caras se desplegaban ante el objetivo como un muestrario de sonrientes perfiles derechos de señoronas y señorones de la Valencia tardofranquista. Sin embargo, uno de ellos no miraba hacia donde lo hacía todo el mundo. Era

Javier Ros hijo. Su cara estaba totalmente enfrentada al fotógrafo, no así su mirada. Las pupilas eran dos puntas negras que apuntaban al pescuezo de su padre. Las cejas estaban fruncidas, los labios prietos, la mandíbula tensa y hasta se distinguía de manera tenue la hinchazón de las venas del cuello. Una fotografía tomada hacía más de cuatro décadas e impresa sobre papel malo con tinta barata y, encima, microfilmada bastante tiempo después no es merecedora de demasiada confianza, pero Grau confiaba en su instinto. Quizá fuera casualidad, pudiera ser que el espectador de al lado le hubiera pisado justo en ese instante y de ahí que el joven Ros pusiera esa cara. Era posible que aquel muchacho —la imagen era de enero de 1967, así que no había cumplido los veinte años— estuviera simplemente aburrido de estar allí, aunque su hermanita pequeña fuera a ser coronada como reina infantil de las fiestas falleras. Grau jugaba con ventaja. De alguna manera, Javier-Xavier Ros había sido torturado y asesinado, porque alguien, merced a una lógica tan diabólica como incomprensible, había considerado que era culpable del delito de parricidio. Y en aquella mirada congelada en una fotografía en blanco y negro de un periódico de los años sesenta Grau podía sentir el gélido aliento del odio.

Dio dos golpes hacia la izquierda a la rueda de plástico y el torrente blanco y negro volvió a ponerse en movimiento a toda velocidad. El zumbido de los rodillos llenó el habitáculo. Mientras esperaba a que el rollo se rebobinara, echó un vistazo a las otras cajas de cartón que esperaban sobre la mesa. En cada una había doce bobinas de microfilm dispuestas en pequeños compartimentos. Cogió la siguiente y leyó la etiqueta: «Las Provincias, 1979.» Cada rollo contenía todos los ejemplares del diario correspondientes a un mes. Grau escogió el que estaba marcado como abril y lo colocó en el proyector. No tuvo que buscar mucho para volver a encontrar a Ros. Estaba en la foto de portada del ejemplar del lunes, 4 de abril. En la imagen, el primer alcalde de Valencia de la recién estrenada democracia, Fernando Martínez Castellano, levantaba los brazos en señal de triunfo desde el balcón principal del Ayuntamiento. En su mano derecha lucía la vara de mando de regidor. Su brazo izquierdo estaba sujeto por el de Pedro Zamora, cabeza de lista por el Partido Comunista, que se convertiría en el primer teniente de alcalde. El titular, con letras mayúsculas, proclamaba que Valencia iba a tener un alcalde socialista. Los trece concejales del PSOE junto a los seis del PCE propiciarían tal cambio. El pie de foto solo identificaba a los dos grandes protagonistas pero, allí estaba, al fondo de la imagen: Ros.

Grau estudió la fotografía. Habían pasado doce años desde que fue tomada la anterior imagen. En esta, Ros estaba un poco más gordo, aunque aún brillaba en él el fuego de la juventud. En esta instantánea, Ros sonreía y saludaba a alguien situado abajo, en la plaza. Lucía una poblada barba y unas gafas de sol de pasta gruesa, conservando las largas greñas que le tapaban el cogote y las orejas, así como el flequillo peinado hacia un lado. Grau se leyó todas las noticias de aquellas primeras elecciones democráticas del 3 de abril de 1979. Javier Ros se había convertido en Xavier Ros y era uno de los concejales electos de la nueva corporación municipal. Se había presentado por el Partido Comunista de España y ocupaba el puesto número seis de la lista. El último. La crónica de ese día —y las de los siguientes— apenas lo mencionaban, y nadie —pensó Grau— parecía haber caído en la cuenta de que Ros era el hijo del rector emérito de la universidad. Supuso el guardia civil que en aquellos años de la Transición, los periodistas tenían una benevolencia especial, o quizá simpatía, con los hijos de las buenas familias franquistas que habían salido un poco rojos. O era más posible que, en el poder local, lo único que estaba pasando era un cambio de guardia, aunque se tuvieran que llevar chaquetas diferentes y hacer alguna que otra concesión menor. Los abuelos monárquicos de Alfonso XIII habían cedido el paso a los padres nacionalcatólicos de Franco que, a su vez, franqueaban el acceso a sus hijos eurocomunistas de Santiago Carrillo o socialdemócratas de Felipe González.

Volvió a encontrar a Ros en otra fotografía, correspondiente al 23 de mayo de aquel año. El alcalde brindaba con Nicolae Ceaucescu y su mujer, Elena. El dictador rumano estaba de visita en Valencia y levantaba su copa en un brindis hacia el espectador de la fotografía. El alcalde miraba al tirano con sonrisa un tanto bobalicona, forzada, posiblemente, por ser protagonista de algo que, hacía solo cinco o seis años, hubiera sido impensable: que un mandatario comunista fuera a recibir un banquete de homenaje en el hotel más lujoso de Valencia: el Casino Monte Picayo. Justo al lado de Elena Ceaucescu estaba Ros, bebida en mano y cara de satisfacción. Grau no tenía ni idea de que el mismísimo tirano rumano hubiera estado en la ciudad hacía más de treinta años. Se leyó la crónica, pero, en ella, la única mención a Ros hacía referencia a lo que el cronista llamaba «la anécdota de la jornada», que consistió en que Ros había sido el encargado de traducir el menú al francés a la esposa del presidente rumano. A saber: espárragos, virutas de jamón de jabugo con tomate troceado, paella de pollo y conejo y, de postre, naranja suflé.

Grau pasó toda la mañana en la Hemeroteca, haciendo girar los rollos de película de un lado a otro. Incluso para aquellos años donde tantas cosas cambiaban, Ros no tuvo un papel relevante en la política municipal. Y eso que la cosa dio bastante de sí. El 13 de septiembre de 1979 el alcalde Martínez Castellano era destituido por una maniobra dentro de su propio partido. Fue acusado de irregularidades en la contabilidad de la campaña electoral y expulsado del Partido Socialista. Las leyes vigentes establecían que si uno perdía la condición de militante de su partido, causaba baja de manera automática del cargo electo que ocupaba. En aquel primer acto del drama de la recién estrenada democracia, Ros no tuvo ningún rol. El nuevo alcalde, Ricard Pérez Casado, siguió gobernando en coalición con los comunistas.

Cuando Grau revisó los rollos correspondientes al año 1983, comprobó que Xavier Ros ya no figuraba en las listas del Partido Comunista para el Ayuntamiento en las elecciones que se celebraron el 8 de mayo. No obstante, había estado muy cerca de volver a ser concejal, aunque esta vez con los socialistas. En aquellos comicios, los socialistas consiguieron dieciocho de los treinta y tres escaños municipales y los comunistas se quedaron con solo dos, mientras que el nuevo partido conservador, Alianza Popular, se alzaba con trece. Grau comprobó que Ros no estaba con su antiguo partido, sino que ocupaba el puesto decimonoveno con los socialistas y no renovó su acta de regidor. Sin embargo, no encontró referencia alguna a la razón por la cual se había cambiado de partido político. Si fue un caso de transfuguismo, no fue de los escandalosos, porque los periódicos de la época no lo reflejaban como tal. Quizá fue una decisión nacida de un acuerdo. Mirando diarios antiguos no había manera de saberlo.

A partir de ese momento, la discreta carrera del hijo del rector desaparece por completo. Grau encontró artículos firmados por él en el otro periódico de la ciudad, el de izquierdas, pues mantenía cierto compromiso político con causas ciudadanas como la preservación de una alquería antigua o la apertura de un jardín. Sus disertaciones no eran diferentes a las de otros intelectuales provincianos de izquierda que poblaban las páginas de opinión del diario progresista local en el que firmaban como coordinador o portavoz de tal o cual plataforma cívica que se quejaba de que la administración no le hacía ni puñetero caso. Ros, en sus escritos, hablaba de casi todo, pero, en resumidas cuentas, su pensamiento se condensaba en que había que expropiarlo todo para darle un uso público.

Tras varias horas de minucioso trabajo, Grau pensó que poco más podría sacar de allí. La única referencia al padre de Ros era, además de su protagonismo social de cuando fue rector de la universidad, sus gigantescas esquelas. Decidió revisarlas de nuevo por si acaso se le había escapado en alguna el motivo del fallecimiento, aunque todo indicaba que había sido de pura vejez. La esquela más grande —a página entera— era, precisamente, de la institución académica. También lamentaba su muerte el Colegio Oficial de Médicos de Valencia (a media página), la dirección y el personal del Hospital Clínico Universitario, la Real Academia de Medicina de la Comunidad Valenciana y la Sociedad Española de Ginecología, si bien estas tres a tamaño más reducido. Grau volvió a contarlas, una por una. Los mismos organismos, con idénticos textos y tamaños. Faltaba una: la de la familia. La muerte de Javier Ros Such era llorada por sus colegas docentes y profesionales, no por su familia. No había habido ni capilla ardiente, ni misa funeral ni velatorio. Las esquelas, por su carácter institucional, solo informaban del fallecimiento, pero no indicaban si iba a ser enterrado o incinerado. Grau pensó que llamaría al Ayuntamiento para confirmar si Ros padre había sido inhumado o incinerado en algún cementerio valenciano.

Abrió la nueva libreta Moleskine que se había comprado para ir a visitar a la decana de la Facultad de Historia y comprobó las notas que había tomado. Tras la conversación con la historiadora, Grau había acudido al instituto de Secundaria donde Ros daba clase. En el centro educativo no había obtenido demasiada información. Xavier Ros era un hombre reservado, según el director. No estaba casado, no le conocían ninguna pareja sentimental ni hablaba demasiado de su familia. Sus compañeros de trabajo sabían de su antigua militancia política y de su colaboración, con artículos de opinión, en algunas causas ciudadanas de izquierdas, pero, en el día a día del Instituto Ramón Llull —que era donde estaba destinado— no destacaba por ser especialmente activo en cuestiones laborales o sindicales. No pertenecía —cosa rara— a ningún sindicato docente. Era un profesor normal, que acudía a su trabajo diariamente, impartía sus clases de Historia a los diferentes grupos que tenía asignados, cumplía de forma escrupulosa con sus horarios de tutorías y asistía a las reuniones del claustro. Sus compañeros sí que sabían que tenía una hermana que vivía en el extranjero, en eso coincidían todos. En lo que no se ponían de acuerdo era en el país en el que residía: Grau había apuntado Gran Bretaña, Estados Unidos, Canadá e incluso Australia. La hermana de Ros debía de ser doce o trece años más joven que él, ya que si había sido fallera mayor infantil de Valencia cuando él tenía veinte años, la niña no podía ser mayor de ocho o nueve, con lo que en la actualidad sería una señora recién entrada en los cincuenta. Grau pensó que Ros estaba espantosamente solo en el mundo. En cuanto se supo la noticia de la muerte del exconcejal, un notario se presentó en el juzgado con el testamento del fallecido. El profesor dejaba su cuerpo a la Facultad de Medicina para que los estudiantes hicieran prácticas con él y sus propiedades eran donadas a obras benéficas.

Volver a leer las notas no supuso para Grau ningún tipo de revelación. Ros era un hombre solitario, sin familia. Su única hermana vivía en el extranjero y no tenía ningún contacto con ella. Era un simple profesor de instituto, de izquierdas, que había tenido una breve y anodina carrera política y que, cuando murió su padre, no le había puesto una esquela en el periódico. Sin embargo, el pobre hombre había sufrido un castigo atroz y una muerte cruel, siguiendo un antiguo rito romano reservado para los parricidas. Y lo peor de todo es que su progenitor se había muerto de viejo. Cuando salió de la Hemeroteca Municipal, Grau llevaba una lista de las causas, más o menos perdidas, a las que Ros se había apuntado. Esperaba encontrar a alguien allí que lo hubiera conocido algo mejor que sus compañeros de trabajo.

Sin embargo, la puesta en escena del crimen, el método para ejecutar a la víctima y la sinrazón aparente eran, en la mente de Grau, señales luminosas que le indicaban que aquello tenía el sello del Erudito. No se lo había mencionado ni a Manceñido ni, faltaría más, a la juez Campos. Su subteniente le creería —después de blasfemar sobre todo lo más sagrado en el cielo y en la tierra que se le ocurriera—, si bien la beata de la magistrada, como las otras veces, no se creería ni una palabra. Lo peor de todo es que el Erudito no daba puntada sin hilo. Sus víctimas, al menos las que

Grau le atribuía, habían hecho ciertos méritos para atraer su atención. ¿Qué demonios había hecho Xavier Ros?

La referencia la encontró en el último artículo firmado por él en el periódico. Era de hacía dos meses. El profesor vertía furibundas diatribas contra el Ayuntamiento y la Generalitat por permitir que los dueños de una alquería en la huerta de Faitanar —al sur de Valencia— la vendieran a una promotora que pretendía construir una pequeña urbanización en los terrenos. El edificio en cuestión se llamaba L'alqueria dels Sentos y, según el profesor, databa de principios del siglo XIX y tenía «interesantes elementos arquitectónicos modernistas». En la misma página, justo al lado del escrito de opinión, el concejal de Urbanismo decía, a cuatro columnas, que «lo único del siglo XIX que quedaba en la dichosa casa rural era la manera de pensar de la oposición que se oponía al progreso y a la propiedad privada». El regidor también esgrimía informes del Servicio Arqueológico Municipal y un dictamen de la Universidad Politécnica que, para Ros, no tenían valor alguno dado que habían sido encargados y, por tanto, manipulados. Al terminar de leer los textos, Grau pensó que la polémica era de las típicas que envenenaba la política valenciana donde las cosas más nimias se convertían en colosales problemas que se enredaban sobre sí mismos durante años hasta que, al final, nadie sabía muy bien ni cómo habían empezado ni, lo que era peor, cómo podían terminar. El caso le recordó el del Teatro Romano de Sagunto, cuyas ruinas fueron sepultadas con placas de mármol por iniciativa de la Generalitat que fue denunciada ante los tribunales. El asunto llegó —casi veinte años después— hasta el Supremo, el cual ordenó que se revertieran las obras, algo redundante, porque, en teoría, eran reversibles, según había dicho en su día el *conseller* de Cultura. Sin embargo, la cosa se complicó cuando se comprobó que aquel alicatado no se podía quitar sin dañar el monumento, con lo que se decidió dejarlo como estaba. Decisión tomada pese a que en el gobierno autonómico estaba, precisamente, el partido que, en su día, había llevado el proyecto a los juzgados. Solo que, entonces, estaba en la oposición.

Además del chorro de acusaciones subidas de tono —el profesor no tenía empacho alguno en calificar de «fascistas administrativos» y «asesinos culturales» a los responsables políticos—, Ros loaba la «lucha» que llevaba a cabo algo llamado Institut d'Estudis Patrimonials. A pesar del rimbombante nombre, el tal Institut no era un organismo público ni nada que se le pareciera. Era una asociación ciudadana, como tantas otras, que con la denominación intentaba darse más importancia y se arrogaba más legitimidad de la que tenía en realidad.

Según el Registro de Asociaciones del Ministerio del Interior, el Institut tenía su sede social en una planta baja en el número 24 de la calle Recaredo. Sin embargo, no era la única. El mismo sitio figuraba como domicilio del Col·lectiu Velluters Viu, el Cercle Ciutadà de València, Agermanats del segle XXI y Plataforma Republicana. Al principio, Grau pensó que aquellas asociaciones —todas ellas de izquierda o extrema izquierda— compartían el local para ahorrar gastos. La cosa cambió con un segundo vistazo a la lista, que provocó que una sonrisa se dibujara en la cara del brigada. Todos los colectivos tenían otra cosa en común más allá del domicilio: tenían el mismo máximo responsable, un tal Antonio Martí Soria. Este señor figuraba como «*coordinador*» del Col·lectiu Velluters Viu y «*secretari general*» de Agermanats del segle XXI, mientras que sus cargos en el Cercle Ciutadà de València y Plataforma Republicana eran *«primer secretari»* y *«coordinador general»*, respectivamente. El Col·lectiu y el Cercle Ciutadà estaban registrados como entidades vecinales y culturales sin ánimo de lucro. Agermanats y Plataforma eran partidos políticos. Su cargo en el Institut d'Estudis Patrimonials era el de *«president»*, así, con todas las letras.

Una simple búsqueda en Google reveló a Grau que no había entierro en el que Martí Soria no cogiera una vela. Su nombre aparecía como firmante de manifiestos de todo tipo de causas, siempre y cuando estas fueran en contra de lo que él llamaba «el sistema». Había algunas que podrían entrar dentro de ciertos parámetros de normalidad como una reivindicación de un jardín en determinado barrio o la solicitud de mayor protección a un antiguo refugio antiaéreo de la Guerra Civil. Otras, sin embargo, entraban de lleno en el reino del delirio, como la carta que escribió al Tribunal de La Haya en la que pedía el procesamiento de todo el equipo de gobierno municipal por un presunto delito de intento de genocidio. El supuesto crimen era un plan urbanístico que incluía el desalojo de una docena de okupas que vivían en unas casas abandonadas en la pedanía de Borbotó. Martí Soria multiplicaba sus escritos en todo tipo de blogs libertarios y anarquistas donde firmaba interminables artículos en los que criticaba hasta el insulto cualquier cosa que no entrara en un ideario, el suyo, que dejaba a Stalin a la derecha. Todos eran blancos para sus filípicas: bancos, grandes compañías, Estados Unidos, Israel, la Unión Europea, la Iglesia católica, cualquier empresario que tuviera más de tres empleados, el Valencia Club de Fútbol, la Junta Central Fallera y, por supuesto, el gobierno local, el ejecutivo autonómico y el poder central. Para Martí

Soria, el mundo era una sucursal del infierno, una cloaca regida por oscuros poderes que se escondían en las altas esferas con el único propósito de torturar a los trabajadores, a los amantes del patrimonio histórico, a los defensores del medio ambiente y a los vegetarianos. Y él, por supuesto, entraba en las cuatro categorías. En las páginas de Internet de las asociaciones y colectivos que presidía, Grau encontró docenas de instancias que Martí Soria había presentado al Ayuntamiento por todo tipo de cuestiones y que después había escaneado para exhibirlas en la red y denunciar así que la corporación no le hacía caso en tal o cual asunto, a pesar de que él había denunciado la situación en tiempo y forma.

Antonio Martí Soria no tenía antecedentes penales. No obstante, el furor que mostraba en sus escritos hizo que Grau decidiera llamar a Andrés Gómez, un viejo amigo de la Brigada Provincial de Información del Cuerpo Nacional de Policía en Valencia. Ellos eran los que tenían agentes infiltrados en grupos extremistas. Como cualquier colaboración entre la Policía Nacional y la Guardia Civil suponía, si se quería hacer por la vía oficial, una montaña de papeleo, Grau optó por usar el teléfono móvil:

—¿Cómo estás, Andrés? ¿Te pillo en mal momento?

—No, no. ¡Qué va! Precisamente te iba a llamar yo ahora. Comprobé lo que me pediste de ese tío.

—¿Y? ¿Tiene algo por ahí o qué?

—Nada. Es un capullo gritón, pero, que sepamos, bastante inofensivo. No ha sido detenido nunca por desorden público ni resistencia a la autoridad. Aunque es de extrema izquierda, no lo hemos identificado nunca en algaradas de esos grupos, ni en desalojos de okupas, ni siquiera con los más radicales que se ponen al final de las manifestaciones del Primero de Mayo.

—Un perro ladrador, vaya —sentenció Grau.

—Poco mordedor —contestó el policía—. Oye, ¿qué tiene que ver este hombre con el asesinato del saco en el río?

—Me empiezo a temer que poco o nada —contestó el guardia civil—, aunque el último artículo que escribió Ros hacía referencia a una asociación que él preside y por si acaso.

—¡Joder, David! —rio Andrés—. Es que no te gusta dejar ningún cabo suelto.

—Ya ves. Por eso tardo tanto. Bueno. Oye. Gracias por la información. A ver qué día nos tomamos una cerveza.

—¡Uf! ¡Será si la jefa me deja! ¡Con esto de la boda me paso los fines de semana viendo juegos de toallas, cortinas y haciendo y rehaciendo la lista de invitados!

—¡Vaya plan!

—¡Ya te digo! ¡Ahora que me acuerdo! ¡Sí que vamos a quedar la semana que viene, porque te tengo que dar el tarjetón!

—De acuerdo. —Grau esperaba que no se le hubiera notado en la voz el disgusto que le producía el saberse invitado al enlace, pues odiaba las bodas—. Llámame cuando quieras. Te tengo que dejar que me entra otra llamada. Un abrazo y gracias.

—Venga, *chao*.

Dar con Martí Soria no fue fácil. Según el padrón, residía en el barrio de Benicalap, aunque, tal y como comprobó en el Ayuntamiento, en la dirección que figuraba en las centenares de instancias que elevaba ante el Consistorio con sus diferentes cruzadas nadie contestaba las notificaciones. Después de toda una mañana, consiguió hacerse con él al teléfono. La conversación no fue agradable. Martí Soria tenía grabada a fuego en su mente la imagen de los guardias civiles como clones de Tejero con pistola en mano y pegando tiros al artesonado del Congreso de los Diputados.

En cuanto Grau se identificó como miembro de la Benemérita, Martí Soria le soltó una de sus invectivas sobre los poderes del Estado, la opresión policial y media docena de sandeces por el estilo. Sin embargo, aquel pobre diablo era un tigre de papel. Bastó con que Grau le hablara de usted, pusiera su voz grave y le diera a elegir entre mantener una charla amistosa en el bar que él quisiera o en el cuartel de Cantarranas para que Martí Soria se decidiera inmediatamente por la primera opción. A veces, Grau se sorprendía de su propia capacidad para intimidar, sobre todo si imaginaba qué pensaría el intimidado si supiera que era gay. En esos casos, le gustaba verse a sí mismo como Epaminondas, el general de Tebas que, en el siglo IV a. C., había vencido a los espartanos gracias a su Batallón Sagrado formado por ciento cincuenta parejas de amantes, todos masculinos, mandado por la propia pareja de Epaminondas, el comandante Górgidas. Como le decía a Erik en algunas ocasiones, se puede ser marica y guerrero.

La cita con Martí Soria fue en la sede de las cinco entidades que presidía. Aunque, en teoría, debería de haber ido de uniforme, Grau optó por acudir de paisano. Y acertó. La minúscula planta baja estaba llena de banderas republicanas e independentistas catalanas, pósters del Che Guevara y toda suerte de carteles de grupos musicales radicales. Pese a que no había nadie fumando, las fosas nasales del brigada se llenaron en seguida del aroma dulzón del hachís. Martí Soria le esperaba sentado junto a dos jóvenes, un chico y una chica, que lucían, con cierto aire de desafío, pañuelos palestinos anudados al cuello.

En cuanto vio aquel panorama, Grau se alegró de que su superior tuviera que acudir aquella tarde al festival de la guardería de su primer nieto y que no le hubiera acompañado. El subteniente Manceñido tenía muy poca paciencia para estas cosas. Por ello, Grau mostró la mejor de sus sonrisas y tras los apretones de manos de rigor, ya sentado junto a Martí Soria, entró en materia:

—Entonces, dice usted que no tenía mucho trato con el señor Ros.

—Así es. Nos conocíamos, eso no se lo niego, porque él había asistido a alguna de nuestras acciones cívicas pacíficas y también a asambleas, pero nunca llegué a tener una relación muy cercana.

—Pues, por lo que escribía en sus artículos, da la impresión de que era un miembro muy activo de su organización o, por lo menos, que simpatizaba mucho con su causa.

—Mucha gente en esta ciudad no está de acuerdo con la acción de unos gobernantes incapaces, ineptos, irresponsables, cínicos, mentirosos y que no poseen las cualidades ni la capacitación necesarias para observar, recibir, procesar y canalizar las justas y legítimas demandas del pueblo y...

—Le he preguntado, señor Martí —Grau le cortó con suavidad, pero helando su mirada para que la cosa no se le desmadrara—, por el grado de su relación con el señor Ros, no si yo quería que me echara un mitin, cosa que, por cierto, no quiero.

Por el rabillo del ojo, Grau espió a los dos jóvenes que, aparentemente, navegaban por Internet parapetados tras la pantalla de un ordenador portátil. El chico no levantaba la vista del teclado, pero la muchacha tenía sus pupilas fijas en él, destilando odio. «Pobres idiotas —pensó Grau—, creen que por fruncir el ceño y apretar los puños ante un guardia civil son héroes de la libertad y la revolución. ¡Y que aún estemos así a estas alturas!»

—¡Es que no puedo separar una cosa de otra!

—Cíñase a la pregunta, por favor. ¿Era o no el señor Ros un miembro activo de alguna de sus... —Grau se paró a tiempo cuando estaba a punto de decir la palabra chiringuitos— organizaciones?

—No, no lo era. Podríamos decir que era un activo simpatizante, pero no un activo militante. Nos ayudaba con sus artículos en la prensa, porque era muy amigo del jefe de la sección de Opinión del periódico y le publicaban todo lo que les mandaba. A veces tenía que ver con acciones que estábamos llevando a cabo nosotros y, otras, pues no.

Grau sabía que andaba sobre el filo de una navaja. No estaba haciendo una diligencia oficial; aquello no era un interrogatorio que encajara en los cánones del reglamento y, si sacaba alguna evidencia, no podría ser utilizada en los tribunales y más al considerar que el caso le había tocado «de nuevo, perra suerte» a la jueza Campos. Tenía que averiguar qué era lo que Ros había hecho para atraer la atención del Erudito, si bien, de momento, no había nada en la conducta del exconcejal comunista que le sirviera de indicio.

La entrevista no duró mucho más. Aquel tío era un pobre imbécil empeñado en hacer una revolución bolchevique del siglo XIX a través de Facebook y Twitter. Cuando Grau salió de allí, echó una mirada al par de apóstoles guerrilleros de teléfono móvil. La chica tenía los ojos duros, destilando desprecio. El otro era distinto. Había algo en su expresión que encendió una luz roja en la cabeza del brigada, pero no sabía qué podía ser. Al principio pensó que su radar detector de otros gays —el que tantas veces le fallaba, por cierto— le estaba señalando un posible objetivo, aunque era probable que no fuera algo tan simple. Quizás era que aquel muchacho le decía con la boca cerrada que se iba de allí sin haber hecho las preguntas adecuadas a la persona correcta.

7

Hasta aquí. Oficialmente bloqueado. La cosa no avanza. Veinticinco folios y está en un callejón sin salida. Y es un verdadero problema, porque no sabe por dónde tirar una vez ha llegado a este punto. Lee y vuelve a leer lo que ya ha escrito. Busca una clave, un hilo que le permita seguir desenrollando la madeja; sin embargo, no lo encuentra. No le pasó con las otras dos novelas. En ambos procesos, aunque solo tenía una ligera idea del argumento, fueron los mismos personajes los que le mostraron el camino. David Grau, su investigador lleno de contradicciones, pero dotado de una cultura humanística tan fuera de lugar en la Guardia Civil como su propia sexualidad, le desbrozaba la senda de forma paulatina. Aquella primera historia empezaba con un crimen horrible, una verdadera atrocidad cuya investigación dejaba al aire algunas vergüenzas de la clase dirigente valenciana. La trama se dividía entre las pesquisas que permitían a Grau descubrir la existencia de un auténtico demonio como Mentor y, a la vez, las fechorías que, bajo la legalidad y respetabilidad propias de la alta sociedad, habían cometido sus víctimas. Tanto la primera novela como la segunda dejaban al brigada y también al lector con la sensación de que los asesinados por el Erudito se merecían —hasta cierto punto, claro— su destino.

Bajo la misma premisa había empezado la tercera aventura de su guardia civil. Sin embargo, se ha bloqueado y no encuentra la manera de continuar. Mira sobre la mesa de su estudio, como siempre, perfectamente ordenada, sin saber lo que busca. Con él no vale el tópico del escritor caótico, cuyo lugar de trabajo es un maremágnum de libros, papeles, apuntes y notas. Tiene muy pocas cosas sobre ella: un cuaderno y un bote lleno de lápices cuyas puntas mantiene afiladísimas con obsesión y donde destaca un único bolígrafo de cuatro colores que es el que jamás utiliza para escribir; también hay una pequeña pila de libros de consulta. En lo alto de la columna de letra impresa sobresalen las pastas naranjas de la obra que le encendió la chispa con la que dio comienzo la tercera aventura de Grau. En el centro de la portada destacan las figuras negras de Zeus, Prometeo y un buitre. La escena fue pintada en una vasija griega y representa el terrible castigo que el rey del Olimpo impuso al titán que enseñó el secreto del fuego a los hombres y que, por ello, fue encadenado a una roca y condenado a que aquel pajarraco, cada día, le desgarrara el abdomen para comerse su hígado. Vuelve a coger el libro. Está ajado, con muchas puntas dobladas y algunas páginas medio sueltas. Lo compró hace un par de años, en un puesto de la Feria del Libro de ocasión. Se titula *Los suplicios capitales en Grecia y Roma* y es de Eva Cantarella. La historiadora italiana describe en esta obra los aterradores métodos de ejecución que griegos y romanos utilizaban en la antigüedad, así como las circunstancias en las que aplicaban las diferentes maneras de poner fin a la vida de un semejante. Allí es donde leyó por primera vez el castigo de la *poena coellus,* la pena del saco, que los romanos reservaban para los culpables de parricidio y que él ha aplicado al personaje de Xavier Ros.

Ahí empezó todo, pero ahora no sabe por dónde continuar. Ideó un asesinato que recreaba el rito antiguo, puso a David Grau a investigarlo y, en coherencia con las otras maldades de Mentor, la víctima tenía que ser culpable de parricidio, aunque fuera bajo los parámetros de la desquiciada mente del villano de sus dos historias anteriores. Sin embargo, la cosa no avanza. Lo nota cada vez que escribe una palabra y completa una línea. Tiene recursos en el oficio de escribir, por supuesto, aunque no encuentra la veta que le permita ahondarse en la trama. Y, después de mucho cavilar, cree que ha encontrado el problema. No tiene ni la más remota idea de si sabrá resolverlo, pero alberga cierta esperanza, al menos, por haber sido capaz de hallar dónde está la piedra que atasca sus ruedas creativas. ¿Por qué Mentor asesinó de una forma tan cruel a un expolítico de izquierdas si su padre, según lo que Grau ha investigado hasta ahora, parece que murió de muerte natural ya bien cumplidos los noventa años? No lo sabe. Por un instante se le pasa por la cabeza borrar todo lo que ha escrito e idear para el padre de Xavier Ros una muerte ocurrida unos años antes y cuyas circunstancias no quedaron del todo claras; sin embargo, en ese caso, todo resultaría demasiado fácil. O sea, Mentor mata a Ros porque encuentra algún tipo de evidencia que demuestra que el exconcejal del Ayuntamiento de Valencia mató a su propio padre por razones desconocidas (y que Grau averigua, claro), pero el asunto se tapó gracias al sistema de equilibrios y pactos tácitos que existe entre la clase dirigente valenciana casi desde sus orígenes. Quizás ahí esté la clave. Da igual la camiseta que lleven puesta en una ocasión determinada, «Los de Siempre» mandan y se salen con la suya en todo momento. Así se puede explicar cómo puede ocurrir que un exconcejal comunista mate a su padre, un rector universitario nombrado por Franco, y que no ocurra nada hasta que Mentor actúa.

Demasiado fácil. En el momento en que escribiera que el viejo rector Ros había muerto en extrañas circunstancias, sus lectores descubrirían la porción mayor del pastel y la novela quedaría completamente descafeinada. En sus dos obras anteriores, zarandeaba al lector de sorpresa en sorpresa y de giro en giro. Por eso no puede ahora caer en algo tan obvio. Es que todo lo que se le ocurre es demasiado burdo. Tiene una cosa clara: Ros mató a su padre. Aún no sabe ni cómo, ni por qué, ni siquiera la razón por la cual Mentor decidió ejecutarlo. Quizá se ha equivocado en el perfil. A lo mejor debe retocar un poco el personaje de Xavier Ros, pero es demasiado arriesgado llevar a cabo lo que le ronda por la cabeza.

Su víctima, Ferran Carretero, es el molde del que ha sacado a Xavier Ros. Ambos son expolíticos; de izquierdas aunque provenientes de buenas familias de derechas de toda la vida que los convierte en dignos representantes de «Los de Siempre». Sin embargo, en la creación del personaje de Ros ha intentado separarse lo máximo posible de su modelo, no sea que alguien vea demasiadas similitudes entre su víctima real y su víctima imaginaria. No sería el primero en caer en ese error.

Mira hacia una de las estanterías de su estudio atiborrada de libros. Hace años que abandonó la idea de establecer cualquier orden en su biblioteca que no fuera el tamaño de los volúmenes y su encaje en los muebles. Sin embargo, en un atril, justo al borde de la balda de madera, reposa, como si estuviera en el escaparate de una tienda, un librito pequeño, de pastas negras, donde se recorta la cabeza de un macho cabrío sobre un fondo anaranjado que evoca un atardecer. Las letras irregulares del título, así como el nombre de su autor, están en amarillo. No lo ha leído. No podría hacerlo, porque está en polaco y no se ha hecho ninguna traducción. Se llama *Amok*, que es un término que en algunas lenguas centroeuropeas quiere decir algo así como «arrebato», si bien se usa para describir un ataque de furia homicida. Su autor es Krystian Bala y hace unos cuantos años que está en la cárcel por asesinato. Pagó mucho dinero por un simple ejemplar de una edición barata después de tomar mil precauciones para que nadie pudiera seguir su rastro por Internet. Lo mira cada vez que se pone a escribir y lo camufla entre los centenares de volúmenes que abarrotan su estantería cuando recibe una visita. Por si acaso. Es un libro maldito y, para él, un recordatorio constante de que tiene que ser muy cuidadoso para que no le ocurra lo que le pasó a Krystian Bala.

El 10 de diciembre de 2000 apareció un cadáver maniatado flotando en el río Oder a su paso por la ciudad polaca de Wroclaw. La víctima era Dariusz Janiszewski, propietario de una agencia de publicidad. Había sido estrangulado. La Policía no pudo hallar ninguna pista sobre lo que había pasado y el caso —como tantos otros— se pudrió en las comisarías. Tres años después, una pequeña editorial publicó la novela *Amok* que firmaba un tal Krystian Bala. El autor era un periodista que se ganaba la vida realizando crónicas de viajes y fotografiando fondos marinos. *Amok* era su primera obra y relataba con minuciosidad un asesinato idéntico al que había acabado con la vida de Janiszewski, además de mostrar muchos paralelismos entre la vida del propio Bala y la del asesino ficticio. Con el libro como prueba, la policía polaca detuvo a Bala, pero tuvo que dejarlo en libertad poco después por falta de pruebas entre las burlas de la prensa, que acusaba a los responsables policiales de no saber distinguir entre la realidad y la ficción. Sin embargo, a Bala le perdió el orgullo, un descuido y la tacañería. La Policía comprobó que los correos electrónicos anónimos que se recibieron en la redacción de una televisión polaca con reflexiones filosóficas sobre el crimen perfecto habían sido enviados desde locutorios de China e Indonesia, donde Bala había estado por motivos profesionales poco después del homicidio. También averiguaron que la víctima había recibido una llamada desde el mismo número usado para llamar a la madre de Bala y que, además, el escritor subastó por Internet un teléfono del mismo modelo que utilizaba la víctima. Con estas pruebas nuevas, otro juicio y una atención mediática sin precedentes en Polonia, Bala fue condenado a veinticinco años de cárcel, y entre rejas prepara en la actualidad su segunda novela.

Ni por asomo quiere acabar como el escritor polaco. El perfil satánico del macho cabrío de la portada de *Amok* es un recordatorio constante de que no puede cruzar determinadas líneas. Nadie puede establecer nunca la más mínima relación entre sus historias y sus cuatro víctimas. De vez en cuando echa un vistazo a la página web del Ministerio del Interior donde se informa sobre personas desaparecidas. Las tres primeras siguen allí, con sus fotos de carné de identidad anodinas sobre sus nombres, descripciones, detalles de la última vez en que fueron vistas y números de teléfono para aportar información sobre su paradero. De Ferran Carretero no hay nada. Es pronto para una persona corriente que hubiera desaparecido, pero no debería ser así para alguien como el *exconseller*. Once días ya y no hay ni una palabra en los periódicos.

Intenta volver a la novela. Relee el cuaderno de notas. Vuelve a mirar la pila de libros de consulta. Nada. Si no sabe la razón por la que Ros mató a su padre, Mentor no tiene motivo alguno para matar a Ros y, por tanto, David Grau no tiene ningún caso que investigar y él no tiene novela que escribir. Por mucho que haya hecho un alarde de imaginación y documentación a la hora de recrear la *poena cullei* de los romanos y que haya introducido un amante en la vida de su protagonista como el chapero Erik, sigue sin tener historia. Tiene la misma sensación que cuando era un becario en el periódico y le contaba a su jefe un montón de antecedentes, detalles y circunstancias de lo que él creía que era una noticia, hasta que el veterano periodista le cortaba en seco: «Sí, todo eso está muy bien, pero ¿cuál es el titular?» No sabía qué decirle. Y así aprendió a distinguir las historias que sí lo eran de las que no. Buscando el titular. Siempre hay que sacar el titular.

Se estruja los sesos: «¿Cuál es el titular? ¿De qué va tu historia? ¿Qué es lo que quieres contar? ¿Es esto un relato de detectives?» Decía su admirado G. K. Chesterton que él había fracasado cincuenta y cuatro veces a la hora de escribir un relato detectivesco y que todos sus fracasos estaban encuadernados en tres libros y muchas revistas. «Ojalá fuera capaz —piensa— de fracasar una sola vez con un simple cuento como el más malo del padre Brown.» ¿Qué enseñaba Chesterton sobre cuál era el objetivo de los relatos de misterio? Que el objetivo de las historias no era la oscuridad, sino la luz, y que se debe pensar la trama para el momento en el que el lector logra comprender lo que ha pasado.

Otra mirada. Esta vez a los once montones de periódicos perfectamente ordenados sobre la mesa del comedor. Se levanta de la silla justo en el instante en el que la pantalla de su ordenador se oscurece. Así sabe que ha perdido otro cuarto de hora, porque ese es el lapso de tiempo que ha configurado para que la máquina se ponga en reposo si no teclea. Se acerca a la mesa y lee las portadas. Más de lo mismo. Grandes titulares sobre gasto descontrolado, corrupción pasada, presente o futura, paro... Eso sí, estas noticias solo ocupan el espacio que dejan libre las fotografías de fútbol. Los problemas gordos rellenan el hueco que sobra en el papel una vez se ha llenado de imágenes con las gracias que hacen pegando patadas a un balón un grupo de millonarios —casi adolescentes— en pantalón corto. El partido del siglo de esta semana. El fichaje histórico de este mes. El entrenador de no sé dónde que advierte que si le buscan le encontrarán. El delantero centro que asegura que hay que poner toda la carne en el asador, porque el portero ha dicho que el fútbol es así, mientras el presidente de la entidad proclama que no hay rival pequeño. Una obviedad tras otra. Una estupidez tras otra repetida día tras día; semana tras semana; mes tras mes. Cambian las circunstancias, las fechas, las caras y los nombres, pero dicen lo mismo desde hace años y, lo que es peor, la gente está mucho más interesada en lo que hacen, dicen o rebuznan los niñatos que dan patadas que en los desmanes de los políticos, las trapacerías de los banqueros o los horrores de los terroristas. No ha habido manifestación —que él recuerde— que consiga sacar a tantas personas a la calle como el triunfo de un equipo de fútbol en la competición que toque esa semana.

Por un momento cree que allí puede estar la clave. ¿Y si

relaciona el asesinato de Ros, de alguna manera, con el fútbol? Descarta la idea de inmediato. Para empezar, es un auténtico analfabeto deportivo. El tema no le interesa lo más mínimo y se ve incapaz de documentarse para ello. Además, piensa que se le iba a notar demasiado el desprecio que le produce todo ese mundo. Es algo más que desprecio: es un profundo asco intelectual; ver cómo toda una sociedad, supuestamente desarrollada y culta, se comporta como un rebaño de borregos ante algo tan estúpido le produce arcadas mentales. No. De los periódicos no va a extraer la clave que le falta. Vuelve a sentarse delante del ordenador. En la pantalla, sobre el fondo negro, vuelan miles de estrellas. Golpea con cierta furia una tecla al azar y la computadora vuelve a la vida. «Quizás era que aquel chico le decía con la boca cerrada que Antonio Martí Soria no le había contado todo lo que sabía.» Es lo último que ha escrito. ¿Y qué coño sabía Antonio Martí Soria que no le ha contado a Grau si ni siquiera el creador de ambos lo sabe? Es inútil. Por más que mire la pantalla no va a ocurrir nada. Se repite a sí mismo lo de Picasso, que la musa de la inspiración viene cuando viene, aunque mejor si te pilla trabajando y otras perogrulladas parecidas que suelen decirse entre sus amigos los escritores locales con los que queda de vez en cuando. Gilipolleces.

Al lado del libro de Krystian Bala hay un cuaderno, una Moleskine en la que anota ideas y citas. Empieza a ojearla sin demasiadas ganas. No obstante, encuentra escrita, de su puño y letra, una cita de Paul Auster: «Cuando estaba escribiendo una novela y me quedaba atascado, y todos los escritores se atascan alguna vez, entraba en un estado de pánico, al pensar que el proyecto se había acabado, no sabía qué hacer con él y resultaban momentos muy tormentosos. Ahora que soy viejo, cuando llego a uno de esos instantes, me digo a mí mismo: "Si este libro necesita ser escrito, si es algo valioso, si cuenta con el poder que creo que tiene, entonces voy a solucionarlo y todo lo que tengo que hacer es ser paciente." A veces es cuestión de un par de días libres, a veces un mes o incluso seis. El tiempo para meditar qué quiero hacer con el libro. Y luego ahí estás, rodando de nuevo. No sé qué pasa, pero creo que es una cuestión del inconsciente diciéndote qué poner en la página. Si escuchas y te relajas lo suficiente para ser capaz de escuchar, ocurrirá.»

Mira por la ventana. La noche de febrero ha sido húmeda y gélida, aunque, ahora, el sol brilla asomado por el amplio hueco que le dejan las nubes —espesas, negruzcas y pesadas como su pensamiento— que se amontonan sobre el mar y avanzan, con paso lento, hacia la playa de La Malvarrosa. Le agradan las mañanas así, soleadas, frías y sin viento. Y la cólera contra sí mismo despierta al considerar que no ha hecho nada de lo que se había planteado. Mira el reloj. Son las doce y cuarto pasadas y tiene hambre. Como todos los días, se ha levantado muy temprano, porque le gusta la sensación de ser el dueño del día, si bien el madrugón no le ha servido más que para confirmar que no está llegando a ninguna parte en su viaje literario. Para su estómago, el desayuno no es más que un recuerdo lejano y se lo hace saber con un par de gruñidos. Vuelve a mirar el reloj. Van a dar las doce y veinte. La mañana se ha malogrado y se convence de que es inútil que siga mirando la pantalla del ordenador hasta que vuelva a oscurecerse para que se dé cuenta de que ha perdido otros quince minutos de su vida que jamás volverá a recuperar. Apaga la máquina y se dirige hacia la puerta a buscar la chaqueta de la moto y el casco. Se acercará al centro —a uno de esos grandes almacenes— para curiosear en la sección de libros y, después, se irá a Casa Montaña a comerse unas tapas y a tomarse un par de copas de buen vino. No le sobra el tiempo, pues quiere estar en el restaurante antes de la una y media por dos motivos: que su estómago deje de protestar cuanto antes y conseguir una mesa tranquila y buen servicio antes de que, sobre las dos de la tarde, aquello se llene de gente. Le encanta tener plazos, horarios y objetivos concretos. La Yamaha Drag Star ruge con señorío nada más darle al contacto. A las cuatro, como muy tarde, estará sentado otra vez ante el ordenador. Quizás el paseo en moto, las anchoas de Casa Montaña y el olor de papel virgen de un libro nuevo consigan que encuentre la luz que necesita para salir del túnel en el que está metido. Siempre hay que hacer caso a lo que dice el viejo Auster. Siempre.

ϒ ϒ ϒ

Falco es el único que está sentado en la minúscula terraza que los dueños de La Paca extienden sobre la acera. El local está bastante concurrido, pero, como el sol ya ha desaparecido detrás de los edificios, el ambiente fuera es demasiado gélido para disfrutar del aperitivo en la calle. Si el tuerto tiene frío, no lo aparenta. O prefiere soportarlo arrebujado en la cazadora de cuero mientras el calor del café y el coñac le baja por el pecho. El aroma del humo del Ducados que sostiene entre los dedos marida a la perfección en su boca con el recuerdo de la bebida caliente. Por eso está en la terraza, a pesar de la humedad. Al final, hasta él se ha acostumbrado a no fumar en sitios cerrados e incluso en su piso sale al balcón para disfrutar de su dosis de nicotina y alquitrán. «Joder, Falconetti —piensa—, no has respetado ni una sola norma en tu puta vida y ahora te hielas el culo cada vez que quieres echar un cigarrito hasta en tu propia casa.» Además de para fumar a gusto, Falco ha elegido con cuidado la mesa que ocupa: es la primera de ellas, justo en la esquina. Cuando la Puri salga por la puerta de la iglesia, será imposible que no le vea.

Falco tiene la vista fija en el portalón del templo. Tampoco hay otra cosa que ver. Un grupo de críos —todos ellos gitanos— intentan que un cochambroso barquito de juguete flote en el agua verdosa que hay en el vaso procedente de la fuente que adorna el centro de la plaza. En cuanto la puerta de la iglesia se abre, la banda de pilluelos corre a tomar posiciones junto a las jambas con la esperanza —vana— de que en el interior se haya celebrado un bautizo y haya lluvia de caramelos. En cuanto aparecen los primeros feligreses, los niños se dan cuenta de que aquello no tiene pinta de fiesta de bautismo. Y vuelven al agua.

La Puri no tarda demasiado en salir. Cogidas de ambos brazos de la matriarca van dos de sus hijas: las únicas que le quedan. De los seis retoños —cuatro chicos y dos chicas— que salieron de sus entrañas, dos están muertos y otro en la cárcel. Del sexto hijo —el más pequeño— nunca se habla. Hay quien dice que está en alguna parte de Sudamérica, aunque otros comentan que en Tailandia o incluso en China; Falco piensa que los que dicen que está en China no tienen ni puta idea, porque no se le ocurre ningún sitio peor para vivir. Si los chinos en China viven como los chinos aquí, todo el puto día trabajando, debe de ser una mierda de sitio.

A la jefa jamás se le pregunta por el Tino, que así se llamaba el chaval. Y por ello el Falco sospecha que también está muerto. Detrás de la Puri y sus dos hijas salen sus cuatro nueras y más de media docena de chicas y niñas: sus nietas. La Puri también tiene yernos, nietos y una legión incontable de cuñados, sobrinos y otros parientes masculinos que viven bajo su dominio. Pero los hombres de su familia nunca van a misa con ella los domingos. No les deja.

La matriarca se mueve despacio, apuntalada entre los brazos de sus hijas. Va de domingo, pero sin alardes. Vestido negro, abrigo gris, medias oscuras y zapatos de medio tacón. El pelo, como siempre, recogido en un moño aunque, eso sí, bien tintado. Ese es el único lujo que se permite: ir a la peluquería todas las semanas. Su maquillaje es discreto: un poco de carmín suave en los labios, algo de colorete en las mejillas y una ligera sombra púrpura en los ojos. Falco la observa desde la terraza del bar. ¡Hay qué ver lo que cambia la jefa para ir a misa! Guapa de cojones para ser una abuela que el día menos pensado —con lo buenas que están las dos nietas que trabajan con ella en el bar— se desayunará siendo bisabuela. Acostumbrado a verla en la cocina del Flor en ropa de faena, secándose las manos en el delantal manchado de grasa y con un pañuelo anudado en la cabeza, el contraste es evidente. Anda despacio, porque le cuesta mover sus muchos kilos aunque vayan vestidos de domingo. A su derecha va su hija mayor, Pura. El tuerto no termina de entender por qué a la madre le llaman Puri y a la hija Pura, cuando debería ser al revés. Cierto que la hija está más gorda que la jefa y no comparte con ella el gusto por la discreción. Lleva un vestido de raso verde brillante, un abrigo de pieles que —pese a que el Falco no entiende de esas cosas— parece bueno, el peinado rubio platino bien cardado y suficientes pulseras y anillos como para parecer un árbol de Navidad. Pura está casada con el Toni —el obeso camarero de la barra del Flor— y es la madre de Sara y

Paula. Del brazo izquierdo de la Puri va Concha, su hija pequeña. Debe de ser de la edad del tuerto, más o menos, y el Falco cree que es solo dos o tres años menor que su hermana; sin embargo, parece diez o quince años más joven. Aunque ha pasado de largo los cuarenta, se le nota en el culo aún prieto y en las tetas todavía firmes que pasa más tiempo en el gimnasio que en su casa y que no es tacaña con las cremas y los potingues que se ponen las maduritas. Concha no trabaja en el bar con su madre y su hermana, sino en una gestoría, por donde, según dicen, solo aparece el día de cobrar. «Qué carajo —piensa Falco—, por eso el gestor es uno de los testaferros de la Puri.»

Aunque intenta contenerse, no puede evitar quedarse mirando a Sara y Paula. O a Paula y Sara, pues nunca sabe cuál es cuál. Lo único que sabe el tuerto es que se follaría a las dos a la vez hasta que ni ellas mismas se acordaran de sus respectivos nombres. Y el caso es que lo haría si no fuera porque la jefa lo caparía y le haría comer sus propios colgajos en la terraza del bar Flor guisados como callos a la madrileña, con su salsa picante y todo. «No metas la polla donde tengas la olla, Chema», se dice a sí mismo mientras observa cómo las dos muchachas bromean con el coro de niñas que llevan alrededor como abejas revoloteando en torno a un par de flores.

En cuanto la Puri ve al tuerto allí sentado, se para en seco y busca en su bolso las gafas oscuras. El sol de febrero en la plaza del Rosario es demasiado flojo para necesitarlas, pero, con la mayor parte del rostro oculta tras los lentes tintados, la matriarca indica a sus hijas que quiere sentarse un momento en la terraza y que las niñas se tomen una Coca-Cola y unas papas. El camarero de La Paca junta mesas y sillas de acero brillante y pasa un trapo para que toda aquella tribu femenina se acomode. La Puri se sienta en la cabecera de la larga mesa, mientras su prole organiza un guirigay de peticiones de Coca-Colas, Fantas, cervezas para sus dos hijas y una tónica para ella, porque es lo mejor que hay para el estómago revuelto. Y dos platitos de papas y otros dos de olivas, pero nada más... que las niñas, después, no comen. Los respaldos metálicos de las sillas del Falco y la Puri se rozan a cada movimiento de uno y otra y, aunque están de espaldas, con girar un poco las cabezas se escuchan a la perfección.

—¿Ha pasado algo, Chema? —La Puri siempre le llama por su diminutivo, jamás por el apodo que recuerda su cara desfigurada y su mutilación.

—Sastre ha desguazado el Audi del Profe hasta dejarlo en las tuercas, jefa, y no hemos encontrado nada de nada. Ni pincho, ni pincha, ni la puta que parió al gafotas. ¿Y él, ha aparecido o qué?

—Ni rastro —contesta la anciana—. Estoy pensando en mandar a alguien a entrar en su casa y en su despacho de la universidad a ver si encuentran el trastico. Lo que pasa es que él me decía que el único momento en el que se separaba del chisme ese era para ducharse, así que lo tiene que llevar encima.

—¿Crees que nos la ha clavado y se ha esfumado con...
—Falconetti ni siquiera sabe cómo llamar a lo que haya en ese lápiz de memoria que preocupa tanto a la Puri— ... con toda la movida?

—Nunca se sabe, Chema, nunca se sabe. Pero no lo creo. Empiezo a pensar que le ha pasado algo. Algo gordo y feo.

—¡Coño! ¿No lo habrán trincado los maderos?

—Yo diría que no. Al menos los de aquí no, porque algo sabríamos.

—¿Y los negros? ¿O los panchitos?

—Esos mierdas ni siquiera saben que el Profe existe. No, Chema, no. Ha tenido que ser otra cosa. Lo jodido es que se me pone aquí —se aprieta con ambas manos los dos puntos de su bajo vientre donde, bajo cuatro dedos de grasa, deben de estar sus ovarios vacíos— y cuando yo noto que se me pone aquí —lo vuelve a hacer, esta vez con más énfasis— es que algo se ha ido a tomar por culo. Me pasó con mi marido y con mi Nicolás. ¡Y con mi Sidro también se me puso aquí, Chema!

—¡Ale, jefa! —El tuerto percibe en la voz de la Puri el ligero temblor que precede al llanto que trae el dolor del recuerdo de su marido y sus dos hijos muertos—. ¡No se emocione que está usted muy guapa y se le va a correr el rímel si se coge un sofoco!

—¡Anda que...! ¡A mis años que aún me echen piropos! —El tono de la anciana cambia—. Mira a ver si mandas a un par de chavales de confianza y que pongan el piso del Profe patas arriba para encontrar el pincho. Por cierto, ¿tu amigo el yonqui...?

—El Carcoma.

—Ese. ¿Ha visto algo?

—Todavía lo tengo allí, jefa. Lo único que le llamó la atención fue un notas con una moto grande que estuvo ayer mirando el sitio. No parecía un madero, pero tengo la matrícula.

—Compruébalo con Castaños. A ver quién es.

—Vale. Me abro pues. ¿Hoy toca paella o qué?

—Pues sí. Es el cumpleaños de mi Niki y vamos a comer ahí a L'Estimat.

El tuerto percibe el almíbar chorreando en la voz de su jefa. Como les pasa a todas las abuelas del mundo, el preferido suele ser el primer nieto. El Niki, «menuda prenda», piensa Falconetti. El príncipe del Cabañal, el niño mimado de su yaya a pesar de sus veinte años. De toda la prole de la Puri, el Niki es, para el Falco, el recordatorio permanente de que el tiempo pasa sin clemencia ni consideración. La primera vez que lo vio fue en la foto que su padre tenía pegada con dos trozos de cinta aislante en su celda de la cárcel del Puerto de Santa María, en Cádiz. Y de aquello hace dos décadas. Un bebé regordete de espesa mata de pelo negro, que, para su desgracia, solo conocería por fotos al hombre que le concibió.

—Pues prepare la cartera, jefa, que los de L'Estimat se han subido un poco a la parra últimamente.

—Ya. Pero es que siempre hemos ido allí y ya sabes. Nos tratan bien.

—Pues a pasarlo bien.

—Otra cosa, antes de irte.

—Mande usted.

—Me dicen que hay unos negros vendiendo lo que no les toca por donde no les toca. A ver si los pillas y les explicas que lo suyo son las gafas de sol falsas y los mecheros.

—¿Por dónde van?

—Pásate mañana por el bar y Toni te lo explicará mejor. Y no te olvides de hablar con Castaños para el de la moto. Cuando me lo has dicho se me ha puesto aquí —vuelve a apretarse con ambas manos los ovarios— y cuando a mí se me pone aquí....

—Muy bien, jefa. Ya le cuento.

—Hasta luego, Chema.

—Adiós.

Falconetti se mete en el bar para pagar. Cuando le indica al camarero que le cobre también lo de la mesa grande, la de la señora, el hombre mira a su mujer, que niega con la cabeza. «Ya lo arreglo yo con la Puri, no te preocupes.» El tuerto se guarda el billete de cincuenta euros de nuevo en el bolsillo y se marcha de allí mientras la anciana y su corte de féminas empiezan a levantarse entre un nuevo trajín de mesas, sillas, risas infantiles y gritos maternales que advierten que pasan coches. Con razón se lleva a toda la tropa a comer a uno de los mejores restaurantes de La Malvarrosa. Si le sale igual de barato que el aperitivo, lo raro es que no vaya todos los días.

Son muy pocas las veces en las que a la Puri le molesta la algarabía que organizan sus hijas y sus nietas cuando están juntas. Ahora, sin embargo, tiene que buscar en el fondo de su corazón todo el amor que siente por ellas para resistir el impulso de hacerlas callar a todas a sopapos. En cuanto ha visto al gigantesco tuerto sentado en la terraza, esperándola, algo se le ha removido en el bajo vientre y la charla con él le ha dejado esa punzada de preocupación que nota en los ovarios, secos desde hace décadas. ¿Qué carajo le habrá pasado al Profe de los cojones?

Contempla cómo Falconetti camina calle abajo a buscar su coche. «Encuéntramelo, Chema —piensa—, porque si no das con él, las cosas se van a poner chungas de verdad.» Vuelve la cabeza hacia la fachada de la iglesia y cruza la mirada con los ojos secos de la imagen que corona la puerta principal. Es creyente —a su manera, claro— y espera que surja en su cabeza esa chispa, esa idea oculta en lo más profundo de su mente, que, en las ocasiones difíciles, aparece como una vela que se enciende cuando la noche es más oscura. Para Puri, ese pensamiento profundo que aparece de súbito; esa solución susurrada al problema más difícil no es cosa suya, sino de la Virgen del Rosario que se la chiva flojito, a ella sola. Eso es lo que pretende oír mirando a la boca petrificada. «Madre de Dios —reza—, que el tuerto encuentre al Profe o, al menos, que encuentre el dichoso chisme donde lo apuntaba todo.»

Las gafas oscuras impiden que sus hijas y sus nietas vean cómo las arrugas que agrietan las comisuras de sus ojos empiezan a inundarse. Sabe que las lágrimas son por miedo y ese sentimiento le llena de rabia, porque odia tener miedo. Pero lo tiene. Y mucho.

Hace veinte años que le mataron a su marido y a su hijo mayor. Y pronto hará quince desde que asesinaron al segundo. Hasta aquel momento, ella había sido la mujer de un delincuente, como tantas otras; metida en la cocina, criando hijos que luego mataban y, llegado el caso, comiéndose la condena de dos años en la trena que le tocaba a su marido. Fue la primera y la única vez que estuvo en el trullo; tenía veintiocho años y estaba embarazada de dos meses. Con todo el miedo que pasó entonces tuvo bastante y pensó, aquella primera noche entre rejas, que nada podía ser peor que aquello. Se equivocaba. Luego fue mucho peor. Cuando a su Nicolás y a su Nico los rajaron como corderos en la prisión del Puerto de Santa María y, cinco años después, a su segundo hijo varón, Isidro, lo reventaron a palos en un bancal de naranjos de Torrent. Quince años después, ya no llora cuando recuerda a sus hijos y su marido muerto, aunque sí se le dibuja en su cara una sonrisa amarga al pensar en el entierro de Sidro. Cuando llegó al tanatorio, el ataúd estaba cerrado y le advirtieron que no iban a dejar que lo viera. «Señora —decía el de la funeraria—, el chico ha quedado muy mal y se va a impresionar usted y sus hijas. Como no tenía seguro, no le han arreglado mucho los golpes, ¿sabe?» Le dijo que era un cabrón ignorante. Que ni de puta coña se iba a impresionar y que todos los hombres eran igual de gilipollas. Le escupió a la cara que los hombres piensan que a las mujeres les asusta la sangre, las tripas, el vómito o la mierda. Y no es así. Le gritó que son ellos los que se acojonan cuando se rompe una de las cañerías que hacen funcionar a la gente. Las mujeres no se asustan, le dijo. Lo que les jode es que algún hijo de puta haya roto lo que tanto ha costado hacer. Y por eso, las mujeres, lloran.

Aún recuerda lo a gusto que se quedó gritándole a aquel picha floja. Le recordó que las mujeres viven con sangre. Que no son más que niñas cuando empiezan a sangrar por ahí abajo, todos los meses. Y, a veces, con la sangre salen más cosas. Joder. Solo son crías que aún juegan con muñecas y, de la noche a la mañana, tienen que lidiar con ello cada cuatro semanas. Después alguien las desvirgará y ahí vendrá más dolor y más sangre. Luego se quedarán preñadas y el parto será otro festival de agua sucia, sangre, meados y mierda. Cuando salen de aquello les esperan años de cambiar pañales, limpiar mocos, curar heridas y secar lágrimas. Y no solo lo de sus hijos. También tienen a su marido para beberse su saliva cuando les besa, llenarse con su leche cuando se corren, oír sus ronquidos cuando se duermen y oler sus pedos cuando se los tira. Pensaba el enterrador que la iba a impresionar por ver cicatrices y cardenales. Ni harta de grifa. Lo que le iba a dañar, lo que le podía destruir era ver un trozo roto de sí misma. Si sus hijas no llegan a quitarle de las manos a aquel cabrón, lo hubiera dejado peor de lo que estaba su Sidro dentro del cajón. Y abrieron el ataúd. Hostias que si lo abrieron. Allí estaba su hijo. Con su carita de ángel canela destrozada, con los dedos de las manos rotos y morados. Le habían puesto un traje oscuro barato y un pañuelo blanco anudado al cuello. En el pecho se le notaban bultos raros aquí y allá de costillas quebradas. Hijos de puta. Ni a los perros se les trata así cuando cogen la rabia. Aquella fue la última vez que lloró a mares; que lloró a pleno pulmón. Desde entonces, lo que hace brotar las lágrimas —sea bueno o malo— solo consigue lo que acaba de ocurrir ahora: algunas grietas en la voz y algo de humedad que hace brillar las patas de gallo.

Ante el ataúd de Sidro juró que nunca más. Como ya no quedaban más hombres, sería ella la que llevaría «el asunto», que es el nombre que le dan a lo que hacen ella y su familia. Pero no iba a dejar que le mataran a más hijos. Durante quince años, y desde su minúscula cocina, ha hecho el negocio más grande de lo que su marido jamás hubiera pensado. Su pobre Nicolás, desde el cielo, debe de estar alucinando con lo que ha conseguido. Aunque ha pagado el precio. Durante este tiempo ha tenido que hacer de todo y ha visto de todo. Ha ordenado palizas y muertes; ha adulterado mercancía sabiendo que enviaría al otro barrio a los desgraciados que se la metieran por la vena; ha sobornado a policías, extorsionado a pequeños empresarios y chantajeado a funcionarios. Sin embargo, un asunto como el suyo no puede crecer sin alianzas. Y ella hizo la mejor, pero también la más peligrosa de todas. Eso es lo que ahora le da miedo y le pone la punzada en sus ovarios yermos. Ella es poderosa, sí, porque es cruel, despiadada y violenta. Y porque se alió con la banda más cruel, despiadada y violenta de todas: la gente «bien» de Valencia. Los de toda la vida.

ɣ ɣ ɣ

Casi nunca está en la calle tan temprano y, por eso, alucina con la cantidad de gente que ya va y viene a esas horas.

Son las siete y media de la mañana y las calzadas están repletas de coches, furgonetas, autobuses y motos. Las aceras de la Gran Vía hierven con peatones apresurados, ajenos a todo excepto al siguiente paso que deben dar y a lo que les entra por los auriculares: hormiguitas hacendosas de mirada fija, pasos pequeños y rápidos y labios apretados. Ni uno solo sonríe. Cómo lo van a hacer. A casi todos ellos les espera un día de mierda; tendrán que aguantar al capullo de su jefe; mendigar una venta para cuadrar el objetivo del mes; cubrir una ruta entera de reparto descargando cajas como unos burros o, los más afortunados, aburrirse como una ostra delante de una mesa. Se queda mirando, como si hubiera visto un elefante azul, el embotellamiento que se organiza en un carril-bici cuando siete u ocho ciclistas esperan que el semáforo se abra. Parece que los hayan soltado de la misma cuadra: todos con un casco ridículo comprado en Decathlon y un camal sujeto con una cinta de plástico fosforescente. Hay que estar muy gilipollas para ir en bicicleta por ahí a estas horas de la mañana. Y seguro que todos esos capullos presumen delante de sus amigos de lo deportistas que son, de lo ecológicos que son y de lo bien que les va con la bici, pues «allí donde trabajo en el centro, oye, aparcar es imposible y con el metro y el autobús se pierde mucho tiempo; además, hago ejercicio». Lo dicho: auténticos gilipollas.

La mañana es gris, húmeda y gélida, como la mayoría de las mañanas valencianas del mes de febrero. El espectáculo de la ciudad poniéndose en marcha tiene a Falconetti la mar de entretenido. Además, piensa que debe de ser el único al que no le importa la lentitud del tráfico. Hoy ha madrugado, porque quería hablar con Toni a solas por el asunto de los negros y por eso estaba en el bar Flor antes de las siete. Después de la charla, no tiene prisa. Lo que ha de hacer hoy no está sujeto a horarios, no como les pasa a los cientos de desgraciados que le rodean.

Se imagina la vida —casi siempre miserable, a su entender— de todos y cada uno en los que clava la mirada de su único ojo. En el carril contiguo al suyo, un chaval de veinte y pocos años lleva el volante de un pequeño camión de reparto. Es poco más que un crío de cabello rapado por los lados y tupé puntiagudo. Seguro que estará todo el santo día por ahí, comiéndose atascos, cargando y descargando bultos de lo que hostias lleve dentro del camión y todo eso por menos de mil euros que se gastará en saldo para el teléfono móvil y en la letra del coche. En la acera, una mujer rechoncha, ecuatoriana o boliviana, camina con prisa aferrada al bolso de imitación que le cuelga del hombro. Con su ropa barata, sus trazas de india y la mirada huidiza del que siempre tiene miedo, está tan fuera de lugar en la arteria de la Valencia rica como la madre Teresa de Calcuta en una película porno. Si al chico del camión de reparto le espera una jornada asquerosa, la de la sudaca será todavía peor. Seguro que no tiene papeles y estará doce horas limpiando váteres, cuidando niños ajenos mientras los suyos crecen a miles de kilómetros de allí sin que ella los vea... o quitando babas de ancianos achacosos aparcados por sus hijos en el interior de pisos de trescientos metros cuadrados. Todo por seiscientos euros al mes. Pobre gente. «Por ese dinero —piensa— él ni se levantaría de la cama ni se pegaría estos madrugones. Así de claro.»

Falconetti no tiene prisa. Pero tampoco tiene paciencia. Ha necesitado casi una hora para encontrar aparcamiento y, al final, ha conseguido dejar el Escort a un cuarto de hora andando de su destino. No pensaba que fuera a aparcar en la misma puerta, pero, joder, es que no había un puto sitio libre en la docena de calles que rodean la Jefatura Provincial de Tráfico. Y no era plan de tirar el coche por ahí en cualquier sitio y arriesgarse a una multa, porque, tal y como dice la Puri, la mejor manera de que la Policía te deje tranquilo es no darle motivos para que te mire. Por eso nunca aparca en doble fila, ni se pasa del límite de velocidad, ni se olvida de activar los intermitentes cuando va a girar. La ITV pasada, el seguro al día y nada de acelerones, frenazos o cerrojazos raros al volante. Hay que conducir como si fueras el san Cristóbal del papá vuelve a casa, «Falco... —dice la Puri—, pues anda que no han trincado a gente por saltarse un stop.»

Ya son casi las nueve, cuando, tras el obligado paseo, entra en el vestíbulo de la Jefatura Provincial de Tráfico. «Hostia. ¿De dónde coño sale tanta gente?» Hay colas para todo: para pagar multas, para renovarse el carné de conducir, para cambiar de nombre un coche. Pasea entre las colas incómodo. Su envergadura ya llama bastante la atención, así que no se quita las gafas de sol para no hacer aún más fácil el recuerdo del gigantesco tuerto que se paseaba por medio de la sala de espera. Busca la cara de Castaños entre los funcionarios que atienden al público detrás del inmenso mostrador y entre las mesas que se despliegan tras ellos. Allí está. Lo ha reconocido por su inmenso cabezón donde brillan ya muchas canas. Lleva unas gafas de pasta negra de gruesos cristales que hacen que sus ojos saltones sean todavía más grandes y, por tanto, mucho más desagradables. Desde que dejó de fumar, su panza sobresale de un tronco escuálido. Sobre la camisa a cuadros lleva una camiseta roja con el anagrama de su sindicato y el rótulo «PER LA DIGNITAT DELS SERVEIS PÚBLICS». Falconetti supone que será el lema de otra de las protestas de funcionarios

— 184 —

en las que Castaños suele participar, al menos, de boquilla. Y eso que ahora tiene que estar otra vez tramitando expedientes después de casi veinte años como liberado sindical, sin horarios, sin jefes y pegándose la gran vida mientras sus compañeros daban el callo. Con la camiseta de manga corta encima de la camisa, su estómago todavía parece más prominente. Si a eso se le suma su cara de roedor cebado y las gafas de culo de vaso, el aspecto de Castaños no puede ser más ridículo. Aunque es de izquierdas, catalanista hasta las trancas y ferviente defensor de la clase obrera, el notas navega en un crucero de doce metros que atraca en el exclusivo pantalán del Real Club Náutico de Valencia. En teoría, el barco es una nave-escuela de la Universidad Jaume I de Castellón que, también en teoría, debería servir para que los alumnos de la venerable institución académica se iniciaran en el proceloso mundo de la navegación deportiva. En la práctica, el único que navega en ella es Castaños y su mujer, tan fea como su nombre: Enriqueta. Falconetti la vio una vez: un horror de culo panorámico, profesora de no sé qué en la universidad, a la que, según el tuerto, deberían prohibir que se exhibiera por ahí en bañador. Para Castaños, navegar a vela es, sobre todo, un placer intelectual. Pero, como todos los placeres, cuesta dinero y, cuando eres liberado sindical no das ni golpe, es cierto, aunque tampoco te puedes permitir placeres intelectuales tan caros como contemplar cómo el gregal hincha las velas de un barco que no es tuyo, pero que lo usas como si lo fuera. Aun así, el caprichito de jugar a ser el capitán Garfio vale una leña. Y ahí fue donde entró la Puri. Primero usó el barquito como transporte de género. Lo hizo un par de veces. La Guardia Civil no iba a sospechar nada de un encantador velero escuela, con universitarios a bordo, que se paseaba los sábados y los domingos por la mañana. Sin embargo, Castaños y su mujer, como todos los de su calaña, se ponían demasiado nerviosos. De esta forma, la Puri —en cuanto supo de la condición de funcionario de la Jefatura Provincial de Tráfico de Castaños— le dio un trabajo mejor. Hacía ya años que el intelectual marinero hacía milagros con su ordenador. Cualquier cosa que tuviera una matrícula atornillada podía cambiar de manos, de nombre, de valor o de historial sin que nadie sospechara nada. Con un simple número, Castaños localizaba propietarios y direcciones en cuestión de segundos. Jamás discutía ni preguntaba para qué era la información. Y todo ello por mil cochinos euros al mes que recibía tanto si había encargo como si no. La Puri siempre decía que había que tener mucho cuidado con lo que había en los ordenadores y, por ello, tener en nómina a alguien que podía cambiar lo que había dentro de esas máquinas valía bien el precio que se pagaba.

Castaños no tarda mucho en levantar la cabeza y percatarse de que Falconetti está allí. Apenas le mira durante unos segundos antes de sacudir la cabeza indicándole la puerta de la calle. El tuerto sabe con exactitud adónde ir: le esperará en uno de los bares cercanos a la Jefatura. El local está casi vacío, pero la cantidad de comida que se va amontonando sobre las neveras que están encima de la barra y la prisa que tienen el par de cocineros que trastean en la cocina indica que pronto serán las diez y que una multitud de funcionarios y trabajadores hambrientos de las oficinas de los alrededores inundarán el bar para recuperar fuerzas. Se sienta en uno de los dos taburetes dispuestos junto a la ventana que comunica el interior de la barra con la calle. Pide un café, una copa de Terry, y finge que no se ha percatado de que el camarero ha enarcado las cejas ante su necesidad de ingerir alcohol de buena mañana. El funcionario llega a los pocos minutos y se sienta en el taburete que ha quedado libre a la derecha del tuerto. Falconetti le ignora por completo mientras Castaños pide «un *tallat*». El recién llegado solo abre la boca cuando se asegura de que el camarero se ha alejado lo suficiente de ellos tras servir la bebida.

—*Qué voleu esta vegada?* —Castaños habla entre susurros gélidos como el ambiente matinal que aún se enseñorea de la calle. Cada vez es lo mismo. Todavía no comprende cómo terminó entre las zarpas de aquella gente. Y lo peor es que aparecen con peticiones cuando ya casi se ha olvidado de ellos. Cuanto antes acabe con esto, mejor. No obstante, el miedo le aprieta la garganta, pues nunca sabe qué es lo que van a pedir y teme que llegue el día en el que no pueda complacerles o le pillen pasándoles información. E ignora cuál de las dos opciones será peor. La primera, con toda seguridad.

—Para empezar —la voz de Falconetti aún es más helada y tranquila que la de su interlocutor— que me hables en cristiano si no quieres que te arranque tu puta cabeza de una hostia. Y segundo —deja sobre el mostrador un trozo de papel—, que me digas de quién es esta moto. Lo quiero saber todo: cómo se llama, dónde vive, si tiene alguna multa pendiente, cuántas le han puesto... todo. ¿Lo tendrás hoy?

Aunque esto último ha sido formulado como una pregunta, tanto Castaños como Falconetti saben que no lo es. Por supuesto que lo tendrá hoy. Como mucho, en un par de horas.

—Pásate a las once.

—No. Vendré a las tres, que tengo otras cosas que hacer. Te esperaré aquí mismo, así no tienes ni que pararte a tomar nada. Ale. Hasta luego.

Castaños no se da cuenta del gesto que Falconetti le hace al camarero —justo antes de apurar de un trago el dedo de coñac que quedaba en la copa— y que señala al funcionario con el pulgar para indicarle que el que se queda es quien paga la cuenta. El tuerto se levanta del taburete y enfila calle abajo para buscar su coche. Mientras se aleja todavía nota el pelotazo de Terry en el pecho y le resulta más cálido y agradable aún al pensar que lo tendrá que pagar el pringado aquel. Joder. Si se le hubiera ocurrido antes se lo habría pedido de Magno, que es más caro.

8

—¡Es que me cago en mi puta calavera negra! ¿Cómo es posible que uno se pueda comprar un mono como el que se compra un periquito y que nadie se entere? —Manceñido bramaba ante la ventana de su minúsculo despacho de subteniente en el cuartel de Cantarranas, mientras Grau esperaba a que escampara el chaparrón con la mirada perdida entre los papeles que conformaban el expediente del caso de Xavier Ros. Sabía que a su superior le quedaban, al menos, cuatro o cinco minutos de berrinche—. ¡Lo que pasa es que estos del Seprona son unos majaderos, eso es lo que pasa, Grau!

El brigada tuvo que hacer un verdadero esfuerzo para ocultar la sonrisa. Su superior había aprendido una nueva palabra: «majadero» y, por eso, la usaba a diestro y siniestro. Aquello era una mejoría, ya que, en otros tiempos, Manceñido les hubiera dedicado a los miembros del Seprona, el Servicio de Protección de la Naturaleza de la Guardia Civil —los encargados, entre otras cosas, de perseguir el tráfico ilegal de animales, como monos, por ejemplo—, epítetos bastante más soeces que «majaderos». Desde que el subteniente se había apuntado con su mujer a un club de lectura organizado por la Asociación de Amigos de la Guardia Civil, su vocabulario se había ampliado bastante.

—Ahora, mi subteniente, con Internet se puede comprar y vender cualquier cosa sin control de ningún tipo —musitó el brigada—. Los otros animales que estaban en el saco son bastante comunes. El mono era nuestra mejor pista, pero, ya ve usted, pudo salir de cualquier parte.

—¡Dime otra vez qué clase de monicaco era!

—El nombre científico es *Cebus capucinus*, mi subteniente, aunque se le conoce como mono capuchino y vive en América central, pero también en Ecuador y Colombia. En los Estados Unidos se puede tener como mascota de manera legal.

—¡Colombia! ¡Es que me cago en mi puta calavera negra! ¡Cualquier cosa que venga de Colombia nos jode bien *jodíos*, Grau! Y dime, ¿cómo coño se compra un mono franciscano de esos?

—Capuchino, mi subteniente.

—¡Como si quiere ser un mono papa de Roma! ¡No me vaciles, Grau, que bastante tengo ya, hostia!

—En España solo se pueden comprar primates criados en cautividad si se está en posesión de un certificado que acredita al comprador como responsable de un núcleo zoológico o un centro de investigación. Si se quiere un animal de estos como mascota, hace falta un permiso especial y está restringido a muy pocas especies.

—¿Y llevan chip como los perros?

—En teoría, sí, mi subteniente. El problema es que el ejemplar que estaba en el saco no lo tenía, así que, sin duda, venía del mercado negro.

—Y ya puestos, ni el chucho, ni el pollo, ni la bicha estarían identificados, claro.

—En efecto, mi subteniente. Con los animales no tenemos nada que hacer. El perro era un mestizo de mil razas, un callejero sacado de alguna perrera o de la misma calle. El gallo se puede encargar en cualquier tienda de animales, porque, ahora, se ha puesto de moda lo de criar gallinas para tener huevos ecológicos, y lo de la serpiente tampoco es tan difícil, ya que se pueden comprar para tenerlas en esa especie de acuarios sin agua, mi subteniente.

—¡Este país no tiene arreglo, Grau! ¡Cuando yo era crío teníamos gallinas en casa por puta necesidad y soñábamos con hacernos ricos para comprar huevos en los supermercados como hacían los franceses! —Manceñido miraba al techo con los brazos en cruz como pidiendo una señal divina de revelación—. ¡Ahora, resulta que lo más moderno es tener el gallinero en el balcón, porque nos da miedo comer huevos de las tiendas por si acaso tienen algo que te provoca un cáncer de los que se te cae la polla a trozos! ¿Y lo de tener una bicha en un acuario en el salón...? ¿Para hacer qué con ella? ¿Tú entiendes algo?

—Son modas, mi subteniente. Cuando yo iba al instituto, lo que se llevaba era tener unos hongos que mezclabas con leche y te hacías kefir.

—¿Te hacías qué?

—Kefir. Una especie de yogur de Mongolia que...

—¡Para yogures estoy yo! —cortó Manceñido—. ¿Y el saco? ¿Qué me dices del saco?

—A ver. —Grau rebuscó entre los papeles del expediente donde se almacenaban los diferentes informes sobre el caso—. Aquí está. Está hecho con piel de vacuno de, al menos, tres piezas diferentes, y cosido con tiras finas del mismo material. Sin ningún tipo de marca de fábrica. Es un género bastante común y hasta se puede comprar por Internet a unos cincuenta euros la unidad, más o menos. Según dice aquí, mi subteniente, la costura es bastante tosca, o sea, que el que lo hizo no tenía ni idea de cómo se cose el cuero y se limitó a unir los trozos como pudo.

—Por eso se abrió en seguida, ¿no?

—Así es. De todos modos, el asesino quería que encontráramos su obra y por lo que me dijo la catedrática de Historia, la pena del saco estaba llena de simbolismo, por lo que, para el responsable, no era demasiado importante que el saco estuviera bien o mal cosido. De lo que se trataba era de recrear lo más fielmente posible el antiguo ritual romano.

—Pues, al menos en una cosa, lo hizo mal... ¿No me has dicho que el mico es de una especie americana? Los romanos no podían usar ese tipo de bichos, porque no los habían visto en su puta vida. Precisamente en el club de lectura, el otro día, comentamos un libro que cuenta que los chinos llegaron a América casi cien años antes que Cristóbal Colon. *Jodíos* chinos, ya daban por culo entonces, fíjate.

—Imagino que el asesino no tuvo más remedio que usar un mono capuchino, ya que, junto a los monos titi y a alguno otro más, son los que hay disponibles en el mercado negro. Si ya es difícil hacerse con un ejemplar de esos, intentar conseguir un chimpancé o un macaco de Gibraltar es imposible. Además, el mono capuchino es del tamaño de un gato, más o menos, y se puede esconder mejor.

—¿Y los zuecos de madera que llevaba puestos? ¿Y la máscara de piel de lobo?

—No hemos sacado nada en claro de eso. Los zuecos fueron hechos con dos trozos de madera de pino, apenas cortados y tallados para darles un poco de forma. Se los amarraron a las pantorrillas con hilo de bramante común del que se puede comprar en cualquier ferretería, y la máscara de piel de lobo, en realidad, es un trozo de pellejo de cabra con pelo como los que se venden para usarse como alfombras.

—Y como el pobre hombre murió ahogado después de que le reventaran la espalda a palos y el rato que estuvo en el agua ha reblandecido las cicatrices, ni siquiera podemos saber si fue torturado cerca de la escena del crimen o lejos.

—No es por incordiar, mi subteniente, pero por la zona hay docenas de antiguos refugios de pastores, chalés ilegales vacíos y mil escondrijos más donde es posible matar a una persona sin que nadie oiga nada. Me temo que de la escena del crimen no sacaremos nada más. Yo creo que la clave está en saber más sobre la relación entre Ros y su padre. El que lo mató lo creía culpable de parricidio y solo se me ocurre una persona capaz de pensar así.

—¡Me cago en mi puta calavera negra, Grau! ¡No empieces otra vez con lo de tu perito ese!

—¡Erudito, mi subteniente! —Grau alzó la voz por primera vez y Manceñido, ante la determinación de su subordinado, se quedó callado, con la boca entreabierta y el bigote temblando—. ¡Esto no es un asesinato cualquiera! ¡El que lo ha hecho se ha tomado muchas molestias para que parezca un tipo de ejecución que no se hace desde hace dos mil años y para un delito muy concreto! ¡Y tenemos precedentes! ¡Acuérdese de lo que le hicieron a Pérez Aldaba! Esto está hecho por la misma persona.

El subteniente había aprendido, con los años, que el instinto y la intuición de su subordinado eran herramientas poderosas en la resolución de los casos. La vehemencia de Grau debía de tener sus motivos y, además, hacía tiempo que le había cogido cariño a aquel muchacho, a pesar de sus modales finos y sus «cositas raras», como le decía a su mujer de vez en cuando. Por ello, la voz de Manceñido en su réplica sonaba casi infantil, como la de un colegial que se excusa ante su maestro por no haber hecho los deberes.

—El bioquímico confesó que lo había hecho él solo en venganza por intentar matarlo primero y estará en la trena por eso hasta que a mí no me quede ni un pelo negro en el bigote.

—Y ni usted ni yo nos lo creemos, mi subteniente —el estallido de Grau amainaba—, pero como la jueza Campos no quería que se moviera más fango del necesario y ya había un culpable, pues aquí paz y después gloria. Sin embargo, esto tiene la firma del Erudito, quien ha considerado a Ros culpable del crimen de parricidio y lo ha sentenciado a la muerte reservada a estos criminales según los antiguos romanos. Así que tenemos que averiguar todo lo que podamos sobre Ros.

—Pero... ¿no me dijiste que el padre había muerto de viejo con más de noventa años?

—Así es, mi subteniente. Todos los periódicos publicaron grandes esquelas pagadas por la Universidad, el Hospital Clínico y otras entidades, pero no hubo ni una de su familia. Comprobé el registro del Ayuntamiento. Los Ros tienen un mausoleo familiar en el Cementerio General. Tendría que verlo, mi subteniente, es más grande que el comedor de mi casa.

—Y llegamos tarde, supongo, para hacer una autopsia para averiguar de qué coño la palmó el viejo Ros, ¿no?

—Tarde y mal, mi subteniente. Por indicación de su hijo, el exrector Ros fue incinerado para poder depositar las cenizas en el mausoleo al lado de su esposa.

—¿Cómo?

—No se puede abrir una tumba hasta pasados cinco años desde la última inhumación, aunque si el nuevo inquilino —Grau dibujó en el aire con los dedos unas comillas imaginarias cuando pronunció la palabra inquilino— está reducido a polvo, no hay que abrir el ataúd y se puede depositar la urna en el hueco. La mujer había muerto hacía tres años, de modo que lo hicieron así para que pudieran estar juntos. Es de lo más común, según me han dicho en el cementerio.

—¡Así acabaré yo, Grau! ¡Con lo gorda que está mi Rosi, la única manera de que quepamos los dos en la tumba si ella la palma primero será conmigo hecho cenizas y que me espolvoreen como si fuera el azúcar de un pan quemado, porque ni para la urna va a dejar sitio! ¡Me cago en mi puta calavera negra! ¿Qué nos queda pues?

—Yo veo dos caminos, mi subteniente. La hermana y...

—La que vive en el extranjero, ¿no? ¿Sabemos dónde?

—No, mi subteniente. Ahora debe de tener poco más de cincuenta años. En el instituto donde trabajaba Ros creían que estaba en Estados Unidos, Inglaterra y hasta Australia.

—O sea, que no tenían ni puta idea.

—Efectivamente. He mandado una solicitud al Ministerio de Asuntos Exteriores para ver si consta allí en alguna parte dónde está, pero me advirtieron que si ya tiene la nacionalidad de alguno de estos países y se ha cambiado el apellido al casarse con algún nativo, las posibilidades de dar con ella son muy escasas.

—¿Cómo es posible?

—Si no ha votado nunca por correo o en una embajada y no ha tenido ningún contacto con España en todos estos años, aunque no pierda la nacionalidad española, es imposible de localizar.

—Ya.

—Nos queda el otro camino, mi subteniente.

—¿Cuál?

—Que mi Erudito decidiera ejecutar a Ros, porque, en efecto, mató a su padre. Y que el señor que le dio su apellido no fuera su padre.

—¡Ahora sí que me cago en mi puta calavera negra!

 ε ε ε

Una garrapata en el cerebro. Así lo nota. Percibe cómo el cuerpecillo ovalado se hincha conforme succiona la sangre. La boca minúscula hinca los diminutos colmillos y chupa sin descanso. No es como una canción pegadiza cuyos acordes y melodía se escucha y se tararea de forma compulsiva durante horas. No. Es algo más profundo. En los perros, el parásito se oculta entre el pelaje cuando apenas es más grande que la cabeza de un alfiler y no se detecta hasta que dobla el tamaño de una lenteja. Hay que quitarlas con cuidado, pues, si se hace mal, el ácaro regurgita la sangre succionada y la vuelve a inocular en el huésped y, con ella, fluidos infecciosos.

Para los perros —y sus amos— las garrapatas son una molestia terrible. La suya no lo es. Quizá porque es imaginaria. Y porque la necesita. Quiere que siga chupando. Que extraiga todo lo posible para que él, cuando la extirpe, use la sangre medio digerida como tinta para seguir escribiendo. La repulsiva metáfora incluso le divierte, ya que esa garrapata es un pensamiento surgido esta misma tarde cuando redactaba el diálogo entre Grau y Manceñido en el despacho del subteniente en el cuartel de Cantarranas. Esa garrapata que cuelga en uno de los pliegues es, en realidad, la última intervención de David Grau: «Que mi Erudito decidiera ejecutar a Ros, porque, en efecto, mató a su padre. Y que el señor que le dio su apellido no fuera su padre.» Quizá, de momento, solo quizás, esté ahí la clave. El Erudito asesinó al profesor de Historia porque este, a su vez, mató a su verdadero padre. Ahora bien, ¿cómo? ¿Cuándo? ¿Por qué? Las posibilidades se abren, el horizonte se ensancha. La garrapata —escrita casi por casualidad, como un acto reflejo— es aún minúscula, pero la percibe bien enganchada a las meninges. Tiene que dejar que chupe, que le pique. ¿Quién era el verdadero padre de Ros? ¿Qué circunstancias provocaron que fuera criado por otra persona? ¿Por qué le mató? El abanico es enorme. Ha repasado el manuscrito antes de salir de casa y está seguro de que no ha incluido una descripción física demasiado concreta de Xavier Ros. O sea, que no ha puesto en ninguna parte si se parece a su padre adoptivo o no. Bien. En su mente empieza a vislumbrar ramas y más ramas de la historia. El padre de Ros podría haber sido un miliciano comunista que dejó embarazada a su madre; o un oficial nazi oculto en la España franquista con innumerables crímenes en su hoja de servicios. Podría ser que Ros, en realidad, fuera un niño robado. Que su verdadero padre dio con él y se presentó en su casa amenazando con un escándalo, con lo que entre el padre adoptivo de Ros y el propio Ros lo mataron y, dada su buena posición social, el asunto se tapó hasta que el Erudito se enteró y aplicó su desquiciada justicia. Esta última idea —la del niño robado— es la que más le gusta por ahora. Además, el tema es de cierta actualidad, con lo que será fácil documentarse para ello y dotar a la historia de mayor verosimilitud. Imagina que habrá algún crítico que le tachará de oportunista. Desde que salió el primer caso de niños robados, no hay programa de televisión o periódico que no esté metido en esa veta hasta el corvejón. Bueno, tanto da. Los diminutos músculos de succión de la garrapata se mueven. Escuecen. Pero, valga el refrán, sarna con gusto no pica.

Lo que le pica es estar allí perdiendo el tiempo.

Ha estado dudando hasta el último momento y, al final, se ha decidido a ir, aunque ha empezado a arrepentirse en el mismo instante en el que se ha sentado en la penúltima fila del salón de actos del Instituto Valenciano de Arte Moderno. Como de costumbre, ha llegado con demasiada antelación. Su mente funciona en compartimentos estancos. Hay que hacer una cosa detrás de la otra y cualquier cosa que interrumpa sus hábitos casi monacales inhabilita todo el resto del día. Hace casi dos horas que ha dejado la escritura para afeitarse, ducharse, ponerse un traje con corbata y llegar hasta el museo. «Tarde perdida», piensa. Pese a que percibe que la garrapata se ha enganchado bien, sospecha en el fondo de sí mismo que hay que dejarle un poco de tiempo. Tenerla constantemente en el pensamiento, pero dejando que succione un poco más. Desde su asiento domina todo el auditorio, aunque, de momento, no ve a nadie conocido. Las azafatas —todas altas, de piernas larguísimas y melenas onduladas— atienden las instrucciones de una señora que lleva el teléfono móvil colgado del cuello, las gafas de sol como diadema y que parece estar siempre a punto de sufrir una apoplejía. Su cara le suena de otros actos oficiales, así que, supone, debe de ser la encargada del protocolo. Un muchacho de pantalones militares, barba cerrada y el pelo hirsuto y enmarañado como si se acabara de levantar —cosa que con cierta probabilidad, es cierto, aunque son casi las ocho de la tarde— trastea con los cables y las cajas del sistema de sonorización del recinto. De vez en cuando se acerca a uno de los seis micrófonos que se disponen sobre la mesa: «Hey, sí, no, uno, dos, tres, hey, sí, no...» «Como no lo arregles pronto —musita— me entrarán ganas de meterte los seis micrófonos, uno a uno, por el culo.» Piensa en salir fuera, pero no quiere parecer perdido ni solitario cuando lleguen el resto de invitados al acto, así que opta por utilizar el comodín universal para fingir que se está ocupado con cosas importantes: el teléfono móvil.

A pesar de los ruegos de su agente y de la editorial, no tiene perfil de Facebook ni cuenta de Twitter. Al menos con su nombre real. Ni siquiera página web. Le dicen que, de momento, los libros se venden bien, aunque insisten en que no se puede vivir todavía en el siglo XX. Las redes sociales son el futuro. Idiotas. Como si el futuro fuera algo bueno. El futuro solo es lo que tiene que venir, queramos o no. Y con él vendrán problemas, desgracias, quebraderos de cabeza, enfermedades, desengaños y decepciones. En igual o mayor cantidad que las ya vividas. Con cierta probabilidad, seguro, también vendrán cosas buenas, pero, en general, si supiéramos con exactitud qué es lo que nos va a pasar no nos levantaríamos de la cama. El futuro es un mero consuelo para cretinos, una esperanza de que la mierda que nos tragamos hoy habrá desaparecido mañana sin tener en cuenta que la mierda es, junto a la estupidez, el único recurso renovable e inagotable.

Buena prueba de ello es lo que le espera durante la siguiente hora y media en aquel auditorio forrado de moqueta gris, con las paredes grises y los muebles grises. Y se supone que es un museo de arte moderno: el orgullo de las instalaciones culturales de la Comunidad Valenciana y referencia europea de las nuevas tendencias. Como si semejante epíteto se pudiera comprobar. En un cuarto de hora —si son puntuales— se celebrará allí la Noche de las Letras Valencianas. Pomposo nombre para tan poca cosa. Un acto que reunirá, como pasa siempre, a la mitad de los literatos del terruño. Tiene las mismas ganas de estar allí como lo que le apetece que le hagan una depilación del pubis con unos alicates. Sin embargo, su agente —que aún no ha llegado, por cierto— ha insistido hasta la náusea en que asistiera, porque allí estará el *conseller* de Cultura, el director general del Libro, editores, académicos y, por supuesto, críticos y periodistas. «Estará todo el mundo y tú no puedes faltar.» Pero hasta su agente sabe que no es verdad. También sabe —como él— que no estará todo el mundo. Estará, como suele pasar en Valencia, la mitad del mundo. La mitad que ahora está cómoda. Como de costumbre.

Esta es la noche de los escritores en una de las dos lenguas oficiales de la Comunidad Valenciana. Los otros, los que escriben en la otra, ni se molestarán en participar en un acto del régimen. No tiene importancia cuál. Los que escriben en valenciano ignoran a los que lo hacen en castellano. Y viceversa. Esta mutua indiferencia arrastra a los pocos lectores que hay y a sus respectivos entornos. Luego vienen las camarillas, los clanes y el ascenso y caída de escritores de la cuerda que cambian al socaire de la política sin que importe si es bueno o malo lo escrito, tanto si son historias sobre exboxeadores y periodistas o sobre carreras de cuadrigas. Las editoriales —las pocas que aún sobreviven— están también a un lado u otro de un muro levantado hace décadas y que el tiempo ha hecho más alto, más grueso y ha erizado con alambre de espino. No falta alguno de sus colegas que lamenta la situación. «Fíjate. Esto no pasa en Barcelona ni en Madrid. Lo bien que nos iría si estuviésemos más unidos.» Claro que no pasa. En Barcelona son todos de un bando y en Madrid también. Aunque son bandos diferentes, por supuesto. Solo aquí llevamos tantos años discutiendo si somos, no somos, dejamos de ser, nos apuntamos a aprender inglés o nos pegamos un tiro. Para que luego digan que el mestizaje —como el futuro— es bueno. No hay mestizaje que valga si nadie quiere ser de aquí. Si unos quieren ser la playa de Madrid y los otros la huerta de Barcelona. Le viene a la cabeza una frase de Oscar Wilde: «El patriotismo es la virtud de los depravados.» Si tal máxima es cierta, el valenciano debe de ser el pueblo más virtuoso sobre la faz de la tierra, pese a que su amor propio esté hecho de cartón, como las Fallas, que ni siquiera están hechas ya de cartón, sino de corcho blanco. «Aunque —piensa— para eso sí que servimos, mira. Para quemar y, sobre todo, quemarnos los unos a los otros por verdaderas gilipolleces.»

¿Por qué? Debe haber alguna razón para ello. Debe de ser el pantano. Siempre ha estado. Ahí abajo. Los miasmas enterrados trepan por los cimientos de hormigón y se mezclan con la argamasa que junta los ladrillos y, así, los respiramos todo el tiempo. El pantano repta aunque solo él es capaz de escuchar el silencio que provoca el movimiento oculto tras la escandalosa sinfonía de una de las ciudades más ruidosas de Europa. Nadie lo oye, salvo él, el silencioso alarido con el que el pantano le recuerda su presencia.

Detesta los lugares comunes y el peor de todos para definir la ciudad de Valencia es el que la asocia con la felicidad. Es cierto que su clima benigno, su situación geográfica y algunos aspectos de la personalidad de sus indígenas y su tendencia hacia lo lúdico le han otorgado un aura de

tierra feliz y despreocupada; de encantadora ciudad ribere-
ña del Mediterráneo, o, como dice el pasodoble, tierra de
las flores, de la luz y del color. No es cierto.

También le revienta —en especial cuando habla con
madrileños— eso de que Valencia sea una ciudad marítima.
Nunca lo ha sido. Es una urbe fluvial construida sobre un
descomunal pantano. Y que el pantano no se vea no quiere decir que haya desaparecido. La única diferencia es que
está más abajo. Los romanos levantaron el primitivo casco
urbano en el único promontorio seco que encontraron en
el curso bajo del río Túria a unos diez kilómetros del mar.
Y lo hicieron allí, porque todo el territorio circundante era
un inmenso marjal que unía las desembocaduras del Túria
y del Xúquer, cincuenta kilómetros al sur. Desde entonces,
aquella marisma insalubre ha sido drenada durante siglos,
pero el pantano, con sus plagas, sus alimañas y sus miasmas, nunca se ha ido del todo. Solo se retiró hacia lo profundo, dejando en la superficie un regalo envenenado: la
tierra fértil sobre la que se cultivó la famosa huerta valenciana que hizo posible la riqueza y prosperidad de la ciudad desde el período árabe hasta casi nuestros días. Castra-
mos el Túria con una inmensa red de acequias hoy tapadas
con hormigón e incluso cambiamos de sitio su cauce para
construir un jardín en el que quedó vacío. Sin embargo,
la ciénaga y el viejo río traidor e indómito, como expresión
malévola del agua, da señales de vida de vez en cuando: a lo
largo de la historia de la ciudad, terribles inundaciones han
segado vidas y haciendas, y aquel pantano exiliado un par
de metros bajo tierra como un cadáver mal enterrado recuerda su presencia. Hace doscientos años era con epide-
mias de malaria; hace un siglo, de cólera; hace cincuenta
años el río se desbordaba y, ahora, el fango de sus entrañas

se eleva hacia el cielo transformado en ladrillos que conforman torres de apartamentos medio vacías. En esta Valencia del siglo XXI, el pantano ya no se ve por ninguna parte. O casi. Su cara más amable sigue siendo la Albufera, pero incluso el plácido lago de agua dulce rodeado de verdes arrozales tiene su cara oscura reflejada con maestría en las mejores historias de Vicente Blasco Ibáñez. Novelas como *Cañas y barro*, *La Barraca* o *Arroz y tartana* —sus tres favoritas— muestran cómo el cenagal que regala tierra fértil y agua generosa, a su vez, abona la codicia, el orgullo o el odio para que florezcan la envidia, el rencor, la violencia y la muerte.

La Valencia de las últimas tres décadas también sufre la influencia del pantano, cada vez más escondido y más peligroso. La ciudad, crecida en desmesura durante los sesenta y setenta gracias a la inmigración interior, empezó el siglo XXI enamorada de sí misma, si bien los grandes eventos como la Fórmula 1 o la Copa América de Vela, las grandes inversiones como la Ciudad de las Artes y las Ciencias, y los grandes sueños fueron solo fantasías masturbatorias, un ejercicio de onanismo del que ahora todo el mundo parece avergonzado. Y de la misma manera que el orgullo valenciano se hinchaba como un globo en los buenos tiempos al creerse la envidia de Europa, el odio hacia lo propio se inflama con la misma intensidad al considerarse la vergüenza del continente. Así actúa el pantano: provoca que te enorgullezcas hasta el delirio y te avergüences hasta la depresión por la misma cosa, por el mismo motivo. Es el que lame los pilares blancos de las creaciones del arquitecto Calatrava y el que corroía los muros encalados de las barracas donde Vicente Blasco Ibáñez imaginó sus historias de venganza y muerte. «Sí —piensa—, Blasco Ibáñez sabía de lo que hablaba.» En sus tiempos, el pantano era todavía más visible que ahora, pero él supo percibir su influencia y retratarla en sus novelas, como advertencia para todos los que quisieran verlo. Sin embargo, los valencianos rara vez hacen caso de los consejos, sobre todo, de los dados entre ellos mismos. El pantano, en la época de Blasco Ibáñez, daba tierra fértil a la vega valenciana y tres cosechas al año. En la suya dio su fango para hacer ladrillos con los que construir edificios junto al mar, parques temáticos, complejos culturales y, al final, la ruina y el sonrojo como la Doña Manuela de *Arroz y tartana* de Blasco. Sí, Blasco sabía. Lo sabía todo. Por eso lo escribió. Estaba allí, en *Cañas y barro*, la mejor descripción de la ciudad que se había puesto negro sobre blanco: «Marañas de hierbas oscuras y gelatinosas como viscosos tentáculos subían hasta la superficie, enredándose en la percha del barquero, y la vista sondeaba inútilmente la vegetación sombría e infecta, en cuyo seno pululaban las bestias del barro.» Así se ve él en aquel auditorio del IVAM, como el Caronte que gobierna la embarcación-correo que cruzaba la Albufera cuatro veces al día, pero sin llevarse a Valencia la mejor pesca del lago, sino solo observando cómo el pantano, el demiurgo mudo, el creador silente ha hecho prosperar a sus criaturas favoritas: las anguilas y las cañas.

Unas y otras empiezan a llenar el auditorio del museo. Primero llegan las anguilas: las hijas del cieno. Bichos repugnantes de carne blancuzca cuyo prestigio gastronómico nunca ha terminado de entender. Asquerosos híbridos de pez y serpiente que viven en el fango y se alimentan de las inmundicias que se depositan en el fondo de la marisma. Así contempla a las anguilas humanas que llegan al recinto. Observa cómo se dan la mano y se funden en abrazos tan falsos como sus sonrisas. Allí está el escritor que consiguió que una novelucha suya —mala como la carne de perro— fuera incluida en la lista de las lecturas obligatorias de los institutos, cosa que lo hizo rico y provocó que varias generaciones de estudiantes aborrecieran para siempre la literatura. Ríe a saber de qué broma junto al más premiado y menos leído de los literatos indígenas, mientras la joven promesa desde hace veinte años —como contaba Blasco Ibáñez sobre los vecinos de El Palmar que asistían a los ricachones que acudían a la Albufera a cazar en las tiradas de Santa Catalina y San Martín— se troncha de risa con las ocurrencias de uno y otro, al tiempo que piensa en el posible beneficio del padrinazgo de cualquiera de ellos. Luego aparecen asesores, autores de blogs (a quién se le ocurriría el invento que ha provocado que cualquier imbécil se crea escritor, periodista, opinador o todo a la vez. Si el sueño de la razón producía monstruos, Internet, además, te los mete en casa), promotores culturales y editores. La legión de las anguilas está allí, esperando a que aparezcan los verdaderos dueños del pantano, la única especie que no necesita abonos, ni labranzas, ni riegos para su sustento y crecimiento: las cañas.

La fertilidad y la prosperidad que Blasco Ibáñez relataba en *La Barraca* es el regalo emponzoñado del marjal que subsiste bajo una ciudad entera. Es un obsequio que ha exigido el trabajo titánico de generación tras generación, aunque las siembras de comestibles fueran sustituidas por plantaciones de edificios. Sin embargo, en cuanto se descuida el trabajo, en el momento en el que se relaja la lucha constante, el pantano hace salir a las cañas. Altas y duras, pero vacías por dentro y con sus rizomas hundidos entre la podredumbre. Ellas son las verdaderas señoras de la marisma y, por tanto, también de la ciudad. Quien haya intentado alguna vez (los allí presentes, salvo él, ninguno) eliminar un cañaveral que hubiera invadido un campo de cultivo sabe bien qué es lo que pasa. Se pueden cortar todas, quemarlas, exterminarlas con herbicida e incluso regar la tierra con sal. No servirá de nada. El más pequeño de los trozos de un rizoma que quede bajo tierra, en cuanto el sustrato se mezcle con el agua, volverá a desarrollarse y, en pocos meses, las agudas lanzas volverán a desafiar al cielo con su danza, y el viento regresará para cantar entre los troncos huecos.

Al IVAM no han ido todas las cañas. Sería imposible albergarlas, porque hay demasiadas. Solo están allí las del bancal de la cultura, o mejor dicho, la mitad del bancal. Las cañas están en todas partes: en la política (en todos los partidos, incluso en aquellos que dicen que no son como los demás, pues aseguran que son diferentes para que la gente les vote, igual que hacen los que no lo dicen), en la patronal, en los sindicatos, en las universidades, en los deportes, en las Fallas. En todos lados. Al igual que en los cañaverales, a veces, el viento hace que entrechoquen entre ellas y se organiza un estrépito infernal, porque las varas huecas se rajan y parece que miles de espadachines se están batiendo con armas de madera en un concierto de percusión que es la única canción con la que el pantano permite que se rompa el silencio. Desde fuera da la sensación de que ha llegado el fin del mundo, cosa que no es cierta. No son más que cañas partidas que se mutilan entre ellas en medio de un baile paranoico acrecentado por el estruendo que producen sus almas huecas. Abajo, en el fango, el rizoma está intacto y aunque una (o muchas) caña termine partida, nuevos brotes que gritan en verde asoman entre las inmundicias del suelo encharcado donde culebrean las anguilas. El sol de Valencia hará que crezcan para sustituir a sus predecesoras, que se han quebrado mutuamente los espinazos. Y así se forma el muro de las cañas. Una pared inexpugnable compuesta por miles de elementos que, uno a uno, son frágiles, de combustión fácil, apenas una amenaza para nadie. No obstante, todas juntas conforman un enemigo formidable, por mucho que se rompan entre ellas cada vez que el viento les enreda en una pelea en la que no hay ni vencedores ni vencidos.

Ferran Carretero era una de esas cañas. Ahora está rota, con sus trozos embutidos entre cemento y escombros, abandonado a plazos en un vertedero. Cree que nadie —nunca— le ha hecho algo así al cañaveral. Mientras observa cómo las anguilas se alteran ante la presencia de la caña más alta, que llega tarde para hacerse esperar y parecer más importante de lo que es en realidad, se acrecienta su convicción de que ya lo saben. Ellos, los que están aquí, no. Carretero no era de este bancal en concreto. Pero lo sabrán otros. Sabrán que Carretero ha desaparecido y lo están tapando: una caña rota por las circunstancias que será sustituida, tarde o temprano, por alguna otra que ya estará cambiando su verdor infantil por el dorado de la madurez. Blasco Ibáñez describió el pantano y a sus habitantes hace cien años y puso en solfa a las cañas que lo gobiernan. Ahora le toca hacerlo a él. Romper una caña no sirve de nada para eliminar un cañaveral. Hay que arrancar los rizomas, desinfectar la tierra y plantar árboles grandes y de raíces profundas. ¿Será capaz de hacerlo con una novela policíaca? Sospecha que no. Ningún libro es capaz de hacer gran cosa, por mucho que los pedantes vayan diciendo por ahí que un poema, una canción o una historia son capaces de cambiar el mundo. Gilipolleces. Lo único que se puede hacer es intentarlo. O al menos, divertirse intentándolo.

Guarda el móvil en el bolsillo después de más de diez minutos de fingir que atendía algún asunto. Ya que está allí, al menos podrá sacar algún chascarrillo de sus colegas los literatos. Primero escuchará el consabido rosario de quejas sobre lo mal que está el mercado editorial; sobre la escasa valentía de los grandes editores que no apuestan por la cultura local, sino que prefieren comprar derechos de traducción en la Feria de Frankfurt; de lo incomprendidos que somos; de la subida brutal del IVA, etcétera, etcétera, etcétera. Quizá, después, venga algo más interesante. Conforme camina hacia uno de los corrillos se pone su disfraz de anguila. Su mirada se vuelve resbaladiza y viscosa su sonrisa. Se ha traído los tres trajes: el azul cruzado con corbata de las grandes ocasiones; el plateado de anguila de la supervivencia y el dorado de caña del orgullo. Él también es un hijo del pantano y lo sabe. En eso se desprecia a sí mismo, al verse como la Neleta de *Cañas y barro* cuando (lo escrito por Blasco se lo sabe de memoria y lo musita entre dientes mientras se arrima a uno de los grupos) «se despertaba en ella el instinto de varias generaciones de pescadores miserables roídos por la miseria, que admiraban con envidia la riqueza de los que poseen campos y venden vino a los pobres, apoderándose lentamente del dinero». Así ven las anguilas a las cañas.

9

La calle Botánico será uno de los mejores sitios de Valencia para vivir. Lo será en cuanto se concluya el enésimo plan urbanístico especial de regeneración urbana para la zona, pero, de momento, no lo es. Las viejas casas de los años veinte de una o dos plantas se alternan con fincas un tanto más altas, de tres o cuatro pisos, construidas la mayoría durante la década de los sesenta. Fue entonces cuando legiones de inmigrantes de Cuenca, Albacete y Teruel empezaron a inundar la ciudad en busca de trabajo. En la calle Botánico se nota que los edificios están construidos deprisa, porque había que dar alojamiento asequible a la mano de obra recién llegada. Sin embargo, aún mantienen cierto encanto. En la forma de los muros, de las ventanas y de los balcones se percibe que los constructores querían levantar casas baratas, pero dignas y hasta coherentes con el resto del entorno. Todavía faltaban años para que se desatara la locura de los setenta, cuando barrios enteros se alzaban en un abrir y cerrar de ojos en la periferia, arrasando huertas, derribando alquerías y cegando acequias. Toneladas de hormigón, hierro y ladrillo caravista invadían el terreno que el pantano —la inmensa ciénaga sobre la que se levanta Valencia— había cedido como tierra de cultivo tras ser domesticado durante siglos con azudes, canales y compuertas. Pero el pantano, como el sol, es eterno. Y también paciente. Se le puede extirpar un trozo excavando muy profundo, donde su savia negra parece desaparecer y, por ello, los cimientos resisten sus besos fangosos. Incluso así, nada se le resiste. El pantano es tierra, agua y aire; todo mezclado en viscoso silencio. Sus miasmas trepan por el interior del alma de los pilares de hormigón, milímetro a milímetro, para envenenar las horribles torres de viviendas que, treinta años después, se mueren por la aluminosis que devora sus entrañas. La ciudad no es tal. Solo es un pentagrama donde la marisma compone una partitura eterna sin notas, ni escalas; con todos sus compases completos con silencios de corchea.

Y donde el pantano aún no ha vuelto a la superficie, allí están sus hijos preparando —sin saberlo— su regreso. En el barrio que circunda el Jardín Botánico, céntrico pero tranquilo, los promotores posaron sus ojos ávidos y compraron casas viejas que derribaron sin contemplaciones para allanar solares que tapiaron para dibujar, al final, un paisaje de piedra y cielo que convierte la calle en una dentadura a la que han arrancado varias muelas. Grandes carteles que anuncian viviendas con acabados de lujo, áticos de ensueño y plazas de garaje con trastero rompen el horizonte. Apenas hay ya tiendas en la calle. Los viejos comercios de toda la vida han ido desapareciendo al mismo tiempo que sus dueños se jubilaban o se morían. Las plantas bajas están cerradas y sus persianas lucen las cicatrices del abandono en forma de pintadas urbanas de mil colores.

Falconetti espera en el interior de su Ford Escort. Ha dado mil vueltas hasta que ha encontrado un hueco libre para aparcar desde donde puede vigilar la casa. No ha necesitado mucho tiempo para dar con ella. Es una construcción de una sola planta, que se levanta —un tanto torcida al perder a las vecinas que la apuntalaban por ambos lados— entre dos solares tapiados. Un mocho apoyado del revés junto al marco de la puerta principal indica la clase de comercio que allí se practica. En los bloques de hormigón que conforman el muro que cerca el solar, alguien ha picado una serie de agujeros para meter manos y pies y poder escalarlo con mayor facilidad. Así todo queda cerca. Los clientes compran la dosis, saltan la valla y se la meten en vena apartados de la vista de la gente.

El tuerto esboza una sonrisa de desprecio al admirar la casa que está justo enfrente. El viejo edificio ha sido restaurado y pintado. Con toda probabilidad, sus dueños, profesionales liberales, con buenos ingresos, exquisito gusto y buenos contactos en el Ayuntamiento, compraron el edificio entero por cuatro perras, fusionaron las seis viviendas que había en su interior en un *loft* de película y esperaban —felices y comiendo perdices— que el resto de la calle se regenerara mientras se congratulaban ante sus envidiosos amigos de haber tenido tan buen ojo para comprar la finca ahora que el barrio se ha quedado tan bien, oye. Pero no. Las excavadoras tiraron al suelo algunas casas más, si bien todavía hay muchas en pie. Demasiadas para su gusto. Y encima, en una de ellas, la peregrinación de yonquis es constante, con todo lo que ello trae consigo. A fuerza de llamar a la Policía, consiguieron espantarlos un poco, y, al menos, forzarlos a hacer aquellos agujeros en el muro de bloques de hormigón y que saltaran al solar para pincharse. «Aun así —piensa Falconetti—, seguro que no viven tranquilos.» Se deben sentir como una golosina en el patio de un colegio. Han puesto verjas de acero en las ventanas, cámaras de vigilancia, accesos acorazados y alarmas, pero, pese a todos sus esfuerzos, se sienten inseguros, secuestrados en su propia casa; temerosos de que alguno de aquellos zombis reúna un día de estos la determinación o la desesperación suficiente para romper un cristal o reventar una puerta. Falconetti sabe que no es para tanto, porque un yonqui de los tirados solo piensa en la siguiente dosis y lo habitual es que robe si es fácil y sin riesgo. Y aquella casa restaurada tiene pinta de fortaleza. El cerebro, podrido por miles de chutes, no suele darles para más. De todos modos, entiende el miedo de los propietarios y las miradas de desesperada codicia que los toxicómanos lanzan a la casa: aquello es una provocación.

El tuerto comprueba que le queda más de medio paquete de Ducados, así que, si no le entran ganas de orinar, puede estar allí durante horas. Ha de estudiar la situación primero. Podría, simplemente, pegar una patada a la puerta, entrar, dar unas cuantas hostias a todo lo que se moviera por allí y marcharse por donde ha venido. No obstante —y en esto nota que empieza a hacerse mayor—, opta por la prudencia. No sabe cuántos negros habrá dentro y, además, todavía no ha visto a ningún yonqui acercarse a la puerta a por mercancía.

No tiene que esperar mucho para que esto suceda. Aunque parece un anciano, no debe tener más de treinta años. Va envuelto en andrajos que protegen su enjuto cuerpo coronado por una cabeza de barba y melena enmarañada. Golpea la puerta hasta que se abre un pequeño ventanuco por el que desliza el dinero. La operación requiere su tiempo, ya que el pobre infeliz tiene que contar, casi una por una, un sinfín de monedas recogidas Dios sabe cómo. Falconetti no quita su único ojo de la escena. Cuando termina el recuento, el ventanuco vuelve a cerrarse y el drogata se marcha hacia la parte del muro que ha sido agujereada y empieza a subir con grandes dificultades por la improvisada escalera. «Eso, al menos, lo hacen bien —piensa el tuerto— no dan directamente la mercancía.» Imagina que, en el interior del solar, habrán hecho otro boquete en la pared medianera de la casa por la que pasarán la papelina. El cliente se inyectará allí mismo, protegido de los ojos de todos. Así, nadie ve nada. El camello está seguro, el yonqui se pega el viaje tranquilo, la Policía no se entera y los vecinos son los únicos que se joden. Todos salen ganando.

No parece que hoy vaya bien el negocio. Durante la siguiente hora, nadie más aparece por allí para buscar su dosis diaria de muerte. El tuerto mira el reloj con hastío. Son casi las doce. Cuando está considerando ya la posibilidad de hacer las cosas a la antigua —o sea, patada en la puerta y arreando—, un Renault Laguna con tantos años como abolladuras y rascones en la carrocería se para en la puerta de la finca restaurada, justo enfrente de la casa. El conductor aprovecha el vado y sube el vehículo a la acera. Lo que vayan a hacer no les llevará más de cinco minutos y por eso se arriesgan a dejar el coche mal aparcado. Del interior salen dos negros. El conductor es un mostrenco de casi dos metros de alto y sus buenos ciento diez kilos de peso, que viste un chándal blanco y una gorra de béisbol azul. Aunque el día está nublado, lleva unas gafas de sol, modelo aviador, de lentes de espejo con las que pretende dar más ferocidad a su cara, cosa que no consigue, ya que la boca siempre entreabierta, la cara redonda y el labio inferior caído le dan un aire estúpido. No obstante, Falconetti no se deja engañar por la apariencia bobalicona; tiene que tumbar primero a ese capullo. Pese a que ya hace mucho tiempo que no tiene noticia de que haya exmilitares o antiguos guerrilleros de alguna de las ignoradas guerras africanas entre sus pandillas, con los negros nunca se sabe. Si al menos los jodidos vinieran todos del mismo país uno se podría hacer una idea, pero como todos son igual de negros, conviene tener cuidado. Duda mucho de que vaya armado de verdad. Son demasiado pobres para tener pistolas y llaman demasiado la atención de la Policía, porque, claro, son negros, se les nota y cada dos por tres los paran para identificarlos, o, simplemente, para putearlos. Sin embargo, Falconetti está casi seguro de que llevará algún pincho en un bolsillo. Aunque es al alto al que debe prestar atención primero y dejarlo fuera de combate, el objetivo es el segundo, el que estaba en el asiento del copiloto del coche. Se nota que es el jefe a pesar de que el otro le saca dos cabezas. Viste unos pantalones de pana verdosos, una cazadora marrón que parece de piel y una bufanda azul marino. Muchas canas le blanquean las sienes y lleva unas gafas doradas que pasaron de moda hace ya diez años. Tendrá poco más de cuarenta años y, si no fuera negro —razona el tuerto—, podría pasar por un profesor de instituto.

Esta vez, la fortuna le sonríe a Falconetti. Un coche de la Policía Local acaba de entrar en la calle. El negro bajito y el negro alto se miran y sus caras muestran a las claras que no contaban con ese contratiempo. Los maderos se paran justo ante ellos y el bajito les hace señas con las manos extendidas pidiendo comprensión. Los locales, sin embargo, no bajan del coche, pero Falconetti imagina que les estarán indicando que quiten el coche de allí, aunque, eso sí, no se atreverán a salir. El duelo de gestos y autoridades se salda en seguida con una indicación del negro bajito al negro alto para que quite el coche. Por los movimientos que hace con el brazo, el tuerto interpreta que le está diciendo que dé un par de vueltas a la manzana. Es evidente que ni negros ni blancos quieren que la situación se prolongue más tiempo o se salga de madre: los negros porque quieren que la Policía se largue de allí cuanto antes y los blancos porque piensan que no les pagan lo suficiente como para meterse en un lío con aquella gente. El alto se mete en el coche y lo arranca, mientras el jefe parece esperar a que se despeje la calle. Falconetti no puede creer que tenga tanta suerte. Del asiento del copiloto coge la herramienta que se ha traído para la faena y abandona su coche con rapidez. A grandes zancadas, pero sin que se note que tiene prisa, se acerca hasta la puerta. Debe parecer casual. El Renault Laguna circula calle abajo seguido por el Ford Focus de la Policía Local. El negro bajito contempla la escena con los dedos sujetando ya la pequeña aldaba metálica en forma de puño. Falconetti está a menos de diez metros de él, con el cuerpo medio metido en un portal próximo, fingiendo que se enciende un cigarro protegido por el viento. Desde su posición, el tuerto oye perfectamente cómo la aldaba golpea con una determinada cadencia: es una llamada en clave para que el que está dentro sepa que tiene que abrir la puerta y no el ventanuco. En el momento en el que se abre el hueco, Falconetti sale de su escondite como una centella. El negro bajito se da cuenta demasiado tarde de que una mole humana que se mueve con la velocidad de un toro furioso se le echa encima. El matón consigue, con el mismo empellón, meter al negro y a él mismo dentro de la casa. Dentro está oscuro, algo con lo que ya contaba Falconetti, y, por eso, intenta acostumbrarse en seguida a la penumbra. Tal y como pensaba, dentro hay otro negro más, de hechuras parecidas al que está dando vueltas a la manzana con el Renault Laguna, solo que mucho más aburrido después de estar allí durante Dios sabe cuánto tiempo. Quizás el otro fuera el relevo. Tanto da. Lo primero, mientras ambos africanos ruedan por el suelo, es cerrar la puerta.

La hoja de madera vuelve a su sitio gracias a la certera coz que le propina Falconetti. El impacto del portazo ha hecho saltar el pestillo del ventanuco, que se queda abierto. En el interior, una lámpara mugrienta y la pantalla de un televisor encendido iluminan el viejo vestíbulo en el que aún se conserva la media pared de cerámica, blanca y azul, propia de las antiguas casas valencianas. Varios sofás remendados y algunos muebles cochambrosos completan la estancia. Sin siquiera evaluar la talla de su adversario —no hay tiempo para ello—, Falconetti lanza el primer golpe al bulto, hacia donde piensa que está la cabeza. Sujeta la maza de albañil, que se ha traído para la ocasión, por la cabeza de hierro, ya que lo único que quiere es dejar fuera de la circulación al vendedor de droga y por eso golpea con el mango de plástico duro. En la otra mano, por si acaso, lleva el *kubotán*. El porrazo no ha sido perfecto, pues no le ha acertado en la sien, sino más bien en una de las orejas, pero la descomunal fuerza de Falconetti suple la falta de precisión para conseguir el objetivo deseado. El negro sigue tumbado en el suelo, gimiendo al borde de la inconsciencia. Es hora de ocuparse del otro. Nada más mirarlo, el tuerto sabe que ha cometido un error. Con sus canas, su corta estatura, su incipiente barriga y sus gafas pasadas de moda, aquel negro podría ser profesor de instituto si no fuera un asesino. Y esta no es la primera vez que se las tiene que ver con un animal como Falconetti. Es probable, además, que haya reventado a bestias incluso peores que él. El otro, que está en el suelo, se incorpora con rapidez para buscar su tobillo derecho. El gesto no le pasa desapercibido al tuerto. Ese movimiento solo puede significar una cosa: allí es donde oculta la pistola. Será un trasto pequeño, sin duda, si bien a esa distancia ni el tamaño del arma ni de la munición importan demasiado. Tire donde tire, el destrozo está asegurado. Con un único movimiento de muñeca, mil veces repetido, Falconetti hace bailar en el aire la maza de albañil. Ahora la sujeta por el mango: levanta el brazo por encima de su cabeza y, al mismo tiempo que descarga el golpe, se agacha para acompañar la trayectoria con todo su peso. Kilo y medio de hierro con alma de plomo se estrella contra piel, carne, cartílago y hueso. Si el impacto provoca algún sonido, Falconetti no lo oye, porque el alarido del negro es de los que quita la respiración. En la mano con la que pretendía coger la pistola aparece marcada la perfecta forma de un cuadrado que supura sangre, despacio primero, como si estuviera cambiando de color de forma natural. Luego fluye como un manantial espeso. El negro chilla como un cerdo en el matadero y patalea con tal virulencia que termina por soltar las hebillas que sujetan la funda de la pistola. Tal y como sospechaba el tuerto, es un arma pequeña, casi seguro que es una Glock de nueve milímetros, la cual aleja del alcance de su adversario de una patada. Falconetti echa una mirada rápida por el ventanuco abierto. No ve por ninguna parte el Renault Laguna, aunque tiene claro que no tardará en aparecer, así que cierra la apertura mientras ruega que el otro negro no encuentre ningún sitio para aparcar y le dé por llamar a la puerta. «Lo siguiente —piensa— es acabar con tanto jaleo.» El negro bajito sigue gritando, pero ahora está hecho un ovillo, con la mano destrozada enterrada en su estómago mientras se balancea en posición fetal. El tuerto se le echa encima, le coloca un pie en la cara y le arranca la bufanda azul marino. Tiene que emplear toda su fuerza —y es mucha— para conseguir colocar a su víctima boca arriba. Usa las dos manos para sujetarle la cabeza mientras lo mantiene inmovilizado con una de sus rodillas sobre el pecho. Con la izquierda le oprime la nariz para obligarle a abrir la boca, en la que introduce cuatro dedos de la bufanda. El pobre hombre abre los ojos como si le fueran a salir de sus órbitas, enloquecido por el dolor de su mano reventada y por la angustia que le provocan los veinte centímetros de tela de punto que embozan su garganta. Sus gritos, ya amordazado, se han convertido en un soniquete agudo, un llanto ahogado. Paralizado por el miedo y el daño, el negro que podía haber sido profesor de instituto si no fuera negro, se aovilla contra la pared forrada de antiguos azulejos. Falco se incorpora, casi seguro de que la situación empieza a estar bajo control. En la casa no hay nadie más, ya que, con el barullo que se ha organizado, alguien habría aparecido. Vuelve la cabeza hacia al otro, que se ha movido entre gemidos. Un hilo de sangre le chorrea de la oreja izquierda y el tuerto sospecha que, con toda probabilidad, le ha reventado el tímpano. No obstante, le atiza otro mamporro con el mango de la maza de albañil, esta vez apuntando bien, para provocarle un sueño largo y un despertar doloroso. Recupera la Glock del suelo y la inspecciona con un poco más de detalle. La verdad es que no era para preocuparse tanto... El negro llevaba el seguro puesto, con lo que imagina que la lleva encima más para dar miedo y mantener sujetos a los otros negros que para usarla de verdad. Pese a todo, a Falco no le gusta nada que aquel capullo lleve un arma como esa. Es una Glock 26 de nueve milímetros y eso quiere decir muchas cosas. Para empezar, estos trastos son los favoritos de los policías nacionales que se creen Rambo y que se las compran para llevarlas cuando van de paisano. Suelen ser baratas, entre quinientos y seiscientos euros, pero su venta está muy restringida, así que no hay muchas en las calles. Está seguro de que el negro no se la ha podido comprar por sí mismo, así que alguien se la ha dado y si ese alguien es un madero, entonces, piensa Falco «Jiuston, tenemos un problema». Aunque al tuerto no le gustan las armas de fuego —son muy ruidosas y siempre dejan rastro, siempre—, se guarda el hierro y su funda en el bolsillo del abrigo. Busca una silla y desploma en ella su corpachón con un suspiro, como si fuera un honrado padre de familia que se dispone a disfrutar de un merecido descanso.

—Vamos a ver si podemos *charrar* con tranquilidad. Me entiendes, ¿verdad? ¡Cómo no hables español te tendré que hacer entender las cosas con esto! —Agita la maza de albañil ante las narices del aterrorizado narcotraficante—. Y, por lo que se ve, yo diría que ya has tenido bastante. Bueno. Vamos allá. Para empezar, ¿dónde guardáis el género?

El negro frunce las cejas y Falco se da cuenta de que no entiende bien lo que le dice. Repite despacio «el género, el género», mientras imita por señas el acto de inyectarse una jeringuilla imaginaria en el brazo. El narcotraficante asiente con la cabeza y señala una cochambrosa alacena empotrada en la pared que está cubierta por una cortina de tela mugrienta. En su interior hay una cazuela grande de acero con más porquería encima que el palo de un gallinero. Dentro están las papelinas —calcula que habrá dos docenas, más o menos— dispuestas sobre un lecho de trocitos de corcho blanco desmenuzado. Junto a la cacerola hay una lata de combustible líquido para encendedores, un paquete de Winston —¿por qué a los negros les gustará tanto el Winston, con lo que «rasca la garganta»?— y un mechero. La idea no es mala: si entra allí la Policía, basta un chorrito de bencina y un cigarro encendido para convertir el perol en un horno que destruye evidencias y el corcho blanco derritiéndose entre llamas quita las ganas de meter la mano para rescatar algún paquete. Lo que pasa es que no funcionaría. Por mucho que salga en las películas, una colilla encendida no hace prender la gasolina. Hace falta llama. Esa es una de las cosas que se aprende en la trena, en especial cuando hay un motín.

El tuerto recoge las papelinas y las mete en una bolsa de plástico que encuentra en uno de los estantes del armario.

—¿Y la pasta? —pregunta mientras hace el gesto de frotar entre sí el dedo pulgar con el índice y el corazón a la vez—. ¿Dónde está la pasta?

Los movimientos de cabeza con los que el negro intenta orientar a Falco no son suficientes para que entienda a qué se refiere y el tuerto no es un hombre paciente, así que hace bailar el martillo delante de los ojos de su aterrorizada víctima, quien señala con la mano buena la entrepierna de su compañero caído. Falconetti comprende en seguida, a la vez que maldice su suerte:

—¡La puta madre que os parió! ¡Ahora tengo que meter la mano en los calzoncillos de este negro cabrón! —brama mientras se agacha y, de un tirón y con una sola mano, baja los pantalones y la ropa interior del otro que, por fortuna para él, también viste un chándal que le facilita la tarea. Allí no hay nada a primera vista, salvo el considerable miembro del matón africano. Falconetti tiene que hurgar debajo del escroto hasta encontrar lo que busca. Los billetes, casi todos de veinte euros, han sido enrollados para formar un tubo de casi dos dedos de grosor y han sido enfundados en un trozo de bolsa de plástico. Falconetti supone que tendrán por algún otro sitio la calderilla que les dejan los yonquis, aunque imagina que les obligarán a traer billetes de veinte euros para comprar las papelas. «La verdad —piensa el tuerto— es que no lo tienen mal montado del todo.» Si la cosa se tuerce, se quema el género y el vendedor sale por piernas con el dinero, porque tener droga es un delito pero tener pasta, aunque sea oculta entre los huevos y el culo, no lo es. Con la mercancía en un bolsillo y el tubo de billetes en el otro, Falconetti echa otra mirada por el postigo y sigue sin ver el Renault Laguna. Bien. De momento todo va bien, pero no es cuestión de entretenerse. Se sienta en la silla enfrente del negro, al que, sospecha, ha dejado manco para toda la vida y vuelve a hablarle:

—Vamos a ver si entendéis cómo son las cosas. Vosotros, que sois negros, tenéis que vender gafas de sol, DVD falsos y todas esas mierdas, porque esto —sostiene entre los dedos una papelina— lo vendemos nosotros. ¿Está claro?

El interrogado asiente con la cabeza con movimientos lentos, casi erráticos. Falco piensa que debe de estar a punto de desmayarse por el dolor que emana de su mano reventada. Sin embargo, eso no puede permitirlo. Tiene que averiguar primero de dónde han sacado los negros lo que están vendiendo y a quién envían las ganancias. Por lo que le ha contado Toni en el bar esta misma mañana, no son muchos —quizás haya dos o tres más en la banda— y solo tienen ese punto de venta de la calle Botánico, por eso hay que pararles los pies ahora, antes de que se hagan más grandes. Además, venden las papelinas más baratas y, con esa competencia desleal, es cuestión de tiempo que les superen. Falconetti sujeta entre sus manazas la cara de su víctima y le quita la bufanda de la boca. Las narices de ambos hombres están separadas por menos de un centímetro.

—¡Escúchame bien, negro de mierda! Me vas a decir de

dónde sacáis el género y me lo vas a decir ahora mismo. Ya he tenido que palpar la polla de tu amigo y puedo palpar la tuya también antes de acabar la mañana, pero la palparé con esto —enarbola el martillo ante los ojos de su víctima—. A ver, ¿de dónde sale el caballo?

El negro habla. Su español es horrible, con un marcado acento gutural, pero se le entiende. Le cuenta dónde está el almacén, cuándo van a por el género y, sobre todo, quién les pasa las papelinas, con la mercancía ya cortada y lista. Y Falconetti frunce el ceño. Si lo ha entendido bien —y está seguro de que lo ha hecho—, las sospechas que tenía al ver la pistola se le han confirmado. En la movida hay un policía. Igual el asunto no es serio. Algún listillo —o un par de ellos— que ha sisado algo de un alijo confiscado y lo vende por ahí gracias a los negros, con lo que el rollo se acabará en cuanto se acaben las dosis. De todos modos, el asunto habrá que verlo con cuidado. El ruido del motor de un coche que se para en la calle le recuerda a Falco que tiempo no le sobra. Ahí está el Renault Laguna. Piensa —aunque no tiene instrucciones específicas sobre el asunto— que lo mejor será que los negros y su amigo el policía sepan que la tienda, por lo menos allí, se cierra definitivamente. Se acerca a la alacena, de donde coge la cazuela y la lata de combustible líquido. Vierte el contenido de ambos recipientes entre los cojines del sofá que domina la mísera estancia.

Coge la imitación del zippo del estante y prende un Ducados. El negro lo mira como si viera fumar al mismísimo diablo. Después de darle un par de caladas, aplasta el cigarrillo contra el asiento del sofá empapado de combustible que se apaga como si lo incrustara en un algodón húmedo. En la mano izquierda conserva el zippo encendido que sujeta en alto como si llevara la antorcha olímpica.

—¿Lo ves, Kuntakinte? —dice—. Las colillas se apagan en la gasolina. Hace falta candela de la buena para quemar la falla.

El zippo vuela y, en cuanto toca la mixtura de virutas de corcho blanco empapadas en bencina, las llamas se levantan con furia. El negro de la mano destrozada hace amago de empezar a gritar, pero antes de que cualquier sonido salga de su garganta, el mango de la maza de albañil vuela hacia su sien. Falconetti se marcha sin mirar atrás sobre el estropicio que ha organizado. Busca la salida que le llevará al solar tapiado y la encuentra en la antigua cocina. Es un agujero, tapado por una rudimentaria ventana hecha con restos de palés de obra, por el que consigue pasar a duras penas. En la otra esquina del descampado, el yonqui que ha visto hace menos de media hora está en pleno viaje recostado contra una pared, con los ojos cerrados y la jeringuilla en el suelo. Saltará la valla de hormigón por la otra calle y dará la vuelta a la manzana para coger su coche.

Cuando pasa por delante de la vieja casa, ni tres minutos después, la puerta está abierta y el fuego vomita humo negro a través del hueco. Ni siquiera aminora la marcha para comprobar si los dos desgraciados de dentro están allí o han conseguido salir. El que no está es el Renault Laguna. Al final, el del chándal con cara de imbécil ha resultado ser el más listo. «Jodidos negros», piensa el tuerto.

≀ ≀ ≀

Grau miraba de reojo a su superior. Manceñido tenía la misma expresión en su cara que la que hubiera puesto la madre Teresa de Calcuta si hubiera descubierto en uno de sus conventos el rodaje de una película porno con travestis. El brigada notaba el temblor nervioso en los pelos del bigote del subteniente al contemplar las banderas republicanas, las hoces y los martillos, los facsímiles de pósters del Socorro Rojo Internacional y el resto de iconografía del Frente Popular y el Che Guevara. Grau conocía bien a su oficial al mando. Pertenecía a la generación de guardias civiles que había hecho la Transición y, por ello, lo consideraba moderno y demócrata, al menos en comparación con la generación anterior. No obstante, también era el digno sucesor —como Grau— de varias generaciones de servidores de la Benemérita. Había vivido toda su vida en casas-cuartel donde el comunismo estaba considerado como la encarnación de todo el mal de la tierra y no podía evitar la estupefacción ante la sobredosis visual de todo aquello que, desde su más tierna infancia, le habían dicho que era la degradación absoluta. Grau respiró más tranquilo al comprobar que, a pesar de todo el decorado republicano, allí no había símbolos independentistas ni, sobre todo, nada que recordara a ETA. El brigada sabía muy bien que su superior había llevado a hombros más de un ataúd con los restos de algún compañero asesinado por la organización terrorista y, por ello, no soportaba, siquiera, la equidistancia intelectual. La mejor manera de comprobar si Manceñido era capaz de desenfundar su pistola incluso en un jardín de infancia era que alguien mentara la expresión «conflicto vasco» en su presencia. Las hoces y los martillos —en demasía— le provocaban asombro por contraste a lo vivido cuando era niño, si bien «lo otro» —como él decía— le provocaba ganas de liarse a tiros. Por fortuna, la sede de la Asociación por la Memoria Histórica de Valencia estaba decorada como un museo sobre la Segunda República. «Para mi jefe —pensó Grau— esto será chocante, pero inofensivo. Bien.»

Hacía tiempo que Manceñido no acompañaba a Grau en una investigación en la calle. Desde que había sido ascendido a subteniente, pasaba más tiempo en el despacho realizando cuadrantes de servicios, organizando permisos y autorizando gastos en combustibles, intendencia y material de oficina. Y no lo llevaba nada bien. Por eso, de vez en cuando se apuntaba a las salidas de Grau para interrogar a testigos o consultar expertos. En estos casos, Manceñido procuraba mantener la boca cerrada —o casi—, ya que sabía muy bien que no tenía la penetrante inteligencia de «mi muchacho» como decía a todo el mundo excepto, claro, al propio Grau. Era el brigada el que interrogaba y, con el tiempo, el subteniente había desarrollado mucho su capacidad de poner una expresión grave e incluso amenazadora, a pesar de que, en ocasiones, no entendía nada de lo que Grau pretendía con aquellas preguntas.

Sin embargo, aquella mañana la cuestión era bastante más simple. Antes habían estado en la Ciudad de la Justicia hablando con el fiscal jefe del Tribunal Superior de Justicia de la Comunidad Valenciana. El máximo responsable del ministerio público había decidido asumir personalmente la investigación de las cincuenta y ocho denuncias que se habían presentado hasta el momento por presuntos casos de niños robados entre 1939 y 1986 solo en la provincia de Valencia. Sin embargo, la reunión con el fiscal jefe no había sido demasiado productiva, porque les había dicho que su departamento actuaría para esclarecer las denuncias presentadas y que la que hacía referencia al caso más antiguo era un supuesto robo de una niña nacida en 1944. Y eso, a Grau, no le servía. Si estaban ahora allí —ambos de paisano— era por indicación del propio fiscal jefe, ya que la gente de la Asociación de la Memoria Histórica manejaba

más documentación de archivos antiguos. Lo que el brigada quería averiguar era si Javier/Xavier Ros había nacido entre los muros de una prisión franquista y si había sido arre-
batado de entre los brazos de su madre para ser entregado
a la familia del que luego sería rector de la Universidad de
Valencia. Cada vez que Grau explicaba su hipótesis a Manceñido, el subteniente movía la cabeza como un toro a punto de embestir, mientras refunfuñaba entre dientes lo que
tenía que hacer con su calavera. Sin embargo, a falta de una
línea de investigación mejor y a la espera de que el Ministerio de Asuntos Exteriores les diera alguna información útil
sobre el paradero de la hermana de Ros, la vía abierta por
Grau parecía la mejor opción. Por el momento.

Si Manceñido miraba con ojos como platos ante el muestrario de iconografía de izquierdas del local, la mirada de la
pequeña y arrugada mujer que acudió a recibirlos destilaba desprecio. El subteniente estaba demasiado absorto en
todo aquel despliegue como para darse cuenta, si bien Grau
supo de inmediato que aquella señora tenía el odio metido
en el tuétano. Intentó adivinar su edad, y por la ropa, el
peinado y la forma de moverse le calculó más cerca de los
sesenta que de los cincuenta, pero, en todo caso, demasiado joven para haber vivido con conocimiento los terribles años de la Guerra Civil. Grau se percató en seguida de
que tenía delante a una hija de republicanos que se había
fabricado el resentimiento a lo largo de los años. Su cara le
resultaba familiar y entonces relacionó su rostro. Hacía algún tiempo que había salido en los periódicos denuncian-
do un supuesto genocidio franquista con veinticinco mil
cadáveres enterrados en fosas comunes en el Cementerio
General de Valencia. De casi nada sirvió que historiadores
reputados aseguraran que tal cifra era imposible. En un ti-

tular de periódico no rige la máxima de menos es más; más siempre es más. Y cuanto más, mejor.

El ceño fruncido y la mirada torva de la mujer contrastaba con la de su acompañante. Era un señor rechoncho, calvo, de bigote recortado y mirada risueña. Algo en su interior le indicó a Grau que estaba delante de un político o un expolítico. No se equivocó. Se presentó como el vicepresidente de la Asociación y exconcejal del Ayuntamiento. Cuando el brigada le explicó que el motivo de su visita era el asesinato de Xavier Ros, la expresión agria de la mujer y la dulce del hombre dieron paso a una de estupefacción en ambos tan intensa como la que había puesto Manceñido al franquear la puerta unos minutos antes.

—Pues verá —dijo el vicepresidente—, no veo de qué manera podemos colaborar, porque nosotros nos dedicamos a buscar información sobre represaliados del franquismo, en especial de los que fueron ejecutados y enterrados en cunetas o descampados. Lo hacemos para ayudar a sus familias a recuperar sus restos. Y el compañero Ros nunca colaboró con nosotros, ya que tenía otras áreas de inquietud política, ¿sabe?

—Sí, sí —replicó Grau—, lo sabemos. El caso es que pensamos que el homicidio del señor Ros puede tener algo que ver con el asunto de los niños robados durante la dictadura del general Franco y por eso queríamos pedirles la información que tengan al respecto.

—¡Ah, bueno! —El exconcejal pareció relajarse—. Ese es un asunto en el que se puede investigar durante años y me temo que nunca se sabrá la verdad. Verán. Desde abril de 1939 hasta 1945 la represión fue brutal, especialmente durante las primeras semanas tras la caída de la República. Además de la cárcel Modelo funcionaba como prisión el monasterio de San Miguel de los Reyes, la plaza de toros y el convento de Santa Clara...

—¿Ese cuál es? —interrumpió Manceñido.

—Ese cuál era —puntualizó el exregidor— pues se levantaba donde hoy está El Corte Inglés de la calle Pintor Sorolla. Ese edificio se destinó a cárcel de mujeres y ahí fueron a parar presas con niños. Las leyes de la época solo permitían que las criaturas estuvieran con sus madres hasta los tres años y si la pobre desgraciada tenía una condena mayor, el menor acababa en un orfanato o dado en adopción.

—¿Hay registros de aquellas... de aquellas —Grau no encontraba el nombre apropiado para referirse a semejante barbaridad sin perder el aire neutro y profesional del interrogatorio a pesar de que se le estaba revolviendo el estómago— operaciones?

—¿Usted qué cree? —Grau negó con la cabeza ante la pregunta—. Estamos hablando de un régimen tiránico y cruel justo después de una matanza, en el que los ajustes de cuentas y las venganzas estuvieron a la orden del día. Si una reclusa daba a luz en la cárcel y sobrevivía al parto, quitarle a su hijo era la cosa más fácil del mundo. Tenemos casos documentados de madres que daban su recién nacido a otras compañeras que salían en libertad y que los hacían pasar como propios para evitar que se los llevaran. Además, en los años posteriores, miles de niños que habían sido evacuados durante la guerra por el gobierno republicano fueron devueltos y el régimen los repartió como quiso.

—¿Cómo dice? —preguntó Manceñido.

—Hubo varias evacuaciones de niños a lo largo de la guerra. Las más famosas son las de Rusia, pero también hubo expatriaciones infantiles a Francia. Allí, las pobres criaturas que huían de una guerra civil se encontraron con una guerra mundial y, diez años después y tras pasar miles de calamidades entre orfanatos y acogidas temporales, fueron devueltos a España. Estamos hablando de más de treinta y cuatro mil, de los que muy pocos fueron devueltos a sus padres, porque la mayoría habían muerto. Además, si una familia del régimen quería un niño, no había ningún tipo de problema a la hora de cambiar apellidos, registros y partidas de bautismo. Y todo ello, además, bendecido por el Estado, que tenía delirantes estudios psiquiátricos para defender que había que separar a los hijos de los rojos de sus familias para evitar que se les contagiara la ideología.

—Entonces —dijo Grau— estamos hablando de una operación a gran escala en la que estaban implicados todos los estamentos públicos.

—Los responsables de orfanatos, escuelas, hospitales y cárceles aplicaron a rajatabla las directrices que venían de Madrid, que, a su vez, se inspiraban en los delirios del jefe de los servicios psiquiátricos del ejército de Franco, el teniente coronel Antonio Vallejo Nájera.

—¡Uy! —saltó Manceñido—, como el Colate ese que sale en los programas del corazón. Yo no los veo nunca, pero a mi mujer le distraen, ya sabe...

—Es que era el abuelo de ese muchacho al que usted se refiere.

—¡Es que me cag...! —La mano de Grau aferró el muslo del subteniente unas milésimas de segundo antes de que consiguiera expresar en voz alta la frase que resumía su filosofía ante la vida.

10

Revisa los últimos cuatro folios. Está contento con el resultado. La escena de David Grau, Víctor Manceñido y los dos responsables de la Asociación de la Memoria Histórica le ha quedado bastante bien. No obstante, no quiere ir más allá. Necesita información. Toda la información. Esa necesidad le produce angustia aunque, en esta ocasión, no hará falta matar a nadie para paliar su sufrimiento intelectual. Ha escrito dos novelas y tiene una tercera en el horno y, para ello, ha torturado y asesinado a tres personas. Le viene a la cabeza un amargo sarcasmo: como su carrera literaria sea tan prolífica como, por ejemplo, la de Mario Vargas Llosa, se convertirá, además, en uno de los peores asesinos en serie de la Historia. Mató —y está seguro que lo volverá a hacer—, porque necesitaba experimentar de primera mano la sensación de acabar con la vida de otro ser humano. Lo peor —o lo mejor— de todo es que el proceso le resultó natural. No fue placentero, pero tampoco recuerda cada una de sus ejecuciones como episodios traumáticos que le impidieran dormir por la noche. En eso, como en tantas otras cosas, su admirada Patricia Highsmith tenía razón cuando puso en boca de Tom Ripley aquello de que lo más extraño de hacer algo aparentemente terrible es que, al cabo de un tiempo, lo olvidas por completo y sigues viviendo como si nada hubiera pasado. Cree que *madame* Highsmith pensaba igual que su diabólica criatura literaria. Está convencido de que un escritor es, en realidad, todos sus personajes. Un creador de historias es un prisma de miles de caras y cada vez que una de sus criaturas dice algo, el que habla en realidad es el propio escribidor. Escribidor. Le encanta esa definición de don Mario, pese a no estar de acuerdo con el premio Nobel en que la ficción sea, por definición, una impostura —una realidad que no es y, sin embargo, finge serlo— y que toda novela sea una mentira que se hace pasar por verdad, una creación cuyo poder de persuasión depende exclusivamente del empleo eficaz de unas técnicas de ilusionismo y prestidigitación semejantes a las de los magos. «No, don Mario, no —piensa—. Al menos, no en las mías. Mis novelas son también una mentira, pero que ha germinado a partir de una verdad. Lo malo es que es una verdad que no se puede contar y que se quedará enterrada para siempre en la trama de una historia de crímenes que sirve de velo para otro crimen. El que yo he cometido.»

Toda ilusión, todo engaño se basa en elementos reales. El mago mueve mucho la mano arremangada delante de tus ojos para que no te des cuenta de lo que hace con la otra. Los escritores, para conseguir lo mismo, se documentan. Y a eso es a lo que va a dedicar el resto de la mañana.

La cita es en poco más de media hora. Se reunirá con Albert Cabré, un profesor de Historia Contemporánea de la Universidad de Valencia especializado en los años inmediatamente posteriores a la Guerra Civil. Es el autor de un libro sobre el tema que, como casi todo lo demás, es usado de vez en cuando por los políticos como arma arrojadiza.

Ha leído varios artículos escritos por él en la prensa que le han gustado por su rigor. Habló con él por teléfono y el docente —cuya voz le indicó de que se trataba de una persona joven, de treinta y pocos años— se mostró encantado de ayudarle. El encuentro se producirá en su despacho en la quinta planta del edificio de la Facultad de Geografía e Historia. El profesor, además, le ha aconsejado que lleve consigo un lápiz de memoria USB por si quiere llevarse algunas fotografías de la época e incluso documentos escaneados de las prisiones. Al final de la conversación, Cabré no pudo evitar revelar su entusiasmo por colaborar con él, ya que se confesó fiel seguidor de sus dos anteriores novelas y se mostró entusiasmado ante la posibilidad de participar en la siguiente. «De vez en cuando —piensa—, este perro oficio solitario te da pequeñas satisfacciones como esta.»

Busca en los cajones de su escritorio y comprueba con fastidio que no puede disponer de ninguno de sus tres lápices de memoria. Todos están llenos con fotografías, música y películas que hace semanas, incluso meses, debería haber volcado en su ordenador principal, pero no lo ha hecho. Entonces recuerda el minúsculo dispositivo que Ferran Carretero llevaba sujeto a la hebilla de su Hublot de seis mil euros. Lo había dejado colgado del extremo del bolígrafo de cuatro colores que destaca entre las afiladísimas puntas de los lápices que guarda en un bote encima de su escritorio. El bloqueo del escritor funciona en dos direcciones: por un lado no te permite continuar con el trabajo y, por otro, te impide realizar otras cosas, como, por ejemplo, borrar el contenido del pincho para que nada pueda relacionarlo con el difunto catedrático de Economía Aplicada. Mira el reloj. La cita es en media hora. Introduce el lápiz de memoria en la ranura correspondiente y, tras un suave ronroneo, en la esquina izquierda de la pantalla aparece el icono de una carpeta azul con el epígrafe «Todas las flores». «Vaya con el catedrático —musita—, además de listo era sensible. O era un pervertido.» Por un momento duda. Si abre la carpeta e inspecciona su contenido se puede encontrar con que Carretero coleccionaba pornografía infantil y piensa, en su considerable analfabetismo tecnológico, que ese material es como un residuo radiactivo que contamina todo lo que toca durante siglos y que provoca que la computadora se encienda como una hoguera en medio de la noche en los sistemas de vigilancia informática de la Policía. No obstante, el viejo instinto de periodista le mordisquea las meninges. Allí hay información. No sabe de qué clase, pero no podrá saberlo hasta que no abra la carpeta. Prefiere ignorar el ligero temblor que experimenta en su mano derecha cuando hace el doble clic en el ratón de su ordenador y la carpeta muestra su contenido.

Hay cinco subcarpetas etiquetadas cada una de ellas con un año. 2007, 2008, 2009, 2010 y 2011. Abre esta última, más por azar que por método y, esta vez, el volumen de archivos le abruma. Hay decenas de carpetas con los nombres más variados: Bar A la Marxeta, Bar Virtudes, Bodega Extremeña, Bodega Los Tres Hermanos, Bodegueta del Racó, Casa Juan, Dolç i Salat, Estética Charo, Frutas y Verduras Manoli, Óscar Peluqueros, Pub Trinitrón, Pub Xaloc, Sidrería vasca, Vinos y Rosas. En total son sesenta y siete establecimientos, todos ellos parecen nombres de bares, restaurantes, peluquerías, centros de estética o pequeños comercios de alimentación. Vuelve al directorio principal de la carpeta «Todas las flores» y abre la carpeta correspondiente al año anterior, 2010. También hay sesenta y siete subcarpetas correspondientes a otros sesenta y siete nombres, si bien algunos, como el Pub Trinitrón o Dolç i Salat no están. En las cinco carpetas correspondientes a los años hay siempre sesenta y siete subapartados, pero los nombres cambian. De los que figuran en la primera anualidad, la de 2007, no queda ninguno en la última. Su cerebro funciona ahora de manera casi febril y vuelca el tarro de los lápices en un ademán nervioso para coger el bolígrafo de cuatro colores y un trozo de papel. No hace ni caso al desparrame caótico de madera y grafito que desordena su pulcro escritorio. Divide las subcarpetas. En total cuenta veintidós bares, bodegas o casas de comidas cuyos nombres delatan que son pequeños negocios de barrio, nada de alta cocina ni recintos de diseño. Hay diez peluquerías, nueve centros de estética femenina, cinco tiendas de alimentación (de fruta y verdura, sobre todo, pero también algún ultramarinos) y doce locales de copas. Revisa todas las carpetas y se da cuenta de que en todas hay sesenta y siete negocios subdivididos de idéntica forma: siempre el mismo número de restaurantes, peluquerías, centros de estética, tiendas y bares de ocio. Vuelve a la primera carpeta que ha abierto, la correspondiente a agosto de 2011 y busca Casa Juan. Elige el nombre porque, cuando era pequeño, había un bar con esa denominación justo enfrente de su casa. En su interior encuentra docenas de hojas de cálculo, archivos en PDF y documentos escaneados. Abre algunos al azar. Son balances, entradas y salidas de dinero, abonos de mercancía, pagos a la Seguridad Social y a Hacienda. Todos ellos están ordenados por fecha como cualquier otra contabilidad de negocios. A primera vista, le da la sensación de que Carretero se sacaba un dinero extra haciendo trabajos de gestoría para pequeños comercios, pero su olfato periodístico le sugiere que aquello es otra cosa. Lo más sospechoso es el número de comercios. Siempre es el mismo. Nunca se le han dado bien los números y poco o nada recuerda de las asignaturas de Economía de la carrera de Ciencias de la Información, con lo que no es capaz de interpretar las interminables listas de cifras encerradas en las casillas de los documentos de Excel. No obstante, algo más llama su atención: si Ferran Carretero, con toda su aureola de *exconseller*, exdiputado y catedrático, se dedicara a hacer de simple gestor (cosa muy extraña), utilizaría un programa específico de contabilidad como el SP ContaPlus o el GnuCash. Sin embargo, este *software* no se puede abrir en cualquier ordenador y, además, está sujeto a la Ley General de Contabilidad. Los libros de Excel son más anónimos y funcionan igual de bien para controlar ingresos y gastos. Y si alguien que no debe leerlos los lee, pueden ser cualquier cosa. Incluido un ejercicio académico.

Busca entre los documentos una dirección física. Casa Juan, según aquello, está en el número 30 de la calle Ramiro de Maeztu. Apunta la referencia junto a otras dos más del listado de sesenta y siete negocios cuyas tripas financieras están expuestas en miles de documentos contables. Una corazonada le dice que, probablemente, no va a encontrar ninguna Casa Juan en ese sitio. En su mente traza un itinerario donde descarta otros comercios situados en Torrent, Xirivella o Mislata. Casa Juan es lo más próximo, pero no lejos de ella puede comprobar también qué aspecto tiene Óscar Peluqueros, en el 11 de Plaza de San Felipe Neri; Frutas y Verduras Manoli, en la calle Sollana 20 del barrio de Monteolivete, y Vinos y Rosas, en Jerónimo Muñoz, 20. Mientras busca el casco de la moto teclea en su móvil el teléfono del profesor Cabré para inventarse una terrible migraña que le impide, lamentablemente, acudir a la cita al tiempo que le ruega otro encuentro en un par de días. El entusiasta profesor no pone ningún problema ante el aplazamiento. Siente cómo el corazón le palpita con más fuerza en el pecho. Es el viejo instinto de cazador de historias que alguien quiere que permanezcan ocultas. El reloj Hublot y el Audi A8 le resultaban chocantes en las manos de Carretero, pero había atribuido semejantes alardes de rico en un catedrático de izquierdas a lo habitual. Dejó escrito Javier Pradera en uno de sus libros que los socialistas aprendieron dos cosas durante los años ochenta: que la Guardia Civil no era tan mala y que se podía ganar dinero con la política. Coincide. «Los de Siempre», las cañas tienen dinero y no importa si son rojas, azules, verdes o negras. Es lo mejor de pertenecer a la nobleza del cañaveral. Ahora presiente que los caprichos de lujo del *exconseller* pueden tener un origen más sucio. Y no se extraña de ello. A fin de cuentas, las cañas crecen rectas y altas gracias a que sus rizomas procesan mejor que nadie el fango nauseabundo de las riberas.

❦ ❦ ❦

Se huele la pechera de la camisa cada tres o cuatro minutos. No parará de hacerlo hasta que llegue a casa, se dé una ducha y, con toda probabilidad, tire todo lo que lleva puesto a la basura. Hasta los calzoncillos. No soporta la ropa impregnada de olor a humo. Está convencido de que el hedor que desprende le puede delatar y, por eso, tiene prisa por acabar el negocio que le ha hecho volver al bar próximo a la Jefatura Provincial de Tráfico. En el reloj con el anagrama de Cervezas El Águila que corona la pared de la barra acaban de dar las tres en punto y en la enorme pantalla de televisión que domina el local empieza el telediario, el cual, como todo lo demás, será mudo, ya que el volumen del aparato no se sube nunca salvo para los partidos de fútbol, que es precisamente cuando nadie lo oye. Se ha vuelto a sentar en uno de los taburetes de la calle, de manera que no pierde de vista la entrada de la Jefatura. Castaños ha de salir por ahí de un momento a otro y espera, por su propio bien, que tenga la información que le ha pedido, porque no está de humor para tonterías. El asunto de los negros se le ha ido un poco de las manos. Ni Toni ni la Puri le habían dicho que los mandara al otro barrio —lo contrario tampoco, que conste— y no pensaba, ni por asomo, que fueran a tener una pistola. Ignora por completo si, una vez provocado el incendio, los dos negros habrán conseguido salir o no, aunque no le importa mucho. Es más que seguro que fueran ilegales y que tuvieran antecedentes penales en España, en Marruecos o de dónde hostias viniesen. Con casos así, la Policía no suele perder mucho tiempo. Por norma general, lo atribuyen a un ajuste de cuentas o a una imprudencia en una casa abandonada y ocupada por africanos. A no ser que tengan familia en España, la cosa no pasará de ahí.

De hecho, es la pipa lo que más le preocupa ahora mismo. Siente su peso en el bolsillo derecho del chaquetón de piel sintética. La Glock es el arma favorita de los policías que ya no saben ir por el mundo sin un hierro encima. Pequeña, barata y fiable. Que el negro la llevara puede significar que un madero se la ha dado y Falconetti está seguro de que, en alguna parte, habrá una denuncia puesta por robo o extravío de la misma. Es el método habitual para estas cosas. Un nacional corrupto que puede tener una pistola de forma legal y que finge haberla perdido o que se la han robado para, en el mejor de los casos, revenderla por cinco o seis veces su valor. En otras ocasiones, el cacharro termina en otras manos con pleno conocimiento de la Policía.

Antes, en el coche, ha tenido tiempo de echar un vistazo a las papelinas que tenían los negros en la casucha. Conoce bien su propio género y está seguro que no es de la suya. Tiene un color un poco más marrón que el habitual, lo que indica que ha sido cortada más veces que lo que la cortan ellos. No tenían demasiada cantidad —lo cual es normal, a más mercancía, más paquete te cae si te pillan— y que esté tan cortada quiere decir que sale de un alijo pequeño. O, mejor incluso, de una sisa hecha en un almacén policial de un cargamento incautado. No es la primera vez que pasa.

El reloj de Cervezas El Águila dice que son las tres y diez. Castaños sale de la Jefatura Provincial de Tráfico. Lleva las mismas gafas de sol pequeñas y puntiagudas que le quedan como una patada en el hígado en medio de su enorme cabezón. «Por no hablar —piensa el tuerto— de la pinta que tiene con los zapatos náuticos y la chaqueta marinera. Hay que joderse con el almirante.» Desde el taburete, el tuerto observa cómo se para en el semáforo. Una mujer que también ha abandonado el edificio oficial se le acerca y le dice algo. Castaños se muestra inquieto. El Falco percibe que el funcionario quiere librarse cuanto antes de la molesta compañía que le ha proporcionado el azar y la hora de salida. La mujer parece sacada del mismo molde que él. Gorda, fea y con una camiseta roja con idéntico lema reivindicativo. El tuerto piensa que, en cierto modo, aquellos dos y él se parecen. Ninguno ha trabajado nunca, aunque se han escaqueado de doblar el espinazo de maneras diferentes. Falconetti lo ha hecho a hostias, con estancias en la cárcel y ahora se aprovecha de la debilidad de los demás. La droga —heroína, cocaína, hachís— no es más que un remedio para aquellas personas que no son lo bastante fuertes para soportar la vida. Los otros dos, por su parte, son la administración, que es también un narcótico destinado a todos aquellos —es decir, a la inmensa mayoría— que no tienen lo que hay que tener para sacarse las castañas del fuego por ellos solitos. En suma, los tres viven de las carencias del resto. «Joder —piensa—, qué viejo que me estoy haciendo cuando me caliento el tarro con estas mierdas.»

Cuando el semáforo se abre para los peatones, Castaños y su compañera cruzan la calle; la única que habla es la mujer. El funcionario le inquiere con la mano una dirección, pero, por fortuna, la gorda le muestra la contraria. Al final se separan, aunque Castaños se queda mirando cómo su camarada de cómodas barricadas de ocho a tres arrastra sus carnes calle abajo en busca de la parada del autobús. En cuanto gira la esquina, Castaños se relaja y se acerca al bar donde espera Falconetti. Sin mediar palabra deja en el alféizar que sirve como barra exterior un sobre cerrado con el membrete de la Jefatura Provincial de Tráfico impreso en una de sus esquinas. El tuerto sospecha, incluso, que debe de haber ensayado antes la maniobra, pues nadie, excepto él mismo, puede haberse dado cuenta de que la dejaba. «Se ve —cavila, divertido, el Falco— que ya no le queda suelto para pagarme la cervecita, porque no ha querido quedarse.» En el interior del sobre está la información: Motocicleta modelo Yamaha Drag Star de 1.200 centímetros cúbicos con matrícula 4330BDF que está a nombre de Juan Ignacio Bellido Monfort con domicilio en la calle Santiago Rusiñol, 23-29. No tenía ni multas de tráfico ni pagos pendientes de impuestos. Limpia de polvo y paja. El propietario no le sonaba de nada, pero, según la información que Castaños había conseguido, tenía cuarenta y un años, y figuraba también en las listas del paro como demandante de empleo desde hacía veintinueve meses. Solicitaba trabajo como albañil, fontanero o electricista, con experiencia en el sector y solo con formación básica. Lo de «formación básica» no lo termina de entender del todo, pues cree que él mismo ni siquiera tiene eso. De todas formas, le queda bastante claro que el dueño de la moto, al menos por lo que sale en los papeles, es un paleta de mierda cuya presencia en el aparcamiento de la universidad mirando el sitio donde estaba aparcado el Audi A8 del Profe es inexplicable. A partir de aquí necesita que la jefa le diga cuál es el siguiente paso.

ᛉ ᛉ ᛉ

Por un segundo ha esperado tener éxito en la visita, entre otras cosas, porque el estómago ya protesta y estaría encantado de que hubiera un bar de verdad allí donde iba para comer algo. Pero no ha habido suerte. Aunque, en el fondo, se alegra porque su corazonada se convierte en realidad a pasos agigantados. La primera de las paradas ha sido en Casa Juan. La calle Ramiro de Maeztu, en el corazón del barrio de Ayora, es un buen ejemplo de como todo se ha ido al garete. Antaño aquello era un barrio obrero, sin duda, pero lleno de vida. Ahora, las antiguas fincas de principios de los sesenta acusan los años, el abandono y la triste degradación que les condena a ser mausoleos adelantados de ancianos solitarios o pisos patera. Es lo malo de la indefinición: el barrio de Ayora está demasiado lejos del mar como para poseer la degradada —aunque acusada— personalidad del Cabañal. Y lo bastante apartado del centro como para que los modernos no lo encuentren atractivo como Ruzafa o El Carmen. Demasiado cerca de la Ciudad de las Ciencias como para que los precios subieran hasta el delirio durante la burbuja anterior a la crisis, si bien ahora son muy viejos como para mantener el tipo. El resultado es que las fruterías de paquistaníes y los bazares de chinos son los únicos comercios abiertos junto a la eterna farmacia que atiende a los pocos vecinos de toda la vida que todavía están allí.

Casa Juan tiene un rótulo verde con letras blancas y en la faldilla del toldo exterior proclama que es una casa de comidas. Sin embargo, en el interior no ha encontrado signo alguno de que allí se cocine. Una mujer escuálida, de pómulos abultados y ojos apagados le ha servido un repugnante cortado. No pensaba tomarse nada, pero, cuando ha franqueado la puerta del local, se ha visto con que era el único cliente y, ante la mirada de la tabernera, no ha tenido el cuajo de salir de allí sin consumir algo. El bar no estaba ni sucio, ni abandonado. Solo vacío y, conforme asimilaba el sabor del café barato y requemado de su consumición, entendía mejor el porqué de tanta soledad. Los españoles —y los valencianos en especial— viven en los bares, y cuando uno de ellos es malo, se convierte en un cementerio en cuestión de semanas. La siguiente parada ha sido en Óscar Peluqueros. La persiana estaba bajada. A una señora que salía del patio contiguo al establecimiento le ha preguntado si hacía mucho que la peluquería estaba cerrada y la vecina le ha dicho que no, pero que tenían un horario muy raro y que había veces que se pasaban varios días sin abrir cosa que, por otra parte, no le extrañaba nada, ya que tampoco había visto nunca a nadie allí dentro, pues, según le habían dicho, eran muy caros y lo hacían muy mal.

Cuando ha llegado a ver qué aspecto tenía Frutas y Verduras Manoli, apenas se le podía borrar la sonrisa de la cara, ya que jamás hubiera pensado encontrarse con el vano tapiado. No cerrado. Tapiado. Los documentos del lápiz de memoria de Ferran Carretero indicaban que, hace dos meses, en diciembre de 2011, allí estaba en funcionamiento una frutería que compraba género en Mercavalencia, pagaba luz y agua, alquiler y hasta la seguridad social de una empleada. Sin embargo, los ladrillos de la puerta cegada lucen restos de carteles hechos jirones por la lluvia y grafitis descoloridos por la luz solar. Aquello lleva cerrado mucho más de dos meses.

Vinos y Rosas ha sido su última parada. Conforme se acercaba al sitio ha pensado, dado los rugidos de la barriga y la hora que era, las tres de la tarde, en comer allí mismo. Desde fuera se anuncia como una taberna con buenos vinos, jamón, fiambre y salazones, pero el único camarero del lugar le ha dicho que, de comer, lo único que tiene son papas y aceitunas. Las vigas de falsa madera de donde deberían colgar los jamones están vacías y las neveras de la barra tienen, incluso, las luces apagadas. Al camarero —un chaval que no tendrá ni veinte años— ni siquiera parece molestarle que se quede en el medio del comedor, con el casco enganchado en el antebrazo y sonriendo mientras contempla el recinto como si fuera la cueva donde está el Santo Grial.

Allí ya no hay nada más que hacer. Solo ha visitado cuatro comercios, pero sospecha que los sesenta y tres restantes serán de parecido pelaje. Pequeños, ubicados en barrios normales —nada de calles de poderío ni grandes superficies— y donde el noventa por ciento de los pagos se hace en efectivo. Y esto lo ha visto antes. Aunque en sus días de periodista estaba más especializado en sucesos violentos tales como atracos y asesinatos, en alguna ocasión tuvo que informar de casos de desmantelamiento de redes de blanqueo. Todavía no sabe cuál es el sistema que se emplea en lo que cree que tiene entre manos, pero la hostelería y el comercio minorista siempre ha sido un buen nicho para lavar dinero, si bien con el inconveniente de que este tipo de establecimientos no pueden tragar grandes cantidades de efectivo sin levantar sospechas. No obstante, no parece que esté ante tres o cuatro comercios sino de sesenta y siete, lo cual empieza a tener mayores dimensiones, sobre todo, si hay —o había— una única mano detrás.

El entusiasmo que crece en su interior no consigue mitigar el hambre. En la calle, busca a su alrededor un sitio donde picar algo, pero ninguno le convence y ya ha tenido bastantes experiencias gastronómicas frustradas por una mañana. Se sube a la moto y se marcha calle abajo a buscar la salida a la avenida Giorgeta. Parado en el semáforo, el estómago vuelve a protestar ante el olor a fritanga que el viento le trae desde otro bar que hay en la esquina, justo enfrente de la Jefatura Provincial de Tráfico. El aroma le hace fijar la vista en el local. Un amplio ventanal que da a la calle ha sido reconvertido en una barra exterior por donde salen los efluvios de la cocina. Al contrario de los sitios en los que ha estado antes, allí se debe de comer barato y bueno, porque el comedor está a rebosar. En la barra exterior, un gigante de pelo rapado con un chaquetón de cuero fuma y se bebe una cerveza. Antes de que se abra el semáforo puede ver cómo un hombrecillo cabezón, calzado con náuticas, de panza prominente y con unas gafas oscuras ridículamente pequeñas para el tamaño de su cara, deja un sobre sobre la barra a escasos milímetros del antebrazo del grandullón y luego se aleja a paso vivo calle abajo. El semáforo se pone en verde.

11

—¿Y cuánto dice usted que estuvo el vídeo disponible en Internet, sargento?

—La primera vez, mi general, once minutos y cuarenta y seis segundos en la plataforma YouTube hasta que se hicieron las gestiones necesarias para retirarlo. Sin embargo, volvió a aparecer, troceado en partes, quince minutos después en Vimeo, donde estuvo otros nueve minutos y doce segundos. De manera simultánea se subió, mediante perfiles falsos de usuario y bajo diecinueve denominaciones diferentes a los servidores de Bing. Allí se necesitó casi una hora para poder eliminarlos todos. Por desgracia, señor, ya estaba por todas partes. Se retuiteaban los enlaces de manera exponencial y en menos de media hora era *trending topic* en Europa.

—¿Se retui... qué? ¿Y lo otro que era en Europa en media hora qué es lo que es? —interrumpió Manceñido—. Con permiso, mi general, pero estoy más perdido que un hijo de puta en el día del Padre, con perdón... mi general... por la expresión.

David Grau bajó la mirada para contener la risa. El general de la 6.ª Zona de la Guardia Civil hizo como que no había oído la segunda de las apreciaciones del subteniente, aunque esbozó una sonrisa que se contagió al resto de los participantes de la reunión. Gracias al exabrupto del superior del brigada, el ambiente empezaba a relajarse, pese a que ninguno de los allí presentes estaba para bromas.

—Un *trending topic*, mi subteniente —contestó el sargento enviado desde Madrid y que pertenecía al Grupo de Delitos Telemáticos— es la palabra o frase más repetida en un momento concreto en la red social Twitter. En resumidas cuentas —el oficial se quitó las elegantes gafas montadas al aire que destacaban aún más sus preciosos, a juicio de Grau, ojos claros—, que los vídeos, o parte de ellos, se pudieron ver en decenas de miles de ordenadores, tabletas y *smartphones* en menos de una hora.

—Y eso sin contar —apuntó el general— con los medios de comunicación normales.

—Así es, mi general. También fue colgado en páginas web creadas a propósito para este fin en un total de... —el guardia volvió a ponerse las gafas para consultar el ordenador portátil que tenía ante sí— dieciocho dominios, e incluso lo detectamos en varias plataformas de difusión de pornografía como Redtube, Youporn y Xtube, señor. También fueron eliminadas de allí después de algo más de tiempo, porque se trata de empresas radicadas en el extranjero donde no tenemos jurisdicción. No obstante, colaboraron sin ningún problema.

Lo que faltaba. El guardia había mencionado dos de las tres páginas web que Grau visitaba casi a diario y la cabeza se le empezaba a ir a lugares donde no quería y en el que el mago de los ordenadores llevaba puestas muy pocas partes del uniforme. El brigada intentaba concentrarse, porque la situación se les había descontrolado por completo, pero el apuesto guardia experto en informática y enviado por la Unidad Central Operativa no se lo ponía fácil. No tendría treinta años, con el pelo del color del oro viejo y unos ojos verdes con los que Grau no conseguía ponerse de acuerdo consigo mismo si le atraía más con las lentes puestas o sin ellas. Además, era del tipo de hombre que más le gustaba: alto, sin ser espigado; fibrado, sin excesivos músculos. El uniforme le sentaba de fábula, mientras que a Grau, con su panza prominente y su cara redonda, le quedaba siempre como si fuera en chándal. El brigada, cada poco tiempo, cruzaba las manos sobre su regazo para disimular la protuberancia de su estómago e incluso había metido hacia dentro la barriga —en un intento vano de parecer más esbelto— al inicio de la reunión en el instante de los saludos marciales y los apretones de manos de rigor. A pesar de que aquel encuentro era de lo más serio, no veía el momento de introducir en la discusión la necesidad de que el guardia González (Ismael González, así se llamaba) se quedara con ellos unos días para ayudarles en la investigación. No llevaba alianza de casado, así que no había que descartar nada, por ahora. Intentando despejar de su mente los pensamientos lúbricos que le provocaba el informático, le preguntó, por fin:

—¿Qué posibilidades reales tenemos de hacer un seguimiento para localizar al responsable de la difusión de los vídeos, sargento?

—Muy pocas, por no decir casi ninguna, mi brigada. El autor utilizó una red informática *peer-to-peer* anónima, lo que solemos llamar una P2P —el sargento pronunció *pichu-pi*— en la que los usuarios y sus nodos son casi anónimos por defecto. Con toda probabilidad, esto fue planeado de manera minuciosa y los ordenadores que han servido para implementarla han sido previamente zombificados por algún tipo de troyano o gusano bastante sofisticado.

El general, sus dos asistentes, Manceñido y Grau arquearon las cejas casi al mismo tiempo. El sargento informático interpretó con rapidez que no habían entendido nada.

—Vamos a ver: cuando se reciben datos en cualquier red, estos vienen de alguna parte y la información, vídeos, fotos, textos, lo que sea, se debe haber pedido antes por alguien. Una red *peer-to-peer* se basa en que solo los amigos del usuario (*peer* quiere decir «colega» en inglés) pueden saber que su dirección IP está siendo usada para intercambiar archivos. Si esto lo multiplicamos por muchos ordenadores que hacen a la vez de emisor y receptor de información, el resultado es una malla en la que es casi imposible saber para quién son los datos pedidos y recibidos. La única manera es rastrear ordenadores cuyos usuarios estén ejecutando algún programa para aplicaciones P2P, pero, en este caso, no servirá de nada, porque algunos de los equipos que hemos analizado habían sido zombificados y sospechamos que puede haber cientos.

—¿Zombificados?

—El acceso a una red P2P se hace mediante un programa que hay que instalar y al que hay que dotar de los permisos necesarios para que actúe como emisor y receptor de información en el seno de una red. No nos fue difícil encontrar un par de equipos por los cuales habían viajado estos archivos. Sin embargo, en ellos encontramos que el programa Freenet había sido instalado sin que sus usuarios tuvieran la más mínima idea de ello. La aplicación fue introducida, con toda probabilidad, mediante un correo electrónico contaminado o por cualquier otro método. De esta forma, el ordenador infectado se convierte en un zombi y el *hacker* puede utilizarlo a su antojo.

—Imagino que estas cosas no están al alcance de cualquiera, es decir, que hacen falta conocimientos informáticos muy avanzados —apuntó Grau.

—Sin duda, mi brigada.

—¿Y respecto a los tuits? —intervino el general—. ¿Hemos podido registrar el origen? ¿O al menos, el primero?

—Por eso les decía, mi general, que esto fue planificado por alguien con profundos conocimientos de informática y programación. En España, esta red social tiene un mecanismo que mide las tendencias nacionales, los *trending topics* —se dirigió a Manceñido, quien asintió como si fuera un experto en la materia—, pero también locales en las ciudades de Barcelona, Bilbao, Las Palmas, Madrid, Murcia, Málaga, Palma, Sevilla, Valencia y Zaragoza. Pues bien, un centenar de perfiles falsos, creados el mismo día y a la misma hora en cada una de estas ciudades hace una semana, empezaron a tuitear a la vez el enlace a la página de YouTube primero y después a todas las demás. Todas estas operaciones se hicieron también desde ordenadores zombi integrados, sin el conocimiento de sus dueños, en una red P2P anónima. Por eso se propagó tan rápido.

—Me gustaría volver a ver los vídeos, sargento —dijo el general.

—En seguida, señor.

El experto hizo volar sus dedos por el teclado del portátil y lo giró para que la pantalla quedara a la vista de su reducido auditorio.

Desde las profundidades de un rectángulo saltaron las voces del coro, tan fuertes, que Grau no pudo evitar sal-

tar de su silla como cuando sale el monstruo en una película de terror. Cantaban acompasadas de chirridos de guitarra eléctrica: «*Crucify him! Crucify him! Crucify him!*» El
informático se afanó en buscar los controles del volumen
de la computadora hasta rebajar el sonido a niveles acepta-
bles. La imagen se abrió y apareció un hombre desnudo,
tumbado boca abajo y amarrado de pies y manos a una mesa
atornillada al suelo. Las notas desgranaban una melodía
machacona y repetitiva mientras la voz barítona de Barry
Dennen contaba entre falsetes rotos: «*One, two, three, four,
five, six, seven, eight, nine...*» Por los espasmos del torturado se intuía cada uno de los golpes de la vara sobre la espalda, ya que no había bastante luz para percibir el flagelo con
nitidez. Cada golpe encajaba a la perfección con los números que cantaba Poncio Pilatos.

—¿Qué música es esta? —preguntó Manceñido.

—Es de la ópera rock *Jesucristo Superstar*, mi subteniente —contestó el experto mientras dejaba sin sonido la
reproducción con un dedazo certero al teclado—, pero no
es el audio original de la grabación, sino que fue editado
después. De todas formas, pensamos que la canción, que se
llama «39 lashes» (39 latigazos) estaba puesta mientras duró
la tortura, dado que los latigazos tienen la misma cadencia
que la voz del cantante.

—Pero —terció el general— esto parece muy bien filmado.

—Así es, señor. El escenario fue preparado e iluminado
con minuciosidad profesional. El agresor sabía lo que estaba haciendo para enseñar lo que quería y ocultar cualquier
cosa que nos pudiera servir de referencia al lugar o incluso
la hora en la que se produjeron los hechos.

—¿Cuánto dura?

—Un minuto y ocho segundos, mi general.

—Bien. Pasemos al siguiente.

La ventana con vistas al infierno desapareció de la pantalla del portátil y se abrió otra. En ella brillaba el sol. Era un plano tomado desde cierta altura. Grau se reconoció al instante sentado en una piedra, fumando. Gracias a Dios no se apreciaba que no quitaba los ojos de encima a los apuestos guardias civiles que forcejeaban con el saco encajado entre los vanos del puentecito de hormigón. Distinguió a la juez Campos, dando pequeños saltitos hacia atrás para evitar que el agua que chorreaba del fardo le mojara los tacones. Mientras, sonaba el solo de armónica de Bruce Springsteen y la primera estrofa de «The River»: «*I come from down in the valley, where mister when you're young, they bring you up to do, like your daddy's done.*» Abajo se desplegaban los subtítulos. «Qué detalle», pensó Grau al tiempo que se conminaba a sí mismo para apuntarse a clases de inglés de una puñetera vez. «Vengo de abajo del valle, donde señor, cuando eres joven, te preparan para hacer lo mismo que ha hecho tu padre.» Y fundido en negro.

—Son cuarenta y seis segundos, mi general. Las imágenes no han sido editadas, lo único que se ha hecho es superponer el audio a posteriori —dijo el informático.

—Lo peor de todo —intervino Grau— es que lo teníamos allí mismo. Con nosotros, mi general, mientras sacábamos el cuerpo del agua. Debía de estar escondido arriba. Aquello es un desfiladero muy estrecho y a saber cuántos caminos de cabras hay entre la maleza. Pudo estar escondido toda la noche esperándonos y marcharse horas después. O quizá dejó la cámara grabando o la accionó a cierta distancia. Por el lugar, además del empleado de Iberdrola que descubrió el cadáver y nosotros, no pasó nadie más.

—¿Hemos vuelto a inspeccionar dicha localización, brigada?

—De cabo a rabo, señor. No hemos encontrado nada. Han pasado tres semanas desde entonces y, además, ha llovido en la zona, con lo que no hay rastro de huellas o restos de fibras de ninguna clase. Lo único que podemos extraer de estos vídeos, mi general, es el mensaje de la canción que, para que nos enteremos bien, nos la ha subtitulado y todo.

—Explíquese, brigada.

—En el vídeo de la tortura de Xavier Ros, la música de *Jesucristo Superstar* es atrezo. Incluso diría, más bien, que es una máscara. Preparó con mimo el escenario de manera que no pudiésemos identificar nada del lugar e incluso tapó el sonido ambiente con la pieza. Además, esas imágenes no son para nosotros. Son para el gran público. Ha elegido la escena de la flagelación de Jesús para que todo el mundo identifique el castigo de los cuarenta latigazos. Sin embargo, en el vídeo que nos hizo cuando procedíamos al levantamiento del cadáver nos indica el porqué ha matado a Ros. Fíjese, mi general, la canción de Springsteen habla de la figura del padre, de cómo en determinados sitios se prepara a los niños a seguir la misma vida que sus progenitores, y Ros, a ojos del asesino, no solo no siguió la estela paterna, sino que incluso lo mató (o cree que lo hizo) y por eso merece morir como un parricida.

—Por eso, mi general —intervino Manceñido—, el brigada Grau está convencido de que el responsable de esto es el Perito.

—Yo le llamo el Erudito, mi general —corrigió Grau—, y pensamos que es la misma persona que ideó y ordenó los asesinatos de José Luis López Aldaba, el gerente de Lacte Nostrum, y de la niña Andrea Ortiz.

El general puso los ojos en blanco. Por aquellos dos crímenes había gente en prisión y no era la primera vez que escuchaba de labios de su brigada la teoría de que no estaban del todo resueltos, porque, detrás de ambos homicidios, había un autor intelectual que seguía en la calle. La idea de Grau era plausible, pero sus consecuencias le provocaban demasiada inquietud como para retenerla más tiempo en la cabeza. No obstante, el jefe supremo de la Guardia Civil desplegada en la Comunidad Valenciana quería saber el final del razonamiento y, por ello, preguntó:

—¿Entonces no es cierto que el padre de Ros muriera de muerte natural ya con más de noventa años?

—Sí, mi general. No hay nada que nos indique que el fallecimiento no fuera por vejez, aunque ni se le hizo autopsia ni hay posibilidad ya de ello. Sin embargo, es posible que el profesor Ros fuera adoptado o, más bien, robado a una presa republicana durante los meses inmediatamente posteriores al final de la Guerra Civil, señor.

El general, ahora, sí que estaba incómodo de verdad. Todo lo relacionado con la contienda fratricida, pese a los setenta y cinco años pasados, era siempre un avispero. Su instinto político le decía que aquello eran arenas movedizas. Endureció el tono:

—¿En qué se basa para tal teoría, brigada?

—De momento, mi general, en una pura intuición. Podremos descartarla en el instante en que consigamos hablar con la hermana del señor Ros. No obstante, las gestiones para su localización, que hemos llevado a cabo en el Ministerio de Asuntos Exteriores, van un poco, demasiado, lentas, señor. Ella lleva años en el extranjero y ni siquiera sabemos dónde. Es más joven que Ros, como diez u once años, y a lo mejor no sabe muchos detalles, pero en las familias donde ha habido adopciones, por mucho que se oculte y se disimule, al final se descubre. Si Xavier Ros fue adoptado, entonces hemos de averiguar quién fue su padre biológico y cómo terminó. Así podremos cercar mejor al sospechoso.

—Un sospechoso que ni siquiera tiene nombre —apuntó el general con severidad—. Sigo sin ver, brigada, qué tiene que ver el dar con la identidad del padre de Ros para resolver este asunto. ¿No deberíamos centrarnos en buscar al responsable? ¿A ese Erudito como usted le llama?

—Me encantaría, mi general. Pero ya ha comprobado usted que es muy inteligente. Es brillante. Parece saberse todos nuestros procedimientos, tiene profundos conocimientos de Historia, de Literatura, de Química e incluso yo diría que ha tenido entrenamiento militar. Además es, a tenor de lo que nos ha explicado el compañero de la Unidad de Delitos Telemáticos, un experto informático. Creo que la única posibilidad que tenemos de acercarnos a él es saber sus motivaciones y, así, estrechar el cerco. En las otras dos ocasiones lo tuvimos cerca, estoy convencido de ello, y se nos escabulló. Ahora, y los vídeos son prueba de ello, se le está subiendo el orgullo a las barbas y se permite el lujo de darnos pistas. No creo que quiera que le atrapemos, lo que pretende es que quede claro que es más listo que nosotros. El problema será que, como en los dos casos anteriores, puede que lo que averigüemos sobre las víctimas tampoco nos guste nada.

Nadie respondió a Grau. El par de minutos que tardó el general en dar por concluida la reunión espesaron todavía más el silencio.

«Lo que tu veas, Chema.» Eso le ha dicho la Puri. Así que deja de calentarse la cabeza y decide que irá haciendo las cosas sobre la marcha. Tanto su jefa como él no saben bien cómo actuar, ya que no tienen modo de vislumbrar la manera en la que terminará todo. Sin embargo, no queda más remedio. Tienen que saber y ese tal Juan Ignacio Bellido Monfort es lo mejor que tienen. Lo único que tienen. La Puri le ha dicho que, al menos de momento, no tienen que preocuparse por la Policía. Ella ha hablado con quien tenía que hablar y la desaparición del Profe sigue su curso. Por lo visto le han encargado la investigación a un imbécil de la Jefatura Superior del grupo de personas desaparecidas que no ha conseguido encontrar a nadie en su vida, porque es un farlopero y un putero, pero como pertenece a uno de los sindicatos de los maderos, ahí lo tienen, encargándole los casos que no quieren que se resuelvan. Así han ganado algo de tiempo, pero la Puri está como loca por encontrar a Carretero o, al menos, el jodido pincho de ordenador con lo que hostias tenga dentro. Conforme pasaban los días la jefa se ha ido poniendo cada vez más nerviosa. Tanto que Falconetti ya no tiene que recoger los cobros de los camellos como hacía antes. Está dedicado por entero a la tarea de encontrar al Profe.

Por más que se estruja los sesos no consigue encajar a ese Juan Ignacio Bellido Monfort en toda la movida. Durante una semana ha estado siguiendo sus movimientos y le han sobrado tres días para estar al corriente de su vida al completo. Es un albañil en paro que se dedica a hacer chapuzas por ahí. Deja a sus hijos cada mañana en la puerta del colegio y luego, si le ha salido alguna faena, va a hacerla. Los días que no tiene nada —que son la mayoría— va a la biblioteca de su barrio a navegar por Internet. Tiene un coche viejo, un Volvo ranchera cuyo maletero está lleno de capazos repletos de herramientas. Parece que su mujer ha encontrado trabajo como empleada de hogar y nodriza. Cada día coge el autobús para ir a uno de esos complejos de ricos que bordean la Ciudad de las Artes y las Ciencias, de donde sale a hacer la compra empujando un carrito con un crío de pocos meses que, como es natural, no es suyo. La pobre chica está allí de ocho de la mañana a ocho de la tarde. Es Bellido el que recoge a los niños del colegio, les hace la comida, les lleva la merienda y les ayuda con los deberes. Si tiene algún trabajito aparece una abuela, pero la mayor parte de los días lo de los niños es cosa de hombres, como el coñac Soberano. Falconetti se da cuenta cómo, a la puerta de la escuela, cada vez hay más tíos. Cuando él era pequeño aquello era tarea de mujeres. Claro que él jamás esperó que hubiera venido su padre a recogerlo de la escuela. Ni su padre imaginó jamás que su hijo mayor lo tirara por una ventana. La vida te da sorpresas, sorpresas te da la vida, ay Dios, que decía la canción.

Visto lo visto, el instinto del Falco le dice que, en otras circunstancias, Bellido no habría tenido nada que ver con que el Profe haya desaparecido. Solo es un pringado, un paleta que se creyó, tras trincar cuatro meses seguidos un cheque de tres mil euros por mover palés de ladrillos, que era algo que no era: rico. Y se compró piso, coche, moto y críos. La crisis es muy puta, ya te digo, pero también está colocando a cada uno en su sitio. Bellido es un desgraciado que está conociendo cuál es su lugar en el mundo. La pobreza tiene más efectos secundarios que los váliums. Otro de ellos es que se te hacen las tragaderas muy anchas. A Bellido, por ejemplo, no le queda más remedio que aguantar cómo su mujer desatiende a sus propios hijos para cuidar los de otro. También hay pringados peores que Bellido y con los que la puta crisis se está ensañando más aún: son aquellos que pensaban que, por no tener que poner ladrillos ni meter las manos en el cemento, se habían convertido en miembros de la clase alta. Durante la Copa América salían de las tiendas que se habían montado en los viejos tinglados del puerto acarreando bolsas con polos de Prada del equipo Luna Rossa de cien euros y se tomaban gin-tonics *premium* en las terrazas del edificio Veles i Vents, mientras discutían porque no había trasluchado a tiempo el patrón del *Desafío Iberdrola* en la segunda manga. Llevaban BMW, aunque no decían que eran de *leasing*, hacían cola para sacarse el pase del Valencia y tiraban de tarjeta de crédito para ir a la final de la copa de la UEFA a Göteborg (ellos decían Yoteborll) o ver de cerca los coches de la Fórmula 1. Muchos eran buenos clientes de los camellos del Falco. Para ellos se repartía farlopa de mejor calidad, menos cortada y, por tanto, más cara. Y los camellos se escogían bien. Muchachos apuestos y chicas que estaban buenísimas, universitarios todos, que te llevaban el género a casa o te lo daban en un reservado del Café de las Ánimas o de los Docks sin malos rollos, ambiente agradable y mercancía tan segura y fiable como si la hubieras comprado en El Corte Inglés. Esos, ahora, están mucho peor, porque ni servían para mandar ni sirven para trabajar. Y aún no se creen lo que les está pasando.

Bellido no era de esos. Durante las vacas gordas, los pringados se compraron coches más caros, algún caprichito de mascachapas como la moto, bebieron más cubatas y se comieron más chuletones de los que disfrutarán ya en lo que les queda de vida. Sin embargo, es la moto lo que no cuadra. El Volvo ranchera está hecho una mierda y la Yamaha no la saca nunca. Quizás es que no tiene para gasolina, pero el seguro y los impuestos los tiene al día. Por eso tiene que hablar con él. La conversación no será agradable —sobre todo para Bellido—, pero Falconetti confía en que las cosas vayan igual que siempre.

Hay dos clases de personas: las buenas y las malas. La mayor parte de la gente es buena: nacen, van a la escuela, se echan novia o novio, se casan, trabajan, tienen críos, luego nietos y se mueren. Si se pelearon alguna vez fue cuando tenían doce o quince años, como mucho. Alguno hay que ha participado en alguna jarana en el fútbol, en una manifestación o en una discoteca... poca cosa. En la mayoría de las ocasiones, con la gente normal y buena, sobra con un par de gritos y dos o tres empujones. Quizás algún sopapo. Con eso basta. Así te dan la cartera, el móvil o sacan del cajero lo que les pidas. Ya hace mucho tiempo que no hace esas cosas, aunque, como ir en bicicleta, el procedimiento no se olvida. Falconetti nunca ha sido ni bueno ni normal. No terminó la escuela ni falta que le hizo. Ha aprendido de la única manera que se puede aprender de verdad: a hostias. No ha cotizado en su vida a la Seguridad Social ni piensa hacerlo y tiene clarísimo que el que tiene más pasta, los puños más duros, la tranca más grande, el palo más largo o los huevos más gordos para apretar el gatillo es quien manda. Lo demás son tonterías que sirven para las personas buenas y así se pueden ir a la cama cada noche después de ver la tele, echar un polvo con la parienta los sábados cuando los niños se han dormido, votar cada cuatro años para que los políticos hagan lo que les salga de la polla los cuatro años siguientes y que periodistas, tertulianos y expertos les digan lo que tienen que hacer mientras ellos se pasan los consejos por el forro de los cojones. Las personas buenas no quieren pelea; no quieren problemas; no quieren más que —como decía la canción aquella para las elecciones de cuando era un chaval— su pan, su hembra y la fiesta en paz.

Ha seguido a Bellido en su trayecto matinal a la escuela, donde ha dejado a los niños tras el trajín diario de chaquetas, mochilas, gritos y besos. La calle es un enjambre de coches en doble fila del que salen grupos de mamás —y papás calzonazos, piensa el tuerto— que se concentran después en las cafeterías de las proximidades donde cada una —y uno— habla de las gracias que hacen sus respectivos retoños sin escuchar lo que dice el resto. Bellido no es de esos. No parece cómodo con la función doméstica y familiar a la que el paro le ha condenado. Nada más sus hijos desaparecen tras la puerta del colegio, se mete en el coche y arranca. Falconetti lo sigue hasta un almacén de materiales de construcción. Pasa allí dentro casi una hora y sale empujando un carro donde se apilan ladrillos de varios tamaños y un par de sacos de mortero que —imagina el Falco— serán para alguna chapuza que tiene entre manos. Su siguiente parada es el bar del mismo polígono industrial: bocadillos de barra de pan de cuarto, cerveza y carajillo por cuatro euros. Por primera vez en toda la mañana, Falconetti ve sonreír a Bellido. Se le nota que allí está a gusto, entre paletas, mecánicos, camioneros y esclavos de la cadena, de la matriz de chapa o de la fresa de la madera. Los que aún tienen curro, claro. Se palmean la espalda, no se ponen de acuerdo sobre si el nuevo entrenador del Valencia es un inútil, un imbécil o un gilipollas, aunque coinciden en que todos los políticos son unos hijos de puta. Bellido recibe abrazos y apretones de manos al principio y, ya sentado en una mesa larga, sembrada de cáscaras de cacahuete y huesos de aceituna, ríe todos los chistes y sigue todas las bromas. Es luego, con el vapor del alcohol disolviéndose en los vasitos de café caliente, cuando pregunta si saben de algo para él. Como respuesta, encogimiento de hombros y caras de comprensión. Falconetti piensa que, si su padre no le hubiera sacado un ojo con aquella botella rota, igual estaría aquí, con las manos roídas por el disolvente del taller de chapa y pintura y la barriga hinchada por los bocadillos de panceta. Cuando Bellido saca de la cartera el billete de cinco euros para pagar la consumición, la indignación se pinta en las caras de los comensales. «Vamos, anda, que vas a pagarte el almuerzo una puta vez que vienes a vernos. A que te doy dos hostias como no guardes los cinco pavos. Niña, que no le cojas la pasta a este cabrón.» Así es la gente buena, piensa el Falco sentado en un taburete junto a la barra donde se ha tomado un carajillo de Terry mientras finge que lee el *Marca* manchado por un sinfín de dedos pringados de grasa. Les queda la lástima suficiente como para que el compañero caído no se gaste cuatro euros que necesitan sus hijos, su mujer o, más probablemente, su hipoteca. A todos les puede pasar igual mañana mismo. Un ERE, una caída en los pedidos o que el jefe se levante ese día con la verga torcida y adiós. Y allí todo son empresas de quince o veinte trabajadores donde no hay sindicatos que bramen por el País Valencià, el derecho a decidir, la televisión pública, la paga extra que se les escamoteó a los funcionarios en el 2012 o el aumento de la jornada laboral de siete horas a siete horas y media. Aquí no hay redes sociales para movimientos cívicos, ni tiendas de campaña para dormir indignados, ni encuentros de familias con el Papa, ni tiempo para hacer todas esas chorradas. Tampoco ganas. De un día para el otro, de la noche a la mañana, el jefe te pone en la puta calle o cierra la empresa y a tomar por el culo. Así de clarito. Por eso —y si no se abusa, porque todos los días no se puede estar invitando— de vez en cuando destella la solidaridad obrera: la que pueden permitirse.

Falconetti sigue a Bellido de vuelta a su casa. El edificio de la calle Santiago Rusiñol en el que vive es una de esas fincas nuevas de ladrillo caravista con una pequeña zona común con jardín y columpios para los críos. Igual hasta tiene piscina. Pobre paleta que se metió en una hipoteca de mil pavos al mes y ahora no podrá ni con los gastos de la comunidad. Quizás hasta trabajaba en la promoción y se quedó uno de los pisos, al paso que se hacía algún arreglito en la cocina o se ponía mejores azulejos en el cuarto de baño. Bellido aguarda a que se abra la puerta del garaje mientras Falco aparca en doble fila. La calle, una de las travesías de la moderna avenida de Alfahuir, apenas tiene comercios ni tráfico, así que duda mucho que la Policía Municipal o la grúa vayan por ahí a tocar los cojones de buena mañana. Se para a una distancia prudencial hasta que el coche de Bellido desaparece en la oscuridad de la rampa de acceso al aparcamiento subterráneo. Tal y como intuía el tuerto, el albañil no hace caso del cartel que en la entrada del garaje insta a sus usuarios a esperar, por seguridad, a que se cierre la puerta. «Bellido —musita el tuerto para sí—, deberías hacer más caso a lo que te dicen: tendrías que haber esperado al cierre y no haber firmado la hipoteca de este chozo.»

En el interior del garaje, Falconetti se guía por el ruido que sale del motor del Volvo. Aquello no parecía tan grande desde fuera. Casi a la carrera para no perder la referencia auditiva desciende otra rampa más, caminando bien pegado a la pared, oculto entre las sombras que los tubos fluorescentes arrinconan contra los muros pintados de blanco con las rayas que delimitan las plazas y sus correspondientes números perfilados en rojo. Se palpa la espalda con la mano izquierda, más por hábito que por necesidad, ya que nota la presión de la Glock que le quitó al negro de la calle Botánico encajada entre el cinturón y sus riñones. En la derecha, con el mango enterrado en el interior de la manga de su cazadora, está el mazo de albañil. Belllido, que es del gremio, sabrá reconocer en seguida el destrozo que puede hacerle el mallo. De todas formas, el Falco confía en que no hará falta demasiado jaleo. Solo quiere saber qué pollas hacía el paleta en el aparcamiento de la universidad. Y por todo lo que ha averiguado sobre él, tiene que haber una explicación sencilla.

Bellido, inclinado sobre el maletero abierto de su coche, ni siquiera se percata de que tiene al tuerto a menos de dos metros a su espalda, con lo que el agarrón por el pescuezo y la patada de barrido que le propina en el tobillo de su pierna flexionada hacen que el albañil se vaya al suelo cuan largo es. De sus manazas se escapa el par de ladrillos que acaba de coger que se hacen añicos contra el piso de hormigón. Con la precisión que da haber hecho una cosa muchas veces, Falconetti se sienta a horcajadas sobre el pecho de Bellido, quien, por primera vez, grita al sentir sobre la caja torácica el peso de su atacante. El Falco se asegura de colocar sus rodillas sobre la parte superior de los brazos de su víctima. No se preocupa demasiado del constante pataleo del albañil, ya que la inmovilización —aprendida en peleas carcelarias hace décadas— no falla nunca. O eso cree.

—Ahora, cabrón —dice el tuerto entre jadeos, pues Bellido no es un morlaco fácil de controlar—, me vas a decir qué sabes tú de un Audi A8 y de su dueño, el profesor Ferran Carretero.

Los ojos de Bellido están abiertos como platos, brillantes de sorpresa, miedo y rabia. No sabe si está siendo víctima de un atraco o de una broma. La mala bestia que tiene encima —aunque tan alto como él, no está tan gordo— le oprime las costillas. Y lo peor de todo es que no entiende de qué cojones está hablando.

—¡No tengo ni puta idea de lo que me preguntas! ¡Y encima no llevo más que diez euros y la herramienta de coche y...

—¡Me importa una mierda lo que lleves encima y yo también me he traído herramienta! —interrumpe Falconetti mientras saca el mallo del bolsillo de la cazadora—. ¡Así que si no quieres que te reviente todos los dedos ya estás cantando qué coño hacías en el párking de la universidad! ¡Te vimos allí y...!

—¿Qué universidad ni qué hostias! —brama el albañil—. ¡No tengo ni puta idea de quién es el Carretero ese!

—¡No me voy a ir sin que sueltes lo que sepas de Carretero —Falconetti acerca la cabeza del martillo a las narices de Bellido— y si no me lo dices te dejaré aquí y seremos este y yo —apunta con la barbilla al mallo— quien recojamos a tus chiquillos hoy de la escuela. Y esta y yo —el tuerto se aprieta la entrepierna con la mano izquierda— las que vayamos a buscar a tu parienta cuando salga de currar esta noche!

La mera mención de su mujer y sus hijos provoca que los ojos de Bellido se tiñan de furia. Arquea la espalda con rabia y el tuerto nota cómo sus pies abandonan, por décimas de segundo, el contacto con el suelo. La vuelta del movimiento permite al albañil encoger su enorme estómago y levantar hacia el cielo las dos piernas. Falconetti casi oye el crujido de las vértebras de la columna vertebral de su víctima doblándose en un ejercicio de contorsión digno de un artista de circo. El Falco, que había bajado los brazos para amedrentar al albañil, no puede evitar que las pantorrillas de Bellido se crucen ante su cuello como un yugo embutido en tela de pantalón vaquero. La cólera del albañil ayuda a la gravedad a que las cosas cambien de sitio. Bellido proyecta hacia abajo la cadera y las piernas, y Falconetti, ya desequilibrado, se estrella de espaldas contra el suelo. En el último segundo consigue estirar el cuello hacia delante para recibir el impacto con los omoplatos, lo que le salva de desnucarse allí mismo. No obstante, un trozo de ladrillo se le clava en el cogote. Siente la sangre, caliente y espesa, deslizándose por el cuello.

No entiende nada de los gritos que suelta el albañil. Imagina que son insultos o simples alaridos. A pesar de que intenta levantarse tan rápido como puede, ha menospreciado la presteza y fortaleza que da la desesperación o el simple instinto de un hombre bueno y normal que protege a su familia. Sea lo que sea, sigue en el suelo cuando Bellido ha conseguido coger, entre el pandemónium de herramientas del maletero del coche, una picoleta, que, por suerte para el tuerto, aún blande al revés cuando descarga el primer golpe.

Falconetti logra colocar el antebrazo derecho en la trayectoria de la picoleta. El impacto es brutal. El tuerto nota cómo se quiebra el hueso y la maza de albañil que todavía esgrimía cae al suelo. El cazador, ahora cazado, se encoge mientras se sujeta el brazo machacado entre bramidos de dolor. Bellido es una bestia parda ciega de ira asesina, pero le queda el sentido común suficiente como para darse cuenta de que la picoleta, si la coge como es debido, puede terminar con la amenaza que se cierne sobre su mujer y sus hijos. Falconetti se retuerce en el piso, aunque sabe que no tiene más remedio que usar el plan B. «Lo que tú veas, Chema.» Las palabras de la Puri son casi un faro en mitad de la noche. «Joder, jefa, igual esto nos complica la vida, este tío es un perro rabioso.» Bellido descarga otro golpe, esta vez con el afilado pico de metal en la posición correcta, directo a la cabeza de Falconetti, que lo esquiva por pocos milímetros. La aguda extremidad de la herramienta se hinca un par de centímetros en el suelo y obliga al albañil a perder menos de un segundo para volver a intentar otra finta. Es todo lo que el tuerto necesita para sacarse la Glock de los riñones y disparar.

El estruendo rebota y se amplifica en las entrañas del garaje. La bala, disparada desde un punto bajo, ha entrado justo por debajo de la mandíbula derecha y salido por el lado izquierdo de la cabeza de Bellido. El gigante cae sobre sus rodillas, con los ojos aún inyectados en odio y fijos en su asesino. Con el brazo derecho colgando, inútil por el porrazo que ha recibido, Falconetti recoge a toda prisa los fragmentos de ladrillo que, piensa, están manchados con su sangre. También la picoleta y su propio mallo. Siempre lleva guantes para trabajar, así que no se preocupa de las huellas dactilares. Encontrarán la bala, supone, incrustada en el techo. Da igual, el marrón se lo comerá el dueño de la pistola, sea quien sea. Antes de irse echa un último vistazo por si se le olvida algo y se fija en un detalle. La plaza de garaje es grande, con trastero y espacio suficiente para aparcar un coche y una moto. Pero no hay ninguna moto.

12

—Yo era una *little girl... sorry...* perdón, una niña pequeña —tantos años en Estados Unidos habían hecho su efecto en Isabel Ros y la mujer que estaba al otro lado del teléfono parecía más bien una americana que hablaba castellano con fuerte acento más que una española emigrada—, porque mi hermano era mucho más *elder than...* más viejo que yo. Solo recuerdo que mi madre me ordenó ir a mi habitación y que hubo muchos gritos. Tantos que me asusté bastante y empecé a llorar y tuvo que venir la *nanny* a estar conmigo.

—Eso fue el año en el que usted fue fallera mayor infantil de Valencia ¿no, señora? —preguntó Grau.

—*Exactly!* Exacto. Mamá se disgustó enormemente, porque decía que todas sus amigas iban a *gossip...* ¿Cómo se dice? Hablar mal de nosotros.

—¿Cotillear, murmurar? —le ayudó el brigada.

—¡Eso es! Perdóneme usted, he olvidado mucho español. Llevo más de treinta años en Estados Unidos.

—No se preocupe, señora —terció Manceñido casi gritando, arrastrando las sílabas despacio y con el bigote a tres centímetros del manos libres con el que él y Grau hablaban con su interlocutora del otro lado del Atlántico—, a mí me pasa que con tantos años aquí en Valencia se me ha quitado el acento extremeño, ¿sabe?

Grau puso los ojos en blanco. Por más veces que le había dicho al subteniente que no hacía falta que diera esas voces, ya que el aparato funcionaba a la perfección, Manceñido no confiaba en que Isabel Ros, que ahora se llamaba Elisabeth Grant, les escuchara bien, con lo que cada una de sus intervenciones parecía destinada a un sordo profundo. Aunque le fastidiaba reconocerlo, había sido gracias a la última jugarreta del Erudito como habían dado por fin con la hermana de Ros. Las imágenes de la tortura del desdichado profesor de instituto y las del hallazgo de su cadáver habían dado la vuelta al mundo y, entre los millones de espectadores que se horrorizaron estaba su hermana, emigrada a Estados Unidos hacía décadas. Fue ella misma la que se puso en contacto con el consulado español de Chicago, el más cercano a la ciudad donde vivía, Cedar Rapids, en el vecino estado de Iowa.

—Para que a mí me quede claro, señora —dijo Grau—. Era una noche de finales de enero o principios de febrero de 1966 cuando su hermano no se presentó a cenar y su padre se enfadó mucho y...

—Sí —interrumpió la mujer—, porque papá era muy duro con las horas de las comidas y las cenas.

—Su hermano finalmente llegó muy alterado.

—Sí. Papá y él *had a fight*... tenían una lucha...

—¿Lucharon? ¿Quiere decir que se golpearon?

—No, no, no. Quiero decir que discutieron mucho, pero eso lo hacían a menudo, porque no estaban de acuerdo en política.

—¡Ah, entiendo! Continúe, por favor.

—Javier vino a casa muy *upset*... muy alterado y papá le riñó por llegar tarde. Javier contestó mal y empezaron a discutir. No recuerdo muy bien qué se decían, pero en *any* momento, la *maid*... la servidora...

—¡La criada, la chacha! —vociferó Manceñido, casi eufórico por poder participar en la tarea de refrescar el español de aquella señora.

—Eso... —en la voz de Isabel/Elisabeth se pudo percibir el sobresalto de la interrupción del subteniente—. La criada anunció que había llegado la Policía y que buscaban a Javier.

—Y entonces —completó Grau— fue cuando su madre le envió a la cama, ¿no?

—Así es. Recuerdo los gritos de papá y cómo les decía a los policías que no se atrevieran a llevarse a Javier. Les dijo que él había estado en la División Azul y que había servido en el Estado Mayor del general Agustín Muñoz Grandes —el acento yanqui desapareció por completo al pronunciar las palabras «división azul» y «Agustín Muñoz Grandes» y Grau pensó que tales nombres los había oído tantas veces en su infancia que se habían grabado para siempre—, pero, al final, se lo llevaron. Papá se fue con ellos.

Grau le señaló a Manceñido lo que había escrito en su *moleskine*: «¿Muñoz Grandes?» El subteniente habló con voz baja por primera vez en toda la entrevista: «Coño, Grau, el general que mandaba la División Azul en Rusia en la Segunda Guerra Mundial. ¿Qué hostias te enseñaron en la universidad?» El brigada volvió a preguntar:

—¿No le dijeron por qué lo buscaba la Policía?

—Nunca. Ni siquiera sé si lo tuvieron *in jail*... *sorry*, en la cárcel mucho tiempo. Yo iba al colegio de las monjas —la palabra «monjas» también fue pronunciada a la perfección— y no recuerdo si Javier volvió al día siguiente o después de dos semanas. Entonces él ya tenía diecinueve años y yo seis, ¿saben?

—¡Señora! —gritó Manceñido, separando cada sílaba—. ¿Se acuerda usted de si los agentes que detuvieron a su hermano eran del Cuerpo Nacional de Policía o de la Guardia Civil?

—No. Lo siento. No lo sé. Yo ni siquiera los vi y mis padres no me hablaron nunca de ello.

—Usted se fue al extranjero en 1979, ¿no es así? —preguntó Grau.

—Sí. Me marché con mi marido, bueno, en aquel momento mi novio.

—Y, no se ofenda —continuó el brigada—, sus padres no estaban de acuerdo.

—No. No lo estaban. No se preocupe, no es ofensa.

—¿No ha vuelto a España desde entonces?

—Sí. Regresé hace cuatro años para el entierro de mi madre. Mi padre estaba ya muy mal de Alzheimer —pronunció algo así como *alsiimar*— y ni siquiera me reconoció.

La mujer les contó que su hermano, a pesar de haberse quedado, apenas tuvo relación con sus padres durante lustros. El torbellino político que fue la Transición en Valencia había alejado de manera definitiva al exrector Ros, voluntario de la División Azul, de su hijo, destacado militante del Partido Comunista que había llegado a concejal del Ayuntamiento tras las primeras elecciones democráticas. Sin embargo, la esposa del doctor Grant, cardiólogo del Saint Luke's Hospital de Cedar Rapids, Iowa, estaba segura de que la fractura entre su padre y su hermano se había producido aquella noche de invierno de 1966. Para colmo de males de aquella buena familia falangista, la niña, poco más de una década después, se enamoró de un estudiante de Medicina norteamericano que recorría España en tren con una mochila a la espalda cargada de libros de Hemingway. El muchacho era el yerno perfecto, si no hubiera sido por el pequeño detalle de que era —como les dijo Isabel/Elisabeth— afroamericano. El amor fue más fuerte que todas las novenas, rosarios, clases de formación del Espíritu Nacional y flores a María que a Isabelita Ros le habían embutido desde que era pequeña. La benjamina de los Ros, los de toda la vida, también permitió que el viento de la libertad sepultara aquel mundo gris y casposo del final del franquismo en Valencia, aunque, más de treinta años después, algunos espectros salían de sus tumbas.

—Debo preguntarle —dijo Grau— por otro asunto delicado. ¿Se acuerda usted de alguna conversación o de algún comentario que indicara que su hermano hubiera sido adoptado?

—Pues claro —contestó, tan resuelta y natural como si le hubiera preguntado la hora—, ambos lo éramos. Mamá no podía tener niños.

—¡Me cago en mi puta calavera negra! —bramó Manceñido, esta vez sin acercarse al manos libres, con los brazos en cruz, mirando al techo y con una sonrisa de oreja a oreja—. ¡Este es mi muchacho!

≀ ≀ ≀

Es la misma emoción —multiplicada por mil— que siente ese escolar de trece o catorce años que resuelve por primera vez una ecuación de segundo grado tras aplicar la fórmula que dice que X es igual al resultado de la división de menos B más/menos la raíz cuadrada de B al cuadrado menos cuatro por AC entre 2A. El galimatías que el profesor ha desplegado en la pizarra donde los familiares símbolos matemáticos de sumas, restas, multiplicaciones y divisiones parece que se han vuelto locos terminan por armonizarse entre ellos y la solución brota como por arte de una magia que no es tal, porque se ha quedado con las bragas al aire. El chaval solo ha aplicado una fórmula de álgebra elemental cuyos algoritmos para resolverla fueron descubiertos por los sabios caldeos hace casi treinta siglos, pero, en su mente, es un nuevo Cristóbal Colón que ve desplegarse ante sus ojos el vergel de las costas de un nuevo mundo que entiende porque ya es suyo.

Hay momentos en los que el escritor siente que incluso el mismo aire que respira es dulce como la miel. Pasa cuando todo empieza a encajar. Todo el proceso de la escritura, desde la planificación hasta la redacción pasando por la inevitable documentación busca ese instante. Al menos, para él, es así. La obra ya escrita se parece demasiado al cuerpo de la persona con la que acabas de hacer el amor: es el instrumento mediante el cual has recibido y dado placer. Suena egoísta, inhumano y aterrador, pero es cierto. Cuando se folla con alguien no se busca el resultado final, es la acción misma lo que tiene valor. Antes está la emoción de la caza y de la seducción. Después viene el cansancio meloso provocado por las endorfinas que corren por el sistema nervioso. No obstante, lo mejor está entre una cosa y otra. Cuando él, escribe, persigue ese instante que ahora saborea como un buen vino o un gran orgasmo: el período exacto en el que es el dueño del universo, el demiurgo del cosmos que ha creado en la pantalla de un ordenador donde todas sus leyes son coherentes entre sí. Donde todo funciona. Donde es natural que Mauricio Babilonia esté rodeado de un enjambre de mariposas amarillas como decía el gran García

Márquez en *Cien años de soledad* y que su amada Meme, que las llevó consigo al convento, interpretara que «cuando vio la última mariposa amarilla destrozándose entre las aspas del ventilador admitió como una verdad irremediable que Mauricio Babilonia había muerto». Todo encaja. Todo funciona. El mundo imaginado se ordena casi por sí mismo y él lo único que tiene que hacer es actuar como notario. Cuesta horrores conseguirlo, aunque cuando se logra, no hay vino más dulce, ni comida más sabrosa, ni coito más intenso, ni lectura más estimulante. La placentera sensación de ser un dios creador solo es equiparable a la de ser un dios destructor. Y tiene la fortuna de poder ser las dos cosas: Brahma y Shiva. Tiene en sus manos las formas más puras del poder: el de la literatura y el del asesinato.

Piensa en el poder: ¿Qué es el poder? ¿Cómo se percibe? ¿Qué se entiende como alguien o algo poderoso? ¿Cómo se consigue? ¿Cómo se mantiene? ¿Cómo se pierde? ¿Es uno mismo el que se siente poderoso o son los demás los que, por necesidad, deben percibirlo como tal? Todas estas preguntas pueden contestarse desde la Política, la Filosofía, el Derecho, la Religión, la Sociología, la Psicología, la Economía e incluso la Táctica Militar, si bien todas las respuestas estarán limitadas a los respectivos ámbitos de cada disciplina. En su espacio de trabajo hay un enorme panel de corcho que sus amigos creen que le sirve para visualizar las estructuras de sus historias, muy al estilo americano. Pero no lo utiliza con ese fin. Allí apunta frases, aforismos, ideas sin orden ni concierto. Algunos trozos de papel ya no tienen el menor sentido para él, puesto que ha olvidado, incluso, el motivo por el que los colocó allí. Hoy no puede dejar de mirar la de Max Weber: «El poder es la probabilidad de que un actor dentro de un sistema social esté en posición de realizar su propio deseo, a pesar de las resistencias.»

Por supuesto. El poder no tiene sentido fuera de un sistema. Si no hay esclavos no puede haber amos. La fuente de la dominación puede ser múltiple. El poder puede ser delegado como el que ejerce un cargo público conforme marquen las leyes y costumbres de su contexto; el poder puede venir de las condiciones económicas, directamente relacionado con la fortaleza o habilidad física de los individuos o la pura violencia.

Hay una característica común a las formas de poder: todas ellas se pueden perder. No hay dinastía que no haya desaparecido; ni régimen político que haya durado toda la vida. Las multinacionales más grandes caen y las fortunas más descomunales se esfuman. Líderes que eran capaces de llenar estadios de masas enfervorizadas se convierten en parias por culpa de un par de corbatas y hasta el matón de una clase de párvulos puede ser humillado, cuando llega al instituto, por otros peores que él. Aunque cambien los actores, la acción permanece. Hay dominantes y dominados. Cambian las formas; cambian las circunstancias, pero el hecho de que siempre habrá quien mande y quien obedezca permanece inmutable.

A él le obsesiona otro punto de vista: la autoridad es la máxima expresión de la libertad e incluso de la concepción más salvaje y egoísta de libertad. En suma, hacer lo que le dé la gana sin temor a las consecuencias. Ostentar cualquier tipo de poder hace más libre. Tener poder económico, dinero, permite más independencia; un policía, aunque no esté de servicio, puede ir armado en determinadas circunstancias y eso le hace poderoso frente a terceros. Poseer un conocimiento que nadie más tiene ofrece una ventaja que puede ser utilizada en beneficio propio. Mira por la ventana. Ve a gente caminar por la calle. Los percibe seguros y confiados, porque hay leyes y costumbres que garantizan la estabilidad. O eso creen ellos. Está convencido de que a todos les gusta —a él también— romper las normas, aunque sea un poco, si estamos seguros de salir impunes: engañar a la pareja, aunque solo sea de pensamiento al masturbarse ante una página web de pornografía; dejar el coche en doble fila; usar el teléfono del trabajo para un asunto personal o pagar en negro una reforma doméstica. Todo el mundo fantasea alguna vez, incluso, con poseer un poder sobrenatural como volar o volverse invisible para poder quebrar hasta las propias leyes de la naturaleza.

Únicamente un escritor puede hacer eso. Y ello le convierte en el ser más poderoso de todos. El creador de historias tiene la potestad, ante su página en blanco, de ejecutar cualquier cosa: que hablen las piedras, que la luna cure el mal de amores, que canten las flores, que se vuelque el cielo, que el mar se evapore o que la tarde se cambie de sitio. Un asesino tiene otra clase de dominio. No crea nada y su acto de destrucción lleva implícito lo que una persona era, es y será. La víctima —como la obra literaria— queda terminada y, para el victimario, queda inútil. Ya no sirve para nada. Pueden quedar algunas consecuencias enojosas como deshacerse del cadáver, pero todo el potencial de la persona que ha muerto desaparece con él. Brahma y Shiva. Creación y destrucción.

Está feliz. Los dedos vuelan sobre el teclado del ordenador al repasar la última escena que ha escrito donde Grau y Manceñido interrogan a la hermana de Ros, emigrada a Estados Unidos. Una repetición aquí; una coma mal puesta allá. No es necesario demasiado retoque. El sentimiento de crear, pese a ser paradójico, es más intenso que el de matar. Mata porque lo necesita, pero crea porque le gusta, si bien no puede crear sin matar. Para esa ecuación no hay todavía fórmula que la resuelva. Aquella minúscula garrapata prendida entre los pliegues de las meninges es ya un monstruo que se ha adueñado de su cerebro. La jugarreta que ha ideado para que Mentor difunda en Internet su última atrocidad le ha servido de clave de bóveda para que encaje el resto. El bloqueo ha terminado. La historia fluye como un camino entre colinas. Él no tiene más que adornar el sendero con árboles, recortar los setos y hacer volar las mariposas amarillas.

No es un escritor compulsivo, pero ahora, con los motores de su creatividad a velocidad de crucero, le faltan horas en el día. Ha abandonado alguna de sus rutinas como la del ejercicio físico y la comida sana. El paquete de tabaco ha vuelto a aparecer en su escritorio tras un exilio de varios meses. Necesita la nicotina para mantener las neuronas en movimiento. Y encima, no está enclaustrado. Ha desempolvado su vieja agenda de periodista para exprimir sus contactos. No solo tiene una ficción que es un barco con el viento hinchando las velas de popa sino que, además, tiene otra historia real que resolver. Después de días estirando el tiempo para llegar a todo, ha conseguido desentrañar el misterio encerrado en el lápiz de memoria de Ferran Carretero. Era otra ecuación llena de símbolos conocidos, que estaban dispuestos de manera incomprensible. «Los periodistas —suele bromear ante sus amigos— no sabemos, en realidad, de casi nada. Pero sabemos preguntar a quien sí sabe y nos apropiamos de su conocimiento.» Eso es lo que ha hecho. Ahora sabe. Y lo que ha descubierto le mantiene tan excitado que le encantaría sufrir una alucinación donde aparecieran nubes de mariposas amarillas por las calles del Cabañal.

13

Cuando un periodista pregunta, el interrogado puede contestar de buen o mal grado. Dependerá, claro, del contexto en el que se le plantee la cuestión. Durante sus años en el periódico tuvo que lidiar muchas veces con evasivas, groserías, silencios e incluso insultos. Estaba en la sección de Sucesos y los asuntos que trataba nunca eran agradables. A veces pensaba en lo bien que vivían los compañeros de las secciones de Cultura o de Sociedad, donde nadie se enfadaba, nadie lloraba y nadie perdía los nervios. En fin. Son tiempos pasados, piensa: «Los echo de menos en la misma medida que tengo nostalgia de mis veinticinco años.»

Ahora ya no plantea el tema como periodista. Lo hace como escritor. Y si un escritor ya conocido pregunta, casi todo el mundo responde por las buenas. Y si el literato es, además, creador de novela negra, cualquier curiosidad, por extraña o sórdida que parezca, viene vestida con una túnica blanca de inocencia, porque, a fin de cuentas, se busca el conocimiento para la construcción de una ficción. Durante años, ha consultado a jueces, fiscales, policías, médicos y forenses las cuestiones más escabrosas con absoluta tranquilidad. Todos sabían que se había retirado de la primera línea de la actualidad y que, por tanto, era ya inofensivo. Sus interrogantes, además, se planteaban en aras de una correcta documentación de la novela que tenía entre manos. «No pretendo que sea verdad —les decía—, solo que sea verosímil.» Así consiguió mucho material sobre procedimientos policiales, técnicas forenses, manejo de armas, uso de venenos, pirateo informático y un largo etcétera de asuntos que, todos juntos, conforman un acervo aterrador. Por ejemplo, la idea de cómo librarse de los cadáveres de sus tres víctimas se la dio un funcionario del Ayuntamiento de Valencia del Servicio de Residuos Sólidos y Limpieza. Aquel técnico le enseñó el enorme vertedero que nace en las márgenes de algunos tramos de la carretera de circunvalación V-30, donde se abandonan restos de obras ilegales. Qué se hace con los restos allí dejados, con qué frecuencia se retiran y cuándo se eliminan en una planta de reciclaje. Fue un cocinero de estos de vanguardia (en cuyo restaurante se paga una fortuna por quedarse con hambre) el que le brindó la idea de desecar los restos de los cuerpos con sal antes de meterlos en sus fundas de cemento y escombros. Aquel chico —que ya tenía una estrella Michelín— le estuvo contando su técnica para curar gambas rojas de Denia. El moderno alquimista del fogón hacía con ellas una especie de fiambre que colocaba después sobre una torta hecha de harina de arroz molida a baja temperatura, «el elemento harina que subyace en toda la dieta mediterránea», que adornaba con una gelatina de «agua carbonatada de tomates verdes de El Perelló con cazalla». Todo ello aparecía en su menú bajo el rimbombante nombre de «Coca de marjal con *bloody mary* de la huerta y jabugo de mar». No se atrevió a preguntarle cuánto costaba la ración del invento, pero sí lo hizo sobre si la técnica podía funcionar con cualquier tipo de carne, incluso si tenía huesos y nervios en su interior. La joven promesa de la gastronomía valenciana asintió y le dio todo tipo de detalles del proceso, incluidas las medidas necesarias por kilo de materia. No sospechó que su interlocutor pensaba utilizar la técnica de salar jamones para camuflar los trozos de un ser humano y esconder durante unas semanas el olor de la descomposición. Incluyó el nombre del cocinero en los agradecimientos de su segunda novela, en la que incorporó una escena en el restaurante del joven chef, el cual se lo agradeció a su vez con una cena donde preparaba, por supuesto, la dichosa coca de marjal. Estaba buena, aunque si la hubiera tenido que pagar de su bolsillo jamás se habría prestado a tal «experiencia gastronómica», que decían los modernos y los horteras cuando la economía permitía tales dispendios.

Lo que ahora tiene entre las manos es mucho mejor. Porque es real. Es otra ecuación que ha resuelto. Ha necesitado más de una semana para destripar las interminables listas de documentos encerrados en el lápiz de memoria de Ferran Carretero que se quedó como trofeo. Alterna el tiempo de sus días entre el trabajo en la novela, para no perder el aliento creativo, y el estudio de la documentación descubierta por pura casualidad. Su pensamiento está dividido entre esas dos tareas. Ahora mismo tiene ante sí dos posibilidades: incluir lo que ha averiguado en la trama de la última aventura de Grau y Manceñido de forma que todo quede ahí contado bajo el velo de la historia de su detective o, simplemente, contarlo tal cual él lo ha averiguado, publicarlo en un blog anónimo o ponerlo en manos de la Fiscalía y que se desate el diluvio. Esta última opción es la que menos le seduce, porque, en el momento en que la cosa estuviera en manos de las autoridades, la desaparición de Ferran Carretero se convertiría en una prioridad. Aunque está convencido de que lo hizo todo correctamente en el procesamiento del cadáver del catedrático, hay demasiadas variables. El asesinato puede ser considerado como una de las bellas artes, como decía De Quincey, pero la manera de quedar impune nunca es una ciencia exacta. O como decía Tom Ripley: «El crimen perfecto no existe. Creer lo contrario es un juego de salón y nada más. Claro que muchos asesinatos quedan sin esclarecer, pero eso es distinto.» Además, conoce demasiado bien cómo funcionan los tribunales cuando se trata de sacudir el cañaveral. A fin de cuentas, jueces y fiscales también forman parte de las matas que surgen de los rizomas, pese a que ellos no lo sepan o no quieran saberlo. Hay demasiados antecedentes de casos que afectaban a las cañas que, al final, se quedaron en nada. O que pagaron cuatro pringados. Las cañas más altas son las que se abonan con prescripciones, defectos de forma, instrucciones defectuosas y otras circunstancias que solo les afectan a ellas. Alguna vez ha dicho que claro que es noticia que dimita un concejal de tráfico al que han pillado bebido en un control de alcoholemia, pero no lo es por el hecho de que sea un cargo público sorprendido en una falta, sino porque alguien consiga enterarse y que, después de hacerse público, tenga alguna consecuencia.

Quizá las únicas verdades que se pueden decir son aquellas que se disfrazan de mentira, travestidas en novelas, cuentos, películas o canciones. Incluso así, habrá quien diga que, claro, es que fulano ha sido de tal partido o de tal otro y por eso escribe lo que escribe o que *menganet* era amigo del *conseller* de tal y su libro fue incluido en la lista de lecturas para los institutos y así se ha hecho de oro. Lo de siempre.

Cierra el procesador de textos. Tiene que dejar que Grau y Manceñido, como las buenas paellas, reposen un poco. Además, ha empezado a inquietarse, porque necesita un título. La novela avanza y todavía no tiene nombre. *Stat rosa pristina nomine, nomina nuda tenemus*: «de la rosa solo queda el nombre desnudo». Así acaba la más famosa de las novelas de Umberto Eco, la que leyó con quince años, fascinado por esa historia de detectives sin detectives en una abadía benedictina en la Italia medieval y cuya frase final también adorna su tablón de corcho junto a otras docenas. Pasaron varios años y varias lecturas más de la obra para que consiguiera entenderla en toda su magnitud, sobre todo, en lo que a la escritura se refiere. La fugacidad de las rosas, su belleza temporal comparable a la de las palabras que solo se dicen. Tiene otro aforismo en latín, pinchado en el panel no lejos de la nota donde figura la sentencia de Eco: *Verba volant, scripta manent*: «lo dicho vuela, lo escrito permanece». Justo lo contrario de lo que representan las efímeras rosas frente a las eternas cañas, aunque no sean las mismas. Siempre es el mismo cañaveral cuyo redoble descompasado al entrechocar las varas huecas es el único ritmo que admite la sinfonía muda del pantano que ahora solo él escucha.

Ahora toca el otro asunto. Durante días ha preguntado a asesores fiscales, contables e incluso a un antiguo contacto que tenía en la Unidad de Delincuencia Económica y Financiera (la temida, por los políticos, UDEF) de la Policía Nacional. También ha tirado de un viejo amigo de la infancia, hoy feliz hombre casado e inspector de Hacienda destinado en Mallorca, para entender qué es lo que había en el lápiz de memoria de Carretero. A todos les ha soltado el mismo cuento: «Es que estoy documentándome para mi próxima novela y quería incluir una trama de blanqueo de dinero proveniente del tráfico de droga que fuera muy difícil de detectar por parte de las autoridades. Verás, me he inventado una supuesta red de pequeños comercios que...» Y así empezaba todas las conversaciones. El resultado es espectacular e incluso alguno de sus improvisados asesores —como su amigo el inspector— le felicitó, ya que, al menos en teoría, el sistema funcionaría a la perfección. «Menos mal —le dijo— que esto es para una novela, porque un sistema así podría estar bajo nuestras narices sin enterarnos de nada. Espero que no des ideas a nadie, aunque dudo de que los malos lean libros, ¿no?» Claro que no. Los malos de infantería no leen. Pero los generales de los malos sí que lo hacen. Y por eso lo escribe. No sabe sí lo incluirá en la novela o aparecerá en otra parte. Él, por si acaso, lo escribe. Es lo que mejor sabe hacer. Abre una carpeta llamada «Rosal» en el escritorio virtual del ordenador y busca en ella un documento que ha nombrado como «Rosa negra». Ahora también se siente como el joven pupilo de Guillermo de Baskerville. Otra vez el final de *El nombre de la rosa*: «Hace frío en el *scriptorium*, me duele el pulgar. Dejo este texto, no sé para quién, este texto, que ya no sé de qué habla: *Stat rosa prístina nomine, nomina nuda tenemus.*» Adso de Melk. Y escribe:

La desaparición del catedrático de Economía Aplicada de la Universitat de València y *exconseller* Ferran Carretero es, a día de hoy, el mayor misterio de la crónica negra valenciana. Sin embargo, puede que tenga algo que ver con una actividad a la que el respetable docente le dedicó grandes dosis de su talento y su sabiduría: el blanqueo de dinero obtenido mediante actividades ilícitas. Quizás el enigma se desvanece si se mira bajo el prisma de un ajuste de cuentas entre narcotraficantes.

El dinero del tráfico de drogas al por menor de Valencia, lo que los policías llaman «el menudeo», ha infectado los niveles superiores de la sociedad de la capital del Túria y sus ramificaciones implican a partidos políticos, asociaciones empresariales, centrales sindicales e incluso instituciones de gran arraigo social, económico y cultural.

El arquitecto de ese sistema de vasos comunicantes desde las cloacas hasta los despachos de moqueta es el catedrático de Economía Aplicada y *exconseller* Ferran Carretero, recientemente desaparecido sin dejar rastro y sin que las autoridades hayan encontrado todavía una explicación razonable, a pesar de que, de tanto en tanto, dicen que están investigando. Junto a él están implicados empresarios de la construcción, representantes de partidos políticos con cargos orgánicos en sus respectivas formaciones, líderes de sindicatos creados ad hoc, un director de una oficina de banca personal, un secretario judicial y algunos mandos intermedios de la Jefatura Superior de Policía de Valencia.

Lo que Carretero tenía montado era simple y, hasta cierto punto, bello en su sencillez. Se basaba en la propia naturaleza de los pagos de la droga. Nadie se compra un gramo de cocaína o un talego de costo con tarjeta de crédito. Estas cosas se abonan en efectivo. El problema viene cuando todo ese dinero empieza a acumularse, porque no hay nada que levante más sospechas que un enorme fajo de billetes. Además, la legislación diseñada contra el fraude fiscal ha ido poniendo cada vez más difícil las compras grandes a tocateja, ya que se prohíbe los pagos superiores a 2.500 euros y se obliga a hacerlos mediante una operación bancaria. Así pues, había que buscar negocios donde todo se pagara en efectivo. Y los encontró, además, con una cobertura legal perfecta: el sistema de módulos.

El profesor Carretero diseñó un sistema que, a tenor de la documentación consultada, implicaba a un total de 67 pequeños comercios que se regían por el sistema de módulos para cumplir sus obligaciones tributarias. Esa era una de las patas del negocio. Las otras dos eran discotecas repartidas por toda la costa valenciana y, por último, cuentas bancarias abiertas en Gibraltar, como se expondrá más adelante. El dinero que se recaudaba se blanqueaba perfectamente respaldado por la legislación tributaria, regulado y al alcance de cualquiera si sabía cómo hacerlo. Los expertos consultados coinciden en que se trata de un sistema de blanqueo para pobres que, multiplicado todas las veces que se pudiera, conseguía introducir en los circuitos de la economía legal una gran cantidad de dinero.

Los 67 negocios eran comercios al por menor como casas de comidas, bares, peluquerías y centros de estética. También figuraban algunos nombres que correspondían a trabajadores autónomos de profesiones difusas y difíciles de seguir la pista como empresas de reformas domésticas, carpinterías metálicas y fontaneros. Todos ellos se daban de alta como autónomos y tenían ingresos mensuales en cuentas corrientes por importes de entre 30.000 y 40.000 euros. Naturalmente, la mayor parte de estos ingresos eran ficticios y, después de un año y de haber pagado en impuestos unos 25.000 euros, quedaba en la cuenta casi medio millón limpio de polvo y paja. Entonces se daba por concluida la actividad profesional y ese pequeño testaferro desaparecía.

En el caso de los locales, todos ellos estaban abiertos con total normalidad, pero, debido a su, en teoría, escasa facturación, el propio sistema de tributación les calculaba un rendimiento neto de 25.000 euros de media. El sistema de módulos establece una serie de características que ha de tener el negocio tales como el consumo eléctrico, el número de mesas y sillas de un bar, los brazos que tiene una cafetera, el número de secadores de pelo o los metros cuadrados del local, entre otras muchas cosas. Con esas variables se calculaba un tanto alzado que los responsables de la trama pagaban religiosamente. Es más, todos los expertos en blanqueo de capitales provenientes de actividades ilícitas coinciden en que estos delincuentes desean, por encima de todo, abonar impuestos, porque eso significa que pueden utilizar el dinero que les queda de forma legal después de que Hacienda se lleve su parte. Este tipo de negocios están justo delante de nuestras narices sin que su existencia provoque algo más que un «ya lo decía yo» cuando cierran. Bares vacíos porque apenas tienen algo más que una cafetera que hace brebajes infames; peluquerías sin clientes porque son carísimas y dan muy mal servicio, gabinetes de estética fantasmagóricos o casas de reformas donde nunca hay nadie para dar un presupuesto porque no tienen la más mínima intención de colocar ni un solo ladrillo. Todos demasiados pequeños para llamar la atención de las autoridades fiscales.

Estos negocios tenían una vida efímera. La justa y necesaria para cumplir su función y desaparecer. Entre año y medio y dos años después, la supuesta actividad empresarial cerraba y si Hacienda o la Unidad de Delincuencia Económica y Financiera intentaba meter mano, allí no había nadie, ni siquiera había un rastro documental de la actividad diaria de la supuesta empresa. Dado que las cantidades de facturación jamás superaban el medio millón de euros por comercio, las autoridades fiscales permitían esta práctica sin comprobar si el bar en cuestión tiene clientes o no. Siempre y cuando se ingresaran cantidades razonables. A no ser que alguna de las alarmas que detectan la evasión de capitales o el escamoteo de los pagos del IVA se enciendan, hasta medio millón de euros facturado por un pequeño negocio al año no merece la atención del ojo del Gran Hermano fiscal.

Ahí estaba el truco ideado por Carretero. Medio millón de euros multiplicado por 67 son 33,5 millones. Sesenta y siete negocios son una gota en el mar de los dos millones de autónomos y pequeños empresarios que tributan mediante este sistema, bajo el cual, el Gobierno se garantiza una contribución mínima ante la dificultad de comprobar los ingresos que generan estas actividades económicas. Al menos, esta práctica se ha realizado entre los años 2007 y 2011, según la documentación que manejaba Carretero, lo cual implica que la organización pudo blanquear en torno a los 167 millones de euros. Parece mucho dinero. Y lo es. Pero tampoco es tanto si se considera que, según el SEPBLAC (Servicio Ejecutivo de Prevención del Blanqueo de Capitales), solo el tráfico de cocaína en España inyectó 7.500 millones de euros en la economía legal en 2011. Este organismo detectó, el mismo año, 2.975 casos de blanqueo que subieron a 3.058 en 2012. Las últimas cifras disponibles sobre la cantidad de cocaína que se ha intervenido en España son del año 2006 y la cantidad, sencillamente, abruma: 46,6 toneladas. Y se calcula que no es ni la cuarta parte de la que se consigue pasar.

La segunda pata de la organización estaba en más de una docena de discotecas repartidas entre Vinaroz, en Castellón, y San Juan, en Alicante, pasando por Benicàssim, Moncofa, La Puebla de Farnals, Cullera, Gandía, Oliva, Denia y Jávea, entre otras localidades costeras. Una serie de testaferros creaban empresas para explotar locales de ocio que nacían en el mes de mayo y desaparecían a finales de octubre. Aquí, las firmas comerciales eran reales, invertían dinero, contrataban personal y hacían la temporada turística. Lo único es que se servían copas ficticias a precios hinchados hasta el sonrojo. Además, la red tenía en estos locales un magnífico escaparate para la mercancía que, de verdad, querían vender: la cocaína.

El sistema tenía un fallo que Carretero corrigió con habilidad. Todo ese dinero blanqueado se quedaba fragmentado en docenas de cuentas bancarias puestas a nombres de testaferros. La siguiente fase, pues, consistía en poder juntar todo ese capital en pocas manos para repartirse las ganancias. Aquí entraba en juego, incluso, la política internacional.

Hablar de paraísos fiscales hace pensar en complejas operaciones financieras negociadas, en hoteles de lujo, por gente con una preparación extraordinaria y ocultas entre las brumas de la conspiración más sofisticada.

O sea: algo que está al alcance de muy pocos. Nada más lejos de la realidad. Basta con una llamada telefónica para disponer de un millón de euros con total tranquilidad y gastarlo alegremente con todas las de la ley.

El procedimiento que se utiliza es el del corresponsal bancario. Las cuentas bancarias de los testaferros se vaciaban de manera progresiva hasta que el dinero se quedaba en unas pocas, todas ellas radicadas en una determinada oficina de banca personal de Valencia de la hoy extinta Fidenzis, la filial de Bankia para clientes de élite. Ni que decir tiene que la directora de la misma era una antigua alumna de Carretero con la que tenía, además, una relación sentimental, a pesar de que la interesada estaba casada y tenía dos hijos con otro hombre. Como todos los bancos españoles, Bankia también tiene una filial en Gibraltar donde se iba ingresando el dinero a nombre de una empresa fantasma que en la contabilidad del banco consta como una operación interna para evitar que sea detectada como evasión de capital. Todo el sistema de blanqueo en el Peñón se basa en la extrema confianza, ya que, literalmente, las sumas se entregan a otros sin que medie más garantía que el convencimiento de que no van a timar a nadie. Más les vale, porque la gente que confía dinero de esta manera no se suele andar con chiquitas y si el chanchullo funciona es porque los grandes barones de la delincuencia y los ricos sin escrúpulos saben que allí tienen su dinero a salvo, limpio y lejos de las manos de Hacienda. A partir de ahí, esa empresa fantasma emite tarjetas de crédito y talonarios de cheques que se entregan a los usuarios, los cuales pueden usarlas con toda tranquilidad, pues no están a su nombre, pero están bien dotadas de fondos para comprar casi cualquier cosa. El dinero sucio ya está limpio e incluso tiene la respetabilidad que emana de los trozos de plástico dorado que salen de carteras de Louis Vouitton.

Desde 2009, Gibraltar, en teoría, no es un paraíso fiscal, según la Organización para la Cooperación y el Desarrollo Económico (OCDE). En abril de aquel año el G20 decidió permitir que varios países, principados y territorios, antes llamados «puertos francos», se borraran de la lista negra de los enclaves del dinero opaco. Para ello tenían que firmar un acuerdo de intercambio de información bancaria con, al menos, 12 países. Gibraltar firmó más de 20 acuerdos de este tipo con otras tantas naciones. No con España. Las autoridades del Peñón exigían algo que nuestro país no podía cumplir, como es el reconocimiento de la soberanía. Por tanto, si un juez o un inspector fiscal de otro país solicita a Gibraltar información bancaria, puede obtenerla. Las autoridades españolas, no.

El timbre del teléfono móvil casi le sobresalta. Estaba demasiado enfrascado en la escritura. Con un gesto de fastidio por la interrupción, se levanta del escritorio y va a buscarlo, pues jamás lo tiene a mano mientras escribe para evitar distraerse. Tiene, incluso, que correr hasta el dormitorio donde estaba cargándose. En la pantalla táctil lee el nombre de quien le llama: Nacho Bellido. «Por fin va a traerme los papeles de la moto. Más vale tarde que nunca.» Contesta:

—¡Hola, Nacho! ¡Ya era hora! ¿No ibas a venir la semana pasada?

—No soy Nacho. —La voz, al otro lado, es el sonido

puro de la desesperación, rota de llorar y gritar—. Soy Marta. Es que...

La mujer de su amigo de la infancia no consigue articular ni una sola palabra más. Tras unos segundos que parecen siglos, percibe en el auricular los chasquidos propios del teléfono que cambia de manos. Surge una voz de hombre. Un policía.

14

La luz es extraña. Abundante. Pero rara. Los paneles de vidrio, en la fachada, están tintados como si fueran planchas de bronce y, en el interior, todo está tamizado por un velo ocre. Fuera, el sol de la primavera recién nacida calienta ya con rabia veraniega. Leyó de Rafael Chirbes que esto es el Mediterráneo, donde el exceso de luz agosta los misterios y que bajo este cielo no hay metafísica romántica que valga. Y tenía razón. Fuera, la luz está al por mayor, desparramada con brocha gorda, aunque allí dentro se perfuma con tonos canela. Solo en lo más recóndito de las diferentes salas hay más penumbra, pero en el vestíbulo, las escaleras y el largo corredor junto al que se alinean las estancias los rayos de sol se desperezan serenos y felizmente domesticados por los cristales. Si no fuera porque a un tanatorio no se va nunca por gusto, allí dentro, incluso, se está bien. Ese bienestar, claro, lo perciben los que pueden. Él lo consigue, al menos a ratos. Para la mujer, los hermanos y los padres de Nacho, este recinto de atmósfera pacífica, preparada para la beatitud, es una sucursal del infierno, chapada con parqué y planchas de madera de haya en las paredes. Para la mayor parte de los que están en el Tanatorio del

Cabañal las circunstancias no les permiten notar nada más que la sombra negra que se adueña de los ánimos en un entierro. «Los que diseñaron el edificio —piensa— hicieron bien su trabajo, aunque nadie lo reconozca.» Él, sin embargo, cuando la rabia le da una tregua, sí lo percibe. La luz hace que se esté bien. Espantosamente bien.

Mira por una de las ventanas. El cementerio del Cabañal está oculto tras los bloques de edificios. Aquí, cuando era pequeño, estaba la huerta de Vera. Un exuberante vergel donde se cultivaban chufas, cebollas, alcachofas y tomates, según la estación. Cuatro y hasta cinco cosechas al año. Recuerda las acequias que rodeaban las tapias de la necrópolis donde, los días en que caía un chaparrón de verano seguido de varias horas de sol bravo, aparecían los mejores caracoles. Aquí venía a cogerlos y luego le mentía a su abuela sobre su procedencia, pues nadie quería echar en la paella los gordos moluscos, porque creían que habían sido cebados con la carne de los cadáveres. Las dos universidades, la Literaria y la Politécnica, arrasaron la huerta de Vera con horrendas construcciones sin ninguna ventana o con demasiadas. O búnkeres o invernaderos. No hay término medio. Destruyeron este trozo del paraíso los mismos que se opusieron, con uñas y dientes, a que se construyera un hotel, ya que su sombra podía matar los rododendros del Jardín Botánico. Así es Valencia. El péndulo siempre oscila de un lado al otro, y nunca, nunca, consigue quedarse en un razonable centro.

Cambia de ventana. Cambia de posición. Pero no ve el cementerio donde su amigo Nacho estará, como ha estado toda su vida, rodeado de ladrillos, aunque esta vez será para siempre. Aquí en Valencia ni siquiera los camposantos parecen camposantos, sino urbanizaciones de minúsculas torres de apartamentos. Nada de cruces de piedra o lápidas de granito rodeadas de césped húmedo entre las sombras de los tejos y los robles, con la pequeña iglesia al fondo por donde pasear regodeándose en la melancolía. La culpa será de este sol desvergonzado, que dice el maestro Chirbes. Aquí, los muertos se apilan uno encima del otro, ordenados por calles de hormigón. Cada uno en su nicho con su lápida como si fueran productos expuestos en las baldas de un supermercado. «Por falta de espacio —le comenta Mónica, otra amiga de la infancia, hoy funcionaria del Servicio de Cementerios del Ayuntamiento— ya no se entierra a nadie en una tumba en la tierra. También hay razones de salubridad.» Quizá sea una solución para los miles de parados que ha dejado la crisis de la construcción. Si antes ponían ladrillos para los vivos, ahora los pueden poner para los muertos. O, al paso que vamos, ponérselos para ellos mismos. El problema es que los muertos necesitan muchos menos. O son los vivos los que precisan ponerles un pisito a los cadáveres, al menos para sentirse mejor con ellos mismos, porque los muertos, los pobres muertos, ya no necesitan nada.

Un tanatorio, un cementerio o un hospital donde un ser querido agoniza es una burbuja en el tiempo y en el espacio. El que está allí se sale de la realidad y contempla, con una mezcla de incredulidad y cólera, cómo la vida sigue, cómo el mundo continúa girando a pesar de que el suyo se ha detenido. Contempla cómo, en las anchas aceras de la avenida de Tarongers, docenas de personas corren. Camisetas de colores fosforescentes, calcetines chillones subidos hasta la articulación de la rodilla y auriculares puestos. Se fija en los más cercanos. Ninguno es un chaval. Los estudiantes de ambas universidades que flanquean la avenida no corren, se limitan a mirar el teléfono móvil. Los corredores han rebasado, con más o menos fortuna, los cuarenta años. Corren por esa avenida, pero también los ha visto por el viejo cauce del río, por el Paseo Marítimo y por el Bulevar Sur. Por todas partes. Las carreras populares de los domingos parecen manifestaciones. ¿Por qué corren? Empezó a leer el libro de Murakami en el que se pregunta de qué habla cuando habla de correr ante la insistencia de uno de sus amigos literatos, también corredor dominical, y no pudo pasar de las veinte páginas de puro aburrimiento. Correr sin motivo le pareció más aburrido que el escritor japonés de moda. Cada generación, supone, tiene su propia manera de superar la crisis de los cuarenta. Antes se pasaba la barrera comprándose un Mercedes o una Harley-Davidson; o un barquito; o un apartamento; o un divorcio. Pero esos remedios son demasiado caros ahora, así que, tras dejar de fumar, se ponen a correr, como si apretando el paso se pudiera vencer al trote al mismo tiempo. «Y cada vez me encuentro mejor, oye. Los días que no salgo a correr no duermo bien y ya me estoy preparando para la media maratón.» Hablan como si fueran atletas y como si, al correr, se pudiera ir en dirección contraria al lugar al que todos acaban llegando, que es justo donde Nacho está ahora.

Cuarentones que corren en un día laborable en horario de trabajo. Corren para huir de lo que dejaron atrás. ¿Una generación perdida? Ojalá. Al menos, tendrían cierto *glamour* literario tras la estela de Hemingway, Dos Passos o Scott Fitgerald. No. Son solo una generación jodida. Son los hijos de los que trabajaron la Transición. No los que la hicieron. Esos fueron los niños ricos de buena familia que iban a la universidad y que se lo pasaron en grande, como decía Ismael Serrano, estropeando la vejez al oxidado dictador que aquí tocó en suerte, cantando «Al vent» y colocándose —entonces con porros— y, después, colocándose bien para seguir cortando el bacalao en la parte alta del cañaveral, como hicieron sus padres y sus abuelos. Ellos, los que corren, jugaban al fútbol con un balón viejo en aquella Valencia de descampados donde no había más jardín que el de Viveros ni más porterías para tirar penaltis que las que se improvisaban con las mochilas del colegio contando diez pasos largos entre una y otra; que hicieron los cuadernos de Vacaciones Santillana; que veían los sábados a mediodía *Mazinger Z* y *Comando G*; que se rieron las Nocheviejas con Martes y Trece; que hicieron el BUP y el COU; que sufrieron la selectividad, los *numerus clausus*, el trabajo en un bar o en la empresa donde está mi padre en verano, la objeción de conciencia y las becas sin cobrar. Que soñaban con un ordenador Spectrum de 48K y se compraron una PlayStation 3 para ellos con la excusa de que era para sus hijos. Que llegaron, como pudieron, a donde sus padres no lo habían conseguido. Que se creyeron —que nos creímos, piensa— que por no trabajar con una azada, no pasar el mocho o no cargar cajas como sus mayores ya eran de clase alta y podían bailar con el resto de las cañas en lo alto del cañaveral el vals mudo del pantano. Ahora, pasados los cuarenta, no reconocen su propia cara sonriente en la orla universitaria que luce en la antigua habitación que compartían con su hermano en el piso de sus padres, junto a la estantería con los libros de «Los Cinco», el par de novelas de Stephen King, el ejemplar de *La historia interminable* y las cintas de casete de Loquillo, Seguridad Social, Presuntos Implicados, Radio Futura, U2 y Duran Duran (que eran de su hermana pequeña, decían a sus amigos). Y corren para encontrarse otra vez con aquella cara encerrada en la orla. Son los que, con su título de enseñanza superior colgado en la pared o su ciclo de FP validado, se hipotecaron sin miedo para comprar una casa, pues era un valor seguro; porque si sus padres, con un único sueldo, habían conseguido pagar piso, coche, chalé en el terreno y estudios para sus hijos, ellos podían subir un escalón más. Y viajaron por el mundo. Y cumplieron con lo que se esperaba de ellos. Estudiaron y trabajaron —alguna que otra locura hicieron, lo normal, cosas de la edad o de las circunstancias— para, cuando llegaran a los cuarenta, tener una estabilidad. Como sus padres. Pero llegó la crisis. El piso que costó ayer diez no se vende hoy por tres. La empresa se ha ido a tomar por culo. El título, la orla y la escritura de la vivienda ya no valen nada. Hay que reciclarse, dicen. Reinventarse, dicen. Empezar de nuevo, dicen. Emprender gracias a las posibilidades que ofrecen las nuevas tecnologías, dicen. Y los que te dicen todo eso son los que se colocaban con porros cuando eran jóvenes, se colocaron bien antes de los cuarenta y colocaron a sus retoños pasados los sesenta. Esos no han tenido que coger el taxi de su padre antes de que se jubilara para no perder la licencia; ni volver al bar de tus tíos donde te podías sacar unas pelas en verano para pagar la matrícula de la universidad y ahora para pagar la hipoteca. Por eso corren. Trotan para buscar una explicación, para demostrarse a sí mismos que, si consiguen hacer diez kilómetros a menos de cinco minutos cada mil metros, igual podrán salir de esta porque ellos, a fin de cuentas, no hicieron nada malo. Estudiaron y trabajaron y ahora pagan las consecuencias de algo que no provocaron, aunque haya quien diga que todos vivimos por encima de nuestras posibilidades y que el recreo se ha acabado. Y lo dicen los que te recomiendan que hay que ser imaginativos y que las crisis pueden ser oportunidades, solo que ellos están colocados y consejos vendo, pero, para mí, no tengo. Él, en esa situación, también correría. Se apuntaría a inglés y a cursos de *community manager* y comercio electrónico justo antes de pegarse un tiro un minuto después de pegárselo a unos cuantos de cuyo nombre, ni del de sus muertos, no quiere acordarse.

Vuelve a su muerto. A Nacho. En el pasillo inundado de luz canela se forman grupos. Se siente en casa. Son los de siempre. Los de toda la vida. Amigos de la calle y del descampado con sus padres, sus hermanos y sus mujeres. Todos abrazan a Marta, la besan, le secan las lágrimas. Él también lo ha hecho. Hay llanto en todas las caras de esa gente y no lo soporta. Con esos rostros se siente seguro, porque percibe que son la última trinchera para cuando todo sale mal. «¿Soy un psicópata? —se pregunta—. Los psicópatas no sienten empatía, no perciben el sufrimiento de los otros, por eso son tan peligrosos. Por eso mi verdadero álter ego en mis novelas es Mentor: es el único que es libre. Mira que me han preguntado veces qué cantidad mía hay en David Grau. Nada. Es una pura invención. Fragmentos cogidos de aquí y de allá. Mi verdadero yo es Mentor, y, como de mí mismo no sé casi nada, tampoco soy capaz de escribir nada sobre cómo es Mentor en realidad. Solo he podido escribir sobre lo que hace porque lo he hecho antes. ¿Soy un psicópata como él? No. No lo soy. Y no lo soy porque ahora siento cosas. Siento rabia y tristeza. A Nacho lo han matado por mi culpa. Y voy a encontrar al que lo ha hecho. David Grau tendrá que investigar otro asesinato más, pues voy a tener material para que Mentor haga otra de las suyas.»

♉ ♉ ♉

La mar, a estas horas, es un espejo con ligeros temblores provocados por olas pequeñas, casi tímidas ante la imponente visita que se dispone a recibir. Aún falta un rato para que aparezca la tramontana, el primer huésped matinal de La Malvarrosa los días de sol. Por la pasarela de madera, roída por el salitre, avanza el portador, que ya acusa el peso de la cruz después de casi dos horas de llevarlo a cuestas. El Cristo del Salvador, patrón de los pescadores del Cabañal, es metido en la playa como cada mañana de Viernes Santo para bendecir con su presencia el homenaje de la corona de laurel a los que desaparecieron mar adentro. No hay que fiarse nunca del agua salada. Ahora está mansa, radiante en su vestido azul de primavera, pero hace siglos que los habitantes de los Poblados Marítimos perdieron la cuenta de las vidas que se ha tragado. Por eso, cada mañana de Viernes Santo, el Cristo del Salvador es traído hasta aquí a hombros de la gente de la red. De la poca que queda.

Justo antes, el Salvador se ha cruzado con su hermano, el del Salvador y del Amparo. Ellos son dos de los tres crucificados que adora la Valencia marítima, con sus largas melenas hasta la cintura de pelo natural. Ambos se han encontrado a medio camino entre las casas particulares de los cofrades que tienen el honor de hospedarlos durante la Semana Santa marinera. El encuentro entre ambos, como siempre, ha sido multitudinario, pero la mayoría de los devotos ya se han ido a sus respectivas parroquias con sus cofradías, corporaciones y hermandades para asistir al Vía Crucis. No obstante, en el paseo aún quedan grupos de los que quieren ver cómo se arrojan los laureles al agua sin que se les llenen de arena los zapatos. Entre ellos, sentada en un banco, la Puri contempla la escena con los ojos protegidos por unas enormes gafas negras que, con todo, le quedan pequeñas, apenas una venda de petróleo brillante que cruza su cara redonda. Va vestida de oscuro, con medias muy tupidas, el pelo recogido en un moño en la nuca y un bolso también negro, sin marcas visibles ni herrajes chillones. Cualquiera diría que es lógico que esa señora, con tantos años y tantos kilos, necesite descansar tras la procesión. No ha venido sola. Una de sus nietas, Sara, está sentada en el pretil que separa la arena del paseo, a unos veinte o treinta metros de donde está su abuela. La joven mira también hacia la ceremonia que se celebra en la orilla, tanto por interés como porque tiene órdenes estrictas de su abuela de hacerlo. No obstante, Sara tiene el móvil en la mano, desbloqueado y listo para llamar a dos chicos que, en el interior de una furgoneta aparcada cerca, se plantan allí en un santiamén si hay problemas. Al menos, su abuela ha accedido a llevar guardaespaldas, aunque se ha negado en redondo a que uno de ellos fuera el Niki, quien, por cierto, ni siquiera se había ofrecido voluntario. «Como si fuera posible que el vago de mi primo —piensa Sara— se fuera a levantar a las seis y media de la mañana para acompañar a la vieja a alguna parte. Ese solo aparece cuando quiere algo y sabe bien cómo besuquearla para sacarle mil euros para irse a Ibiza de fin de semana, comprarse un coche nuevo tras reventar el viejo o hacerse con el Iphone que toque ahora.» La Puri ha insistido en que no va a pasar nada, que lo único que quiere es hablar. Sin embargo, Sara ha aprendido, desde bien pequeña y porque se lo enseñó su abuela, que esos son igual que la mar. A pleno sol parecen mansos con su ropa cara y sus niños rubitos en la parada del autobús del Caxton College, pero se tragan a la gente como ellos si el viento sopla mal.

Un hombre se sienta al lado de la Puri. También lleva gafas de sol, una gorra de béisbol negra con el anagrama de la America's Cup bordado en rojo. La mañana es fresca, a pesar del sol, y allí en la playa todavía se nota más por la misma humedad que hace que los veranos valencianos sean más tropicales que mediterráneos. Con todo, el pañuelo largo que se enrosca alrededor del cuello y que tapa levemente la boca no se justifica por la temperatura, sino porque tiene pánico a encontrarse con algún conocido. Hace varios intentos de empezar la conversación, si bien los aborta al considerar que algún asistente a la visita del Salvador a la playa está demasiado cerca. Después de varios minutos —para él, horas— de incertidumbre, habla. Su voz es apenas un susurro que sale a trompicones de entre los pliegues de la bufanda:

—Buenos días.

—Buenos días —contesta la Puri tan resuelta y tranquila como si estuviera tras el mostrador de su bar—, hacía años que no venía yo a ver al Salvador. Espero que Dios no me lo tenga muy en cuenta.

—No creo, señora —miente—. Verá, esto se nos ha ido de las manos. Lo del albañil de Orriols ha sido una caga... un fallo descomunal. Si a eso sumamos lo de los dos negros, la cosa se complica mucho. Allí hay muchos nervios, porque no se puede estar saliendo en los periódicos todos los días con muertos.

—Con muertos payos, ¿no? —El desprecio se destila entre las palabras de la anciana—. Mientras los que revientan sean gitanos, negros, chinos o panchitos, no pasa nada. Lo que pasa es que si en una de esas la palma un payo, aunque sea un paleta pringao, nos ponemos nerviosos.

Su interlocutor se calla. Bastante intranquilo está ya como

para que la vieja le monte una escena allí mismo. Decide que lo mejor es trasladarle las instrucciones recibidas, darle el papel y largarse cuanto antes, rumbo a Jávea, con Cuca y las niñas.

—Yo solo le transmito, señora, lo que me han dicho. La delega... —se para en seco como si hubiera estado a punto de decir la peor de las blasfemias—. Quería decir que me han dicho que podrán retener la investigación sobre el incidente de Orriols una o dos semanas y, después, se pondrán a ello. Ese es el tiempo que tienen para... —otra pausa mientras busca la palabra adecuada para decir lo que quiere decir sin llamarlo por su nombre— para buscar una solución satisfactoria.

—Dígale a la señora delegada del Gobierno —la Puri no tiene tantos remilgos y, si hubiera podido ver los ojos de su interlocutor, le hubiera parecido que estaba hablando con un lémur— que no le pienso dar a mi hombre, ya le he dado bastantes.

—Entiendo.

—¿Tiene lo que le pedí?

—Sí, por supuesto. Lo que pasa es que no entendemos para qué quieren, señora, esta información. Ni que decir tiene que esta clase de documento no puede caer en malas manos. También me han rogado la máxima discreción.

—Si te parece —la Puri percibe el miedo que causa en su compañero de banco, niñato de misa y comunión diaria que nunca le han dado un sopapo bien dado, ni siquiera debe haber visto como se lo daban a otro— echaré un bando para que se entere toda la playa que me lo has dado. No te jode.

—Claro, claro. Disculpe.

—El tuerto se fía del que le dijo que un tío con una

moto estuvo en el mismo sitio donde el Profe tenía aparcado el coche. Y yo me fío del tuerto porque, cuando me dice estas cosas, se me pone aquí —se oprime con los pulgares dos puntos donde, bajo la faja y cuatro dedos de grasa, deben estar sus rancios ovarios—, y cuando se me pone aquí, es que hay algo. Resulta que la moto estaba a nombre del paleta de Orriols, pero allí no había ninguna moto, con lo que alguien debe de tenerla. Sabemos que tiene los impuestos al día y el seguro también, lo que no sabemos es quién lo paga. Por eso creemos que el pringao se la vendió a alguien que no la cambió de nombre. Ese es el que sabe qué le pasó al Profe. ¿Está ese nombre en el papelito, cariño?

—Sí, señora.

—Pues, entonces, no hay nada más que hablar.

—Muy bien, señora. Adiós.

—Ale.

El hombre se levanta y se aleja tan deprisa del Paseo Marítimo que ni oye cómo la anciana grita el nombre de su nieta para que le ayude a levantarse del banco. Llega, pocos minutos después, a la puerta del lujoso hotel Las Arenas donde da gracias a Dios porque hay dos taxis en la parada. Se mete en uno de ellos y le indica que va a la plaza de la Reina. Su jefa tiene previsto asistir al Vía Crucis que el arzobispo oficiará en el interior de la Seo a las doce. Mira el reloj. Tendrá que esperar un rato. Piensa en que quizá sea una buena idea ir al despacho y hacer como que tiene que revisar algunos papeles. Eso siempre queda bien, en especial ante los funcionarios que tienen que trabajar en un día festivo como ese. Descarta la idea. Está demasiado nervioso y podría hacer alguna tontería. Cuando se metió en esto, sabía que la política era sucia, pero no podía imaginar que lo era tanto ni que tendría que tratar con viejas repugnantes como esa gorda cabañalera (que olía a colonia barata y a laca de Mercadona) que ha dejado despatarrada en el Paseo. El puesto de salida en la lista para el Parlamento autonómico —musita— se lo está ganando a pulso. Mejor se compra un par de periódicos, se sienta en una cafetería del centro y espera allí a que llegue La Seño —así la llaman a sus espaldas— para, antes de que entre en la catedral, decirle que todo ha ido bien sin dar más detalles. Eso vendrá el martes. Después podrá picar espuelas rumbo a Jávea a disfrutar de lo que queda de la Semana Santa como un buen padre de familia. Le entra hambre. Se tomará un buen desayuno a cargo del erario público en un sitio caro a ver si se tranquiliza. Ahora se arrepiente de haberse metido el tirito de farlopa antes de salir de casa, aunque lo necesitaba. La juerga de anoche —puta de doscientos euros incluida— lo había dejado exhausto y, sin el empujón de la Dama Blanca, esta mañana no hubiera sido capaz ni de levantarse de la cama.

15

El trueno rasgó el aire. El ronco estampido se interpretó en la plaza como la llamada a una oración que fue repetida, como un mantra, por miles de voces: «Es el primero», rezaban. La carcasa, al estallar en lo alto, se convirtió en un pañuelo blanco de humo aromático de pólvora; una nube pequeña que bailaba con la brisa bajo el azul limpio del último día de Fallas. La muchedumbre que se apretujaba en la plaza del Ayuntamiento y en las principales calles que en ella desembocan contemplaba las evoluciones de la mancha albina como si fueran augures de la antigua Roma interpretando el designio de los dioses en el vuelo de los pájaros. La multitud que estaba en el lado derecho maldecía su suerte. El viento soplaba del norte. Eso significaba que les traería la humareda y la lluvia de papelitos y trocitos de plástico que el disparo de la *mascletà* provocaría. No obstante, los más entendidos —o sea, casi todos— decían que no hay mal que por bien no venga, pues el molesto aire que les impediría ver bien el fuego aéreo también les llevaría mejor el sonido. Los más mayores se quejaban de que, cada año, las vallas de seguridad se comían más terreno del público y contaban las *mascletàs* de sus años mozos y golfos, cuando no había cercas de acero y casi te podías meter dentro de la zona de fuegos. «Entonces sí que estaba bien, sí. Ahora, tan lejos, se pierde mucho.» Entre los miles de espectadores siempre hay quien acude por primera vez, traído por un nativo que le explica que no se tape los oídos, porque es peor, y que deje la boca entreabierta para evitar que le revienten los tímpanos. La gente que hay alrededor mira al neófito con una mirada burlona, pero, sobre todo, de expectante malicia: no hay nada más divertido para un valenciano que contemplar el terror que se dibuja en la cara de los que jamás han estado en una *mascletà* de Fallas cuando la furia de la pólvora es desatada por los maestros del fuego. Que toque en suerte estar al lado de un espectador de oídos vírgenes en estas lides añade malévola diversión al espectáculo «que más nos gusta a los valencianos. A mí, los castillos, ni fu ni fa. Eso sí, las *mascletàs* me pierden».

Tras dos semanas de calles cortadas, verbenas hasta la madrugada, pasacalles, paellas en plazas y descampados, petardos que suenan a todas horas, papeleras quemadas, contenedores carbonizados, toneladas de flores en la plaza de la Virgen y alcohol por garrafas, la ciudad estaba exhausta, harta de tanta juerga, pero aún encaraba con ganas las horas finales de la fiesta. Así es el día de San José. Entre el gentío que abarrotaba la plaza mayor de la ciudad se mezclaban los olores de perfume, sudor, cerveza derramada y tabaco con la atmósfera aceitosa de los miles de puestos de buñuelos y churros que habían crecido en todas las esquinas. Los balcones que ofrecían vistas de privilegio al espectáculo estaban ya llenos, mientras que los vendedores ilegales de latas, patatas fritas, así como los repartidores de folletos y los carteristas, culebreaban por los senderos invisibles que se abrían y cerraban a su paso entre la muchedumbre.

Aunque eran cientos las ventanas, terrazas y miradores que parecían desafiar sus estructuras por la enorme cantidad de espectadores que albergaban, el balcón de la *mascletà*, por excelencia, nada más es uno: el del Ayuntamiento. En primera fila, doce a un lado y doce al otro, se disponían las Cortes de Honor de las Falleras Mayores de Valencia. Detrás de ellas, que habían sido formadas como lindos floreros, se apretujaban los invitados oficiales del Consistorio, los periodistas acreditados y todos los que habían conseguido colarse por el método de conocer a algún concejal que los pasaba gracias a una mirada severa a los bedeles que, en teoría, controlaban las invitaciones o, como tenía fama de hacer un periodista —de una televisión local especializado en retransmitir los festejos—, gracias a que, una vez dentro el equipo principal, lanzaba las acreditaciones desde una ventana que daba a la lateral calle de la Sangre para conseguir meter a sus amiguetes. También estaban allí los famosos oficiales a los que ninguno de los cancerberos se atrevía a pedirles la invitación, dado que se la suponían, pese a que no era cierto, como bien se quejaba el jefe de Protocolo de la corporación. Desde el actor que había hecho llorar a toda España cuando se murió en aquella serie de verano hasta el humorista, vieja gloria de la televisión, que ejercía de valenciano una vez al año, lo mismo que el par de escritores que hacía décadas que estaban afincados en Madrid y que presumían de lo mucho que les tiraba la *terreta*, aunque no tanto como para tener una casa en la ciudad que les vio nacer y por eso se alojaban, a costa del erario municipal, en el Hotel Astoria. No faltaban cuatro o cinco famosos de temporada, ya fueran actores, cantantes, divas entradas en carnes de la movida madrileña o jugadores de fútbol. Los diferentes partidos políticos representados en el hemiciclo tenían también a sus invitados sacados de la arena nacional, cada uno de su color, ya fuera para hacerles la pelota o enseñar a la prensa local su amistad y complicidad con los que mandan en Madrid. Los periodistas que no informaban sobre las Fallas intentaban sacar una declaración sobre este o aquel asunto del responsable de turno o, los más, armar algún tipo de conjura de corto recorrido, porque tanto cargo político junto en menos de diez metros cuadrados no es algo que se tenga a mano todos los días.

Los invitados importantes. Los importantes de verdad todavía no estaban allí. Esperaban, sin las molestias del gentío, en el interior de la alcaldía o en el contiguo Salón Pompeyano. Aguardaban la hora del disparo junto a las autoridades locales y autonómicas y, con suerte, al ministro que ocupaba la cuota de valenciano en el Gobierno, aunque se limitara a ser valenciano de veraneo, de nacimiento o de circunstancia. Cuando fuera la hora de salir, los bedeles se internarían a empujones entre el bloque compacto de vestidos caros y trajes buenos para abrir un pasillo de manera que la media docena de VIPS pudieran colocarse justo en la segunda fila, tras las niñas vestidas de falleras, pero en el centro de la baranda.

Cuando faltaban cinco minutos para las dos en punto, la pólvora dibujó otro pañuelo blanco en el cielo. «¡El segundo, el segundo aviso!», se coreó. De nuevo, miles de pares de ojos escudriñaron la trayectoria de la única nube blanca para corroborar que el viento no había cambiado. Los que estaban en el lado bueno se congratularon y, los del malo, encogieron los hombros y pusieron caras de circunstancias los unos a los otros. «¿Qué se le va a hacer? Es que hemos llegado un poco tarde y no podemos ir más adentro. Es que los que están ahí delante llevan desde las once de la mañana para coger sitio. Mis suegros, por ejemplo, se traen sillas y todo. Aquí estamos bien, que luego, para salir, es un agobio. Más de tres cuartos de hora tardé yo ayer. ¡Qué barbaridad! Yo creo que este año hay más gente que otros, ¿no? ¡Pues, joder con la crisis! ¡He llamado a diez restaurantes para reservar una mesa para las tres y estaban completos desde hace una semana!»

Los ujieres municipales hicieron bien su trabajo sin demasiadas quejas. O, si las hubo, llegaron de los invitados más madrugadores, los que estaban pegados a las barandas laterales y sufrieron con más saña el apretujamiento colectivo provocado por la apertura del pasillo para los invitados de más solera. Tras dieciocho disparos —siempre empezaban el 1 de marzo—, las dos falleras mayores ya tenían soltura para llevar a cabo la parte que a ellas les tocaba como indiscutibles reinas florero de las fiestas josefinas. A pocos metros del monumento de la falla municipal, el jefe del Servicio de Protección Civil aguardaba, con un ojo puesto en el reloj y otro en el pirotécnico que ultimaba los detalles ante la pantalla de un ordenador portátil en una esquina del recinto de fuegos, a que dieran las dos en punto. El segundo aviso había puesto nervioso al respetable. No era para menos: en un pueblo tan impuntual como el valenciano, que ha conseguido llegar tarde a casi todo, en especial a su propia historia, la única cosa que se cumple con exactitud es el horario de la *mascletà*. Cuando el carillón de la torre central del Ayuntamiento empezó a sonar, y ante un asentimiento de cabeza del pirotécnico, el jefe del Servicio de Protección Civil se colocó en la cabeza el vistoso casco verde. Era la señal que ambas falleras mayores esperaban. Juntaron las caras maquilladas con primor y, con cuidado de no engancharse los pendientes con los moños laterales, dijeron al unísono:

—*Senyor pirotècnic, pot començar la mascletà!*

Docenas de miles de gargantas respondieron a la orden de las falleras con un rugido de aprobación. Aunque todo el disparo de los fuegos estaba controlado por ordenador y las mechas de las tiras de *masclets* se encendían con impulsos eléctricos, el pirotécnico avanzó, mecha encendida en mano, hasta el tubo de cartón que contenía el tercer y último trueno que servía de sistema de aviso del espectáculo. La mecha chisporroteó con rapidez y una última pincelada de humo de pólvora decoró el cielo unos pocos segundos antes de que empezara lo bueno.

El venerable empresario pirotécnico, cabeza de toda una dinastía de maestros del fuego, no arriesgó en un día tan importante y ante un público tan exigente como el inventor mismo de las *mascletàs*. Inició el fuego con una traca tradicional que recorrió el lado norte de la plaza y, después, una sucesión de efectos sonoros y tiros rápidos bien encajados en un ritmo de bajo continuo: pam-tac/pam-tac/pam-tac/pam-tac/pam-tac/pam-tac. Entre la muchedumbre había quien, incluso, cerraba los ojos y ponía una sonrisa beatífica para sentir mejor la cadencia que aceleraba su tempo conforme el fuego corría alegre marcando todo el perímetro de la zona de disparo. La obertura terminó con un sensacional despliegue de chicharras y serpentinas, que, con sus gritos y sus estelas de llamas azules, rojas y amarillas, llenaron el aire de trazos incandescentes y de ese olor a pólvora que emborracha a los valencianos mejor que ninguna otra cosa.

Una *mascletà* es, en realidad, una sinfonía hecha con química y temeridad. Tras el alegro del primer movimiento llegó el *scherzo* con un minueto interpretado por truenos aéreos y terrestres que se contestaban por encima del coro de silbidos incendiados que surgían de los lados de la plaza como juncos de fuego azulado. Las rodadas del diálogo a cañonazos se fueron sucediendo mientras se aumentaba de intensidad del terceto que por tierra y aire construían los *trons* y las *eixides*.

Empezaba a acercarse lo mejor. El tercer movimiento, el cuerpo de la *mascletà* era un rondó de cinco secciones de cuerdas suspendidas a dos metros de altura de las que pendían los *masclets* envueltos en papel de vivos colores. Uno tras otro, coordinados a la perfección y sin cortes (que los valencianos, para estas cosas, tienen el oído muy sensible a pesar del estruendo), los petardos reventaban bajo un orden preciso, creando un muro de sonido compacto que hacía vibrar, y no en el sentido metafórico, hasta el suelo. El público empezaba a entrar en éxtasis que se convirtió en paroxismo cuando la última sección empezó a quemarse. El fuego devoraba las mechas como un relámpago que rasgaba el tapiz celeste, provocando una tormenta que se podía sentir hasta en las muelas del juicio. Cuando los que asistían por primera vez al espectáculo pensaban que ni siquiera una bomba atómica podía hacer tanto ruido y que, por tanto, no se podía ir a más, surgió del último tramo de la *mascletà* un titánico acorde tocado por un órgano de docenas de tubos de cartón que escupían fuego y bolas de plástico rellenas de explosivo. Cientos de truenos —como los tres que habían servido de aviso— empezaron a estallar pintando con el humo blanco el cielo y corriendo una cortina lechosa que consiguió tamizar la luz del sol.

Los destellos de las detonaciones se sucedían a tal rapidez que parecía que miles de cámaras fotográficas tomaban instantáneas desde el cielo a los boquiabiertos y sonrientes espectadores que ya no podían aguantarse sin gritar su entusiasmo para sumar sus voces a la sinfonía de pólvora que estaba ya acabando con un terremoto que hacía temblar los cristales en las ventanas y la sangre en los corazones.

El estruendo final, provocado por un centenar de carcasas que estallaron casi al unísono, no fue casi nada en comparación con el rugido de satisfacción que surgió de decenas de miles de gargantas al que siguió una salva de aplausos que se fundió con la música folclórica que brotó de los altavoces colocados en la fachada del edificio consistorial. Los más entusiastas franqueaban la valla y corrían hacia donde el pirotécnico y su equipo se abrazaban tras el éxito conseguido. Querían felicitarle y llevarlo a hombros hasta el portón del Ayuntamiento, justo bajo el balcón donde estaban las autoridades, para que luego subiera a recibir el reconocimiento de las falleras mayores, sus cortes de honor y el resto de invitados junto a un refrigerio servido en el despacho de la Alcaldía. Este era uno de los momentos más arduos para los gorrones que se habían colado para ver los fuegos, porque los ujieres —que no podían hacer gran cosa en el acceso al balcón— estaban reforzados con policías locales y escoltas a los que no les valía el «usted no sabe con quién está hablando» y, por tanto, se solían quedar sin cuchipanda, aunque alguno siempre conseguía meterse gracias al viejo truco de departir con un concejal importante y caminar junto a él sin despegarse más de un palmo.

El balcón no se vaciaba hasta que el pirotécnico no saludaba al público desde allí. Mientras el hombre, sudoroso y agitado por los nervios del disparo, llegaba hasta la baranda en medio de un enjambre de palmadas en la espalda y enhorabuenas, uno de sus asistentes, todavía en la zona de fuegos, terminaba el ritual como dicen los cánones falleros: con tres truenos de aviso lanzados con pocos segundos de separación el uno del otro. Nadie hace caso, ni se altera por esas explosiones a destiempo, ya que, después del empacho de estruendo, los tímpanos se han insensibilizado.

Finalizada la *mascletà*, las dos cortes de honor aguardaban al pirotécnico cuando la primera de las carcasas reventó en el aire sucio de pólvora. No hubo, al menos en el balcón, ni un ligero sobresalto ante el primer estallido. Ni un grito de sorpresa ante el segundo. Sí que se oyó, y muy bien, el grito de las dos niñas que flanqueaban a la fallera mayor infantil cuando Andrea, que así se llamaba la pequeña reina de la fiesta, una muñequita de nueve años, caía como un fardo entre los pliegues tiesos de sus faldas de seda de espolín. Tenía un agujero en la frente. Rojo y perfectamente redondo como si se lo hubieran pintado con un rotulador.

{ { {

«La madre que lo parió —dice para sí mismo el inspector Escobedo—, la verdad es que escribe bien el *jodío*, pero ¿cómo se le ocurrirán estas barbaridades?» Le ha gustado la descripción de la *mascletà*, porque, como buen valenciano de adopción y tras más de veinte años viviendo en la ciudad, ha acabado por asimilar también los gustos de sus vecinos. Cuando, hace dos décadas, vino aquí destinado de su Teruel natal tras pasar por la academia de Ávila, las Fallas no le gustaron nada. Demasiado ruido, demasiadas molestias, demasiado descontrol. Se sorprendió a sí mismo más de una vez echando mano a la pistola al sobresaltarse por un estallido provocado por un chavalín que lanzaba *masclets* que retumbaban como tiros de escopeta ante la mirada divertida y despreocupada del padre del angelito. Sin embargo, se echó una novia valenciana —fallera hasta los moños— con la que se casó, para acabar desfilando junto a ella en la Ofrenda a la Virgen de los Desamparados —*la Geperudeta*— vestido de *saragüell* con *mocaor al cap*, con su hija en brazos, reprimiendo las lágrimas. Y no hace ni un mes que estaba con la niña —trece años tiene ya, la condenada— tirando petardos, sonriente y despreocupado.

El ronroneo del motor de la Yamaha Drag Star le hace interrumpir la lectura y cerrar el libro. Levanta la cabeza y le reconoce nada más quitarse el casco. Está más gordo y con más canas en la barba y en las sienes, pero es el mismo. No hay foto suya en las solapas interiores del libro que enarbola en el aire como si fuera una bandera. En la portada hay una imagen de un momento del fuego aéreo de una *mascletà* que ha sido modificado con Photoshop de manera que el humo blanco se retuerce sobre el azul del cielo para conformar los rasgos de un cráneo humano. «Trabajo fino —piensa el inspector mientras mueve el volumen entre las manos—, has de fijarte bien para ver la calavera, pues, a primera vista, solo ves el humo.» Una «Q» de color rojo está centrada en la parte superior de la imagen y el título de la novela, *El trueno que nadie oyó*, en letras negras, se despliega sobre la vista borrosa de la fachada del Ayuntamiento, que completa, por abajo, el montaje visual. El inspector Escobedo es fotógrafo aficionado y se defiende mejor que bien con los programas de retocado y edición, con lo cual es capaz de reconocer la habilidad del diseñador gráfico.

—El que ha hecho esto sabe cómo manejar las capas del Photoshop de puta madre —grita el inspector mientras le ve acercarse a la mesa, con el casco enganchado en el antebrazo y una sonrisa en los labios—. ¿Me lo vas a dedicar, no? Así tendré un aliciente para seguir leyéndolo. Esta es la segunda novela que escribiste, ¿no?

— ¡Y última, por el momento! ¡No me digas que lo has comprado! —Exclama—. ¡En mi casa tengo aún dos cajas llenas que no sé qué hacer con ellas! ¿O te mandé ese sin firmar?

—¿Mandármelo? —brama el funcionario con falsa indignación mientras se dan la mano—. ¡Tú lo único que mandas es a tomar por saco a tus viejos amigos! ¡Cómo sois los escritores famosos! ¡Una vez arriba ya no queréis saber nada de los pobres!

—Ya me gustaría a mí, ya, cobrar lo que cobran los escritores famosos y, sobre todo, lo que cobran los que se hacen pasar por escritores y les escriben otros.

—¡Pues sí! El otro día le decía a mi mujer que no me podía creer que el libro más vendido estas Navidades hubiera sido el que le hizo la pedorra esa que tuvo una hija con un torero. ¡Ya sabes! ¡La de Andrea cómete el pollo!

—¡Vaya! Me mandaron un chiste por *wasap* el otro día que decía que esa tenía el récord de haber escrito más libros de los que ha leído. ¿Qué te parece?

—¡Hostia! —Ríe el policía—. ¡Qué bueno! Oye, ¿qué quieres tomar? ¿Te apetece almorzar o qué?

—¿Hacen buenos bocadillos aquí? Parece un poco pijo.

—Sí, sí. No te preocupes. Estos son los mismos que tienen la contrata de la cafetería de la Jefatura y a nosotros nos hacen el mismo precio. No son bocatas descomunales como los de La Pascuala de tu barrio, pero está todo recién hecho y bueno. Además, aquí, puedes beber cerveza de hombres. Allí dentro solo hay de la «cero cero» esa.

—Es que lo de La Pascuala son palabras mayores. Yo hace un huevo que no voy, porque siempre está a parir y no me gusta esperar.

—Otra de las ventajas de la placa, mira. Yo ya no me paso tanto como antes desde que estoy aquí —señala al edificio de la Jefatura—, pero aún se acuerdan de mí los dueños y nunca falta una mesa para los polis. Lo que pasa es que si me calzo un bocata de esos, no como más en tres días y ya vamos teniendo una edad que no convienen esos excesos.

—¡Por eso nunca hay sitio para la gente normal y honrada! —bromea—. Entre maderos y picoletos que están allí dos horas tocándose los huevos...

—¡Hombre, es que la Guardia Civil tiene el cuartel al lado! ¡Te inspiraste allí para inventarte a tu David Grau!

—¡Qué va! ¡Me inspiré en ti! —comenta entre carcajadas—. ¡Lo que pasa es que si ponía un policía nacional maricón, todo el mundo iba a saber que eras tú, y como me preocupo por tu mujer y tu hija, pues lo hice guardia civil para despistar!

El inspector Escobedo irrumpe en risotadas que aún le duran cuando llega el camarero. Entre hipidos pide al chaval —al que llama por su nombre, Juanjo— dos bocadillos de tortilla de patatas con un par de anchoas «para darle gusto», dice el policía. En Valencia, el almuerzo, el *esmorçaret*, es sagrado. Eso también lo ha aprendido después de dos décadas. Mientras vienen los *entrepans* y las cervezas, el funcionario le enseña las fotos de su hija vestida de fallera. «Vaya bombón —le dice—. Al año que viene como muy tarde vas a tener que usar la pistola para espantar a los novios.» El policía ríe: «Como siga poniéndose así de guapa, a más de uno voy a tener que cortarle las pelotas.»

Le resulta muy divertido ver a su viejo amigo aragonés vestido de *saragüell* valenciano. «Y un churro como tú en la ofrenda a la *Mare de Déu*.» El inspector Escobedo sonríe de nuevo al oír cómo se refiere a él por el apelativo despectivo que los valencianos dedicaban a los que hablaban castellano, primero a los de las comarcas interiores —aragoneses de origen— y luego a los que llegaron de Albacete y Cuenca: «Yo ya soy más valenciano que el *all i pebre* y, si me apuras, que tú.»

La terraza de L'Hostalet, en una plazoleta que se abre en un costado de la Gran Vía de Fernando el Católico, está de lo más concurrida esta mañana, a pesar de que es Sábado Santo y media ciudad está vacía. Ha dejado la moto sin siquiera colocarle el cepo de seguridad. Si hay algún sitio donde sea de verdad estúpido intentar robar algo es aquí, porque casi la totalidad de los efectivos de la Jefatura Superior del Cuerpo Nacional de Policía de Valencia está ahora sentada allí mismo, reponiendo fuerzas.

Cuando el camarero llega con los bocadillos y las cervezas, el inspector Escobedo le dice que el chaval va a ser uno de los suyos. «Está estudiando Periodismo, ¿sabes?» «Pobre chico —piensa—. No sabe dónde se está metiendo.» Cuando él empezó, en Valencia había trabajo entre los periódicos locales, las delegaciones de los nacionales, las radios y la televisión autonómica. No había demasiados gabinetes de prensa, pero, más o menos, había pienso para que comieran todos o casi todos. Luego hubo una especie de burbuja. Una eclosión falsa donde parecía que hasta la peluquería de la esquina necesitaba un gabinete de comunicación. Y después llegó la crisis, los ERE, los cierres. Algunos intentaron hacerse *community manager* para gestionar cuentas de empresas de Twitter; otros se abrieron blogs o portales digitales de deportes, de actualidad local, de fiestas y tradiciones y hasta de la Semana Santa marinera. Fue inútil. Los grandes medios echaron a la calle a todos los veteranos que tenían experiencia y sueldos altos para sustituirlos por recién licenciados a ochocientos euros al mes, diez horas diarias, apoyados por ejércitos de becarios —meritorios, los llamaban—, que, naturalmente, no cobraban. La tarta publicitaria era ya poco más que una magdalena, el dinero desaparecía y, por ende, las redacciones. «Cualquier imbécil con un ordenador puede abrir un blog o tuitear lo que le parezca —reflexiona—. Los periodistas han perdido tanta credibilidad como los políticos, porque, al final, se ha visto que están al servicio de unos y otros. En este país, los periódicos no tienen lectores, las radios no tienen oyentes, ni la televisión, espectadores: todos tienen fanáticos de sus respectivas causas. La objetividad no ha existido nunca, aunque, ahora, es que ni siquiera se paga por disimularla, como antes.» El cuerpo le pide decirle todo eso al chico que sonríe con timidez con la bandeja vacía en la mano, pero lo de Nacho le ha dejado bastante jodido como para joder a alguien que no lo merezca. Por eso, de su boca salen palabras de ánimo que el chaval agradece como un náufrago la visión de un barco y que a él le suenan tan huecas y falsas como las que piensa utilizar con su amigo el inspector Sebastián «Sebas» Escobedo.

Con los bocadillos en el estómago y los cafés tocaditos de whisky humeando, entra en materia:

—Me tienes que hacer un favor.

—Eso ya me lo suponía —contesta el inspector—, así que tú vas a pagar el almuerzo. Depende de lo que sea, igual tienes que pagar una paella de marisco.

—Si me ayudas, dalo por hecho —contesta—. ¿Sabes lo del albañil que mataron en su garaje, ahí, en Orriols?

—Sí, claro.

—Era amigo mío.

—¡No jodas! ¡Hostia puta, de verdad que lo siento!

—Gracias. Por eso quiero que me pases todo lo que tengáis del caso. Que me tengas informado al minuto de cada uno de los avances de la investigación. Nacho, así se llamaba, y yo éramos amigos desde la guardería. De toda la vida. Tenía mujer y tres críos, y estaba en paro desde hacía un huevo de tiempo, sin prestación ni la puta que los parió.

—Entiendo. —En la actitud del policía ha desaparecido todo rastro del buen humor con el que ha empezado el almuerzo sabatino—. Pero ¿qué vas a hacer con esa información? Supongo que no la vas a publicar, ya que no estás en el periódico. Y aunque siempre has sido rarito, no te veo tan pervertido como para usar esa información en una de tus novelas. Con tu podrida imaginación parece que tienes bastante.

—No es para mí —miente—, sino para su mujer y sus hijos, Sebas. Quiero contarles cómo va cada paso y asegurarme que no es otro de los muchos asesinatos que terminan pudriéndose en los cajones ahí dentro. —Señala con un giro lateral de cabeza el edificio de la Jefatura—. No hace falta que te recuerde que tú y yo hemos visto alguno de esos.

—Pues, ahora que lo dices, tiene toda la pinta de acabar así.

—¿Por qué?

—Pues porque el caso se lo han asignado a Muñoz.

—¿A quién?

—Al inspector Alberto Muñoz. Ese imbécil no sería capaz de descubrir quién mató a Paquirri aunque hubiera estado sentado en primera fila en la misma plaza de toros de Pozoblanco.

—¿Tan malo es?

—Peor. Cuando no está de baja por la hernia discal que dice que tiene, está de horas sindicales y, cuando no, de días libres por acumulación de horas extras que nadie sabe cuándo las ha trabajado. A pesar de ello el inspector jefe se las firma, así que, palabra de Dios, te alabamos óyenos.

—Cuéntame más de él.

—Es de esos tíos que te hacen avergonzarte de ser policía. ¿Te acuerdas, de esto hará ya seis o siete años, del tiroteo de Nazaret? ¿Lo del clan de los Ninos?

—¡Coño, claro! Todavía estaba yo en el periódico. Vaya nochecita. ¿Fueron siete u ocho muertos?

—Fueron ocho. Entre ellos un niño de diez años. Una ejecución en toda regla. Eran mala gente. Los tenían vigilados como el clan más importante de distribución de heroína y cocaína de Valencia. Su chalé de Nazaret era un puto búnker con más seguridad que el Banco de España y, pese a todo, entraron y los cosieron a tiros y, al patriarca, antes de dispararle, le reventaron las manos y los pies con una maza de albañil —Escobedo hizo una mueca de asco antes de continuar— y los muy bestias acabaron la faena pegándole fuego a la casa. Encargaron a Muñoz la dirección de la investigación y se pasó por el forro de los cojones todos los informes previos que habían hecho los compañeros de la Brigada de Información, que estaban seguros de que había sido otra familia que se quitó de encima la competencia por la vía del artículo cuarenta y tres. Pero Muñoz dijo, y los jefes lo creyeron, que los principales sospechosos pertenecían a una banda de nigerianos con entrenamiento militar.

De nada sirvió que los de Información bramaran hasta quedarse afónicos. En fin, que el caso sigue abierto, pero la verdad es que estamos igual que al principio: sin tener ni puta idea de quién lo hizo. Y te aseguro que la farlopa y el caballo siguen por la calle.

—¿Nigerianos? ¿No aparecieron hace poco un par de negros achicharrados ahí en la calle Botánico por, según leí en mi experiódico, un ajuste de cuentas?

—Precisamente, precisamente —contesta el policía—. ¿Adivina quién reclamó el caso porque decía que podía tener conexión con lo de Nazaret?

—Muñoz.

—Y lo peor es que se lo dieron. ¡Joder —la cara del funcionario no puede ocultar la indignación—, es que a ver si nos aclaramos! O sea, que a los Ninos de Nazaret se los cargaron unos negros y aparecen dos negros y, como todos son negros, alguien decide que la cosa, como va de negros, es todo lo mismo. El problema, amiguete, es que como los muertos son de segunda, o creemos que lo son, no hace falta ponerse exquisito para pillar a quien lo hizo. Y si lo de tu amigo está en manos de ese gilipollas, imagínate.

—Pues por eso hay que tener un ojo puesto, Sebas. Por eso mismo.

—No te preocupes. Le voy a poner los dos ojos.

—Gracias. Te deberé un favor muy grande.

—Con que no me saques en tu próxima novela me conformo. ¡Venga —la sonrisa vuelve al rostro del policía—, dedícame el libro! Oye, ¿sabes que si no te conociera desde hace la hostia de años me preocuparía mucho por ser tu amigo? Eres un puto psicópata.

—¿Tú crees? —Ríe—. Yo solo escribo historias inventadas. Las que tú cuentas dan mucho más miedo.

—Ya te digo... —contesta el policía—. Escucha un momento. Hace un año o así vino a darnos un curso un perfilador del FBI especialista en asesinos en serie. De Quantico, como la de *El silencio de los corderos*.

—¿Ah sí? ¡Joder, qué nivel! ¡Y luego tu sindicato dice que no hay presupuesto y que os jugáis la vida con equipo antiguo! Anda que...

—¡No empieces, cabrito, no empieces! —Ríe el inspector—. El notas hablaba español de puta madre, aunque un poco panchito, claro. Hasta decía «ándele» y, claro, en seguida le empezamos a llamar Speedy González. El caso es que nos estuvo contando cómo actúan los asesinos en serie que tienen ellos registrados. Llevan no sé cuántos años recopilando información y la verdad es que, como tú pones en tus novelas, por lo que hace el Mentor ese, parece que hayas conocido a un psicópata de verdad que te haya contado cómo piensa, porque, ya te digo, lo que contaba el yanqui aquel se parecía mucho a lo que tú escribes. Mogollón.

—Todo es documentación, te lo aseguro. ¡Aunque lo repetiré únicamente en presencia de mi abogado, inspector! —bromea mientras extiende hacia su amigo las manos, con las muñecas juntas, como si estuviera esposado—. Hay docenas de libros sobre asesinos en serie y en una librería de Londres vi, incluso, una sección entera con dos o tres estanterías sobre el asunto. No de novelas, sino de ensayos y biografías. De verdad que es muy fácil. Ya está todo escrito. Además, lo que no sabes te lo inventas y, como es un loco cabrón y asesino más listo que un premio Nobel, pues todo vale.

—No sé. Ya te digo que muchas de las cosas que decía el notas sobre el interior de la mente de esos pirados me sonaban —coge el libro que el escritor acaba de garabatear— ya de haberlas leído aquí. Bueno. A ver —entorna los ojos para enfocar la vista en la letra manuscrita y lee en voz alta—: «Para mi amigo Sebas, por todo lo que sabe y él sabe el porqué. Con cariño y admiración. Q.» ¡Muchas gracias! Anda que ni siquiera a mí me vas a poner cómo te llamas de verdad, ¿solo la jodía letra de los huevos?

—Es lo que tiene ser un creador —dice riendo—. Hay que poner el nombre artístico siempre. Oye, de verdad, ¿te vas a poner con eso, no?

—Hoy mismo. Somos muy pocos en la Jefatura, porque todo Dios está de vacaciones de Semana Santa, así que tengo la mañana entera para meter la nariz por ahí. Yo te llamo con todo lo que tenga.

—Gracias otra vez, Sebas. Gracias.

—Y me pagarás otro almuerzo. Eso sí, en La Pascuala.

—Si voy contigo, seguro que hay mesa.

—Seguro.

༄ ༄ ༄

Hay dos cosas que son incontrolables en un Domingo de Resurrección en El Cabañal. La primera es el sol. No recuerda ni un solo día así en el que el tiempo no fuera espléndido, casi desvergonzado. La otra es la música. En los Poblados Marítimos de Valencia, las procesiones de la jornada de Pascua se hacen a ritmo de pasodobles. La luz y las melodías festivas entran en tromba por las ventanas. Pese a la frenética actividad que las hermandades, cofradías y bandas de música despliegan por las calles, él experimenta los dulces efectos de una mañana perezosa. Sus movimientos son lentos, erráticos. Cada pequeña cosa —prepararse un café, recoger los periódicos que le ha traído el chico del kiosco, encender la radio— lo hace con la misma parsimonia con la que el agua taladra las piedras: gota a gota. Ni el sol ni la música parecen tener el más mínimo efecto en él. Ni siquiera quiere pensar que tiene todo el día por delante y, por ello, se regodea en la modorra dominical que le resulta aún más sabrosa por contraposición al frenesí que se ha desatado en su barrio. Hoy no piensa hacer nada más que el *dolce far niente*, ese estado de aburrimiento y hastío que tiene también su valor, ya que le ayuda a pensar, a definirse, a sentirse poderoso. El poder también es la capacidad de elegir estar aburrido, sin esperar que pase nada, pues no hay nada que esperar más allá de la propia soledad. También eso se ha perdido para la inmensa mayoría de la gente. Ya ni siquiera puede uno aburrirse en el metro, donde todo el mundo juguetea con el teléfono móvil. No. Hace tiempo que la literatura le brindó la posibilidad de aburrirse cuando quiere. De la misma forma que come y duerme cuando quiere o le apetece. El siguiente paso, cree, será matar cuando le plazca. Eso lo hace cuando escribe —es su gran privilegio como narrador—, si bien encontrará la forma de hacerlo en la realidad.

Termina de leer una crónica del tercer diario que ha pasado por sus manos. Y está tan felizmente aburrido como antes. Lo de leer los periódicos es un viejo hábito que no consigue dejar, aunque, al menos hoy, ha cumplido su propósito: el periodismo local le hastía todavía más que antes. Cada publicación y cada plumilla que en ella firma sigue con sus fobias y sus filias. Todos son ayatolás que rebuznan sus fetuas según el color de la bandera bajo la que hayan decidido cobijarse, ya sea en el placentero asentimiento o en la cómoda disidencia, todos se encuentran dentro del mismo juego. Perfectos para aburrir, porque ellos mismos, pese a no saberlo, también están aburridos.

Suena el teléfono. En la pantalla del móvil aparece un nombre inesperado e irritante, ya que sospecha que tendrá que salir de la hibernación primaveral que ha elegido para hoy. «Sebas Escobedo.» No han pasado ni veinticuatro horas desde que almorzaron juntos. Agita la cabeza para despejar los vapores del aburrimiento y contesta:

—¡Buenos días! ¡Caray, qué eficacia! Si los maderos trabajaseis así todos los días los índices de delincuencia bajarían a cero en un mes. ¿Qué pasa?

La voz del inspector, al otro lado, suena seria. La broma no le ha hecho ni puñetera gracia:

—Ya te dije que no me gustaba a quién habían asignado el caso y lo poco que hay hasta ahora aún tiene peor pinta.

—¡Joder! —Adiós al día de improductivo aburrimiento—. ¿Qué es lo que pasa?

—A ver. A tu amigo, según la autopsia, lo mataron con un disparo realizado por una Glock 26 de nueve milímetros. La bala entró, salió y se incrustó en la escayola del falso techo, con lo que estaba bastante entera. Cuando los de la Científica la recuperaron y le hicieron los análisis de balística resultó que el arma era una vieja conocida.

—O sea, que la teníais registrada.

—Ahora, con los ordenadores, todas estas cosas se hacen en seguida. La pistola tiene el número de serie 70943/05 y su dueño era —la pausa es de apenas un par de segundos, pero se nota pesada, lastrada por la vergüenza— un policía.

—¿Cómo que era de un policía? ¿Ya no lo es?

—Verás. La teníamos registrada porque ya hubo un incidente con ella.

—¿Qué clase de incidente? ¡Vamos, Sebas, no me jodas!

—Tranquilo que te lo explico. El año 2006 fue una puta

pesadilla. En especial el verano. Tuvimos de todo. Había varias pandas de murcigleros entrando en chalés con los dueños dentro durmiendo. Esta gente no es violenta, todo lo contrario; sin embargo, provocan el pánico, pues no hay nada peor que sentirse inseguro dentro de tu propia casa. Entre la Guardia Civil y nosotros desarticulamos varios grupos y, cuando creíamos tenerlos controlados, aparecieron otros que refinaron el método. Esos sí que eran peligrosos. Los murcigleros se llevan lo que pillan, pero suelen ser las pocas alhajas que hay en la habitación, los móviles, los ordenadores portátiles y esas cosas. El negocio lo hacen con la gente que piensa que, de valor, no tienen gran cosa. Los otros eran diferentes. Armas de fuego, entrenamiento paramilitar... Y no dudaban en dar hostias como panes.

—Creo que me acuerdo. Eran sudamericanos, ¿no?

—También hubo un grupo de rumanos, aunque los otros dos grupos que pillamos eran colombianos. Esta gente elegía bien la casa, normalmente de empresarios y gente de pasta, porque suponían —y no se equivocaban— que dentro había cajas fuertes con dinero en efectivo y joyas.

—Ya.

—Hubo de todo. Palizas, torturas... Una de las bandas, incluso, le pegó fuego al chalé y al monte que lo rodeaba ahí en Náquera para tapar su huida. Imagínate. En pleno mes de agosto, un incendio forestal en la Sierra Calderona iniciado por una banda de delincuentes que ha dejado malherida a una familia entera a la que acaban de desvalijar. El caos. Los jefes (sobre todo sus jefes, los políticos) estaban que trinaban. Más que nada porque los que sufrían los palos más duros no eran familias de clase media de adosadito y urbanización, sino sus amiguetes del club de tenis con duros a manta.

—Los trincasteis a todos, ¿no?

—Sí, claro. Con tiempo y recursos se arregla todo. Nunca difundimos cuántos ataques hubo, entre otras cosas, porque muchas de las víctimas no querían e incluso hubo cantidades de dinero recuperadas del botín que no fueron reclamadas, o sea, que era efectivo que no se había declarado a Hacienda. El caso es que uno de los asaltos acabó con uno de los atracadores muerto.

—¿Muerto?

—Reventado a tiros por la Glock que mató a tu amigo.

—¿Por el policía?

—Inspector Onofre Gutiérrez Vidal.

—¿Inspector? ¿De qué comisaría?

—Está en la Jefatura Superior, en la Brigada de Seguridad Ciudadana y el grupo de Protección de Personalidades y Edificios. Bueno, más de edificios que de personalidades. Un tío raro, colega. Vino aquí después de estar en la embajada de Nigeria. Y ya sabes lo que eso significa.

—Que si lo destinaron allí cobrando una leña, debe de tener un enchufe que te cagas.

—Así es. Yo no lo conozco personalmente, pero me han dicho que volvió al cumplir los cincuenta y pasar a segunda actividad. Entonces eligió Valencia, a pesar de no tener ningún tipo de vínculo familiar aquí.

—Espera un momento. ¿Me estás diciendo que una banda especializada en asaltar casas de ricos intentó asaltar la de un inspector de policía? ¿Tanta pasta tenía dentro?

—Vamos a ver. En una embajada se cobra muy bien si has sido mando y solo bien si eres de la escala básica, como es el caso. O sea, que te da pasta, no te hace millonario. El tío se vino para acá y se compró un chalé en El Vedat, en Torrent. Su esposa es nigeriana, si bien el día del asalto estaba solo en casa, ya que la mujer se había vuelto a su país para visitar a unos parientes. Eso es lo raro. La casa de El Vedat está bien pero, en la misma calle, las había mucho mejores. El caso es que el tío les hizo frente y se llevó a uno por delante.

—Y lo taparon por ser uno de los vuestros.

—No te embales, juntaletras. Por lo que yo sé, la investigación fue impecable. El muerto tenía un listín de teléfonos de antecedentes penales en Colombia. Los otros escaparon y al inspector Gutiérrez Vidal le dieron de lo lindo, porque primero hizo como que se resistía sin decir que era policía, hasta que fingió venirse abajo tras recibir unas cuantas hostias y los llevó a la caja fuerte haciéndoles creer que allí tenía la pasta, y donde, además, tenía la pistola. Todos los informes coinciden y se hicieron las oportunas pruebas de balística, por eso tenemos registrada la pistola. Al sudaca lo mandaron en un pijama de madera a Colombia y al inspector Gutiérrez casi le dan una medalla. Si no lo hicieron fue porque sigue estando mal visto condecorar a policías que se ven envueltos en tiroteos.

—Hasta que...

—Hasta el año pasado. El inspector Gutiérrez denunció un allanamiento con robo en su vivienda. Su mujer y él estaban en Nigeria, ya que fue durante las vacaciones de Navidad. Habían reventado la caja fuerte y, además de ponerlo todo patas arriba, se llevaron la pistola, algún dinero en efectivo, joyas y cosas así. Un robo normal. O casi.

—¿Por qué casi?

—Porque la alarma de la casa no sonó, estaba desconectada. Eso es lo raro. Un policía, que ya se ha visto metido en un berenjenal a tiros, se va a África durante quince días y no conecta la alarma.

—¿Nadie le preguntó por qué?

—Sí, claro. Y fue su mujer, que tiene como treinta años menos que él, quien dijo que, ya en el taxi, había olvidado una bolsa y volvió a entrar en la casa, y que, con las prisas, algo debió de hacer mal a la hora de volver a conectarla. La compañía de seguros de la casa se acogió a eso para pagarles mucho menos por los daños y ya está.

—Pero tú no te lo crees.

—¡Tampoco es eso! Lo que pasa es que ese tío da mala espina. No sé. Lleva un coche normal, ropa normal. Todo es demasiado normal, ¿sabes lo que te quiero decir? Su mujer, que es negra como el carbón, es la única nota exótica y todo lo demás es... ¿cómo decirte? Como si fuera normal a propósito.

—Ya.

—Bueno. Eso es lo que tengo. La pistola del inspector Gutiérrez lleva más de un año por la calle, así que la puede tener cualquiera.

—Vale. Oye, de todas formas, muchas gracias y mantenme al corriente, ¿de acuerdo?

—No te preocupes. Cuídate.

—Un abrazo.

16

—Entenderá usted que, con un campo tan amplio, se puede pasar años revisando papeles sin encontrar absolutamente nada, ¿no cree?

—Claro, claro —el optimismo de Grau respecto a la nueva línea de investigación se había esfumado—, pensaba yo que con toda esta moda de la memoria histórica la cosa sería...

—Sería como consultar en la Wikipedia, ¿no? —La funcionaria del Archivo del Reino de Valencia sonrió—. Pues no. Por eso hay historiadores e investigadores que se pasan años hasta dar con lo que buscan y, la mayor parte de las veces, se encuentran con lo que no pensaban.

—Entonces, ¿no hay una lista de los presos que estuvieron internados en San Miguel de los Reyes por motivos políticos? Y, sobre todo, ¿no hay una lista de presas que estuvieran embarazadas? ¿O matrimonios?

—La verdad es que no se preocupaban de esas cosas. Ni de muchas otras como la dignidad humana. No. Me temo que no. Lo que hay son legajos con fichas de ingreso. Hay listados, claro que sí, pero son eso: interminables listas de nombres con unos pocos datos sobre los prisioneros. En algunos papeles se incluye el supuesto delito que cometieron. También tenemos sentencias, cientos, por los que los condenaron. Sin embargo, le puedo asegurar que no son nada exhaustivas. En muchas hojas lo único que hay son nombres y no se especifica qué fue de ellos. Por eso hay quien dice que fueron fusilados sin más y otros que aseguran que no se pudo ejecutar a tanta gente. En fin. Además, todos esos papeles fueron a parar aquí después de dar muchos tumbos y también hubo casos de destrucción de documentos en los años posteriores y, muy en especial, a finales de los años sesenta y principios de los setenta. Se blanquearon reputaciones, no sé si me entiende.

—Perfectamente.

—De todas formas, en una cosa sí que tiene usted razón. El asunto está de moda, porque, en este último año, como una docena de investigadores han estado consultando documentos sobre ese período en particular. Supongo que esto va por rachas.

—¿Ah, sí? —Grau tuvo una corazonada, un inexplicable impulso. Quizás el Erudito había sido uno de ellos—. ¿Y tienen ustedes un registro de los investigadores?

—Sí, claro. Esta casa tiene papeles muy importantes y, además, es el depositario del Archivo Histórico Provincial de Valencia, así que no se pueden consultar sus fondos sin acreditación académica de investigación.

—¿Perdone?

—Pues que el interesado debe acreditar que está realizando un trabajo académico avalado por una institución reconocida como una universidad o el Consejo Superior de Investigaciones Científicas, por ejemplo. Su caso —señaló con la mano extendida al uniforme que Grau llevaba puesto— es peculiar porque...

—Porque es una investigación criminal, entiendo. Alguna ventaja había que tener por ser de los buenos.

—Supongo que sí.

—¿Podría facilitarme usted la lista de los investigadores?

—Pues —la funcionaria se veía incómoda— tendría que comentarlo. Me han dicho que usted venía a consultar documentación sobre presos republicanos internados en San Miguel de los Reyes, pero la lista de los investigadores...

—Verá. Estamos investigando un terrible asesinato que, creemos, puede estar relacionado con un caso de robo de niños o adopción ilegal durante los primeros años de la dictadura. Y digo relacionado, no vinculado de forma directa, ya que es evidente que el presunto autor no ha vivido tanto tiempo. Usted me dice que no soy el primero que se interesa por el asunto, así que me da la impresión que determinada información vital para la comisión del homicidio pudo salir de aquí mismo. Si quiere, puedo preguntar yo también a mis superiores, iniciar el proceso para que el juzgado nos autorice a ver esa lista y un sinfín de trámites que solo cuestan dinero a los contribuyentes. ¿No cree?

—Ya. Lo que pasa es que los investigadores del franquismo no son delincuentes y por eso...

—Mire. Yo tenía siete años cuando Tejero entró a tiros en el Congreso. La Guerra Civil me suena igual que a mi padre le sonaban las guerras carlistas y no tengo la menor intención de detener a ningún historiador por lo que hace en su labor académica. Por mí, como si quieren investigar el reglamento del ping-pong en tiempos de los fenicios. Tiene usted razón en una cosa: no sé lo que estoy buscando, sabré lo que es cuando lo localice. Su negativa a que pueda ver la lista de investigadores me puede hacer perder el tiempo. A mí y a unos cuantos funcionarios más que, con seguridad, tienen algo mejor que hacer. Usted incluida. Y después, si encuentro lo que, a lo mejor, encuentro, igual me pregunto el porqué usted no quería mostrarlo. Así que, ¿por qué no nos ahorramos todos tiempo y dinero?

No era para nada su estilo. Se había puesto en plan *CSI Las Vegas* y aquello podía salir muy mal. La funcionaria se limitaba a hacer su trabajo y no le gustaba nada tener que amenazarla, aunque fuera de forma velada. Se estaba tirando un farol de los grandes, pues la verdad es que no tenía ni la más remota idea de cómo se las apañaría para convencer a la meapilas de la jueza Campos de que dictara un auto que les permitiera echar un vistazo a esa lista dado que los que en ella estuvieran no eran sospechosos de haber cometido ningún delito relacionado con la integridad del archivo. De todas formas, confió en haber puesto su cara más seria, en el uniforme verde oliva con los líctores y la espada rendida bordados en el pecho, y en que aquella señora tuviera más miedo que él.

—No, si no digo que no —el farol había funcionado—, es que, claro, yo tenía unas instrucciones y ahora...

—No se preocupe de nada. —El brigada suavizó el tono y sonrió—. Haremos una comprobación discreta y ni ellos mismos se enterarán de nada. Ya verá.

La funcionaria estuvo un rato trasteando con el teclado del ordenador. Tras unos minutos, que a Grau le parecieron siglos, la impresora escupió un par de hojas de papel.

—Aquí tiene —le alargó los dos folios impresos—. Están sus nombres, sus números de DNI, el trabajo académico que están realizando y sus teléfonos de contacto. También tengo el número de visitas que hicieron y las cajas o legajos que consultaron. ¿Eso lo necesita?

—Pues si es usted tan amable —Grau intentaba que sus palabras destilaran toda la miel de la amabilidad de la que era capaz—, nos ahorrará un montón de trabajo.

—Si usted lo dice.

≀ ≀ ≀

Disciplina. La clave de cualquier obra de arte —también el asesinato— es la disciplina. El impulso creativo más genial o la conjetura más brillante se queda en nada si no se trabaja las horas que necesita. Está —así lo cree— en el momento clave de toda la novela. Grau va a descubrir el porqué Javier/Xavier Ros atrajo la atención de Mentor. La idea es buena. Sin embargo, no consigue la concentración necesaria. La otra cosa le preocupa. No es para menos. Esta noche va a estirar hasta no sabe dónde los límites de las Leyes del Oficio de Matar. Y no se trata de una cuestión menor como quedarse un pequeño recuerdo. No. Esta vez puede romper la Primera Ley del Oficio de Matar: nunca mates a alguien a quien conozcas en persona para que jamás te puedan relacionar con la víctima. Vale. Jamás se ha visto cara a cara con el inspector Onofre Gutiérrez Vidal, aunque no hace ni 48 horas que oyó hablar de él por primera vez de boca de su amigo Sebastián Escudero que, para más inri, también es policía y fue el que le dijo que la Glock que acabó con Nacho era suya. Pero se la robaron. Y una mierda. Ha investigado a Gutiérrez. «Sebas, amigo mío, tú no eres la única fuente que aún conservo.» Y hay algo raro en él. Por mucho dinero que ganara como miembro del equipo de seguridad de la embajada de España en Nigeria, las cuentas no salen. El chalé de El Vedat es demasiado grande. El Ford Focus con el que va a trabajar desentona bastante junto al Porsche Cayenne que lleva su mujer y con el Hummer en el que les ha visto salir juntos. Los viajes a Nigeria los hacen en clase turista, sí. Sin embargo, desde allí van a otros sitios en primera. Además, de dónde demonios sacó su mujer el dinero para comprar una finca rústica en el término municipal de Chiva de centenares de hectáreas. Está claro. El inspector Gutiérrez está sucio.

Con todo, no piensa matarlo. De él solo quiere información. Está seguro de que sabe, tan bien como conoce su nombre, quién tiene la pistola con la que mataron a Nacho. Y él le hará decírselo. Se levanta del escritorio y se dirige al armario de seguridad. Comprueba que está todo. Ropa, guantes y pasamontañas. Aunque cuenta con el factor sorpresa y con que Gutiérrez tiene casi sesenta años, no se puede confiar en absoluto. Ese tío es de los duros. Sabe defenderse. Habrá que tener mucho mucho cuidado. Seguir el plan. No hacer tonterías. Abortar la operación a la más mínima duda y esperar a tener una mejor ocasión. Comprueba que la pistola M-26 Taser de 40.000 voltios en vacío está con la carga completa. Disciplina. También en esto. Disciplina.

Vuelve a su escritorio. Esta mañana terminará la escena. No sirve de nada continuar pensando en Gutiérrez, porque ya lo ha pensado mucho. Quizá demasiado. Vuelve a Grau. Disciplina. Disciplina. Disciplina. Disciplina. Disciplina. Disciplina. Disciplina. Disciplina. Disciplina.

≀ ≀ ≀

—¡Mira que se adelanta con estos cacharros, Grau! —Manceñido miraba la pantalla del ordenador, donde su subordinado introducía los datos de los investigadores, igual de maravillado que un niño en la cabalgata de los Reyes Magos—. ¡Cuando yo tenía tu edad había que consultarlo todo con fichas, rellenar formularios y pegar más patadas que un defensa de Segunda División B para conseguir una identificación! ¡Y ahora, fíjate, le das a unas pocas teclas y ahí está: el DNI enterito como si te lo hubiera dado él mismo!

—En esencia, mi subteniente, es lo mismo —respondió el brigada—. En el ordenador central queda registrado quién hace la consulta, su número, su perfil de usuario y todo, porque, a fin de cuentas, esto es información que afecta a ciudadanos. Lo que pasa es que ya no hay papeles de por medio y todo es mucho más rápido.

—¡Ni papel carbón! ¡No te imaginas las grescas que se organizaban por el papel carbón de los cojones! Si un día salías a patrullar sin munición en la Beretta no te jodía tanto como si, al volver, alguno te había guindado el papel carbón para hacer el informe; eso quería decir que lo tenías que copiar tres o cuatro veces.

—¿Salían a patrullar sin munición, mi subteniente?

—¡Si yo te contara! Aquí el menda lerenda, como muchos otros compañeros, las pasamos muy putas. ¡Para que luego digan que si tal o cual de la Benemérita durante el franquismo! ¡A mí nadie me lo tiene que contar! ¡Los pabellones de las casas-cuartel donde se vivía eran unas putas pocilgas, se patrullaba a pie porque no había para gasolina y menos mal que con enseñar las armas solía bastar, pues si hubiéramos tenido que disparar, que Dios nos cogiera confesados! Normalmente o no había munición o era de tiempos de la batalla del Ebro y estaba más caducada que un yogur en la nevera de un yonqui... ¿Que tu padre no te ha contado nada de eso? Igual aquí en Valencia la cosa no estaba tan mal, pero, allá en Extremadura... Tremendo, tremendo.

—¡Buf! La verdad es que no me acuerdo mucho de cuando mis padres estaban en la casa-cuartel. Yo era muy pequeño y, además, luego nos fuimos al piso que dejó vacío mi abuela al morir y....

—¡Ah, claro! —cortó Manceñido—. Lo de tu familia fue diferente. Ya te digo que fueron años muy malos, pero como nosotros nunca nos quejamos, ni tenemos sindicatos para que den por culo al Gobierno... ¡Es que me cago en...!

—¡Espere un momento! —saltó Grau—. ¡Yo he visto antes a este chico!

—¿Cómo dices?

—A este. Era uno de los que estaba en la planta baja aquella que era sede de cuatro o cinco asociaciones con el mismo presidente y cuyas actividades eran alabadas por Xavier Ros en sus artículos en prensa.

—¿Las de los rojos?

—Sí —Grau lanzó un suspiro—, mi subteniente. La de esos que usted dice.

—Joder, muchacho, no te lo tomes a mal. Es que así yo me aclaro.

Cuando el brigada había introducido el nombre de Pau Maluenda Blanco y su número de DNI, la base de datos del Cuerpo Nacional de Policía, enlazado a la Jefatura de Policía Judicial de la Guardia Civil, le había devuelto la imagen de un chico de veinticinco años recién cumplidos, con el pelo castaño claro y alborotado. Como le pasa a todo el mundo con las fotos del DNI, no había salido nada favorecido. Tenía el rictus serio, los labios apretados y la barba rala le cuajaba el mentón de manchas negras. Con todo, era él. Lo recordaba mirándole de manera distinta a la de los otros dos jóvenes —chico y chica— que estaban en el polivalente local de las organizaciones que dirigía Antonio

Martí Soria, jemer rojo del Facebook y bolivariano de Twitter. Mientras aquellos dos cumplían —como el perro de Pávlov— con los condicionantes del lavado de cerebro al que habían sido sometidos y contemplaban a Grau con todo el desprecio al que se atrevían —igual que su gurú—, el otro era diferente. Pau —ya tenía nombre para Grau gracias al ordenador y a la corazonada que había tenido en el Archivo del Reino— le miraba con una mezcla de necesidad de auxilio y miedo a la vez.

Comprobó en la lista que le había facilitado la funcionaria del centro de documentación a santo de qué había estado Pau Maluenda Blanco buscando legajos. Su certificado de investigación decía que era estudiante de posgrado de Historia y estaba realizando trabajos para una tesis titulada *Confidents i traïdors. Els infiltrats de les forces de repressió franquista en l'esquerra clandestina del País Valencià. 1939-1978*. Grau señaló con el dedo la referencia a su superior.

—Mire, mi subteniente. Aquí puede haber algo.

—Si tú lo dices, muchacho. La verdad es que no veo por ninguna parte qué relación puede tener lo que esté estudiando este chico con la muerte de Ros.

—La hermana de Ros nos dijo que ambos eran adoptados. Es más. Al final nos dijo, no con poca vergüenza, que lo más probable es que fueran niños robados. No encontramos la partida de nacimiento de Ros, solo la de su bautizo, en enero de 1943, y allí no se especificaba nada más que eso: que fue bautizado en la parroquia de San Juan y San Vicente. Quizá tuviera ya dos o tres años de edad, pero su padre era de los ganadores de la guerra y de familia bien de toda la vida, así que no hubo preguntas. Su hermana sí que fue inscrita correctamente algunos años más tarde. ¿Por qué Xavier Ros no? Pues quizá porque se lo quitarían a una presa republicana. Sabemos que eso ocurrió y no pocas veces.

—No tenemos ninguna prueba, Grau.

—Ya lo sé, mi subteniente. Pero es una hipótesis razonable, ¿no cree?

—Sí.

—A lo que iba. Ros atrajo la atención del Erudito por alguna razón. Sabemos que el viejo Ros era un gerifalte de la Valencia franquista, con lo cual, el señor que le dio su apellido no era su padre. El Erudito también lo sabía. No le llamo erudito por capricho. Ese tío, mi subteniente, es un genio. Es alguien con enormes conocimientos de cosas que ni siquiera sospechamos. Lo último es que es un hacha con los ordenadores, a tenor de cómo colgó en Internet los vídeos ocultando su rastro hasta para los compañeros de la Unidad de Delitos Telemáticos.

—Eso no nos saca de pobres, Grau —interrumpió Manceñido—. Sigo sin ver qué tiene que ver este chico —señaló la pantalla del ordenador— con todo esto.

—Pau Maluenda Blanco —leyó el brigada— está, o ha estado, haciendo una tesis sobre los infiltrados que tenían —tradujo con cuidado, porque sabía que su superior era un poco sensible con estas cosas— las fuerzas de represión...

—¡La BPS, Grau! —No le dejó acabar—. ¡Esos sí que eran unos verdaderos hijos de puta, así con todas las letras!

—¿La qué?

—La Brigada Político-Social. Había una sección en cada provincia. La mayoría eran del Cuerpo Nacional de Policía, aunque también había de los nuestros y eran los encargados de perseguir a sindicalistas, rojos y, en general, a todo el que les cayera mal. Mala gente, Grau. Imagínate los más bestias de los suyos y los más cerriles de los nuestros juntos, sin tener que dar explicaciones a nadie más que a sus jefes, con acceso a todo y una red de chivatos como para llenar la plaza de toros. Acojonante.

Por el tono de la voz de su superior, Grau intuyó que era posible que Manceñido se las hubiera tenido que ver con alguno de la Político-Social en sus años mozos. O quizá durante el tiempo que estuvo destinado en la casa-cuartel de Intxaurrondo, en San Sebastián. El subteniente, que siempre era un parlanchín redomado y le encantaba contar batallitas de sus diferentes destinos, jamás hablaba de aquellos años en el País Vasco. Nunca.

—Bueno. Lo que le digo, mi subteniente, es que es muy posible que el Erudito supiera quién es el verdadero padre de Ros y aquí tenemos a alguien relacionado con él que...

—¡Relacionado de aquella manera, muchacho, no me jodas! Sabemos que Ros escribía artículos en la prensa donde decía que le parecía muy bien lo que hacían esas asociaciones de rojillos, pero no que tuviera nada que ver con este chico de aquí.

—Eso es verdad —Grau no podía refutar el argumento de ninguna manera—, sin embargo, es lo único que tenemos. Y algo me dice que este chaval —señaló la pantalla— nos puede sacar del callejón donde estamos.

—¿Sabes una cosa, hijo mío? —dijo un Manceñido paternal y sombrío—. Yo también espero que tengas razón en eso. Vamos a hablar con este mozo esta misma semana. Mañana preparamos las diligencias para localizarlo y tendremos una charlita. Yo me encargo de la jueza.

Mientras Grau apagaba el ordenador y arreglaba un poco los papeles de su mesa corrió a su despacho. Desde allí retumbaba la canción «Campanera» de Joselito, la melodía que el subteniente llevaba en el móvil. Grau supo, por los gritos de su superior, que la que llamaba era su mujer. Aunque Manceñido le gritaba por el celular a todo el mundo, con su esposa la cosa subía unos cuantos decibelios, incluso en conversaciones tan nimias como preguntar qué había para cenar.

—Era mi Rosi —comentó cuando volvió—. Me pregunta qué me parece si nos vamos de viaje a Estambul, que su amiga Teresa le ha dicho que está muy bien y que es muy barato.

—Estambul es muy bonita, mi subteniente. Y Santa Sofía es una de las maravillas del mundo. No lo dude.

—¡No sé! Le he dicho que ya tuve yo bastantes moros cuando hice la mili. En Melilla, Grau. En Melilla. Acabé de los paisas hasta las mismísimas pelotas. ¿Y los marroquíes? ¡Buf! ¡Para qué contarte!

—Estambul está en Turquía, mi subteniente.

—¿Pero son moros, no?

—Sí. Aunque muy occidentalizados, de verdad. Cuando yo estuve en mi viaje de fin de carrera me parecieron muy europeos, no sé cómo decirle. Como si fueran unos primos nuestros, ¿sabe? Muy mediterráneos.

—¿Cómo van a ser primos nuestros si son moros, Grau? Los moros siempre son moros. Aquí y en Lima.

17

Al final, hubo que utilizar la artillería pesada. Después de innumerables excusas, recelos y abiertas negativas, el mismísimo general de la VI Zona de la Guardia Civil llamó al rector de la Universitat de València, quien, a su vez, presionó a la decana de la Facultat de Geografia i Història, la cual ordenó al profesor-tutor de la tesis del estudiante de posgrado Pau Maluenda Blanco que ambos atendieran al brigada David Grau, de la Unidad Central Operativa. Solo Dios sabía cuáles habían sido los argumentos, razones y amenazas que cada uno de los eslabones de la cadena había utilizado para lograr su propósito. El caso es que tanto Andreu Ferri, profesor de Historia Contemporánea, como su alumno, estaban sentados aquella mañana en el cuartito que servía para recibir a las visitas y mantener reuniones en el cuartel de Cantarranas.

Grau pensaba que era lógico que tanto el docente como el estudiante no pudieran disimular el miedo. La habitación no era nada acogedora. Las paredes estaban desnudas, pintadas de un blanco que ya amarilleaba. En el centro había cuatro mesas de escritorio juntas para formar una superficie mayor. Las cuatro eran de distintas etapas de aprovisionamiento de muebles de la Benemérita, sin más coherencia entre ellas que sus muchos años y, eso sí, la misma altura. Unos cuantos archivadores —todos ellos vacíos— se alineaban justo debajo de las ventanas enrejadas. «Lo peor —pensó Grau— es que esta es la estancia más noble que tenemos para reunirnos. Si vieran el aspecto que tienen las salas de interrogatorio de verdad, las de los calabozos de abajo, se cagaban encima.»

Aunque ambos testigos, de momento, mantenían sus esfínteres a raya, se les notaba de verdad asustados. Grau no sintió lástima por ellos. No les deseaba ningún mal. De hecho, estaba convencido de que no habían tenido nada que ver con el asesinato de Xavier Ros o, en el peor de los casos, habían sido un par de tontos útiles del Erudito, simples peones. Sin embargo, Grau no podía evitar sentir un malévolo deleite en ver a esos revolucionarios de salón, a esos bolcheviques de Iphone y Spotify de pañuelos palestinos al cuello e insulto fácil contra las fuerzas del orden allí sentaditos, con el culo apretado de puro terror. Y eso que ni siquiera los habían detenido. Aquello era una simple charla para recopilar información y contar con la famosa colaboración ciudadana. Toma ya. La primera idea había sido ir a hablar con ellos a la facultad, tal y como había hecho con la profesora de Historia Antigua, pero, cuando se cansó de que lo torearan, Manceñido y él decidieron que lo harían, si no por las malas, sí por las duras. Y allí estaban. Grau no había participado nunca en la detención de miembros de ETA, pero su superior le había contado que, en el calabozo «y sin ponerles la mano encima, que conste», eran verdaderos corderitos que lo cantaban todo y denunciaban hasta a su propia madre. Al brigada solía venirle a la cabeza la experiencia de su superior cuando, en la televisión, veía a los etarras encerrados en sus cubículos de cristal ante los jueces de la Audiencia Nacional, desafiantes y orgullosos.

Cuando revisaron los antecedentes de uno y otro descubrieron que habían sido identificados por la Policía Nacional en un par de manifestaciones. Nada serio. De todas formas, Grau pensaba ser muy cauto. A fin de cuentas, la presencia de aquellos dos solo se justificaba por una corazonada y no se les acusaba de nada. En aquel momento, estaban allí, muertos de miedo. Pero si el brigada perdía el pulso del interrogatorio o Manceñido perdía la paciencia (lo cual podía ser mucho peor, sobre todo para ellos) la cosa se podría complicar. Y la juez Campos superaría su odio genético a cualquier persona que sospechara que fuera de izquierdas para meterle un rejón a Grau, al cual detestaba mucho más. Aunque el sentimiento fuera mutuo.

El subteniente Manceñido, tal y como Grau le había dicho, llegó diez minutos tarde a propósito cargando un montón de papeles ordenados en carpetas. En realidad, el expediente en sí ocupaba únicamente cuatro de ellas. Las otras diez eran documentos viejos e incluso folios en blanco. El brigada tenía el ordenador portátil (el único que había en todo el cuartel) encendido, con el CD que contenía las imágenes difundidas por el Erudito cargado y a punto de su inmediata reproducción. Era importante aparentar que ellos sabían mucho más que los interrogados y que tenían todo tipo de pruebas en esos legajos. Con teatral afectación por el peso cargado, el subteniente dejó el cerro de papeles en una esquina de la mesa y se sentó junto a su subordinado, quien se había mantenido en un silencio glacial, dejando que aquellos dos se pusieran más nerviosos. Tras un lacónico «buenos días», le pasó a Grau dos carpetas y él se quedó el otro par.

—Vamos a ver. Ante todo, gracias por venir y les recuerdo que están aquí para colaborar con la investigación que se lleva a cabo con motivo del asesinato de Xavier —Manceñido pronunció algo así como *Ksavier*— Ros, cuyo cuerpo fue hallado el pasado 25 de febrero en un recodo del río Túria a su paso por la localidad de Gestalgar, en Valencia.

Ambos asintieron más por educación que porque consiguieran discernir qué demonios pintaban ellos en eso. Aquello era lo único que Manceñido, a tenor de las instrucciones de Grau, tenía que decir. Siguió el brigada:

—El señor Ros fue asesinado siguiendo las pautas de un antiguo ritual romano diseñado para ejecutar a los culpables del delito de parricidio. Hemos averiguado que el señor Ros era adoptado, con lo que suponemos que el responsable de su secuestro, tortura y asesinato sabía esta circunstancia y conocía, además, algo relacionado con su padre biológico. También tenemos otras informaciones sobre hechos ocurridos en la juventud del señor Ros que pueden haber sido incluidas en su investigación académica.

—La verdad —dijo el profesor con un hilo de voz— es que no veo de qué manera podemos ayudarle.

—Igual no pueden, es cierto. Pero debemos asegurarnos de que hemos explorado todas las vías posibles. La tesis de su alumno se basa en los confidentes que los diferentes servicios de información de las Fuerzas y Cuerpos de Seguridad del Estado tenían, durante la dictadura, entre las organizaciones de oposición al régimen, ¿no es así?

—Así es —contestó el alumno.

—Bien. —Grau suavizó el tono, porque algo le decía que aquel chico quería hablar—. ¿Y cómo marcha la investigación?

—No muy bien, la verdad. Se sabe que tanto la Policía

Nacional como... como... —El chaval titubeaba, pues una cosa era hablar así de la Guardia Civil en el bar de la facultad y otra en uno de sus cuarteles y ante dos de ellos de uniforme, pero, al final, lo dijo—: como la Guardia Civil elaboraron archivos enormes con miles de fichas de represaliados. Toda esa información salía de una enorme red de confidentes e infiltrados que tenían por todas partes. La identidad de esos soplones estaba bien registrada en los archivos de la Brigada Político-Social: quiénes eran, qué hacían, los informes que reportaban. Todo. Parte de la documentación fue destruida durante la Transición, según se dice, por orden del entonces ministro de la Gobernación Rodolfo Martín Villa, que, como muchos otros, blanqueó así su biografía franquista.

—Continúe, por favor.

—No solo los fascistas que querían dejar de serlo y veían que el régimen se acababa se afanaron en destruir documentación. A partir de 1982, el gobierno socialista se interesó mucho por lo que contenían aquellos archivos. Hubo, incluso, voces de la izquierda que pedían la destrucción de las fichas de los confidentes, chivatos e infiltrados que todavía existían, porque, decían, la existencia de esos papeles era antidemocrática —el estudiante hizo una mueca para mostrar su desprecio— y creo que lo que encontraron no les debió de gustar, pues hubo mucho traslado de legajos desde los archivos provinciales al Archivo Histórico-Nacional y, por el camino, las cosas se pierden. Pasa en cualquier —el chico dibujó en el aire con los dedos unas comillas invisibles a ambos lados de la cabeza— mudanza.

—¿Qué interés podía tener el gobierno socialista en destruir esa documentación?

—Pues —terció el profesor— tapar sus propias vergüenzas. Resulta que hubo dirigentes del PSOE más o menos destacados —volvió a gesticular las comillas imaginarias— en la lucha antifranquista que, en realidad, habían sido chivatos de la represión de la dictadura y, claro, aquello no podía salir a la luz pública nunca. Un caso muy conocido es el de un confidente socialista que, en Asturias, fue el máximo dirigente de la UGT e incluso llegó a senador. Una parte de la supuesta resistencia democrática clandestina en el tardofranquismo no fue, ni más ni menos, que una farsa.

Si la perplejidad en una cara se hubiera podido medir con un termómetro, el instrumento aplicado a la expresión de Manceñido hubiera hecho que el mercurio brotara como el champán recién descorchado.

—Fue un pacto a dos bandas —intervino el estudiante—. Los chivatos salvaron la cara y se fabricaron un pedigrí heroico de luchadores antifranquistas y los torturadores se reciclaron en expertos de la lucha antiterrorista.

—¿Cómo?

—Uno de los casos más escandalosos —dijo el profesor— fue aquí mismo, en Valencia. En los años sesenta, el jefe de la Brigada Político-Social era un tal Manuel Ballestero, que era bien conocido por la oposición clandestina por su sadismo. Fue él, en persona, el que torturó al dirigente comunista valenciano Antonio Palomar. Sin embargo, con la llegada de la democracia, el gobierno de la UCD le encomendó el Mando Unificado de la Lucha Contraterrorista. Tras llegar el PSOE al poder, Ballestero cesó en su cargo; pero fue rápidamente recuperado por el ministro del Interior, José Barrionuevo, y su secretario de Estado para la Seguridad, Rafael Vera, que lo nombraron jefe de Operaciones Especiales y, más tarde, director del Gabinete de Información del Ministerio. Participó, incluso, en las fracasadas conversaciones con ETA en Argel en 1989. No obstante, se vio envuelto en el caso GAL, aunque de manera indirecta. La cabra siempre tira al monte, ya sabe.

—¿Ah, sí? —Grau empezaba a comprobar que aquellos dos habían hecho los deberes a fondo—. ¿Fue procesado?

—Sí. Los juicios duraron catorce años. La Audiencia de San Sebastián lo condenó a tres años de suspensión por negarse a revelar la identidad de tres confidentes policiales sospechosos de haber participado, a principios de los ochenta, en un atentado en un bar de Hendaya, en Francia. Ese ataque, atribuido al grupo de ultraderecha Batallón Vasco Español, causó la muerte de dos personas. El caso llegó al Supremo, que absolvió al comisario alegando que actuó así porque creía que era más importante proteger a los confidentes que informar a la justicia. Ballestero volvió a ser acusado, de nuevo condenado por la Audiencia Provincial y de nuevo absuelto por el Supremo en 1994. Hay testimonios, además, que vieron a Ballestero celebrando el golpe de Estado del 23-F y muchas de sus víctimas, en su día, protestaron al comprobar que un gobierno, en teoría de izquierdas, tenía entre sus altos cargos a un torturador. Sin embargo, nadie les hizo caso. Como siempre.

—¿Ballestero era el jefe de la Político-Social en Valencia en 1966? —preguntó el brigada.

—Sí. El propio régimen franquista lo relevó de su puesto después de que aparecieran unas fotografías del líder del PCE, Antonio Palomar, con la cara desfigurada por los golpes en 1969. En esa época, el franquismo empezaba su proceso de metamorfosis en *dictablanda* y lo enviaron primero a La Coruña y, después, al País Vasco.

—¿Han encontrado, entre las fichas de los confidentes que aún se conservan, algo que...?

—Que no son muchas, ya le digo —interrumpió el estudiante.

—Sí, sí. Quería decir si han hallado alguna información que les permita suponer que el señor Ros fue un confidente de la Brigada Político-Social.

—No... Bueno. No. Su nombre no aparece en las fichas que hemos podido consultar.

El radar de Grau se encendió en ese momento. El chico mentía. O, por lo menos, no decía todo lo que sabía. La brevísima pausa entre las dos negativas le había hecho sentir una perturbación en la Fuerza, que él interpretaba como la detección de una mentira. Cada vez que le decía eso a Manceñido, que no había visto ninguna de las entregas de *La guerra de las galaxias*, su superior le recomendaba que no estuviera tanto tiempo al sol sin la gorra puesta. El brigada decidió disparar una primera salva con calibre grueso. Giró el ordenador para que los interrogados tuvieran una buena visión de la pantalla y activó el reproductor de imágenes. La escena de la tortura y la canción de los latigazos de *Jesucristo Superstar* resonó en la habitación. Grau y Manceñido dejaron pasar el minuto y ocho segundos que duraba la grabación. Tal y como suponía el brigada, ninguno de los dos consiguió mantener la vista fija en la pantalla durante todo ese tiempo. La cosa iba bien.

—Como pueden ver, lo de la tortura salvaje no es solo objeto de investigación histórica, sino también de investigación criminal. ¿Están seguros de que no encontraron nada relacionado con el señor Ros en la documentación que han manejado?

La pulsión de Grau era correcta. Era más que posible que el joven historiador hubiera visto antes las imágenes, si bien es cierto que el escenario del cuartel de Cantarranas las hacía aún más aterradoras. Era evidente que el chico era un convencido militante de izquierdas de última hornada, de los que ponían en solfa —con conocimiento de causa, ya que para eso había estudiado historia— la Transición y el sistema que de ella había emanado, con sus miles de defectos, pero hay una gran diferencia entre la violencia teórica y la real. Aquel chaval estaba nervioso, incluso horrorizado. Y la causa de ambos estados solo podía venir de un cierto grado de responsabilidad. Sabía algo que no querría haber sabido nunca.

—Es que... es que... —titubeaba— encontré un informe mutilado. Un atestado incompleto de la Policía Nacional que tenía relación con... —señaló la pantalla del ordenador, fundida en negro— con ese señor.

—Tranquilo. —Grau recogía el sedal despacio. Había llegado la hora del tuteo, como buenos amigos—. Cuéntanos.

≀ ≀ ≀

El piloto rojo de la pantalla del ordenador tiembla. Olvidó apagarlo con las prisas por salir. Casi se le va el santo al cielo mientras escribía el interrogatorio a los dos universitarios y, a partir de entonces, la precipitación ha llevado al desastre. Todo ha salido mal. El inspector Onofre Gutiérrez Vidal está tan muerto como Alfonso XII. Pero no debería estarlo. Lo sabía. Lo sabía. Lo sabía. Lo sabía. Estas cosas necesitan mucho más tiempo y preparación. No se secuestra a nadie si no lo sabes todo, absolutamente todo, de esa persona. Sin embargo, la rabia por lo de Nacho le ha hecho ir tan deprisa que la cosa se ha jodido bien jodida. Al menos, ha conseguido información (algo es algo), pero el precio que ha pagado por ella ha sido demasiado alto. Cree que, a pesar de la premura, la improvisación y la sorpresa, ha dejado atados todos los cabos. Pero solo lo cree. No puede estar seguro. Con todo, aún no sabe qué es lo que le tiene más conmocionado: que el inspector la haya palmado o enterarse que a los responsables de la muerte de Nacho los ha tenido —y los tiene— delante de sus narices, a menos de quinientos metros de la puerta de su casa.

Al principio, la cosa fue bien. Aunque su primera idea era poner al inspector Gutiérrez en la lista de los que habían conseguido dejar de fumar de manera permanente después de un largo y doloroso proceso, más tarde pensó que era poco probable que hubiera sido el mismo policía el que había asesinado a Nacho. No. Lo más seguro es que el robo de la pistola hubiera sido un montaje más o menos bien trabado y que fuera otro el que apretó el gatillo. De esta forma, necesitaba saber a quién le había dado Gutiérrez el arma y la única manera de saberlo era hablar con el propio inspector. Si lo hacía bien, podía interrogarlo sin desvelar su identidad y el policía corrupto (de eso estaba convencido) pensaría que su secuestrador era un sicario de una banda rival.

Había pergeñado un plan simple, pero efectivo. Tras unos cuantos días de seguimiento, sabía que el inspector Gutiérrez estaba en el turno de tarde y que acababa de trabajar en torno a las diez de la noche. Después, a bordo de su Ford Focus se iba a su chalé en El Vedat, la montaña cuajada de viviendas unifamiliares perteneciente al término municipal de Torrent. La zona es un enorme dédalo de carreteras empinadas con muchas curvas y caminos secundarios para acceder a las casas. Aunque en verano están todas habitadas, a finales de abril y una vez acabadas las vacaciones de Semana Santa, más de la mitad se quedan vacías. Eligió con cuidado una curva muy cerrada próxima a una senda sin asfaltar que se internaba en la pinada. Allí dentro, entre la espesura, aguardaba una furgoneta de alquiler con todo lo necesario para llevar a cabo el interrogatorio.

Eran las diez y diez minutos de la noche cuando el Ford Focus del inspector Gutiérrez asomaba el morro por la puerta del garaje de la Jefatura Superior de Policía de Valencia. Le siguió hasta Torrent, con especial cuidado para que no se percatara de que un motorista le pisaba los talones. En todo momento dejaba un par de vehículos entre él y su presa. Ya en la salida que lleva a la zona residencial, cuando estuvo seguro de que no iba a ninguna otra parte, le adelantó y llegó, con pocos minutos de ventaja, al punto donde esperaba la trampa. Allí dejó la moto tumbada en medio de la carretera y se tiró al suelo a pocos metros de ella, justo en la intersección de la carretera con el camino que se hundía entre los pinos y las aliagas. Tal y como pensaba, el inspector Gutiérrez clavó el freno para evitar llevarse por delante la Drag Star. Entre la moto y él mismo fingiendo inconsciencia, no había manera de pasar por la carretera. El policía bajó del coche para acercarse al supuesto herido y, cuando estuvo a su altura, los dos dardos de la Taser X3 volaron apenas un metro para estrellarse en el pecho de Onofre Gutiérrez. Los 50.000 voltios impulsados por la carga de nitrógeno se pasearon por los tejidos del inspector hasta que perdió el control de sus propios músculos y cayó, cuan largo era, sobre el asfalto.

A partir de ahí, la rapidez lo era todo. Arrastró primero el cuerpo de su víctima, con los dos cables aún prendidos en el torso, al borde del camino de la pinada y, después, levantó con gran esfuerzo la moto para hacer lo mismo. Por último, metió el coche en la senda y avanzó diez o doce metros por ella para ocultarlo de la vista de cualquiera que pasara por la carretera. Aquel vericueto descendía desde su nacimiento en el lado cóncavo de la curva, con lo que, a no ser que los propietarios del chalé que estaba más abajo —y cuyas luces estaban apagadas desde hacía días— les diera por acudir allí aquel miércoles por la noche, el sitio era seguro. Además, había elegido bien la noche. Había fútbol. El Valencia jugaba contra un equipo de Europa del Este de nombre impronunciable los octavos de final de algo.

Sudó lo suyo para trasladar al inconsciente comisario de su escondrijo provisional al interior de la furgoneta de alquiler. Allí lo amordazó y lo ató, poniendo trapos en las muñecas y los tobillos para asegurarse de que no le dejaba ninguna marca de laceración que pudiera indicar a los forenses que había sido inmovilizado. En ese momento no pensaba que Gutiérrez no fuera a salir vivo de allí, pero aquella precaución era un viejo hábito que no podía dejar de ejecutar. Cuando se aseguró de que Onofre Gutiérrez, en el caso de que se despertara antes de que él volviera, no podría escapar, salió de la furgoneta para montarse en la moto y llevarla a la cercana avenida, donde, cuando todo hubiera acabado, la recogería después de dejar allí la furgoneta.

Con todos los vehículos donde tenían que estar, procedió con el invitado, que, atado y amordazado, ya había recuperado el conocimiento. Oculto tras el pasamontañas, puso la grabadora en marcha. Ahora, el pequeño dispositivo que registra el sonido directamente en formato mp3 está encima del escritorio. Grabó el interrogatorio, porque pensaba que sería una buena póliza de seguros. Si, como pensaba y acertó, el inspector Gutiérrez era un corrupto, la grabación le mantendría con la boca cerrada, pues, a fin de cuentas, el ladrón no denuncia al otro ladrón que le ha robado el botín de un robo. Ese es el verdadero honor entre los delincuentes: la certeza de que, si recurres a la ley, aún será peor. Conecta el magnetófono digital al ordenador e importa el archivo de audio. Entonces escucha:

—Vale, vale. —La voz de Gutiérrez sale entrecortada entre jadeos, hay que prestar mucha atención para no perderse—. Ni sé quién eres, ni te he visto la cara, ni te la voy a ver. Mira, dile a la Puri que quedó claro el mensaje con lo de la calle Botánico. La mercancía ni siquiera está ya en Valencia. No va a haber ningún problema, pero, ¡por favor! ¡No me hagas nada!

Jamás había oído hablar de la tal Puri. La lana negra que le cubría la cara se había convertido en su mejor aliado. Apostó por seguir callado, una esfinge cuyo rostro era un bulto un poco más oscuro en las tinieblas de la furgoneta. Olía el miedo de Gutiérrez y, ante esa situación, lo mejor era el silencio, ya que, en esas situaciones, es la víctima la que quiere hablar, la que quiere contarlo todo aunque no sepa qué es lo que quiere su verdugo.

—¡De verdad! ¡Te lo juro por todos mis muertos! ¡Desmontamos el chiringo de Botánico y he pasado el género a una gente de Albacete para que lo muevan allí! No volverá a ocurrir. ¡Te lo juro!

Estaba claro que Gutiérrez le había tomado por alguien de la banda de la tal Puri. Aquel disfraz confeccionado en la mente de su víctima era, incluso, mucho mejor que el pasamontañas. No obstante, tenía que saber más sin delatarse. Optó por la pregunta más fácil.

—¿De dónde salió el material? —Odiaba escuchar su propia voz grabada—. ¿Quién os lo pasó?

—Nadie. Nadie. Tengo un colega que es de la policía portuaria e íbamos a medias. Lo sisamos de un decomiso. Detuvieron a un capitán de un carguero que cargaba naranjas en el puerto de Gandía. De eso hace casi dos años. El notas llevaba diez kilos en una bolsa de deportes que dejaba allí en cada viaje. La traía de Italia, no sé de dónde. Pillamos ocho o nueve paquetes de medio kilo y dimos el cambiazo justo antes de que metieran el alijo en la cámara acorazada del edificio de Sanidad Exterior del Puerto. Luego esperamos meses hasta que el juzgado ordenó que se quemaran los paquetes y, cuando estuvimos seguros de que nadie se había dado cuenta, empezamos a moverla con los negros.

—¿Quiénes eran?

—Nadie. No eran nadie. Unos pringaos de nada que, después de lo que hizo ese bestia, querían volver a meterse en la patera y regresar a su pueblo, aunque fuera remando con las manos. ¡Te lo juro!

—La pistola.

—¿Qué pistola?

—La Glock que tenías en tu casa y que, en teoría, te la habían robado.

Ahora, cuando escucha la grabación, se da cuenta de dónde cometió el error. En aquel momento, el inspector Gutiérrez supo que su secuestrador no tenía nada que ver con la banda de la tal Puri.

—¡Espera, espera! ¡Tú no eres de la Puri! ¿Quién cojones eres tú?

La ventana donde el programa de edición de audio mostraba los niveles del sonido grabado dejó de mostrar el dibujo de picos y valles. Ese silencio, esa línea continua apenas duró un par de segundos. Ahora que lo ve de forma gráfica piensa que esa raya azul sobre fondo gris configuraba el cuadro perfecto del fallo, el paisaje del pánico. «Aquí perdí el control.» Después, la línea se encabritaba y llenaba todo el espacio de graves y agudos. Así es como los gritos de dolor tras la segunda descarga de la Taser se convierten en código binario legible por una computadora. Quizá podía haber hecho otra cosa, pero no se le ocurrió nada. En aquel momento pensó que tenía que recuperar el control de la situación con el dolor del policía torturado.

—¡Hostia! —La voz de Gutiérrez era apenas un hilo, casi inaudible—. Como tú quieras. No sé dónde coño está la Glock. El negro ya no la tenía. Se la debió de quedar el cabrón tuerto ese que tiene la Puri. ¿No sabes quién es, verdad? Es una bestia parda, como un armario ropero. Él se llevó la pipa y él debe saber quién la usó para tumbar al albañil ese de Orriols. ¡Si es que no lo hizo él!

—¿Quién es la Puri? —No servía ya de nada mantener la mascarada. Necesitaba respuestas y, para eso, tenía que hacer las preguntas.

—¿Que quién es la Puri? ¡Joder! La puta ama del menudeo de Valencia. Tiene un bar en el Cabañal donde se pasa las mañanas haciendo tortilla de patatas y poniendo cervezas, pero es la que corta el bacalao, ¿sabes? Ella es la que más género tiene; la que tiene a los mazas más bestias, como el hijo de puta del tuerto, y la que tiene bula para hacer lo que le salga del coño, porque los tiene a todos en el bolsillo, ¿sabes? Si un constructor quiere comprar solares baratos, pues ella cambia de sitio a los camellos... Los yonquis se apalancan en la zona y, en un par de meses, todo el mundo quiere vender los bancales de alcachofas, pues están hasta los cojones de las chutas en las acequias. ¡Esa es la Puri!

El resto de la grabación, un par de minutos más, es, de nuevo, una línea continua. Se queda mirándola con ojos perdidos. «Aquí —dice en voz alta— está el error definitivo.» Con aquello tenía suficiente. La pieza que faltaba del puzle acababa de aparecer. En el lápiz de memoria de Carretero solo estaba, en realidad, la manera en la que el dinero se blanqueaba, pero no aparecía la fuente. Ya lo sabe. «¿Por qué coño gastaste la tercera carga?» Aún ahora, no se explica el porqué. Rabia, despecho, ganas de hacer justicia. No, no es eso. Poder. La sensación de ser poderoso. Cuando tienes entre tus dedos la capacidad de dañar, de hacer sufrir a otro sin más límite para hacerlo que tu voluntad, es muy difícil resistirse. Es una sensación mejor incluso que la de escribir, porque crear una historia, un universo, conlleva un esfuerzo titánico. Ahí también se alcanza la divinidad, aunque por las malas. Es el resultado del ejercicio de la literatura lo que es placentero, no el proceso. En esa furgoneta, hace menos de dos horas, lo que embriagaba era el proceso, no el resultado. Apretó el gatillo de la tercera y última carga de la Taser. Gutiérrez, esta vez, ni siquiera gritó. No oyó su muerte. Ni la vio. La olió. El olor a mierda inundó el habitáculo en cuestión de segundos. Los esfínteres se le habían soltado nada más parársele el corazón. Abrió casi a patadas las puertas traseras de la furgoneta sin importarle el ruido que podía provocar que alguien lo escuchara. El hedor era insoportable. Con la linterna buscó los dardos con electrodos que pendían del pecho de Gutiérrez y le desabotonó la camisa. A la luz de la pequeña bombilla comprobó la existencia de una enorme cicatriz que recorría el esternón de Gutiérrez. Padecía del corazón. Quizá llevaba un marcapasos. No lo podía saber. El caso es que tres descargas en el pecho a un enfermo cardíaco es como jugar a la ruleta rusa con cinco balas en el tambor y pretender salir con vida: si ocurre es por pura potra. No debería haber acabado así.

Las cosas son siempre peores —y mejores— en la imaginación que en la realidad. Y uno llega a acostumbrarse

hasta al olor a mierda. Había sacado el cadáver de Gutiérrez de la furgoneta y lo había metido, de nuevo, en el interior de su coche. Puso la furgoneta fuera del camino y dejó
el vehículo del policía en la cuneta. Se había alegrado, y
mucho, de haber inmovilizado a su víctima con trapos en
las muñecas y en los tobillos, porque, tal y como suponía,
no había marcas muy escandalosas de las ligaduras. «Cuando lo encuentren —piensa— creerán que se empezó a encontrar mal, porque le había dado un infarto y que solo le
dio tiempo a parar el coche antes de palmarla.» O eso espera. Era un hombre muy velludo y entre el pelo del pecho
no ha visto señales de los dardos de la Taser, aunque, con
tan poca luz, no puede asegurarlo al cien por cien. Ha hecho añicos las Leyes del Oficio de Matar, todas ellas.

Toda la ropa que llevaba puesta arde en el interior de la
estufa de hierro. Con ella ha metido una buena cantidad de
leña de naranjo y también varias ramas de romero para disimular el olor. No es normal encender fuego a finales de un
abril tan caluroso como este, si bien confía que nadie se dé
cuenta, pues es más de medianoche. Los escasos ruidos habituales de la ciudad dormida, de repente, cesan. Aquí está
de nuevo: el silencio ha reptado por el interior de los muros de la nave industrial que reconvirtió en su hogar. Los
muros de ladrillo son ahora como las paredes de cristal de
una pecera que le confinan en un universo sin sonido como
el fondo del mar. El pantano entona el cántico mudo que,
en esta ocasión, le arma con la serenidad y lucidez que no ha
tenido hace unas horas. Ni se plantea irse a la cama. No podría dormir de todos modos. Agradece el insomnio. Tiene
mucho que hacer. La siguiente media hora la emplea en edi-
tar el audio grabado. Elimina sus intervenciones y deja la
confesión de Gutiérrez, así como sus revelaciones sobre

la Puri. Incluye el archivo de sonido, ya editado, en la carpeta «Rosal» del escritorio de la computadora. Abajo, minimizado en la barra de tareas, el programa procesador de textos parpadea. Menos mal que lo ha visto. No había guardado lo escrito esa tarde. Hace clic en el pequeño rectángulo y se abre el documento etiquetado como 17.3, o sea, capítulo 17, escena 3. La primera coma está mal puesta. La corrige.

≀ ≀ ≀

—¡Es como si fuera una nueva versión de la tragedia de Edipo, mi subteniente! —Grau estaba entusiasmado—. ¿Se da usted cuenta?

Manceñido estaba derrumbado sobre una de las sillas de la sala, con la cabeza gacha y los hombros hundidos como si estuviera soportando él solo el peso del cielo. La historia que les había contado el estudiante de posgrado le había afectado más incluso de lo que él estaba dispuesto a admitir.

—¿De quién?

—¡De Edipo, mi subteniente! Ya sabe, el rey de la antigua Tebas que mató a su padre para acostarse con su madre, porque una antigua profecía había dicho que...

—¿Pero qué guarrería es esa? ¡Por Dios!

—Es un mito clásico, mi subteniente. A Edipo fue a quien le preguntó la esfinge aquello de cuál es el animal que anda a cuatro patas de joven, a dos de adulto y a tres de anciano... que es el hombre, ¿se acuerda?

—¡Pues esos clásicos tuyos eran unos degenerados...! —bramó Manceñido—. ¡Es que no me lo quito de la cabeza! ¡Qué barbaridad, Grau! ¡Esto lo ponen en uno de esos culebrones sudacas que ve mi Rosi y no te lo crees! ¡Es que me tengo que cagar en mi puta calavera negra! ¡Coño!

Ambos guardias civiles esperaban las copias en papel de la transcripción de la grabación que habían realizado al estudiante de posgrado. Ambos estaban agotados. Habían sido más de cinco horas hablando con él, incluyendo la llamada a sus padres (a pesar de que era mayor de edad y no hubiera hecho falta), ataques de nervios, llantinas, viajes a la cantina a por agua, y hasta un porrito que le dejaron fumar para que se tranquilizara, mientras Manceñido hacía como que no veía ni olía nada. El pobre chaval había sido —como tantos otros— un tonto útil del Erudito. También llamaron a un abogado del turno de oficio, a petición del propio Grau, que ayudó a que el chico se calmara, ya que, a fin de cuentas, no había hecho nada malo. Bueno, sí que lo había hecho, pero ni era consciente de ello ni había un solo artículo en el Código Penal que especificara que compartir información académica de la posguerra y el franquismo en foros de extrema izquierda fuera delito.

El brigada no podía dejar de reconocer que Pau Maluenda, como investigador, había trabajado de lo lindo. Había encontrado listas de chivatos de la Brigada Político-Social de los años sesenta y algunos de los nombres que en ellos aparecían quitaban el aliento. Era gente que, después, había tenido proyección en la política autonómica o habían llegado al Congreso, al Senado o incluso a ser alcaldes de su pueblo. Si Maluenda publicaba la tesis —cosa que Grau, ahora mismo, dudaba mucho—, más de uno se iba a llevar un buen disgusto. Si los políticos tenían una reputación más que maltrecha, con aquellas cosas aún iban a quedar peor, pues, en esencia, demostraba hasta qué punto puede llegar la mezquindad humana.

Sin embargo, lo más interesante era lo que atañía al propio Ros. Él no había sido un chivato. Más bien todo lo contrario. Se creía lo de la lucha obrera; hasta el último día. La sombra de su padre, un personaje respetable y del régimen sin ningún tipo de fisura, le había protegido mientras tonteaba; primero en las reuniones clandestinas de oposición a Franco que se disfrazaban de ejercicios espirituales en parroquias y, con posterioridad, cuando cruzó una línea que no debía de haber atravesado.

La clave la habían encontrado en el atestado policial incompleto que Maluenda había hallado en el maremágnum de legajos del Archivo del Reino. Agentes del Cuerpo Nacional de Policía habían recuperado de entre la maleza que crecía en el nuevo cauce del Túria —el conocido en aquella época como Plan Sur— el cadáver de un tal Feliciano Casas Muñoz al que habían asesinado a palos. Colgado del cuello había un cartel en el que se podía leer «TRAIDOR» y las siglas FELN, que, para alivio de Grau y Manceñido, el joven historiador identificó como el Frente Español de Liberación Nacional, un grupúsculo de disidentes del PCE de Santiago Carrillo, que, liderados por Julio Álvarez del Vayo, pretendía continuar la guerra de guerrillas de los maquis en plena década de los sesenta. Según les contó Maluenda, aquel grupo fue el antecedente del FRAP, fundado también por Álvarez del Vayo en 1970.

En efecto, Feliciano Casas Muñoz era un confidente de la Brigada Político-Social en Valencia. De hecho, era el mejor que tenía, porque, para empezar, ni siquiera se llamaba así. En realidad, Casas Muñoz había nacido en Navalcarnero, Madrid, como Jacinto Pérez Carrascosa, en 1914. Anarquista convencido, el final de la Guerra Civil le sorprendió en Teruel y, tras fracasar su intento de escapar junto a su mujer —embarazada de siete meses— por el puerto de Castellón, ambos fueron encarcelados. Ella, Encarnación

Sanz Alonso, también militante de la CNT, había acabado en la cárcel para mujeres del Convento de Santa Clara, y él, en San Miguel de los Reyes.

Encarnación dio a luz a su hijo entre rejas, pero murió pocas semanas después del alumbramiento a causa de las terribles condiciones de la prisión. La causa de la muerte, tal como constaba en el registro de la cárcel, era tisis, «aunque bajo el antiguo nombre de la tuberculosis cabía de todo», les dijo el historiador. Aquel recién nacido se lo quedó «así, tal cual», les dijo Maluenda, uno de los sanitarios que mal atendían a las presas: el joven doctor Javier Ros que, después de dejar al bebé al cuidado de su mujer, se fue de voluntario a la División Azul como oficial médico.

Mientras tanto, Jacinto Pérez Carrascosa se enfrentaba a un consejo de guerra que, primero, le condenó a muerte, si bien luego le fue conmutada la pena capital por treinta años de reclusión redimible con trabajo en el Valle de los Caídos. «No sé qué le hicieron allí o, quizás, estaba ya harto de todo —decía el historiador—, el caso es que según el registro de trabajadores forzados del mausoleo del dictador, Jacinto Pérez Carrascosa jamás salió de allí. Sí que lo hizo, en 1945, otro preso republicano: Feliciano Casas Muñoz, que, en teoría, pasó a Francia, desde donde pudo volver a entrar en España en 1955. El problema es que otro Feliciano Casas Muñoz había sido liberado, dado que estaba enfermo terminal, también en 1945. Su familia —que tuvo que soportar la humillación de que lo enterraran en la fosa común, porque el cura de su pueblo de Ciudad Real no permitió que se le diera sepultura en una tumba propia como a los demás— colocó una placa con su nombre en el cementerio de Morata de Tajuña. Esta acción fue difundida en una web de una asociación de recuperación de la memoria histórica. Yo vi el nombre y como tenía el informe mutilado de 1966 me di cuenta que Casas Muñoz no había podido morirse dos veces.»

Pau Maluenda no sabía si aquel hombre con dos vidas había llegado a saber que su hijo había sido criado por uno de sus enemigos. Bajo la identidad de Feliciano Casas Muñoz, Jacinto Pérez Carrascosa fue dando tumbos por media España, infiltrándose y desguazando, desde dentro, los escasos grupos de resistencia antifranquista. La Brigada Político-Social de Valencia lo tenía entre sus confidentes a partir de 1964. «Por lo visto —decía Maluenda— se parecía físicamente a Casas Muñoz y se había construido una historia completa cogiendo datos de otros que ya no podían poner en cuestión sus mentiras. Así, con el pedigrí de viejo soldado republicano, se conseguía meter en esos círculos, que, entonces, al menos aquí en Valencia, estaban muy mal organizados y sin apenas conexiones con otros puntos de la resistencia antifranquista.»

Maluenda no pudo contestar a las preguntas de Grau sobre qué le pasó al falso Casas Muñoz para que le descubrieran. «Quizás alguna incoherencia en una de sus historias, quizá lo pillaron con las manos en la masa... No lo sé.» El caso es que el recién nacido Grupo Valenciano del Frente Español de Liberación Nacional decidió llevar a cabo su primera acción armada con un escarmiento al chivato. «Entre los miembros del comando, por llamarlo así, estaba Xavier Ros, el hijo del mismísimo rector de la Universidad de Valencia, exmiembro de la División Azul y falangista hasta las trancas. No lo debieron de hacer muy bien, porque la Brigada Político-Social fue a detener a Ros hijo esa misma semana. Sin embargo, no hay constancia de que lo interrogaran en la comisaría ni de que se iniciara ningún tipo de procedimiento contra él ni sus cómplices. Su padre haría las gestiones que tuviera que hacer para tapar el asunto. Como les digo, el informe fue mutilado sin disimulos y el caso se cerró sin culpables.»

A Grau, hijo de la era de Internet donde todo se sabe, sobre todo lo que no importa nada, le resultaba difícil de asimilar que pudiera aparecer un hombre asesinado a bastonazos sin que nadie se enterara. Manceñido sí que lo entendía: «En aquella época, muchacho, los periódicos ni siquiera publicaban sucesos, ya que en la España de Franco no había ni crimen ni criminales, porque lo decía el de la lucecita de El Pardo y punto. Si yo te contara.»

Pau Maluenda había hecho un buen trabajo, pero en el pecado llevaba la penitencia. Había compartido algunos de sus descubrimientos en media docena de foros de la red. «Es muy normal, pues las asociaciones de la memoria histórica se mueven, principalmente, por Internet.» Allí fue donde lo captó el Erudito.

Maluenda jamás le había visto en persona. Tampoco podía decir de dónde era. Todo lo que sabía de él era su *nick*, o sea, su nombre de usuario en las redes de extrema izquierda. Se hacía llamar Koba, que «era uno de los apodos que utilizó Stalin, quien, a su vez, se lo apropió del personaje creado por Alexander Qazbeghi, una especie de Robin Hood de Georgia, todo eso me lo explicó él». El joven historiador hablaba del tal Koba con una mezcla de miedo y admiración que Grau, hasta cierto punto, podía entender.

«Es que parecía saberlo todo. Me dio muchísimas ideas para seguir la investigación. Bueno, de hecho, me sugirió la primera, la de averiguar cuántos chivatos tuvo la policía franquista en Valencia y qué había sido de ellos. Como muchos de nosotros, decía que la Transición había sido un cambio de cromos entre fascistas verdaderos y demócratas falsos y, entre todos, repartirse otra vez el cotarro, escupiendo sobre las tumbas de los miles de camaradas que se habían dejado la vida en las trincheras o la libertad en las cárceles. De verdad, sus escritos en los foros eran inspiradores. Recuerdo muy bien cuánto me impactó su teoría de que el juancarlismo no es más que el franquismo adaptado a los nuevos tiempos y que cuando el Congreso, el Gobierno, los jueces, la prensa y el Ibex 35 actúan como lo hacen, como una apisonadora que tritura al pueblo, es lícito echar de menos la muleta del Cojo Manteca reventando semáforos.»

Con alguna que otra soflama parecida a esta última —y que no fueron a más porque a Manceñido se le incendiaban los ojos—, el chico fue contando todo lo que sabía de aquel Koba en el proceloso mundo de las páginas web de extrema izquierda. «Menos mal —concluyó el joven historiador— que no le facilité todos los nombres de confidentes que había encontrado, ¡quién sabe lo que hubiera hecho con ellos!»

—¡Bueno! —exclamó Manceñido, frotándose los ojos—. Ya esta bien por hoy. ¡Joder, que día más largo! Mañana llamaremos a los de la Unidad de Delitos Telemáticos a ver si pueden dar con el cubalibre ese que tú crees que es tu perito.

Grau ya no tenía fuerzas ni para reírse por lo bajo. Ni eso.

18

Un escritor escribe. Se supone que no hace otra cosa. Que pasa horas sentado ante un teclado poniendo una palabra detrás de la otra. ¿Sirve para algo todo lo que hace? No. Ni la tarde más productiva respecto a la cantidad de páginas que mira con orgullo bailar en la pantalla del ordenador es garantía de nada. Pocas cosas resisten, además, la lectura posterior. Hace bailar el puntero del ratón sobre la carpeta virtual que se llama «Rosal», donde ha incluido toda la documentación que estaba en el lápiz de memoria de Ferran Carretero, más el texto donde empezó a escribir una suerte de reportaje sobre el blanqueo de dinero que llevaba a cabo. Justo arriba hay otra carpeta, bajo el triste nombre de «Descartados». Ahí hay de todo. Inicios de novelas que nunca continuó; textos sobre anécdotas o documentación que pensaba utilizar y cuyo motivo ha olvidado; cuentos que, una vez releídos, no le gustaron. Abre la carpeta de los descartes. No sabe lo que busca. Ni siquiera sabe si busca algo. La lista de documentos se despliega en columna. Hay cientos de ellos, con nombres que ya ni recuerda qué significan y, por tanto, cuál es su contenido. De repente, la casualidad, o quizás el destino, hace que el puntero se detenga sobre uno de los documentos. Feliz coincidencia. El archivo se llama *El huerto del inglés* y es un cuento. Lo escribió hace muchos años y lo presentó a un concurso de relatos que, como era natural, no ganó y que supuso para él el primer y último intento de labrarse una carrera literaria mediante los premios. Con todo, le tiene especial cariño porque fue la primera vez que intentó darle forma a ese impulso creador que, desde pequeño, le hacía anhelar ser escritor.

Fue en esas páginas cuando supo, por primera vez, lo mucho que costaba. No es lo mismo escribir un reportaje o una columna de opinión que construir un mundo de ficción entero. Hay tantos detalles, tantas tuercas que giran al mismo tiempo y que se han de vigilar, que el proceso es agotador. Ese cuento, además, es especial, porque es la partida de nacimiento de David Grau. Su guardia civil nació en esa historia. Como no ha tenido hijos, Grau es lo más parecido que tiene y, por eso, lee otra vez ese cuento, narrado en primera persona, y cree tener la misma sensación —entre dulce y amarga— que tiene un padre septuagenario cuando ve una fotografía de su hijo recién nacido hace más de medio siglo. El cuento no tenía título en letras grandes. Lo escribe ahora, casi acariciando el teclado, y le añade un subtítulo que, en origen, ni tenía ni podía tenerlo, porque su brigada de la Guardia Civil no era aún ni brigada, Manceñido era apenas un esbozo hecho a brochazos con cuatro tópicos y Mentor ni siquiera existía. Entonces aún creía que podía crear una ficción total solo con su imaginación. Estaba muy equivocado. Pensó en incluirlo en la antología de *Valencia criminal*, pero pensó que era más aconsejable hacer otro, con Grau y Manceñido mejor definidos por las dos novelas ya publicadas. Incluso así, en aquel cuento, que llamó *La calavera negra*, incluyó referencias a este que únicamente él podía identificar.

Piensa que, quizá, debería abrirse un blog o una página web, como hacen todos los escritores, y colgar allí la historia, una especie de precuela moderna de las que se llevan ahora. Cuando lo escribió, recuerda, todo era más fácil. Mucho más fácil. Y la literatura era solo literatura. Buena o mala, pero encerrada entre palabras, lo que debería ser. Oprime la opción de «Imprimir» de su procesador de textos. Hace años que no lee ninguno de sus escritos en papel. Hará una excepción. «Privilegio de primogénito», piensa:

}} } }

EL HUERTO DEL INGLÉS

El primer caso de David Grau

El teléfono sonó a las tres y cuarto de la madrugada. En vez de despertarme, incorporé los tonos del aparato al sueño y en mi realidad onírica se convirtieron en los timbrazos de una bicicleta conducida por Brad Pitt tal y como Dios lo había traído al mundo y que venía hacia mí con una sonrisa lasciva. El encuentro soñado con el actor no se llegó a producir gracias al potente chorro de voz del sargento Manceñido:

—¡Grau, coño! ¡El teléfono!

Mi superior estaba —en calzoncillos y camiseta interior de tirantes, pero con la gorra reglamentaria puesta— en mitad de la puerta del cuarto de comunicaciones del puesto. Bueno, lo de «cuarto de comunicaciones» era un eufemismo para definir aquel cuchitril donde apenas cabía un escritorio, una silla y un archivador metálico. Era la tercera

vez que me pillaba durmiendo durante una guardia en el
mes y medio que llevaba allí, aunque en aquella ocasión la
cosa iba a ser más grave, porque las dos anteriores no había
sido el teléfono lo que me había dejado en evidencia. Salté
de la silla para ponerme de pie y coger el auricular y, mientras me lo ponía en la oreja, casi creí ver a Brad Pitt diciéndo-
me adiós con la mano tras la oronda silueta de mi sargento:

—¡Puesto de la Guardia Civil de Jeresa, buenas noches!
—contesté de la manera más marcial que pude al tiempo
que rezaba para que el furibundo suboficial que también se
había despertado por mi culpa no se fijara en el bulto dela-
tor de mi entrepierna, prueba fehaciente de que mi sueño
no había sido una simple cabezadita, sino más bien profundo y, además, placentero.

—¿Oiga? —identifiqué en mi interlocutor un marcado
acento inglés dentro de un castellano atroz—. ¡Han atacado mi casa y he tenido que defenderme de un *breaking rob-
bery! I had to shoot him!* ¡Pido manden ayuda ahora!

—Un momento, señor —respondí con voz pastosa—,
¿dice que le han atacado en su casa? ¿Hay alguien herido?

—¡No lo sé! ¡Está en el huerto y no se mueve! ¡Rápido,
por favor!

—Sí, señor, dígame la dirección —dije mientras levantaba la cabeza para hacerle señas al sargento, pero este ya había desaparecido de la apertura—. ¿Cómo? ¡Ah, entiendo!
La cuarta travesía a la izquierda de El Caminàs... Sí, sí... lo
tengo. El Huerto del Inglés... Muy bien... Vamos para allá
en seguida... No toque nada, por favor.

Repasaba los datos que había escrito cuando el sargento
Manceñido volvió a aparecer en el vano de la puerta. Esta vez
estaba ya con el uniforme puesto, botas, gorra y correajes.

—¿Dónde vamos?

Repetí como un papagayo la conversación telefónica poniendo especial cuidado en no olvidar ningún detalle. En los ojos de mi superior aún brillaba el cabreo por haberlo despertado. No obstante, la situación había provocado que su sentido del deber como guardia civil dejara a un lado la reprimenda que me esperaba y el consecuente arresto para el próximo fin de semana que, sin duda, me había ganado por quedarme tan dormido en mi turno de guardia. Ni siquiera había oído el teléfono que tenía a menos de medio metro de mi cara.

—Sé dónde es —dijo—, le llaman la Casa del Inglés, porque desde hace décadas vive allí un guiri jubilado. También son ganas, joder, vivir allí en medio del marjal, entre charcas y mosquitos. Claro que esta gente viene buscando el sol y le da igual todo lo demás. Como allí en su pueblo hace un tiempo del carajo todos los días...

Salimos corriendo hacia el Nissan Patrol. Como siempre, mi superior se puso al volante, mientras yo —cumpliendo el procedimiento— encendía la radio y daba parte a la Compañía de Gandía (de la cual dependíamos) de nuestro destino y la naturaleza del servicio: «llamada de auxilio por posible allanamiento de morada; según el denunciante, que es el propietario de la vivienda, se ha defendido con resultado de agresor herido o muerto. Se ha solicitado asistencia médica —que está de camino— y el sargento Víctor Manceñido y el guardia en prácticas David Grau, del puesto de Jeresa, se van a personar en el lugar de los hechos».

Cuando los potentes faros del Nissan iluminaron el oscuro sendero que allí llamaban El Caminàs, o sea, El caminazo en valenciano, pensé en la mierda de primer destino que me había tocado en suerte. Y eso que en la Academia me había puesto de lo más contento cuando me lo dijeron.

El puesto de Jeresa (en la Guardia Civil, entonces, no se usaban todavía los nombres en valenciano, así que de Xeresa, nada de nada) estaba a menos de diez minutos de la playa de Gandía, pero en el mes y medio que llevaba allí había visto el mar las mismas veces que durante el curso en la Academia de Aranjuez, o sea, nada. Me había quedado dormido (y el sargento me había pillado) dos veces en guardias anteriores a aquella noche, lo cual me había supuesto dos arrestos en el puesto y, por tanto, ni un solo día libre para explorar los alrededores. Si al menos me hubiera tocado un pueblo perdido de la sierra de León, el aburrimiento hubiera estado justificado; sin embargo, tener tanta diversión tan cerca y no poder probarla era mucho más cruel. Y así fue todo aquel verano de 1997.

El Caminàs era un sendero mal asfaltado, peor señalizado y bordeado por dos acequias de más de metro y medio de ancho cada una. Por él cabía un coche en cada sentido de milagro. Comunicaba el casco urbano de Jeresa con la carretera Nazaret-Oliva, que corre paralela a la inmensa playa de Gandía. Era un atajo bien conocido por los veraneantes de toda la vida de la playa gandiense y por los naturales del pueblo. En verano era un trajín de vehículos en uno y otro sentido y una fuente inagotable de trabajo para nosotros entre colisiones y caídas a una de las dos acequias. A su vez, desde el brazo principal de El Caminàs salían innumerables travesías que conformaban un laberinto de sendas que llevaban a campos de naranjos, pequeños huertos de hortalizas, algún que otro arrozal o el mar de juncos y cañas que conformaba el inmenso marjal. Entre aquel dédalo se levantaba alguna nave industrial abandonada y viejas alquerías de labradores como a la que nos dirigíamos aquella noche de verano.

Si conducir por el asfaltado Caminàs ya daba miedo, meterse por alguno de sus senderos de fango y piedras sueltas era una pesadilla. Las ramas de los naranjos muertos arañaban los costados del todoterreno y el olor a agua encharcada se clavaba en las fosas nasales como permanente recordatorio de que aquello era un pantano que te podía tragar al mínimo descuido. El sargento y yo encendíamos un cigarrillo tras otro para formar delante de nuestras caras una pantalla de humo que nos protegiera de los mosquitos.

El inglés había encendido todas las luces de la casa y el edificio resaltaba como un faro en la noche cálida y pegajosa. Un buen muro de casi tres metros de altura rodeaba la propiedad y, en su parte superior, brillaban los trozos de cristales rotos incrustados en el cemento. A oscuras, cualquiera que intentara saltar la pared y que ignorara que allí estaban las puntas de vidrio, se podía dejar las manos en el intento. Una defensa tan rudimentaria como eficaz, y también prohibida por la legislación urbanística. Pero si en algo se hace la vista gorda en la Comunidad Valenciana es, precisamente, con las cosas del ladrillo. Y así vamos. La puerta de entrada —metálica— estaba abierta y accedimos al interior. Un camino de grava bordeaba pequeños huertos donde crecían tomateras enredadas en cañas, matas de pimientos y hasta sandías y melones. También había árboles y distinguí naranjos, limoneros, una higuera y, supuse, varios frutales. A la casa se accedía por un porche sujeto por cuatro columnas y allí esperaba el hombre que me había llamado no hacía ni veinte minutos. Era alto y delgado, con el cabello de un color indefinible entre el rojo y el rubio, aunque muy manchado de pelos grises y blancos. Los ojos eran pequeños, pero de un azul tan pálido que, bajo la luz artificial, parecía gris. Estaba vestido con unos calzoncillos de algodón grises y una camiseta negra. Al llegar a su lado, Manceñido y yo intercambiamos una mirada cómplice al comprobar, con asco, que sus pies descalzos le olían como si acabara de correr un maratón. Como todos los flacos al envejecer, su cara y cuello tenían el aspecto de una pasa muy arrugada, incluso para ser una pasa. Estaba muy nervioso y en cuanto bajamos del coche se acercó a nosotros con los brazos extendidos en gesto de súplica, hablando en inglés y escupiendo palabras como una ametralladora. Mi curso de dos semanas en Dublín me pareció en aquel momento una completa pérdida de tiempo.

—¡Un momento, un momento, señor! —le cortó el sargento—. ¡Vamos a tranquilizarnos y, sobre todo, a hablar en español que, si no, no nos vamos a entender! A ver, ¿qué ha pasado aquí?

Nos contó que estaba durmiendo cuando oyó ladrar a los perros en el jardín y, después, el sonido de dos tiros. Cuando se asomó por la ventana comprobó que había un hombre en el jardín que había matado a los dos perros y que se dirigía hacia la puerta de la casa, pistola en mano. Cogió la escopeta y salió al porche y, en cuanto abrió, el intruso descerrajó un par de disparos contra él que no le dieron de milagro. Después —dijo— disparó los dos cartuchos.

Nos enseñó los orificios que los tiros del ladrón habían provocado a menos de un palmo del marco de la puerta. En uno de ellos, incluso, se podía ver brillar el plomo de la bala incrustada contra el ladrillo. Al mostrarnos los agujeros me fijé en el tatuaje que llevaba en su antebrazo derecho: eran números. Nueve o diez dígitos cuyo valor no pude distinguir bien.

Mientras esperábamos al juez, los refuerzos y la ambulancia, procedimos a identificar al dueño de la casa. Era, según su pasaporte, James Patterson, ciudadano británico residente en Jeresa (Valencia) desde 1973. Manceñido me comentó por lo bajo que era increíble que aquel hombre llevara veinte años en España y hablara tan mal el español. Su licencia de caza estaba en regla y no tenía antecedentes penales. Ni una multa de tráfico.

El cadáver estaba tumbado boca arriba. Ya no tenía cara. Tampoco manos dignas de ese nombre. Le habían disparado dos tiros casi a quemarropa y era evidente que había intentado protegerse el rostro con los brazos. El relato del anciano coincidía con lo que veíamos. El disparo se había realizado a pocos metros, tres o cuatro como mucho, y los dos cartuchos de postas que había recibido habían convertido la jeta en una pulpa sanguinolenta y le habían volatilizado los dedos. A la luz de las linternas comprobamos que también tenía heridas en los hombros y en la parte superior del pecho. El hombre que yacía entre las matas de pimientos y berenjenas no era ningún chaval. La piel de sus piernas colgaba como bolsas llenas de agua de sus rodillas huesudas. Vestía un pantalón corto y una camisa de color pardo sin mangas. Del atuendo veraniego destacaban las enormes botas negras llenas de barro y los gruesos calcetines verdosos. Con el calor de la noche, el pobre hombre debía de tener los pies recocidos.

Patterson nos indicó también con la mano dónde había caído la pistola. Efectivamente, aquello era una pieza de colección. Como guardia civil siempre he sido de los raros, no solo por ser gay, sino porque jamás me he sentido atraído por las armas de fuego, lo cual es una pasión para muchos de mis compañeros de la Benemérita. El sargento Manceñido era un experto:

—¡Coño, si es una Luger! —exclamó—. ¡Esto es una

reliquia! ¡Mira, Grau! —se agachó para señalarla con el bolígrafo—. ¡Esta era el arma de los oficiales alemanes durante la Segunda Guerra Mundial! Entre los coleccionistas, esto vale mucho dinero.

La pistola tenía, en efecto, un aspecto arcaico. Le pregunté al sargento si la munición original de la época podía aguantar tanto tiempo, ya que las balas, aunque no lo parezca, caducan. Y cuando lo hacen hay más posibilidades de que revienten en el interior del cargador que de que salgan por el cañón. Manceñido me respondió casi con orgullo:

—Es lo mejor de estos trastos, Grau. Los alemanes diseñaron la munición de nueve milímetros parabellum precisamente para estas pistolas y hoy en día se podrían utilizar cartuchos modernos de ese calibre si se tiene todavía el cargador original. Cualquier aficionado a las armas sabe hacerlo. Estos cacharros son una joya, Grau, una joya.

Supuse que la admiración de mi superior hacia aquellas armas no sería en absoluto compartida por los dos perros que habían comprobado en carne propia que aquel instrumento de muerte estaba en perfecto estado de revista. Los canes habían recibido un tiro cada uno a corta distancia.

Mientras mi sargento hablaba por la radio solicitando la presencia del juez de guardia de Gandía para que procediera al levantamiento del cadáver, fijé mi mirada en el huerto. Las matas de hortalizas se repartían con exactitud milimétrica a lo largo de los surcos bien rectos. Entre ellas no había ni una sola mala hierba y se notaba que Patterson era un agricultor más que competente que había conseguido crear cierta atmósfera zen con las verduras. Así, el cadáver tendido en las matas de pimientos y berenjenas implicaba algo mucho más terrible: era el caos, el fin del orden y la armonía. En su caída, el intruso había aplastado algunas plantas y destrozado los caballones. Aquel muerto era como el logo de la Coca-Cola pegado en la frente de la *Maja Desnuda* de Goya: algo que no podía estar allí.

Unos minutos después de que llegara la ambulancia —que iba a servir más bien de furgón fúnebre— apareció el coche con el juez y tres guardias más de la Compañía de Gandía. Aunque no los conocía, supuse que serían de la Científica. El juez le pidió a Patterson que volviera a relatar lo sucedido y el anciano inglés empezó a contar a su señoría lo que había pasado, de la misma manera que lo había hecho con nosotros un rato antes. O casi.

—Entonces —inquirió el juez—, usted se despertó al oír los dos disparos que, según dice, mataron a sus perros, ¿no?

—No, no —dijo el anciano con su marcado acento—. Yo ya me había despertado, porque los perros ladraban, pero pensé que había entrado algún gato y no salí hasta que escuché los dos tiros.

—¿Y salió usted fuera? ¿Con la escopeta?

—Sí, claro —contestó—, entonces él me disparó desde aquí —Patterson se metió entre las matas de pimientos y pisoteó un par de plantitas de apenas un palmo de altas—, aunque no me dio. Y yo disparé casi *blind*... sin ver y cayó aquí.

—Sargento —el juez se dirigió a mi superior—, ¿ha comprobado el permiso de armas del caballero?

—Sí, señoría. Está en regla junto a la licencia de caza y hemos comprobado que la escopeta tenía el armario acorazado adecuado para su guarda y custodia.

—Señor —el juez volvió a interrogar al inglés—, ¿no oyó usted cuándo el intruso entró en su propiedad?

—No, no —respondió—. Hay una puerta pequeña ahí al lado —señaló hacia el muro de la derecha— que solo tiene una cadena y un candado y que está roto. Entraría por ahí.

—Sí, señoría —apuntó Manceñido—, hemos encontrado una cizalla y la cadena rota.

La puerta era pequeña, poco más de metro y medio, y estaba abierta, con los eslabones de la cadena aún colgando de un agujero practicado en el extremo de su hoja. Parecía un antiguo acceso a otra construcción de la vieja masía que se había quedado tras algún derribo o remodelación de la propiedad. De hecho, daba acceso a un huerto de naranjos rodeado, a su vez, con otra valla metálica. El intruso —según razonó mi sargento— pudo haber entrado por ahí, ya que la cerca de alambre entrelazado estaba levantada en algunos sitios lo suficiente como para que un adulto pudiera arrastrarse para acceder al bancal y, desde ahí, a la casa.

—¿Conocía usted a este hombre, señor? —preguntó el juez.

—No, no. No lo conocía de nada.

Patterson no dejaba de repetir, cada pocas palabras y con grandes muecas, «*in self defense*» y no se necesitaba saber mucho inglés como para entender que se refería a que había sido en legítima defensa. Desde luego, los perros tenían una bala cada uno y en el muro del acceso a la casa se veían claramente los agujeros creados por los tiros de la Luger. Así, cada vez que el inglés soltaba lo de «*in self defense*» siempre había un «parece bastante claro, no se preocupe» de alguno de los presentes. Hasta Manceñido —con su ronco deje extremeño— se atrevió a aportar un «*don't worry*» que pretendía ser tranquilizador, si no le hubiera añadido el «*be happy*» ante la mirada atónita del juez y del anciano británico.

Volví a mirar el cadáver. Algo no encajaba. Los dos disparos con la escopeta de postas le habían desfigurado el rostro y destrozado los dedos, con lo que la identificación del cuerpo iba a ser una pesadilla, si es que se lograba. Era un hombre mayor, un ladrón anciano tan decrépito como su víctima. Para ser mi primer homicidio, los ingredientes prometían mucho: un viejo achacoso que intenta robar a otro y acaba muerto. Sin embargo, si se había arrastrado por el bancal contiguo debía tener las rodillas manchadas y no había ni rastro de tierra o polvo en ellas. Ni en la ropa. Aquello podía no significar nada o quizá sí.

Como guardia civil alumno (que es el equivalente en la Benemérita a ser un becario) no se me permitía tocar nada de la escena del crimen, pero aproveché que casi nadie me hacía caso para acercarme un poco más al cadáver. El poco pelo que le quedaba era gris, si bien se notaba que había sido rubio en su juventud. Sobre el hombro izquierdo se podían ver, borrosos, los restos de un antiguo tatuaje del que solo se distinguía la letra «A». Aquel supuesto ladrón iba bastante mal vestido para un allanamiento de morada en pantalones cortos y camisa sin mangas. Y no tenía nada de suciedad en las rodillas ni en los antebrazos. Si se había arrastrado por el bancal contiguo hasta la portezuela, lo había hecho con tal pulcritud como si hubiera salido de su cama.

Patterson estaba sentado en una silla oxidada en medio del huerto, rodeado de guardias civiles y funcionarios del juzgado. El equipo médico que había acudido con la ambulancia se limitó a certificar la muerte y, ya que estaba allí, le hicieron un rápido chequeo al anciano británico al que diagnosticaron un más que justificado cuadro de ansiedad para el que le recetaron tranquilizantes. Mientras el juez hablaba con Manceñido sobre la necesidad o no de trasladar al viejo al juzgado para prestar declaración de nuevo, me fijé en que Patterson se levantaba de nuevo e iniciaba un lento paseo sin rumbo aparente. En su deambular se metió en otra de las pequeñas parcelas y aplastó sin miramientos los verdes tallos de las jóvenes cebollas que asomaban por encima de los surcos. Entonces, me acerqué a él:

—¡Señor Patterson! —le llamé—. ¡Está usted pisando sus plantones! ¡Qué lástima!

No pareció entenderme bien. Yo había elegido cuidadosamente la palabra plantón con la esperanza de que no la comprendiera y así fue. En su cara se dibujó una mueca de incomprensión mientras en sus ojos se podía ver la inquietud por comprender lo antes posible qué era lo que yo le decía.

—Señor Patterson —pregunté—, ¿cuándo plantó usted estas cebollas? Por lo que veo, no deben de tener más de un par de semanas, ¿no?

Lo cierto es que yo no tenía ni idea del cultivo de las cebollas —ni de cualquier otra cosa—, pero aquel huerto, con sus bancales y parcelas cuidadas con primor y dedicación, me recordaba al trocito de tierra que tenía mi abuelo allá en el pueblo de mi infancia donde también plantaba verduras. Guardaba en la memoria, sobre todo, la forma de moverse de mi abuelo. Los agricultores, en su terreno, tienen un aire especial, una gracia casi felina para moverse entre surcos, caballones y matas sin pisar más allá de lo necesario y sin dañar ninguna de sus queridas hortalizas. Sin embargo, aquel inglés pasaba entre los cultivos como el caballo de Atila, chafando sin miramientos su propio trabajo.

—¿Eh? ¡No, no lo sé! Sí, un par de semanas quizá —me contestó en su castellano titubeante.

—Y aquellas plantitas que están entre las matas de pimientos son de albahaca, ¿verdad? —insistí mientras señalaba las matas de hierbabuena que todos los labradores valencianos cultivan entre los pimientos para ahuyentar a los mosquitos y evitar que aniden en los frutos—. ¿En inglés creo que se dice *basil*, no? ¿*Basil, basil?*

—Sí, sí, *basil, basil.*

—Señor Patterson —le miré a los ojos mientras le sujetaba por las muñecas—, ¿usted no es el señor Patterson, verdad? —me estrujé el cerebro para recordar cómo se decía en inglés—. *You are not mister Patterson, aren't you?*

Asintió. Y cuando lo hizo me pareció leer en su cara un inmenso alivio; casi una liberación.

ʒ ʒ ʒ

Aquel hombre no era James Patterson. Ni tampoco quien decía ser James Patterson era James Patterson. Aquella casa en medio del marjal había sido el escenario del último acto de una tragedia que había empezado hacía casi cincuenta años. James Patterson, el inglés que le había dado nombre al Huerto del Inglés, no había estado en su vida en Inglaterra. En realidad se llamaba Albert Klett, era alemán y había sido capitán de las SS en el campo de exterminio de Flossenbürg. Tras la guerra, como tantos otros nazis, había cambiado de identidad y se había instalado en un país amigo, en su caso, la España franquista, donde había llevado una vida tranquila durante más de medio siglo.

El otro anciano, que tampoco era James Patterson, se llamaba en realidad Dietrich Schleisser y también era alemán. Había sido prisionero en el campo de exterminio a pesar de no ser judío. Lo suyo, a ojos de los nazis, era todavía peor, puesto que había ayudado a amigos suyos judíos a huir del horror del nacionalsocialismo.

En los interrogatorios, Schleisser contó cómo había rastreado a Klett durante casi cincuenta años y cómo, finalmente, le había encontrado en aquel rincón de la costa española, oculto bajo una falsa identidad de un ciudadano inglés entre los miles de jubilados ingleses que viven a lo largo de la ribera del Mediterráneo. Entrar en su casa no fue difícil. Con el tiempo, Klett se había vuelto un sentimental y la desconfianza adquirida tras décadas viviendo en la clandestinidad para evitar a los cazadores de nazis, se había atenuado conforme la vejez se agravaba y, con ella, se acercaba la muerte.

Schleisser entró en la casa por la puerta. De la manera más simple: llamó fingiendo que era un turista británico que había sufrido el pinchazo de una rueda. Conforme Klett abrió la puerta, el antiguo prisionero le descerrajó un tiro entre ceja y ceja. Después hizo el resto de la puesta en escena. Mató a los perros y destrozó con la escopeta de perdigones la cara y las manos de su antiguo torturador. Se cambió de ropa para parecer que él era el dueño de la casa, y el viejo nazi, el intruso, e incluso le puso las botas y los calcetines que llevaba puestos para parecer que acababa de salir de la cama a defender su propiedad. Su tatuaje como preso de un campo de concentración y el tatuaje que Albert Klett llevaba, aunque medio borrado, en el hombro con su grupo sanguíneo era, en suma, el plan B: un antiguo nazi con una pistola de la época que había querido asesinar a un viejo prisionero judío. Schleisser lo había planeado todo bastante bien. Excepto que no sabía nada de cómo moverse por un huerto.

≀ ≀ ≀

Leer el cuento escrito hace más de una década le ha puesto nervioso y, a la vez, le ha dejado deprimido. Nunca ha sido una persona optimista, pero la lectura de su propia creación, del germen del protagonista de sus dos novelas y de lo que lleva escrito de la tercera, le ha llenado de inquietud a causa de un extraño presentimiento: quizás está cerrando el círculo. Nota fuerte la sensación de que algo importante está a punto de acabar. Puede que sean las propias novelas de Grau las que se están consumiendo. Es posible que el viaje de su peculiar detective mariquita del siglo XXI esté llegando a su fin. Cuando comenzó la tercera novela ni siquiera se planteaba estas cosas. Empezó como las otras dos: con una chispa surgida de un libro de historia comprado en un puesto de la feria del libro de ocasión. ¿Fue así? Es posible que se esté engañando a sí mismo. Cuando leyó por primera vez en qué consistía el tormento de la *poena cullei* recibió el primer soplo. Con aquello se podía construir otra historia de Grau, pero ¿quería escribir otra novela o quería volver a sentir la emoción que había experimentado con sus otras dos víctimas? ¿Qué era mejor? ¿Escribir o matar? Ni siquiera es capaz de contestarse a sí mismo.

Con *El huerto del inglés* nació un personaje que ahora ve agotado. No es que David Grau ya no dé más de sí. No es eso. Es que las aventuras del brigada gay le parecen ahora banales, infantiles y hasta estúpidas cuando las pone en perspectiva con lo que tiene delante. Ni siquiera utilizando toda su imaginación bien aliñada con las cuatro experiencias que ha tenido asesinando hubiera sido capaz de idear algo así. No hace ni dos semanas que leyó un reportaje de su antiguo periódico —escrito, por cierto, por quien fue su becario y que ahora lleva la sección de Sucesos que él dejó para escribir novelas— que decía que el tráfico de drogas en Valencia estaba controlado por un triunvirato que se repartía el negocio según las distintas sustancias que ponían a la venta: así, los colombianos eran los amos de la cocaína;

los africanos del hachís, y los españoles, la heroína y las pastillas de diseño. A su vez, estos tres mayoristas suministraban a varios clanes —gitanos y payos— que los hacían llegar a los clientes. Había enseñado bien el oficio a su antiguo aprendiz, así que los datos que revelaba en aquella información estarían bien contrastados o, en todo caso, era lo que la Unidad contra la Delincuencia y el Crimen Organizado de la Policía Nacional pensaba que ocurría. Lo que los maderos ignoraban era que, por encima de aquella trinidad criminal había otro mando que se había hecho invisible gracias a un pacto impío con la gente bien de toda la vida. Esa simbiosis repugnante beneficiaba a todos: el dinero que brotaba de las jeringuillas sucias y los tabiques nasales podridos salía limpio tras pasar por el proceso diseñado por Ferran Carretero, los dividendos se repartían en partes alícuotas y todos contentos. Además, había otros beneficios que no eran económicos, aunque sí tenían gran valor. Aquel poder oculto podía mover los puntos de menudeo con su carga de miseria y degradación como quisiera; podía convertir una calle humilde, pero apacible, en un verdadero infierno o transformar una zona degradada en un barrio con muchas posibilidades. No tiene pruebas concretas de ello —no podía tenerlas aún—; sin embargo, si echaba la vista atrás, veía cómo el patrón encajaba. El Carmen, Ruzafa, el entorno de la Ciudad de las Artes y las Ciencias, Campanar o, incluso, allí mismo, en el Cabañal. Quizás había sido solo la casualidad, pero no lo cree. «Vivimos —piensa— rodeados de un muro de cañas que hunde sus cimientos en un pantano. Si lo ves por encima es alto, esbelto e incluso bonito en su mezcla de dorados y verdes, pero sus cimientos forman parte de la podredumbre del marjal. Y todo es la misma cosa: aire, agua, tierra y silencio. Sobre todo, silencio.» Otra vez le viene a la cabeza Adso de Melk, el joven monje que nació de la mente de Umberto Eco en *El nombre de la rosa*. «Puede que, al final, de la rosa desnuda no nos quede más que el nombre, pero la caña es diferente, porque, al menos aquí, permanece siempre y siempre es la misma. Toda ella. Desde su negro rizoma que se alimenta del fango hasta el extremo más alto que adorna con penachos.»

Abre el navegador de su ordenador. Las coloridas letras de Google casi le parecen un insulto. Hace clic en la pestaña del servicio de correo electrónico gratuito. Gmail le ofrece la posibilidad de abrir una cuenta nueva. Durante unos segundos piensa qué nombre tendrá. Sonríe y escribe: «adsodemelk». Vuelve a sonreír al comprobar que, por extraño que parezca, a nadie, en todo el mundo, se le ha ocurrido ese nombre de usuario. A partir de ahí se mueve con rapidez, porque ya ha hecho esto varias veces y se asesoró bien con un experto informático que le inició en los misterios de las identidades falsas de Internet. Durante la siguiente media hora abre una carpeta de almacenamiento de archivos para *adsodemelk* en Google Drive. Uno a uno deposita en ella todos los documentos que estaban en el lápiz de memoria que le quitó a Ferran Carretero y también el texto que escribió donde explicaba el procedimiento. Antes, añade un único párrafo:

El sistema diseñado por Ferran Carretero tenía por objeto introducir en el sistema económico legal las enormes cantidades de dinero que genera el tráfico de drogas al menudeo en la ciudad de Valencia y en localidades costeras como Cullera o Gandía, entre otras. Aunque son decenas los pequeños clanes o grupos que venden estas sustancias, todos ellos tienen un mismo proveedor que controla con puño de hierro el negocio y que está bien oculto tras la barra de un bar de barrio, normal y corriente, en el corazón del Cabañal. En este caso no estamos hablando de un elegante don siciliano al estilo de *El Padrino* ni de un extravagante cacique colombiano de la cocaína que tiene cuadros de Picasso encima del inodoro de su yate. Tampoco de un brutal *vor* ruso con el cuerpo sembrado de tatuajes o de un cruel exseñor de la guerra africano reconvertido en narcotraficante. Nada de eso. El poder está en manos de una reina cuyo trono está en una minúscula cocina y que cada día hace tortillas de patata y menús del día a seis euros, bebida y café incluidos. Se llama Purificación Flor Agramunt, aunque todo el mundo la conoce como la Puri. Ni el nombre ni su diminutivo es conocido por la Policía —al menos, de forma oficial—, pero sí lo es entre los camellos, las mulas y, en general, entre quienes no viven dentro del sistema. Y es un nombre que han aprendido a temer.

La cabeza le da vueltas. Cambia el color del párrafo recién escrito. Ahora es de un verde chillón y está separado por unas cuantas líneas en blanco del texto principal redactado hace días. Debe buscar su encaje. Pero, ahora, no puede. Mira el minúsculo reloj en la parte superior de la pantalla. Pasan un par de minutos de la una de la madrugada. A estas alturas, la mujer del inspector Onofre Gutiérrez ya debe de saber que su marido está muerto, con el corazón reventado y los calzoncillos llenos de su propia mierda. Si se creen que se ha muerto de un infarto, todo irá bien. No obstante, en esta ecuación hay demasiadas variables y la más aterradora de todas es la que implica a su amigo el inspector Sebastián Escobedo. «Ni lo pienses —dice en voz alta—. Ni siquiera lo pienses, puto lunático.» Sebas es el único que puede relacionarle con el inspector Gutiérrez. «Pero lo que estás pensado no es una opción.»

Cierra el documento y guarda una copia en la carpeta que ha abierto en el servidor de Google Drive. Vuelve a abrir la pestaña del servicio de correo electrónico gratuito de Gmail bajo la identidad de Adso de Melk. Crea un borrador de mensaje nuevo y escribe: sebas.escobedo@gmail.com. Su amigo el inspector, supone que mañana mismo, verá que ha recibido en su cuenta personal de correo un mensaje de un tal adsodemelk@gmail.com con un enlace a un servidor de Google Drive y una única y extraña palabra escrita en el campo correspondiente al asunto: «statrosapristinanomine». «Espero que pilles a la primera que es la contraseña», le dice a la bandeja del buzón virtual como si fuera la cara del mismo inspector. Todo está allí. «Que la Policía haga su trabajo, si es que le dejan.» Se queda mirando la pantalla del ordenador mientras, poco a poco, vuelve el murmullo constante de la madrugada valenciana gracias al motor de un coche que pasa por una calle cercana y la brisa marina que silba entre las casas del Cabañal. El pantano se retira hacia lo profundo. Y se lleva el silencio. De repente, tiene sueño. Mucho sueño. Pero no quiere dormir. Necesita café.

19

Primero, el final y, luego, el título. ¿Por qué piensa en esas cosas ahora? Son las tres de la madrugada y sigue sentado en su escritorio, mirando la pantalla del ordenador sin ver nada en ella. Solo blancura brillante que provoca que los ojos —forzados a estar abiertos tras tres cafés cargados— le escuezan. No le había pasado antes. Claro que, en los otros tres casos, sabía con exactitud qué es lo que iba a hacer y cómo se iba a desarrollar el asunto. No había previsto que el inspector Gutiérrez muriera. No para de darle vueltas a que Sebas Escobedo puede, cuando se entere, caer en la extraña casualidad de que habló con él justo antes de que a Onofre Gutiérrez le diera un infarto volviendo a su casa. Y eso por no mencionar que quizá los forenses sean capaces de detectar las minúsculas heridas dejadas por los arpones de la pistola Taser. Con tanta cafeína en el cuerpo ni puede dormir ni lo pretende. Dejará que llegue el amanecer. Escuchará la radio y comprará los periódicos, aunque no cree que haya nada. Demasiado pronto. ¿Ha de contestar al teléfono si Sebas Escobedo le llama? No. Sí. Si no lo hace puede parecer sospechoso. Si responde ha de ser muy cuidadoso. Escobedo es de Homicidios y es muy listo. Hay cosas que sacó de él para crear a David Grau. Sí.

Cogerá el teléfono y confiará en que funcione, como siempre, el mejor don que le otorgó la naturaleza y que le permite ser novelista: nadie como él es capaz de creerse sus propias mentiras. Si no fuera así, no podría escribir. Empieza a articular, en su mente, las líneas generales de la posible conversación con Sebas, si se da el caso. «No me jodas. ¿Estaba enfermo del corazón? ¿En el coche?» El truco está en repetir, con tono de pregunta y aire de perplejidad, las propias frases del interlocutor. No decir nada que él no haya dicho antes. Nada en absoluto.

Ha abierto la carpeta donde están los diferentes capítulos de la novela. Es posible que sea un poco corta y todavía no tiene final. Ni tampoco título. Un centenar largo de folios, «más o menos», calcula a ojo. Todavía falta mucho trabajo, pero el esqueleto, la estructura, ya está configurada. Habrá que desarrollar mejor unas cuantas escenas, pulir aquí y allá y, sobre todo, diseñar el final. Tiene que empezar a tomar decisiones. La lectura del primer cuento de Grau le ha recordado que no es la primera vez que recurre al viejo truco de la falsa identidad, solo que ahora lo ha complicado un poco más con el parricidio y con lo que él cree que puede ser un filón inagotable: la existencia de los chivatos y confidentes de la Brigada Político-Social que después se reciclaron como demócratas de toda la vida y, todavía peor, aquellos policías torturadores que fueron rehabilitados como expertos en la lucha antiterrorista. Sí. Lo tiene claro. Además, todo encaja. Mentor (o el Erudito como le llama Grau) es la verdadera justicia, el auténtico ángel vengador que, con toda crueldad, imparte terribles castigos a quien lo merece. Y él solo es su notario. Empieza a asimilar la experiencia. Onofre Gutiérrez lleva muerto cuatro horas y las sensaciones vividas —sus espasmos, su mueca final tras el último latido, incluso el hedor salido de sus tripas cuando la muerte le soltó el esfínter— ya están registradas en su cabeza. Todo ello lo convertirá en literatura. Sí. No hace falta ponerse exquisitos. No es gran literatura. A él no le darán nunca el premio Nobel; ni le llamarán para que se presente a un concurso pagado con un cheque millonario; ni lo nombrarán director del Instituto Cervantes de alguna gran capital europea o norteamericana. No. No le pasará nunca. Sus narraciones son simplemente eso. Narraciones. Están hechas para entretener, ajustar algunas cuentas que solo él sabe con quién y, por encima de todo, vender libros. No escatima en recursos utilizados una y otra vez, porque no pretende pasar a la Historia de la Literatura Universal. O quizá sí. Hace tiempo que le ronda la idea. Escribir otro libro. El libro que solo podrá leerse cuando haya muerto. El libro donde narre cómo mató a, de momento, cuatro personas y cómo los mismos asesinatos aparecieron en novelas de crímenes que la crítica —como corresponde a un género menor— despreció, pero que fueron devoradas por lectores. En un armario aún guarda las centenares de novelas «de a duro» que tenía su padre. Nunca se ha atrevido a tirar aquellos libritos editados por la editorial Bruguera que, cada semana, ponía en el kiosco una docena de títulos diferentes con historias de crímenes, románticas y del Lejano Oeste: «las de tiros, que eran las que más le gustaban». Sonríe al recordar los nombres de aquellos autores: Alf Manz, Jack Grey, Fel Marty o Mary Francis Colt, que, en realidad, eran verdaderos obreros de la escritura y ocultaban tras seudónimos anglosajones sus identidades reales. Alf Manz era Alfonso Rubio Manzanares; Jack Grey se llamaba Rafael Segovia Ramos; Fel Marty era Félix Martínez Orejón, y Mary Francis Colt correspondía a Fernanda Cano. A aquellos esclavos de la Olivetti, que tenían que escribir una novela todas las semanas, les hizo, con su primer libro, su particular homenaje. Por eso no tiene nombre. Por eso, para sus lectores, solo es Q. Así honra a todos los que, cree, son como él. Y esos son la inmensa mayoría de la gente: los que tienen lo que tienen después de trabajar mucho. Los que no han heredado nada. Los que se lo han tenido que currar todo desde el principio. Sí. Escribirá el libro. Escribirá la verdad. En cuanto termine la novela. Puede que mate en ella al propio Manceñido. En su cabeza empieza a formarse una idea que coge velocidad para configurarse en una escena. En una biblioteca. Mejor aún: en la Biblioteca de Valencia, entre las venerables columnas de caliza, sentado en una de las mesas de la sala de consulta está Mentor. David Grau no sabe qué cara tiene, aunque han conseguido localizar una de sus identidades falsas de Internet gracias a la información que les dio el estudiante de posgrado. Tendrá que volver a llamar a su amigo, el experto informático, para que le asesore sobre la verosimilitud de una operación de rastreo así. Una bonita escena donde Grau, una vez más, se deja llevar por su intuición, pero Mentor le ve venir. Y va armado. Dispara a Manceñido en el pecho generando el pánico y el caos en la biblioteca. Sí. Coge el cuaderno y empieza a anotar las ideas como si estuviera poseído por una entidad demoníaca. «No hará falta que dispare a nadie —bromea para sí mismo—, porque he visto ya muchos agujeros de bala.» Matar a Manceñido y que Grau y Mentor se vean las caras por primera vez después de tres novelas. No está nada mal. Nada mal.

Garabatea en el cuaderno las ideas que se le apelotonan en el cerebro. Está tan absorto en su tarea que, cuando percibe el olor, el humo ya se cuela en finísimos jirones por debajo de la puerta de la calle de la nave industrial donde vive. Fuego. Hay fuego fuera. Se levanta del escritorio y corre hacia el extintor que pende de una pared que —aunque maldice cada vez que tiene que pagar el coste de su mantenimiento— ahora agradece que esté allí, porque recuerda ahora mismo que, cuando llegó a casa, con la adrenalina chorreando de las orejas, no guardó la moto en el interior del *loft* como tiene costumbre y la dejó en la acera. No quiere ni pensar que hayan vuelto los pirómanos de coches que aterrorizaron el barrio a finales de los noventa. Entonces, eran grupos de niñatos que se divertían así y la cosa llegó a tal punto que en el periódico llegaron a poner un contador en la misma portada que, cada día, informaba del recuento de vehículos carbonizados, hasta que desde la Delegación del Gobierno les pidieron que lo quitaran para no alentar a la competición entre los vándalos. «El periodismo, a veces, es así de irresponsable.» Abre la puerta y busca con la mirada la Yamaha Drag Star que está reluciente e intacta donde la ha dejado. El fuego no está en ella, si no allí mismo, maderas y cartones que alguien ha apilado junto a la entrada. Descarga el extintor contra la fogata. El polvo blanco proyectado crea una nube espesa que le rodea y llena sus fosas nasales con el extraño olor químico de la espuma pulverizada, lo que provoca que cierre los ojos para evitar que se le irriten. No ve el martillo que vuela hacia su cabeza ni al descomunal tuerto que lo empuña.

ᛉ ᛉ ᛉ

A pesar de haber estado casi una hora en la ducha, el inspector Sebastián Escobedo aún tiene el olor a humo amargo incrustado en las fosas nasales. Los bomberos han necesitado varias horas para controlar el incendio. Aquella nave del barrio del Cabañal parecía que estuviera hecha de paja impregnada en gasolina, porque los chicos de la manguera se las vieron y se las desearon para que el fuego no se expandiera a las dos fincas colindantes. Y justo cuando estaban en ello, el tejado se hundió. Si no pilló a algún bombero fue de milagro.

Lo peor es que ni siquiera han encontrado el cuerpo. Puede que esté entre los montones de escombros y restos carbonizados. Si es así, los de la Científica pueden tardar bastante tiempo en encontrar algo que indique que, quizás ayer mismo, ese algo era un ser humano. Y una semana antes había sido el ser humano con el que había almorzado en una terraza de la Gran Vía de Fernando el Católico y que le había dedicado uno de sus libros.

Escobedo recuerda, mientras se envuelve en el albornoz, las palabras del sargento de la dotación de bomberos: «La nave era de ladrillo con vigas y pilares de hierro y cubierta de teja. Eso no arde. Pero toda la estructura de altillos y tabiques de separación era de madera maciza y, además, han utilizado un acelerador. Lo más seguro es que haya sido gasoil. Entre la carpintería y el combustible, el calor ha sido de cojones y las vigas y pilares de hierro se han deformado y todo se ha venido abajo.» También cabía la posibilidad de que el dueño de la casa hubiera decidido suicidarse a la valenciana, o sea, en medio de una inmensa falla que se podía haber llevado por delante al resto del barrio. «No me lo creo ni yo —piensa Escobedo—. Esto se parece mucho a lo de los dos negros de la calle Botánico y muchísimo a la masacre del clan de los Ninos de Nazaret.» Y, por si fuera poco, el marrón se lo tiene que comer él porque al inspector Onofre Gutiérrez le han encontrado muerto en su coche en una cuneta de la carretera de El Vedat, en Torrent. Un infarto. La misma noche. «*Qui és desgraciat, en els collons es tropeça*», musita en su valenciano con acento aragonés que tanta gracia hace a sus amigos.

Sale del cuarto de baño. Su mujer y su hija están viendo en la televisión un programa de cocina. No le apetece seguir las vicisitudes de aprendices de cocinero intentando hacer la deconstrucción de un potaje de garbanzos en tres texturas. Se mete en la habitación donde está el ordenador. Enciende la máquina y abre el navegador. «Vamos a ver qué se cuentan por el Facebook.» El programa de gestión del correo electrónico le advierte que tiene nuevos mensajes en la bandeja de entrada. La mayoría son de la propia red social. Que si su amigo Santiago ha actualizado su foto de perfil. Que si su amiga Susana ha corrido cinco kilómetros y medio con la aplicación NikePlus. Que si a su amigo Federico le gusta el enlace del grupo Locos por el teatro, al que él, por cierto, también pertenece. Abre primero este último. Hace referencia a un curso para actores *amateurs* que se impartirá en breve sobre la obra de Luigi Pirandello. El cartel que anuncia el curso está dominado por una foto de perfil del autor siciliano sobre un fondo negro en el que destaca una frase en rojo: «*Davanti agli occhi di una bestia crolla come un castello di carte qualunque sistema filosofico* (Ante los ojos de una bestia se derrumba como un castillo de naipes cualquier sistema filosófico).» «No tiene mala pinta —piensa—. Ya veremos.» Entra en el último correo que tiene en su bandeja de entrada. Lo envía un tal Adso de Melk. «Ni puta idea de quién será este tío», dice entre dientes.

7 7 7

El silencio llegó unas décimas de segundo antes de que el martillo impactara contra la parte posterior de su cabeza. Y, como si fuera un grito de alarma que el pantano profería y que solo él podía percibir, con la desaparición de todo el sonido llegó la lucidez necesaria para hacer lo único que podía hacer: fingir.

Está convencido de que fue el aviso mudo de la ciénaga el que le hizo girar el cuello en el último instante de forma que el golpe de la maza de albañil no le diera de lleno. Aun así, se palpa cada pocos minutos la contusión en el lado derecho del cráneo, justo detrás de la oreja. Todavía tiene sangre, ya pegada y viscosa, por la nuca y el pecho. El mazazo fue lateral, casi de refilón, y, por tanto, desprovisto de buena parte de su fuerza asesina, pero aun así fue suficiente para que perdiera el equilibrio y cayera al suelo envuelto en la nube de polvo químico que el extintor acababa de escupir. De los minutos siguientes solo recuerda el silencio total, tan denso y negro como el fango que sentía moverse a muchos metros de profundidad bajo el asfalto y las luces urbanas. La quietud se tragó, incluso, el estrépito del extintor de metal al estrellarse contra las baldosas de hormigón pulido de la acera. «Ha sido la ciénaga —piensa— la que me ha dicho sin palabras que no me moviera, que mantuviera cerrados los ojos y que mi única posibilidad de salir con vida de aquello era que esa bestia pensara que ya no iba a moverme más.» Y así ha sido.

Sí que sintió como las inmensas manazas de su verdugo le cogían por las axilas y lo arrastraban al interior del *loft* para dejarle en medio del vestíbulo, desmadejado e indefenso como una marioneta rota. No abrió los ojos en ningún momento ni movió un solo músculo que pudiera delatarle. Tampoco escuchó nada. Nada en absoluto. Toda la información que le llegó de cuanto estaba pasando a su alrededor le vino por el olfato al notar cómo el olor a gasoil violaba su nariz. Cada vez más intenso. Cada vez más fuerte. El aterrador aroma del combustible que se desparramaba por su hogar se hizo tan penetrante que, por un momento, pensó que podía provocarle un ataque de tos, pero, por fortuna, consiguió reprimirse. Después, el tufo del líquido inflamable cambió de tono al empezar a arder y, con el nuevo olor, llegó también el calor. Aguardó unos segundos, con todo el miedo del mundo envuelto en el silencio que le había salvado la vida, para intuir que su agresor se había marchado ya y que no estaba contemplando desde la puerta cómo las llamas trepaban por muebles y paredes en una danza que destilaba una alegría obscena.

En el bolsillo de la cazadora nota la sólida presencia de la pistola, que le pesa mucho más de lo que su pequeño tamaño sugiere. Fue lo primero que vio al abrir los ojos, a tres palmos de su cara. Era evidente que la había dejado allí a propósito, para que la encontraran junto a su cadáver. Su ojo adiestrado tras tantos años hablando y escribiendo de policías había reconocido enseguida la Glock-26 de nueve milímetros y en seguida supo que el arma venía con mochila y que estaría sucia de vete a saber qué marrón. De todos modos, antes incluso de levantarse, la aferró con su mano derecha. Estaba más que decidido a usarla si era necesario.

Estaba solo. Se levantó con la mente despejada de un modo extraño. Su casa ardía, pero no oía el crepitar de las llamas devorando todo lo que encontraba. No. Aquello no iba a acabar así. Supuso, con razón, que quien le había atacado tenía que ver con lo que había averiguado y con la muerte de Nacho. No había conseguido verle la cara al atacante, pero albergaba pocas dudas de que le había enviado la Puri a cuenta de la desaparición de Ferran Carretero y el asesinato de su amigo Nacho, el albañil. Habían sabido quién era, dónde vivía y, lo que era peor, habían decidido que tenía que desaparecer. Aunque su cerebro funcionaba con una velocidad asombrosa dadas las circunstancias, sus músculos no respondieron con la misma eficacia cuando intentó moverse. El martillazo lo había conmocionado y, tambaleándose, llegó como pudo a su escritorio, subiendo a gatas las escaleras metálicas del altillo, donde el fuego todavía no había empezado su baile del caos. Aunque no tardaría demasiado.

El matón «o matones —pensó— porque puede haber venido más de uno» había revuelto todo el escritorio. Ni siquiera intentó buscarlo porque sabía que el lápiz de memoria de Ferran Carretero era lo que habían venido a buscar. No importaba. La información la había enviado ya al inspector Sebastián Escobedo, así que, al menos en ese aspecto, los secuaces de la Puri ya habían fracasado. Abrió un cajón de su pupitre y sacó de allí el ordenador portátil y el módem USB de prepago que utilizaba cuando se iba de vacaciones. Las llamas aumentaban en extensión e intensidad así que se dio prisa. Más que bajar la escalera de nuevo, saltó los peldaños de tres en tres mientras apresaba el ordenador contra su pecho. El fuego lamía la parte inferior del suelo del altillo, ennegreciendo primero de manera insultante el bonito tono cerezo de los tableros que conformaban la estructura del piso elevado. Del llavero que pendía de la trabilla del pantalón cogió la llave del armario de seguridad y lo abrió. A mano, pero no a simple vista, estaba lo que buscaba: la mochila era de cuero negro, sin marcas visibles ni nada que llamara la atención. La abrió para meter dentro el ordenador y echó un rápido vistazo a su interior para comprobar que allí estaba lo que tenía que estar. Dinero en efectivo, documentación falsa, una libreta de la Banca Privada de Andorra y su correspondiente tarjeta de crédito a nombre de su otra identidad, su segunda pistola Taser y algo de ropa. «Bendito el momento —piensa ahora— que se me ocurrió que podía llegar el día en que tuviera que salir corriendo y dejé preparado el equipaje del fugitivo.»

No oyó el primer crujido de las vigas de hierro de la vieja nave industrial que anunció que la antigua fábrica de salazones se iba a derrumbar. De la misma manera que no podía oír el valiente rugido del motor de la Yamaha Drag Star cuando la puso en marcha. La moto se tragó kilómetros de asfalto nocturno rumbo a la Pista de Ademuz, la salida oeste de Valencia. Era la hora del lobo y la ciudad dormía en el momento en el que la noche es más oscura. Aún le quedaba un buen rato hasta el amanecer. Condujo con mano firme y respetando al dedillo los límites de velocidad y los semáforos por las calles mientras intuía a su espalda la claridad de la aurora desperezándose sobre la mar. El día le sorprendería lejos y, la noche siguiente, más lejos aún. El camino hasta la casa de Gestalgar donde Ferran Carretero había encontrado su horrible muerte entre sus manos fue extraño. El silencio del pantano cabalgaba con él a la misma velocidad que permitían los 1.300 centímetros cúbicos de la Drag Star que, como siempre, respondía dócil y poderosa a las órdenes que le transmitía con sus manos, sus pies y los cambios de peso que le imprimía para tomar las curvas.

Ha conseguido, incluso, dormir un poco. Es fácil descansar cuando el único de los sentidos que sigue encendido durante el sueño —el oído— está apagado de manera permanente. Se encuentra descansado, lúcido y alerta. Ahora mira cómo la luz de la aurora hace brillar la pintura negra del chasis de la moto. El vehículo descansa bajo las ramas de un algarrobo de tronco retorcido. «No tendré otra moto como esta —piensa— y la voy a echar de menos.» Le gustaría oír los mil y un chasquidos, tan familiares, que produce la máquina después de un viaje cuando las piezas de metal, dilatadas por el calor, vuelven a sus dimensiones habituales. Esos ruiditos que, ayer mismo, le recordaban el ronroneo de un gato durmiendo satisfecho tras una carrera por los tejados.

Pero ni oye los chasquidos, ni el canto de los pájaros que saludan al nuevo día, ni el viento en las ramas de los olivos y algarrobos ni nada de nada. El sol se ha levantado tras las montañas e ilumina un mundo mudo en el que solo él puede estar a gusto. Se siente bendito por el beso impío del pantano que —ahora lo sabe— camina con él para siempre. No puede desperdiciar el día. Hay mucho que hacer. Se lavará la sangre. Se cambiará de ropa y se marchará. Le esperan carreteras secundarias, pensiones baratas e incluso alguna noche al raso. No importa. Se acepta a sí mismo como lo que es: un hijo del pantano que sabe cuándo avanzar y cuándo retirarse; cuándo aflorar y cuándo esconderse; cuándo perseguir y cuándo huir. En silencio.

Agradecimientos

Ningún escritor escribe solo. Para que las ideas que bullen en la cabeza terminen conformando una novela se necesita la ayuda de otros. Sin ellos, estas páginas jamás habrían llegado al lector y es de justicia reconocer que esta historia les debe mucho.

Sin las aclaraciones de José Pedro Morant sobre cómo funciona el sistema de módulos no habría podido estructurar el sistema de blanqueo del dinero procedente de la droga que se describe en la novela. Sin las explicaciones sobre los aspectos de la Semana Santa marinera que me brindó Pilar Rocafull no hubiera reproducido con la exactitud que pretendía cierta atmósfera del barrio del Cabañal. Sin las acertadísimas correcciones que me hizo José A. Hernández sobre los entresijos de los servidores de Internet, la *Deep Web* y el mundo oculto de las redes, las meteduras de pata hubieran sido sonrojantes. Gracias a todos.

Tampoco esta novela sería realidad sin el apoyo de Susana Alfonso y Silvia Comeche, mis agentes literarias, que empezaron a leer el manuscrito cuando apenas era una cuarta parte de lo que se ha convertido y me animaron a seguir al preguntarme qué más iba a pasar. También mi gratitud para Beatriz Macías y Arturo Blasco, que fueron los dos primeros lectores del borrador y de cuyo criterio literario me he fiado siempre. Sin sus consejos, la novela hubiera sido mucho peor. Un escritor no es nada sin un editor y este libro no existiría sin el apoyo de Carmen Romero, quien apostó por esta historia y su autor en unos tiempos —estos— y un país —el nuestro— donde arriesgar con productos culturales es como hacer juegos malabares con tres frascos de nitroglicerina. Y ella, además, consigue salir viva cada vez que lo hace y lo hace todos los días.

Me quiero permitir aquí un emocionado recuerdo para Isabel de Toledo. Fue mi profesora de Literatura en Cheste a finales de los ochenta y me envenenó con la droga de la lectura. Un día me dijo que sería escritor. Quizás ella no lo recuerde. Yo sí lo he hecho. Gracias, profesora.

Y el último agradecimiento es para ella. Sin ella nada es posible. Tenía tantas ganas de leer este libro que, a veces, incluso me adelantaba el final de una escena o de un capítulo del que ni yo mismo sabía cómo iba a terminar. Tenía tantas ganas de leer este libro que lo leyó a trozos, del derecho y del revés e, incluso, leyó cosas que ya no existen. Se ocupó de todo lo que yo necesitaba para enfrentarme a la mente desquiciada de Q, a la bestialidad de Falconetti, a la brillantez de David Grau o la candidez de Manceñido. Y se ocupó de aguantarme mientras yo andaba con tan malas compañías. Gracias, Yolanda.

Los méritos que el lector pueda encontrar en esta novela puede atribuirlos a los que me ayudaron a escribirla. Los errores son de mi exclusiva competencia o incompetencia. Y también son de mi absoluta responsabilidad los personajes y las situaciones que en la novela aparecen. Aunque los escenarios son reconocibles, los protagonistas y antagonistas de estas páginas son una pura invención.

Creo.

J.